Lisa Aldin

Jungs to go

Lisa Aldin

Jungs to go

Roman

Aus dem Amerikanischen
von Bettina Spangler

heyne>fliegt

Die Originalausgabe erscheint unter dem Titel *One of the Guys*
bei Spencer Hill Press, Marlborough, Connecticut

MIX
Papier aus verantwortungsvollen Quellen
FSC® C083411

Verlagsgruppe Random House FSC® N001967
Das für dieses Buch verwendete FSC®-zertifizierte Papier
Super Snowbright liefert Hellefoss AS, Hokksund, Norwegen.

Redaktion: Diana Mantel
Umschlaggestaltung: Eisele Grafik-Design, München,
unter Verwendung eines Motivs von © Bigstock/Gino Santa Maria
u. taulijumala
Satz: Uhl + Massopust, Aalen
Druck und Bindung: CPI books GmbH, Leck
Printed in Germany

ISBN: 978-3-453-26992-7

www.heyne-fliegt.de

Für Chris und Charlotte

Eins

Der Beginn einer Jagd ist für mich das Größte. Noch ist keiner müde oder hat Hunger oder jammert rum. Außerdem ist so ein Anfang immer voller *Vielleichts*. Also von wegen, *vielleicht* fangen wir heute Nacht das legendäre Seeungeheuer unserer kleinen Stadt ein – mit der Kamera. *Vielleicht* gelingt es uns, endlich die letzten Zweifel an seiner Existenz zu begraben. *Vielleicht* werden wir zur Legende.

Während sich auf dem Lake Champlain winzige Wellen kräuseln, stelle ich mir vor, wie Champ dort unten schwimmt und grinsend zu uns hochschaut. Meine Knie sind ganz weich vor Aufregung, wie bei einem kleinen Kind, das auf den Weihnachtsmann wartet. Ich kann nicht still sitzen. Dafür sind die anderen total ruhig und entspannt und stieren abwartend in die Nacht. Sanft plätschert das Wasser seitlich gegen Ollies Pontonboot und wiegt es sacht auf und ab. Ein Geruch nach Algen liegt in der Luft.

Komm schon, Champ. Zeig dich. Trau dich endlich!

Ich sehe hoch zum wolkenverhangenen Himmel und hoffe auf Regen. Nach der Jagd komme ich gern stinkend und triefnass heim. Irgendwie kommt mir so eine Nacht immer wie die reinste Zeitverschwendung vor, wenn ich nicht wenigstens ein bisschen Dreck im Wohnzimmer verteilen kann.

Ich wünschte, ich wüsste, was das alte Ungeheuer aus seinem Versteck locken würde. Brotkrumen vielleicht? Oder wenn ich ihm ein Ständchen singe, eine Art Zaubermelodie? Oder muss ich irgendein komisches Tänzchen aufführen? Wir haben schon alles versucht, aber es gab keine Spur von Champ mehr seit jenem Sommer vor der fünften Klasse. Der Sommer, in dem wir Freundschaft schlossen. Der Sommer, in dem wir alle vier den riesigen schwarzen Schwanz über die Oberfläche des Sees streifen sahen.

Mir entkommt ein fetter Rülpser. Loch dreht sich auf dem Fahrersitz um und wirft mir über die Schulter einen strengen Blick zu. Sein schlichtes weißes T-Shirt flattert im Wind. Ich grinse verlegen. Nicht der beste Zeitpunkt für eine Kostprobe meines Talents.

Erster Patzer. Nach drei lautstarken Störungen brechen wir die Jagd in der Regel ab. Champ mag es gern hübsch ruhig. Warum sollte er sich sonst schon seit Jahrhunderten am Grunde eines Sees versteckt halten?

»Tut mir leid«, flüstere ich. Den nächsten Rülpser kann ich mir gerade noch verkneifen. Vielleicht sollte ich nicht so viel Limo trinken.

Nach einem kurzen Augenblick lächelt Loch und formt mit den Lippen ein lautloses »der war gut«.

Ich unterdrücke ein Lachen. Klar. Die Besten kommen oft aus dem Nichts, wie mein Dad so gern sagt.

Ollie lässt die Hand auf seinen Arm niedersausen. »Scheiß Insekten«, grummelt er.

Ich seufze. Jetzt geht also das Genörgle los. Ich könnte die ganze Nacht hier sitzen, ohne ein einziges Wort, umringt von Mückenschwärmen, während die Hitze mir den Nacken hochkriecht. Aber Ollie hält es nicht mal eine halbe Stunde aus, ohne wegen irgendwas zu jammern. Ich wühle in meiner Reisetasche, voll mit Utensilien zur Monsterjagd, und ziehe schließlich das Insektenspray raus. Dann werfe ich Ollie die Dose quer übers Boot zu.

»Danke, McRib«, flüstert er. Er sprüht seinen Arm ein, bis dieser feucht glänzt.

Cowboy hustet und sagt dann leise: »Sei nicht so verschwenderisch mit diesem Gift.« Er rutscht ein paar Zentimeter weg von Ollie und hält sich Nase und Mund zu.

»Insekten übertragen Krankheiten.« Ollie beugt sich runter, um seine kräftigen, behaarten Beine einzusprühen. Er sollte sich echt mal überlegen, ob er sich die nicht lieber rasiert. Die sehen ja aus wie haarige Raupen. »Ich geh da bestimmt kein Risiko ein.«

»Und das sagt ausgerechnet der Typ, der zum Spaß auf einem Brett Berge runterschießt.« Cowboy stemmt die Ellbogen auf die Knie. Ein riesiger Käfer krabbelt ihm zwischen den blonden Haaren herum. Er schüttelt beiläufig den Kopf, und der Käfer verschwindet in der Nacht.

»Snowboarden ist halb so wild, wenn man's kann«, meint Ollie, dessen Flüstern jetzt lauter wird. Ich zucke zusammen. Der soll mal hübsch leise sein. Ist noch viel zu früh, um das Ungeheuer zu verschrecken.

Cowboy legt den Kopf in den Nacken und schließt die Augen. *Langweilt er sich?* Wie kann man so was denn *langweilig* finden? Wir sind auf Monsterjagd! Ein ungutes Gefühl macht sich bei mir in der Magengegend breit, genauso wie wenn ich mir meinen Lieblingsfilm ansehe und es auf das Ende zugeht. Und ich kann nicht zurückspulen.

»Pass auf«, sage ich. Ich halte die Stimme gesenkt. Eine Mücke landet auf meinem Ellbogen und fängt an zu futtern. »Mit deiner Paranoia vertreibst du Champ noch, Ollie.«

»Der Winter ist mir lieber.« Ollie wischt sich die Hände an seiner kurzen Cargohose ab. »Insekten hassen den Winter.«

»Und Champ hasst es, wenn so viel gelabert wird«, flüstert Loch, der gerade mit der Action-Kamera kämpft, die er um den Hals hängen hat.

»Hast recht«, meint Cowboy leise, die Augen immer noch geschlossen.

Jetzt sind alle wieder still. Ich kratze an meinem Mückenstich herum und atme wieder entspannter. Freue mich über die Ruhe, so flüchtig sie auch sein mag. Doch Cowboy nervt. Ich meine, ist doch echt lachhaft. Er hat die Augen *zu*. Auf einer Monsterjagd. Wie will er denn da irgendwas *sehen*?

Ich hole tief Luft. Versuche mich locker zu machen. Keine Lust, Champ mit irgendwelchen miesen Vibes zu verprellen. Während die leichte Brise das Wasser kräuselt, wandert mein Blick zu den Bergen, die den See umringen. Ich wette, diese Felsmassive haben Champ im Laufe von Hunderten von Jahren schon eine Million Mal gesehen. Sie waren Zeugen jeder einzelnen Sichtung. Jeder Geschichte. Die Berge kennen auch unsere Geschichte.

Wenn sie nur reden könnten. Weil uns nämlich keiner abnimmt, was wir gesehen haben.

Schließlich richte ich den Blick wieder auf Loch. Seine Finger ruhen auf dem Lenkrad, mit Leichtigkeit steuert er das Boot. Es wird mir nie langweilig, ihn in seinem natürlichen Umfeld zu sehen, auf der Jagd nach dem legendären Monster, immer unterwegs, um Skeptikern das Gegenteil zu beweisen. Nach ein paar Minuten würgt er den Motor ab, stellt sich hin und schiebt die Hände in die hinteren Hosentaschen seiner Jeans.

Wenn ich es mir recht überlege, ist mir das der liebste Teil der Jagd. Zuzusehen, wie Loch den Atem anhält. Seine Lippen zu beobachten, wenn sie sich bewegen, als würde er beten. Klar weiß ich, dass er nicht wirklich betet. Er spricht mit Champ, trifft Abmachungen und macht Versprechungen, wenn das Ungeheuer sich im Gegenzug dafür zeigt.

»Hey, McRib. Kannst du mir eine Tüte Chips rüberwerfen, Sour Cream and Onion?«, fragt Ollie.

Diese Bitte verblüfft mich. Ollie macht sich jetzt noch nicht mal mehr die Mühe zu flüstern. Ich löse den Blick von Loch und wühle in der Tasche. Keine Chips. Ach so, klar. Die hab ich ja auf dem Weg hierher weggefuttert. Stattdessen werfe ich ihm eine Dose leckere Limonade zu. Damit wieder Ruhe herrscht. Hoffe ich zumindest.

»Hey«, sagt Cowboy. Seine Stimme klingt ruhig und leise, aber ein Flüstern ist es auch nicht eben. »Wirfst du mir auch eine rüber?«

Vielleicht doch nicht. Ich sollte Cowboy sein Getränk am besten rüberreichen, doch ich bin zu faul zum Aufstehen. Sitze grad so bequem. Also werfe ich die Dose. Blöderweise gleitet sie Cowboy aus den tollpatschigen Händen und trifft mit einem lauten Knall auf dem Boden des Bootes auf, ehe sie auf mich zukullert. Rasch stelle ich den Fuß drauf. Lochs Schultern versteifen sich. Seine dunklen Augen richten sich auf das schwarze Wasser.

Zweiter Patzer.

Plötzlich ist hinter mir ein Platschen zu hören. Ollie und Cowboy springen auf und linsen über den Rand des Bootes. Das geht alles so schnell, dass ich schon Angst kriege, einer von ihnen könnte über Bord gehen. Fluchend krame ich in der Tasche, während Loch seine Taschenlampe und die Kamera auf das Wasser richtet. Nachdem ich meine Taschenlampe ebenfalls gefunden habe, wandern die beiden blassen Lichtstrahlen gemeinsam über die Oberfläche.

Mein Herz schlägt wie verrückt.

Ich halte den Atem an.

Das einzige Geräusch, das zu hören ist, ist das leise, rhythmische Plätschern der Wellen.

Eingekeilt zwischen Ollie und Cowboy rieche ich den Gestank des Insektensprays auf Ollies Armen, vermischt mit Cowboys Parfüm, das in den Augen brennt. Ich hab ja so den Verdacht, dass Cowboy das Parfüm auf der Jagd nur trägt, weil er insgeheim hofft, wir könnten Katie Morris über den Weg laufen. In sie ist er schon eine ganze Ewigkeit verschossen. So als könnte sie eines Nachts zufällig auch auf Monsterjagd gehen.

Es verstreichen ein paar Minuten, in denen wir das Wasser nach der Ursache des Geräusches absuchen. Vielleicht zeigt Champ uns ja heute sein Gesicht? Oder eine Schulter? Eine Klaue? Das wäre nett.

Ollie tritt seufzend von der Reling zurück. Enttäuschung überkommt mich. *Nein. Bitte gib noch nicht auf. Er ist dort unten. Warte noch ein bisschen.* Sekunden später hockt Cowboy sich auf den Hintern und öffnet seine eingedellte Dose Limo. Das Ploppen und Zischen echot über den See. Ich zucke zusammen. *Dritter Patzer?* Ich sehe zu Loch. Noch nicht. Seine hochgewachsene Gestalt steht regungslos wie eine Statue da.

Loch und ich konzentrieren uns weiter auf den See. Ich verstehe nicht, wie Ollie und Cowboy jetzt schon aufgeben können. Es ist noch so verdammt früh. Wir haben im Laufe der Jahre bereits unzählige falsche Alarme überlebt. Riesending, echt. Wegen eines falschen Alarms geben wir doch nicht gleich auf.

Ein dicker Ast treibt mit den Wellen vorbei am Pontonboot. Loch knipst die Taschenlampe aus und kratzt sich die Stoppeln am Kinn. Ich seufze und schalte meine Taschenlampe ebenfalls aus. Wenn Loch jetzt auch noch das Handtuch wirft, gibt es kaum mehr Hoffnung. Mit hängenden Schultern kehrt er zurück zum Fahrersitz. Ich würde gerne etwas Aufmunterndes sagen, aber ich habe Angst, dass die Jagd offiziell vorüber ist, wenn ich das tue.

Ehe ich mich setze, suche ich das Wasser noch einmal ganz genau ab. Nichts.

Ollie kichert. »Hey, Loch. Da hast du ja wieder ein paar Stunden Material von vorbeitreibenden Zweigen.«

Genervt sinke ich tiefer in meinen Sitz. Und da ist er. *Patzer Nummer drei.*

Loch startet den Motor. »Das dürfte eigentlich nicht zählen«, protestiere ich schwach und seufze.

»Champ könnte um uns herum im Kreis schwimmen, wir würden es nicht mitkriegen«, sagt Loch, der das Boot jetzt zurück in Richtung Hafen steuert. »Was bringt es, uns weiter hier draußen aufzuhalten, wenn wir ihn eh alle zwei Sekunden verprellen?«

Ich senke den Blick, presse die Lippen aufeinander und fummle an den kurzen Beinen meiner schwarzen Basketballshorts herum. Ich hasse es, wenn eine Jagd zu Ende geht. Dann sind alle immer so negativ und mies drauf.

Cowboy gähnt. »Vielleicht haben wir damals nur einen Aal oder so was gesehen, was meint ihr? Vielleicht verschwenden wir hier ja bloß unsere Zeit.«

Ollie nickt. »Ja, genau. Vielleicht hat mir meine Fantasie mit elf ja einen Streich gespielt, und ich hab einen Riesenschwanz gesehen, aber in Wirklichkeit war es vielleicht bloß ein Ast.«

Nein. Nein. Nein. Solche Vielleichts finde ich gar nicht gut. Ich schnaube bloß und versuche, die Stimmung mit einem blöden Witz ein bisschen aufzuheitern. »Guter Punkt, Ollie. Du tust ja gern so, als wären gewisse schlangenähnliche Dinge größer, als sie in Wirklichkeit sind.«

Cowboy lacht so sehr, dass ihm die Limonade aus der Nase schießt. Ollies Gesicht verzieht sich zu einem Grinsen, und er schüttelt den Kopf, während er gleichzeitig nach einem Insekt schlägt. Ich schaue zu Loch, weil ich seine Reaktion sehen will. Wieder und wieder umklammert er das Lenkrad mit seinen Fingern, völlig in Gedanken versunken. Er sagt keinen Ton. Irgendwie verletzt mich das. Normalerweise nämlich lacht Loch über meine lahmen Witze.

Dann sagt eine ganze Weile keiner ein Wort. Natürlich nicht. *Jetzt* können auf einmal alle still sein. Einzig das Summen des Bootsmotors ist zu hören. Den Bruchteil einer Sekunde denke ich, es könnte doch noch eine Chance geben für die Jagd, aber Loch kehrt nicht wieder um. Wir nähern uns immer weiter dem Hafen.

»Jetzt haben wir schon fast den ganzen Sommer damit vergeudet«, meint Ollie. »Mit der Jagd nach Ungeheuern. Bigfoot. Champ. Batboy. Riesenkatzen. Und wofür das alles? Wir sind jetzt im Abschlussjahr, Leute. Da können wir nicht länger etwas hinterherjagen, das wir mit elf Jahren zu sehen geglaubt haben. Wir können nicht einer Sache hinterherjagen, die nie real war.«

»Wir kriegen schon noch unseren Beweis auf Film«, sagt Loch. »Aber wir dürfen nicht den richtigen Moment verpassen.«

»Wir waren doch alle dabei.« Cowboy fährt sich mit den schlanken Fingern über den Kragen seines kurzärmeligen Flanellhemdes. »Wir alle erinnern uns. Kann doch nicht so schwer sein, es allen anderen zu beweisen?«

Loch hält inne. Dann senkt er die Stimme. Schatten legen sich über sein Gesicht. »Nein, weil einige von uns dabei sind, es zu vergessen.«

Zurück im Hafen springen Ollie und Cowboys als Erste raus und vertäuen das Boot. Am liebsten würde ich was zu Loch sagen, von wegen es gibt Hoffnung und so, aber er weicht all unseren Blicken aus, als er vom Boot runterklettert. Daher lasse ich es lieber bleiben.

Ich bin die Letzte, die das Pontonboot verlässt. Die Jungs kabbeln sich immer noch wegen Champ, daher lasse ich mich ein Stück zurückfallen. Ich bin genervt. Zu meinen Füßen bemerke ich unsere vier Namen – unsere *echten* Namen, aus der Zeit, bevor wir nacheinander unsere Spitznamen abbekamen. Sie sind in den hölzernen Anlegesteg geritzt, was so ein bisschen aussieht wie eine Türmatte, die einen hier willkommen heißt. Jeder einzelne Buchstabe sieht eckig und schlampig ausgeführt aus.

Toni. Micah. Luke. Justin.

Als ich aufsehe, sind die Jungs schon auf halbem Weg den Pier runter in Richtung Parkplatz gelaufen. Sie streiten sich immer noch, ob Champ nun existiert oder nicht. Vergangenes Jahr glaubten wir noch alle ohne den geringsten Zweifel an das Ungeheuer im See. Was hat sich seither verändert?

»Hey! Ist ja noch früh«, rufe ich, während ich von einem Bein aufs andere trete.

»Ich hab genug von der Monsterjagd«, ruft Ollie mir über die Schulter zu. »Ich würde gern heimgehen, sofern du keinen besseren Vorschlag hast.«

Cowboy bleibt stehen, dreht sich um, sieht mich an. Er lächelt und stopft sich die Hände in die Hosentaschen seiner kurzen Jeans. »Ich muss *Moby Dick* zu Ende lesen.«

Er geht wieder weiter. Die Jungs werden kleiner, entfernen sich immer weiter, und plötzlich hab ich das Gefühl, das war's jetzt. Die letzte Jagd geht zu Ende. Das mit uns ist Geschichte. Und es ist nicht das Ende, das ich mir ausgemalt hatte.

»Ich habe eine Idee!«, rufe ich da. »Die ist echt genial! Mega! Total aufregend! Völlig anders!«

Die Jungs bleiben stehen, drehen sich um. Sämtliche Augen sind auf mich gerichtet. Schweiß bildet sich in meinen Achselhöhlen, während ich krampfhaft nach etwas suche, das ich ihnen hinwerfen kann. Irgendwas, nur damit sie nicht gehen. Ich hole tief Luft und marschiere vorwärts.

»Steigt ins Auto.« Ich grinse. »Die heutige Nacht werdet ihr verdammt noch mal nie vergessen.«

Zwei

Der Beifahrersitz von Lochs altem Honda Civic kennt mich inzwischen gut. Während Loch fährt, lasse ich mich in den ausgefransten Stoff sinken und zupfe an einem losen Faden neben meinem Knie herum. Ich achte aber darauf, ihn nicht rauszuziehen. In Wirklichkeit habe ich gar keinen Plan, was wir tun sollen. Ich hab total geblufft, und ich frage mich, wie lange ich das wohl durchziehen kann, ehe die Jungs merken, dass ich sie bloß an der Nase herumführe, nur weil ich das Ganze jetzt noch nicht abblasen will.

Wir haben nun mal den Sommer vor unserem Abschlussjahr. Eine Zeit, an Dingen festzuhalten, nicht um Abschied zu nehmen. Im kommenden Herbst erwarten uns erhebliche Veränderungen. Daher sollten wir das, was wir jetzt haben, noch auskosten. Und zwar solange es geht.

»Wo lang?«, will Loch wissen. Er trommelt mit den Fingern auf dem Lenkrad herum, während wir auf ein Stoppschild zurollen.

»Links.« Ich hebe das Kinn und schlage einen möglichst selbstsicheren Ton an, doch meine Stimme zittert. Das Klappern des Armaturenbretts übertönt das Radio.

Ich haue ein paarmal auf den Lautstärkeregler, doch er scheint ein für alle Mal bei »leise« festzustecken.

Mein Sitz wackelt, als Ollie sich zu uns vorbeugt und fragt: »Wo fahren wir denn jetzt hin, McRib?«

»Ich will euch die Überraschung nicht verderben.« Schnell tue ich so, als würde ich mich auf die dunkle, von Bäumen gesäumte Straße vor uns konzentrieren. Die heiße Luft sorgt dafür, dass mir der Schweiß im Nacken steht. Gelegentlich ist die Klimaanlage des Honda Civic sogar so gnädig zu funktionieren, aber nicht so heute Nacht.

Cowboy sitzt hinten neben Ollie auf der Rückbank, die Stirn gegen die Scheibe gepresst, die Nase in einem Buch. Er liest in meiner zerfledderten Ausgabe von *Moby Dick*. Das sollten wir über den Sommer für den Englischunterricht im Herbst lesen.

»Ich würde dich gerne was fragen, Cowboy«, sagt Ollie, der sich jetzt zurücklehnt. »Bist du ein Masochist?«

Ich werfe einen Blick in den Rückspiegel. Cowboy blickt nicht mal von seiner Lektüre hoch, als er antwortet. »Ich weiß, was wir heute Nacht tun. Wir spielen das Schweigespiel.«

»Dieses Buch ist doch voll die Qual«, fährt Ollie fort. »Die reinste Folter. Als würde irgendwer Hunderte von Seiten über einen Pottwal lesen wollen.«

»In *Moby Dick* begegnen wir einem der größten Ungeheuer der Literaturgeschichte«, erklärt Loch kopfschüttelnd. »Hör bloß nicht auf ihn.«

Vor uns taucht jetzt das Kino auf, im Eingangsbereich kündigt die Leuchtreklame die filmischen Angebote der

Woche an. Sofort muss ich an all die Male denken, als mein Dad mich unter der Woche in Vorstellungen geschleift hat. Ich ignoriere den Knoten in meiner Magengegend, auch wenn er nichts gänzlich Schlechtes bedeutet. Es sind auch gute Erinnerungen damit verbunden, selbst wenn ich meinen Dad vermisse. Es ist jetzt drei Jahre her, dass er gestorben ist, und doch ist er noch sehr präsent, vor allem an vertrauten Orten wie diesem.

»Ähm, bieg hier ab«, gebe ich Anweisung.

Loch lenkt den Wagen auf den Parkplatz. Das Pflaster glänzt feucht vom Regen heute Nachmittag. Er stellt das Auto in der Nähe des Eingangs ab. Ich stütze den Ellbogen an der Tür ab und spiele mit einer Haarsträhne, die sich aus meinem Pferdeschwanz gelöst hat. Denke an die unzähligen Male, als Dad und ich an den Donnerstagen alte Filmplakate mitnahmen, die man sonst weggeschmissen hätte. Viele von ihnen zieren immer noch die Wände in meinem Zimmer. Ich hasse das Konzept *Zeit*. Es kann einem echt so manches vermiesen.

»Ich muss euch jetzt eine ernsthafte Frage stellen, Leute«, sagt Ollie.

Ich drehe mich zu ihm um und frage mich, ob er wohl das Gleiche empfindet wie ich. Dass das aktuelle Jahr nicht automatisch das Ende bedeuten muss. Sondern ein Versprechen sein könnte. Das Versprechen, immer füreinander da zu sein. Das Versprechen, sich nicht zu verändern, auch wenn alles andere im Wandel begriffen ist.

Ollie hält inne, holt tief Luft und fragt dann: »Wer von euch hat gefurzt?«

Er kurbelt das Fenster runter und versucht, die miefige Luft nach draußen zu fächeln. Ich kichere und werfe Loch einen Blick zu, der aber lächelt nur und trommelt mit den Fingern auf das Lenkrad.

»Das ist doch ein klassischer Autogeruch«, sagt er. »Oder es ist der Milchshake, den ich letzte Woche verschüttet habe.«

»Ist das der große Plan?« Cowboy blickt von seinem Buch auf. »Ein Film? Wir könnten uns doch auch einen bei Loch im Keller ansehen. Ich bin dran mit Aussuchen. Meine Wahl fällt auf *Selbst ist die Braut.*«

Ollie klatscht ihn ab. »Einverstanden! Klasse Streifen!«

Loch stöhnt. »Oh Mann. Ich lass mich gleich erschießen.«

»Besser als diese Horrorfilme, von denen du und McRib so besessen seid«, kontert Cowboy.

»Bitte, Toni. Erspar mir diese schrecklichen romantischen Komödien«, sagt Loch mit einem Seitenblick zu mir. »Bitte sag, dass du was anderes auf Lager hast.«

Ich seufze, bereit, mich geschlagen zu geben. Mir fällt leider nichts ein, bis jemand aus dem Kino kommt, den ich kenne. Direktor Rogers steht am Bordstein, beschienen von dem strahlenden Gebäude in seinem Rücken. Er wischt sich die Brille an seinem blauen Poloshirt sauber und betrachtet dann den klaren Nachthimmel. Dann setzt er die Brille wieder auf die Nase und fährt sich mit der Hand durch das dichte, graue Haar.

»Direktor Rogers.« Ollie scheint überrascht, ihn hier zu sehen. »Wow. Der hat auch ein Leben außerhalb der Burlington High?« Spaßeshalber tritt er gegen meinen Sitz. »Also, was ist der Plan, McRib?«

»Es gibt keinen Plan«, stellt Cowboy fest. »Das ist euch doch hoffentlich allen klar.«

»Stimmt nicht ganz«, werfe ich ein. Ich betrachte Direktor Rogers, und da kommt mir eine Idee. Eine bescheuerte Idee. Kindisch, echt. Aber immerhin, eine Idee. »Ich hab einen Plan. Einen grandiosen Plan.«

»Dann mal raus mit der Sprache, McRib«, sagt Cowboy. Er schlägt sein Buch zu und lächelt. »Jetzt oder nie. Was wollen wir tun?«

Ich kratze an dem Mückenstich an meinem Handgelenk, ehe ich rausplatze: »Gentlemen, wir werden Direktor Rogers den nackten Hintern zeigen.«

Schweigen. Fassungslose Stille. Mein Herz pocht. Ich hab noch *nie* jemandem den nackten Hintern gezeigt. Aber es ist wenigstens harmlos. Schaff ich das überhaupt? Meinen Körper vor jemandem zu entblößen? Ja. Ja, das krieg ich hin. Wenn ich die Jungs an meiner Seite habe, gelingt mir so ziemlich alles.

»Das wird unvergesslich«, fahre ich fort. »Kommt schon, Leute. Wir sind Seniors! Das könnte so was wie unser Abschlussstreich sein.« Oder ein Moment, der uns aufs Neue zusammenschweißt. Vielleicht brauchen wir Champ nach dem heutigen Abend gar nicht mehr, damit er uns zusammenhält.

Aufgeregt trommelt Ollie gegen die Rückenlehne meines Sitzes. »Genial! Find ich super! Los, machen wir's!«

Cowboy seufzt. »Ich hab es lieber, wenn mein Hintern Privatsache bleibt.«

»Hebst du ihn dir immer noch für Katie Morris auf?«, will Ollie wissen und strubbelt Cowboy durchs Haar.

»Eines Tages wird sie sogar mitkriegen, dass du existierst, Mann. Auch wenn du nie mit ihr redest. Oder ihr SMS schreibst. Oder ihre Anwesenheit in irgendeiner Form zur Kenntnis nimmst.«

Cowboys Wangen werden knallrot. Er lässt sich tiefer in den Sitz sinken und vergräbt die Nase wieder in den Seiten von Melvilles Roman. Bei der bloßen Erwähnung von Katie Morris ist er jedes Mal die nächsten fünf Minuten nicht ansprechbar. Vermutlich, weil er von ihr träumt.

Loch beugt sich zu mir rüber. Ich schnappe einen Hauch von Vanille auf. Während er den Direktor eindringlich ansieht, zieht er die Augenbrauen hoch. »Das war also dein Plan, wie? Woher wusstest du, dass er hier sein würde?«

Ich zucke die Schultern und weiche seinem Blick aus. Loch weiß genau, dass ich mir das alles ganz spontan ausgedacht habe. Er durchschaut es immer, wenn ich lüge. Doch er lässt es mir durchgehen. »Nun ja, er ist nicht allein«, erklärt Loch und deutet in seine Richtung.

Eine schlanke Frau mit braunem Haar und blassem Teint tritt neben Direktor Rogers und hakt sich bei ihm unter. Sie trägt ein wunderschönes rotes Sommerkleid und lehnt den Kopf an seine Schulter. Sie wirkt verträumt, glücklich. Direktor Rogers grinst breit, ein ebenso seltener wie seltsamer Anblick, und streichelt sanft ihre Wange.

»Oh mein Gott. Er hat ein *Date«,* flüstere ich.

»Komisch.« Loch schüttelt den Kopf. »Als würde man Zeuge eines bizarren Paarungsrituals auf dem Discovery Channel. Man will es nicht sehen, kann aber trotzdem nicht wegschauen …«

»Er wird mich erkennen.« Ollie versucht sich die wilden Locken mit der Hand glatt zu streichen. »Wir brauchen was, womit wir unsere Gesichter verbergen können.«

»Ich hab ein paar Ersatz-Sweatshirts im Kofferraum.« Loch versinkt tiefer in seinem Sitz. Nicht einfach, bei seiner Größe. »Ich dachte, die würden wir für die Jagd heute Abend brauchen.«

Ich tätschle seine Schulter, um ihm mitzuteilen, dass wir immer noch draußen auf dem See wären, wenn es nach mir ginge. Er lächelt sanft, doch ich spüre seine Enttäuschung. Der Plan sollte dann wohl besser mal aufgehen.

»Lass den Wagen an«, sagt Ollie. »Hier sieht er uns.«

Loch fährt rüber auf die andere Seite des Parkplatzes, in sicherer Distanz zum Direktor und seinem Date.

»Wenn wir das durchziehen wollen, dann müssen wir schnell sein«, sage ich. Mein Puls beschleunigt sich. »Im Augenblick scheinen Direktor Rogers und seine weibliche Begleitung es nicht eilig zu haben. Aber sie könnten sich jeden Moment auf den Heimweg machen.«

Ollie holt die Sweatshirts aus dem Kofferraum und springt schnell zurück in den Wagen. Er ist völlig außer Puste. Dann wirft er mir einen grauen Hoodie zu, mit der Aufschrift AUF DER JAGD, darunter die Silhouette von Bigfoot. Cowboy kriegt ein schlichtes blaues Sweatshirt. Doch der starrt es bloß an, als wäre es voll widerlichem Schleim oder so was.

»Cowboy?« Ich ziehe das Sweatshirt über, in dem ich fast verschwinde. Es riecht nach Dreck und Kuchen. Genau wie Loch. »Bist du dabei?«

»Ich glaub, ich schaff das nicht.« Cowboy kratzt sich die schmale Nase. »Schon bei dem Gedanken könnte ich kotzen. Seid ihr sicher, dass sich keiner *Selbst ist die Braut* ansehen will? Ich bin auch flexibel. Hauptsache Happy End.«

Ollie zieht sich das Sweatshirt über und sagt: »Ein anderes Mal, mein Freund. Ein anderes Mal.«

Ich klemme mir eine Haarsträhne hinters Ohr, ziehe die Kapuze hoch und streiche mit den Fingern über den weichen Stoff. Mann, ist dieses Sweatshirt kuschelig. »Loch?«, frage ich.

Loch reibt sich die dunklen Stoppeln. »Einer sollte das Fluchtauto fahren«, sagt er. »Nur für den Fall. Bin aber zur moralischen Unterstützung hier.«

»Schätze mal, dann sind Ollie und ich die Spaßvögel, die das übernehmen.« Ich ringe mir ein Lächeln ab, während mein Magen Purzelbäume schlägt. So nach dem Motto »Heilige Scheiße, tun wir das jetzt allen Ernstes«. Es gibt einen guten Grund, wieso wir so was normalerweise nicht machen. Warum wir uns an Traditionen halten. Bei der Monsterjagd genauso wie bei den Filmabenden bei einem von uns daheim. Es fühlt sich dermaßen unnatürlich an, vom Üblichen abzuweichen, doch wenn Ollie sich eine andere Art von Abenteuer wünscht, dann soll er es haben. Also Hintern hoch. Ha!

Ollie stopft sich die Haare unter die Kapuze seines schwarzen Hoodies, der ihm ungefähr zwei Nummern zu groß ist. »Bei drei, McRib«, meint er. Seine stechend grünen Augen funkeln wie Juwelen in der Dunkelheit, und ein Schatten legt sich über die hellen Sommersprossen auf seiner Nase.

Ich strecke die Hand nach dem Türgriff aus und sage: »Eins.«

»Zwei«, sagt Ollie als Nächstes.

Dann hört man, wie die hintere Tür aufgeht. Ich lausche Lochs leisem Atmen, und Cowboy blättert eine Seite um. *Wir hätten das ein bisschen besser planen sollen. Zu spät. Jetzt gibt es kein Zurück mehr.*

»Drei!«, rufe ich.

Ich öffne die Tür und springe raus auf den Asphalt. Dann renne ich mit vor Aufregung geröteten Wangen und schweißnassen Achseln auf Direktor Rogers zu. Ollie läuft neben mir her, sein Atem geht laut und unregelmäßig. Der Direktor beachtet uns gar nicht – zumindest nicht, bis ich vor ihn und sein Date springe, ihnen den Rücken zukehre, mir die Basketballshorts runterzerre und dem hinreißenden Paar meinen blanken Hintern hinhalte.

Ollie zu meiner Rechten beugt sich mit runtergezogener Hose vor, das Gesicht unter der Kapuze verborgen. Ich kann nicht glauben, dass ich hier mit heruntergelassener Hose stehe und dem Direktor meiner Schule und irgendeiner Frau, die ich nicht mal kenne, meinen Popo präsentiere.

Ich stehe da wie ein Reh im Scheinwerferlicht. Obwohl, ein Reh würde in der Situation wohl mehr Würde beweisen. Ich bin ein Witz. Ein schrecklich lahmer Witz. Ich meine, ein Keuchen hinter mir zu hören. Das Date, nehme ich an.

Ollie raunt mir zu: »Alsooooo… wie lange wollen wir das hier durchziehen?«

Jemand packt ihn hinten am Hoodie und zerrt daran.

Ollie versucht noch, sich die Shorts hochzuziehen, ehe er mit rudernden Armen rückwärts stolpert.

»Guten Abend, Luke Brown«, sagt Direktor Rogers mit wütender Stimme.

Tja. War wohl nicht so die gute Idee.

Ich reiße die Hose hoch, doch es ist zu spät, die Biege zu machen.

Direktor Rogers packt mich am Ellbogen, seine ohnehin schon riesigen Nasenlöcher sind geweitet. Ollie und ich wechseln einen Blick, meiner voller Furcht, seiner leicht amüsiert. Rogers verschränkt die Arme vor der Brust, schnaubt und sagt: »Und Toni Valentine. Tja, ich hoffe, ihr beide genießt den restlichen Abend.« Er seufzt und ergreift die Hand seines Dates. »Weil ich nämlich eure Eltern über diesen Vorfall informieren werde.«

Ich hab das Gefühl, ich muss kotzen. Ein paarmal würge ich, ohne dass was kommt. Das Date im roten Kleid sieht mich angewidert an.

»Bitte tun Sie das nicht…«, sage ich, doch Direktor Rogers hört mich gar nicht mehr. Er und sein Date sind bereits abgezogen.

»Toni. Entspann dich«, raunt Ollie mir zu. Er scheint zufrieden mit sich selbst. Wenigstens einer hatte Spaß heute Abend. »Was ist denn das Schlimmste, das passieren könnte?«

Ja, schon klar. Berühmte letzte Worte.

Drei

Einen Monat später sitze ich in einem lichtdurchfluteten Klassenzimmer der Winston Academy für Mädchen. Mein Dad hat immer Witze darüber gemacht, dass der Tag, an dem ich einen Rock tragen würde, derselbe Tag wäre, an dem uns die Zombie-Apokalypse heimsuchen würde. Jetzt sind schon zwei Stunden vergangen, und weit und breit ist kein Zombie in Sicht, aber fühlen tue ich mich wie eine von den lebenden Toten. Jemand hat heute Morgen in Himbeerparfüm gebadet, und jetzt herrscht Krieg in meinen Nasenlöchern. Vielleicht kippe ich ja um und liege dann zuckend am Boden. Der Gestank ist echt nicht auszuhalten. Vielleicht bin ich aber auch allergisch auf das ganze Östrogen hier.

»Alles okay?«, flüstert das Mädchen neben mir.

Statt einer Antwort halte ich mir die Hand vor den Mund und niese derart heftig, dass eine Ladung Rotz in meiner Hand landet. Unauffällig verberge ich sie unter dem Tisch und grinse.

»Alles bestens«, erwidere ich. »Bin nur müde.«

Das Mädchen kaut auf einer Strähne von ihrem honigblonden Haar herum, während sie sich bemüht, jedes einzelne Wort mitzuschreiben. Ein ledergebundener Terminplaner liegt an der Ecke ihres Tisches, und unten ist in schnörkeligen rosa Buchstaben ein Name zu lesen: *Emma Elizabeth Swanson.*

Ich bin hier zweifelsohne an keiner staatlichen Schule mehr.

Unser Lehrer für Rechnungswesen lächelt mir hinter seiner Brille mitleidig zu und stürzt sich dann in eine Diskussion über Angebot und Nachfrage. Ich hingegen überlege weiter, wie ich den Rotz an meiner Hand wieder loswerde. Wenn ich neben einem der Jungs an der Burlington High sitzen würde, wie ich es eigentlich dieses Schuljahr noch tun sollte, dann wäre das kein Problem. Ich würde die Sauerei an Cowboy abwischen, weil der sich am wenigsten wahrscheinlich rächen würde, und lachen.

Aber was tut eine »Dame« in so einem Fall?

Hier an der Winston werden Jungs als etwas so Mythisches und Mysteriöses wie Einhörner angesehen. Keine Spur von ihnen. Kein ekliges Gerülpse. Kein dämliches Abklatschen. Kein Gerede von Monsterjagden. Es ist schon seltsam, als würde ich mich inmitten einer Armee aus höflichen Aliens in Strickpullovern und mit Lipgloss auf den Lippen bewegen.

Wie soll ich bloß das kommende Jahr auf diesem fremden Planeten überleben?

Plötzlich dreht sich das Mädchen vor mir zum Gang, beugt den Kopf runter und sprüht ihre braunen Locken mit Haarspray ein – mit Himbeerduft. Aha! Da kommt also dieser bestialische Gestank her. Sie richtet sich wieder auf und lächelt den Lehrer an, der ihr einen strengen Blick zuwirft, ehe er mit seinem Vortrag fortfährt.

Jetzt stellt sich mir eine noch viel beängstigendere Frage: Was, wenn ich zu einer von ihnen werde?

Ich halte die Handfläche nach oben und rutsche unruhig hin und her, weil ich unschlüssig bin, was ich tun soll. In der Orientierungsstunde heute Morgen kam das Thema Rotz leider nicht vor. Ich will schon Emma Elizabeth Swanson nach einem Taschentuch fragen, als es plötzlich klingelt. Rasch wische ich mir die Hand an meinem karierten Rock ab und bete insgeheim, dass das keiner mitkriegt.

»Das hab ich gesehen!«

Ich wirble herum, doch das rothaarige Mädchen, das durch den Gang eilt, meint nicht mich. Sie unterhält sich mit ein paar Freundinnen über einen Film, den sie am Wochenende gesehen hat, über afrikanische Wildkatzen. Sie geht an mir vorbei, als wäre ich nicht viel mehr als ein Schatten. Vielleicht sollte ich mich ein bisschen anstrengen und Freunde finden, doch Emma Elizabeth Swanson, die bislang beste Gelegenheit, da sie die Einzige war, die mit mir gesprochen hat, hat das Klassenzimmer bereits verlassen.

Ich klaube meine Bücher auf und lasse mich von der Menge raus auf den Flur treiben, wo der Himbeerduft endlich verflogen ist. Die Anzahl an Körpern in karierten Klamotten wird geringer, weil alle zu ihren Schließfächern sausen und dann in die nächste Stunde hetzen. In meinem Magen macht sich ein Gefühl von Einsamkeit breit, als ich meinen Spind öffne und das Rechnungswesen-Lehrbuch gegen Carl Sagans *Blauer Punkt im All. Unsere Heimat Universum* austausche. Das soll ich für mein Englisch-Wahlfach zum Thema Zeit und Raum oder so lesen.

Das ist noch so eine Sache. Die Unterrichtsstunden hier klingen alle total nach Collegekursen.

Ich seufze und ziehe meinen Pferdeschwanz fest. Eigentlich sollte ich nicht hier an der Winston sein. Klar, Direktor Rogers hat natürlich mit meiner Mutter über den Popo-Vorfall gesprochen, sie über die Späßchen in Kenntnis gesetzt, die ich und die Jungs uns so erlaubt haben. Aber *so weit* hätte man nun auch nicht gehen müssen.

So gern meine Mutter mich in Röcken und mit lackierten Nägeln sehen würde, und so gern sie hätte, dass ich über meine Gefühle spreche, von meinen Freunden aus der Kindheit hätte sie mich niemals wegen eines lächerlichen Vorfalls wie diesem getrennt und im Abschlussjahr auf eine neue Schule geschickt. So gemein ist Mom nicht. Brian, ihr neuer Ehemann, dafür schon. Der brachte sofort Broschüren voller lächelnder Mädchen in Schuluniformen mit nach Hause und erzählte Mom, eine reine Mädchenschule würde mich von solchen Dummheiten heilen, mich fernhalten von schlechten Einflüssen und mich zu einer echten Dame machen.

Was Brian nicht weiß, ist, dass das mit dem nackten Popo *mein* Einfall war. *Ich* bin der schlechte Einfluss. Aber ich kapier's nicht – den blanken Hintern herzuzeigen ist doch harmlos im Vergleich zu den meisten Sachen, die sich in verborgenen Ecken an der Highschool sonst so abspielen. Und trotzdem werde ich dafür bestraft.

Den Rest des Tages konzentriere ich mich darauf, die Basketballshorts unter dem knielangen Rock vom Hochrutschen abzuhalten. Eine ziemliche Herausforderung, wie sich herausstellt. Und außerdem spitzen die Beine der Shorts immer wieder unten raus, weshalb ich sie ein Stück hochkremple. Was das Ganze wiederum nicht unbedingt bequemer macht. Aber ohne die Hose würde ich mich einfach viel zu nackt fühlen. Als es nach der letzten Stunde klingelt, pocht mir der Schädel, und ich habe das dringende Bedürfnis, Brian das Leben möglichst schwer zu machen. Schon am ersten Tag kriege ich mehr Hausaufgaben auf als in einem ganzen Monat an der Burlington High.

Ehe ich wieder in die Wildnis entlassen werde, um mich dem Berg an Hausaufgaben zu widmen, schaue ich kurz im Büro der Vertrauenslehrerin vorbei und stelle mich vor.

»Und, hast du heute schon ein paar süße Jungs getroffen?«, meint Mrs. Kemper lachend, wobei sie mit der Hand belustigt vor dem Gesicht rumwedelt, als wollte sie eine Fliege verscheuchen. »Ein alter Witz, sei mir nicht böse.«

»Ulkig«, murmle ich und verlagere mein Gewicht, um meine Hose wieder zurechtzuziehen.

»Erzähl mir von deinem ersten Tag. Hast du dich schon eingelebt?«

Mir entfährt ein schwaches Schnauben, doch Mrs. Kemper scheint das nicht mitzubekommen. Ihr Haar ergießt sich in Kaskaden von dicken Locken um ihr koboldhaftes Gesicht. Ein paar lose braune Härchen kleben an ihrem dunkelblauen Blazer. Sie zupft eines ab und lässt es zu Boden fallen wie eine zarte Feder, während sie auf das wartet, was sie hören will: Nämlich ein Ja, ich würde mich ja so wahnsinnig gut verstehen mit den privilegiertesten und kultiviertesten jungen Damen im ganzen Staate Vermont.

Ich. Das Mädchen mit den stets aufgeschrammten Knien und dem Dreck unter den Fingernägeln.

»Ich komm schon klar«, sage ich und ringe mir ein höfliches Lächeln ab. Ich wünschte, hier an der Winston würde man das Wahlfach *Wie man das perfekte falsche Lächeln hinkriegt* anbieten. Nach all der Übung, die ich heute schon hatte, wäre ich da sicher gut drin. »Alles in bester Ordnung.«

Mrs. Kemper nickt, doch offensichtlich nimmt sie mir diese Lüge nicht ab. »Der erste Tag ist immer am schlimmsten. Lass dich nicht unterkriegen, Tonya.«

»Toni.«

»Wer ist Toni?«

»Ich ziehe es vor, Toni genannt zu werden.«

Mrs. Kemper hebt das Kinn an. »Aber Tonya ist doch so ein hübscher Name.«

Ich zucke die Schulter, weil ich genau weiß, dass ich diesen Kampf nicht gewinnen kann. Hier bin ich Tonya. Überall sonst bin ich Toni. Dieser Laden hier akzeptiert noch nicht mal die *Namen* von Jungs.

»Schätze, wir sind dann fertig«, sagt sie und räuspert sich. »Ach ja, und vergiss nicht, du hast deine erste Gruppensitzung am Freitag.«

Ich blinzle ein paarmal. »Gruppensitzung?«

Wieder kichert sie. »Ist schwer, sich das alles zu merken, nicht wahr? Einmal die Woche triffst du dich in der

Bibliothek mit einer Gruppe Gleichaltriger, um über all das zu sprechen, was dich bekümmert. Das ist eine gute Möglichkeit, dich in gepflegter Konversation zu üben.«

Mir klappt die Kinnlade runter. »Sie meinen, wir reden da über unsere *Gefühle?*«

Mrs. Kemper steht auf und lächelt. »Ja. Das ist ja nichts Schlimmes. Schönen Nachmittag noch, Tonya.«

Oh mein Gott. Die meint das ernst. Mit zittrigen Knien erhebe ich mich. Meiner Mutter zufolge geht es in diesem Jahr ums *Erwachsenwerden* und um die *Zukunft*. Mit anderen Worten, um alles, bloß nicht um Spaß. Das sollte das letzte Jahr werden, in dem ich mit den gleichen Leuten abhänge, die ich schon seit der zweiten Klasse kenne, und dabei dem Thema Verantwortung so weit wie möglich aus dem Weg gehe.

So viel also dazu.

Auf der Fahrt nach Hause (eine Stunde Pendeln, noch so ein Nachteil an der Winston), drehe ich das Radio laut, in der Hoffnung, eine Portion guter Countrymusik würde meine Kopfschmerzen beseitigen. Ich singe bei einer traurigen Ballade mit und brülle dabei so laut, dass meine Halsvene fast platzt. Hilft auch nichts.

Der Geruch von Himbeerhaarspray kitzelt mir immer noch in der Nase, während die Hügel, die den Campus der Winston umringen, im Rückspiegel immer kleiner werden. Ich versinke tiefer im Sitz meines Nissan Maxima, die einzige Annehmlichkeit, die ich aus meinem alten Leben mitnehmen konnte. Er hat früher meinem Dad gehört. Fast-Food-Verpackungen bedecken den Boden, und auf dem Rücksitz liegen diverse Klamotten und Bücher und Limodosen herum. Hier drinnen kann mich keiner zwingen, mich wie eine Dame zu benehmen.

Ich werfe einen kurzen Blick auf den Stapel Schulbücher auf dem Beifahrersitz neben mir und kurble das Fenster herunter, um die sich anbahnende Panikattacke abzuwehren. An der Burlington hatte ich bereits ausreichend Pluspunkte angesammelt, um mir auch mal einen Nachmittag frei zu nehmen oder um Prüfungen ein wenig früher abzulegen. Doch hier an der Winston existieren so was wie freie Nachmittage nicht.

Stattdessen gehe ich in Kurse wie »Synökologie in bewaldeten Gebieten«. Da schlendert man im Grunde genommen nur durch den Wald auf dem Campus und beschäftigt sich ein Semester lang mit der Pflanzenwelt Vermonts. Was ja im Grunde genommen gar nicht so schlimm wäre, wenn ich nur Loch bei mir hätte. Er würde bestimmt mögliche Spuren von Bigfoot finden oder irgend so was Cooles. Mit ihm wäre es ein Spaß.

Ich gebe meinem Notendurchschnitt – und Brian – die Schuld daran, dass ich auf diesem seltsamen Planeten gelandet bin.

Allein.

Daheim angekommen, parke ich in der Einfahrt und jogge gleich rüber zu Loch, der direkt nebenan wohnt. Auf halbem Weg durch den Garten lasse ich den karierten Rock fallen, trample ein paarmal darauf herum und kann dann endlich wieder normal atmen. Ich bin schon gespannt auf den bevorstehenden Abend. Zum ersten Mal seit mehr als einem Monat wollen wir runter an den See.

Die letzten Wochen hatte ich das Gefühl, mich immer weiter von den Jungs zu entfernen. Wir waren ein paarmal zusammen im Kino, haben ein paar Videospiele gespielt, aber irgendwie fühlt es sich nicht mehr an wie früher. Irgendwas hat sich verändert, seit ich meinen Wechsel auf die Winston angekündigt habe.

Wenn wir es schaffen, uns zu treffen, trudelt Loch immer echt spät ein, will uns aber nicht verraten, wo er war. Ich hoffe bloß, er trifft sich nicht wieder mit seiner Exfreundin. Und Ollie redet pausenlos davon, wie aufregend es doch ist, im Abschlussjahr zu sein. Dabei bin ich nicht mehr Teil davon, zumindest nicht so richtig, ganz gleich, wie sehr ich mich auch bemühe. Selbst Cowboy wirkt stiller als sonst. Irgendwie mies drauf.

Ich mache mir Sorgen, die Jungs könnten sich von mir zurückziehen, weil ich jetzt keine von ihnen mehr bin. Schließlich bin ich inzwischen ein Winston-Mädchen. Keine Ahnung. Ich kann bloß hoffen, dass ich mir das alles nur einbilde.

Jetzt begebe ich mich zur Rückseite des Hauses der Garrys und freue mich total darauf, meine Jungs wiederzusehen. Nachdem wir uns vergangene Woche zig SMS geschickt hatten, einigten wir uns auf eine Monsterjagd heute Abend. Die Vorbereitungen auf die Jagd will ich um keinen Preis verpassen, unter anderem ist das ein heroisches *Mario-Kart*-Rennen. Wenn die damit ohne mich anfangen, dann ist Yoshi bestimmt vergeben, und das bedeutet, dass ich mich wieder mal mit Peach zufriedengeben muss.

Während ich mich durchs Kellerfenster runterlasse,

atme ich den vertrauten Duft von Trockenmauer und alten Chips ein. Mit einem lauten Rumms lande ich auf dem zotteligen Teppich und stoße dabei einen solchen Riesenrülpser aus, dass jeder Biertrinker einpacken könnte.

»Ui, schon besser! Das verkneife ich mir schon den ganzen Tag!«, rufe ich und streichle mir über den Bauch.

Als ich mich umdrehe, starre ich in das entsetzte Gesicht von Amy Garry, Lochs kleiner Schwester. Sie sitzt am Tisch und lackiert sich die Nägel, eine Horde Freshmen-Mädels um sich versammelt, die alle das Gleiche tun. Die vier Mädchen starren mich schockiert an, und ihre glänzenden Nägel reflektieren das spärliche Kellerlicht. Früher nannte ich Amy Garry immer zum Spaß »mein bezaubernder Schatten«, weil sie uns ständig überallhin gefolgt ist. Jetzt aber hat sie diesen Ausdruck auf ihrem Gesicht, der besagt, dass sie sich ein Schlupfloch wünscht, in dem ich mich verkriechen möge.

»Oh«, ist alles, was ich zunächst rausbringe. »Wo steckt Loch?«

Amys Wangen sind knallrot und glühen. »Du meinst Micah? Er ist bei der Arbeit.«

Ich schüttle den Kopf, überzeugt, dass ich mich verhört habe. Loch hat doch keinen Job. Ein Job würde ihn ja nur von seinen Nachforschungen abhalten. Außerdem haben wir doch was vor.

Amys Hand hält mitten in der Luft inne, während der Nagellack auf den Tisch tropft. Ihr herzförmiges Gesicht sieht jetzt aus wie Rote Bete. Oh Mann. Ich hab dem armen Kind einen Riesenschrecken eingejagt. Leise und ohne weitere Fragen zu stellen krieche ich zum Fenster hinaus. Dabei hätte ich sie so viel fragen wollen. Ehe ich das Fenster hinter mir schließe, kriege ich zufällig mit, wie eine von Amys Freundinnen sagt: »Ich wette, die hatte noch nie ’nen Freund!«

Autsch. Ich ignoriere das bohrende Gefühl in der Magengegend – das sind Freshmen, Herrgott noch mal – und schnappe mir meinen Rock, der noch auf dem Rasen liegt. Dann klettere ich wieder ins Auto und mache es mir hinter dem Steuer bequem. Amy muss sich getäuscht haben. Die ist durcheinander. Loch würde sich so eine Suche nach Champ nicht entgehen lassen. Ganz bestimmt nicht, ohne mir was zu sagen. Vielleicht dachte er ja, wir würden uns unten am See treffen. Vielleicht wartet er ja längst dort auf mich. Ich checke mein Handy. Keine SMS. Keine Anrufe. Kein großes Ding. Loch liegt nicht sonderlich viel an seinem Handy.

Ich hasse dieses Gefühl – keine Kontrolle zu haben. Also stoße ich zurück aus der Einfahrt und fahre runter zum See, die Fenster runtergelassen. Ich versuche Ruhe zu bewahren. Stelle mir vor, wie die Jungs unten am Kai auf mich warten, lachen, bereit für eine neue Jagd. Tüten voller Junkfood im Gepäck. Ich wette, sie fragen sich schon, wo zum Teufel ich bleibe.

Doch als ich dort ankomme, liegt Ollies Pontonboot verlassen da, es wiegt nur sanft im Wasser auf und ab. Ich kratze mich im Genick, während ich die Hafenanlage entlangschlendere und die angrenzenden Berge beobachte. Nachdem ich mich gesetzt und mein Handy rausgezogen habe, verschicke ich eine Sammel-SMS: *Leute, wo steckt ihr? Champ wartet …*

Ich lege das Telefon neben mir hin, wippe mit den Knien auf und ab, unfähig, es abzuschütteln, dieses schreckliche Gefühl, im Stich gelassen worden zu sein. Es bläht sich in meiner Brust auf wie ein Ballon. Sekunden später vibriert mein Handy. Eins. Zwei. Drei Mal.

Als Erstes trifft die SMS von Cowboy ein: *KATIE MORRIS HAT HEUTE MIT MIR GEREDET!*

Die zweite stammt von Ollie: *Eine Jagd? Heute? Schaff ich nicht!*

Und als Drittes kommt die SMS von Loch: *Tut mir leid. Hab vergessen, dir zu sagen, dass ich heut Abend arbeite. Erkläre ich dir später. Ein andermal? Wie war dein erster Tag, Winston-Mädchen?*

Sie kommen nicht.

Sie haben es vergessen.

ALLE DREI HABEN ES VERGESSEN.

Ich scrolle mich durch meine abgespeicherten Textnachrichten. Jep. Da ist es. Ich bin nicht verrückt. *Wir haben es so vereinbart.*

Wie konnten sie es einfach so vergessen?

Ich werfe mich mit dem Gesicht voraus aufs Bett. Ein missmutiges Miauen ertönt vom Kissen her. Als ich aufblicke, sitzt da Tom Brady, unser Kater. Offenbar habe ich ihn in seinem Schönheitsschlaf gestört. Er funkelt mich beleidigt an und fängt dann an, sich das schwarze Fell zu lecken.

»Tut mir leid, dass ich dich geweckt habe«, sage ich.

Wie ein unliebsames Sofa tauchte Tom Brady vor etwa einem Jahr zusammen mit meinem Stiefvater hier auf.

Brian ist ein großer Fan der New England Patriots, daher der schauderhafte Name des Katers. Wie sich rausgestellt hat, erfüllt Tom Brady wunderbar die Funktion eines Weckers. Jeden Morgen um Punkt sieben Uhr kaut er so lange auf meiner Hand herum, bis ich aufstehe und ihm sein Fressen gebe.

Ich dusche und hänge dann etwa eine Stunde vor dem Laptop. Den stressigen ersten Tag an der Winston versuche ich zu verdrängen. Ich verdränge auch, dass meine Freunde mich im Stich gelassen haben, ebenso wie das Gefühl, sie würden mir immer mehr entgleiten. Aber genau das ist das Problem. Im Gegensatz zu ihnen vergesse ich nichts.

Ich knipse das Licht aus, krieche unter die Decke, und dann halte ich sie nicht länger zurück, die panischen Schluchzer, und flenne hemmungslos in mein mit Katzenhaaren bedecktes Kissen.

Vier

Im Laufe der folgenden vier Tage schicke ich ungefähr hundert SMS, in dem Versuch, eine neue Jagd zu organisieren. An den Tagen, an denen Loch Zeit hätte, muss Ollie seinem älteren Bruder Jason helfen, den Keller aufzuräumen. An den Tagen, an denen Cowboy sich gerade mal nicht auf eine Prüfung vorbereiten muss, arbeitet Loch. Es scheint unmöglich, dass wir alle vier Zeit haben, uns zu treffen. Gehen die mir etwa absichtlich aus dem Weg?

Wenigstens ist heute Freitag. Oh, Moment. Das heißt ja, dass ich heute mit ein paar Wildfremden über meine *Gefühle* reden soll. Spitzenmäßig.

»Ich denke, als Nächstes sollten wir uns anhören, was Tonya Valentine zu sagen hat.« Mrs. Kemper verschränkt die Hände über den Knien und schenkt mir ihre volle Aufmerksamkeit. Ich aber bin mit den Gedanken an der Burlington High.

Die Jungs sehen sich jeden Tag – auf den Fluren, im Unterricht, beim Mittagessen. Sie brauchen sich nicht unzählige SMS zu schicken oder sonst was, um miteinander zu kommunizieren. Sie sind ja ständig zusammen. Ich will bei ihnen sein. Im Grunde genommen ist die Winston keine Bestrafung. Zumindest meinte Mom das, als sie und Brian sich mit mir hinsetzten und mich über den neuen Pfad informierten, den ich auf meiner schulischen Laufbahn einschlagen würde. Ich sollte dankbar sein und glücklich, hier sein zu dürfen. Und weil ich es nicht bin, fühle ich mich wie der größte Trottel.

»Tonya?« Mrs. Kemper erhebt die Stimme und holt mich damit zurück in die Realität.

Ich verlagere mein Gewicht, bereue wieder mal, dass ich die Basketballshorts anhabe, aber irgendwie kann ich mich nicht von ihnen trennen. »Ich heiße eigentlich Toni. Hi.«

Die Mädchen mustern mich, als wäre ich etwas, zu dem man sie zu einem späteren Zeitpunkt prüfen würde. In der Bibliothek riecht es nach Zimt, und eine Reihe von bequemen Sesseln bildet das, was ich den »Kreis der Gefühle« getauft habe. Wir sind umgeben von wunderschönen moosgrünen Wänden, während wir uns gegenseitig unser Herz ausschütten. Ein ganzes Labyrinth an Büchern, die älter aussehen als die Erde selbst, lauscht unseren Bekenntnissen. Der knisternde Kamin füllt Momente peinlichen Schweigens, doch von denen gab es bislang nicht viele.

Während alle mich anstarren, juckt es mich plötzlich ganz fies an der linken Pobacke.

»Erzähl uns doch ein bisschen was über dich«, fordert Mrs. Kemper mich auf, weil sie mehr hören will.

»Ich stamme aus Shelburne.« Wieder verlagere ich mein Gewicht, in der Hoffnung, das würde gegen das Jucken helfen. »Früher war ich auf der Burlington High. Mein Stiefvater wollte, dass ich hierher wechsle. Tja. Also. Da wäre ich.«

Ich weiß nicht, was ich sonst noch sagen soll, außer vielleicht, dass ich mich dringend am Hintern kratzen muss, und so was hört man hier vermutlich nicht so gern.

»Hat irgendeine hier eine Frage, die sie Tonya gern stellen möchte?« Mrs. Kemper lässt den Blick über die Gruppe wandern.

Das rothaarige Mädchen aus meiner Klasse für Rechnungswesen, von der ich seit heute Morgen weiß, dass ihr Name Shauna Hamilton ist, hebt die Hand und fragt: »Heißt du mit Nachnamen wirklich Valentine?«

»Äh, ja.« Was für 'ne komische Frage. Warum sollte ich mir so was denn ausdenken?

»Das ist ja so romantisch!« Sie seufzt und schlägt die Beine an den Knöcheln übereinander.

Shauna hat die Gruppendiskussion heute eröffnet, indem sie uns ihre Liebe zu einem Jungen namens Ryan gestand. Der geht auf ein Internat in Connecticut. Ryan hat blaue Augen. Ryan steht total auf Gedichte. Ryan duftet nach frisch gewaschener Wäsche. Das ist schon weit mehr, als ich über Ryan eigentlich wissen wollte.

Ich erkenne ein paar weitere Mädchen aus meinen Klassen. Die mit dem schwarzen Bob ist bei mir in Französisch. Ihr Name ist Lemon, was man sich leicht merken kann, weil, na ja, so 'nen Namen hört man nicht jeden Tag. Emma Elizabeth Swanson, das bis gerade eben einzige Mädchen, das die ganze Woche ein Wort mit mir gewechselt hat, sitzt mir direkt gegenüber und starrt auf ihre Schuhe, einen wütenden Ausdruck im Gesicht. Sie ist schon die ganze Zeit mucksmäuschenstill.

Ich frage mich, wie ich auf diese hübschen, zarten,

selbstsicheren Mädchen wirken muss. Vorsichtig kratze ich mich am Knie und beuge mich nach vorn, weil mir der Rücken wehtut. Nach einem weiteren langen Tag hier bin ich völlig geplättet, und das Pochen hinter den Augen will einfach nicht aufhören. Es gibt einfach so verdammt viel zu tun. Ich mache mir Sorgen, dass ich da nicht mithalten kann.

»Eine Dame sollte die Beine stets an den Knöcheln oder den Unterschenkeln übereinanderschlagen«, sagt Mrs. Kemper lächelnd.

Also kreuze ich sie an den Knöcheln und bin überrascht, dass keiner lacht. Vermutlich sind alle an solche Korrekturen der Haltung gewöhnt, nicht dass es bei irgendeiner von ihnen nötig gewesen wäre.

Als die Gruppensitzung zu Ende ist, renne ich schnell aufs Klo und kratze mich ungestört am Hintern. Ich klatsche mir Wasser ins Gesicht, um mich wach zu machen, und fische dann mein Handy aus der Socke. Meine Finger halten über der Tastatur inne, während ich überlege, ob ich Loch eine SMS schicken soll oder nicht.

Aber da ist wohl mehr als eine simple SMS nötig. Ich muss seine Stimme hören. Ich muss seine Präsenz neben mir spüren, während ich mich über die hohen Anforderungen hier an der Winston Academy auslasse. Ich muss ihm in die Augen sehen, wenn ich ihm sage, dass ich unsere Jagden vermisse, unser früheres Leben, das sich jetzt so rasch verflüchtigt, und dass ich immer noch und auf ewig glaube, dass Champ im Lake Champlain lebt und darauf wartet, von uns entdeckt zu werden.

Ich hab ganz vergessen, dass Loch nicht daheim ist. Er arbeitet. Also mache ich wie üblich nach der Schule Hausaufgaben und schmolle. Nachdem ich eine Stunde lang Rechenaufgaben gelöst habe, hab ich das Gefühl, mein Hirn explodiert jeden Moment, daher gucke ich ein paar Folgen *Family Guy* auf meinem Laptop und verputze dabei ein Snickers-Eis. Allerdings bin ich so angespannt vom Stress, dass ich kein einziges Mal lache.

»Was tust du hier?«, will Mom wissen, die plötzlich im Türrahmen lehnt. »Warum bist du denn nicht mit den Jungs unterwegs?«

»Soll ich etwa auf Bäumen rumklettern oder Steine auf dem Wasser springen lassen oder so was?« Ich stelle die leere Eisschüssel auf dem Nachttisch ab, gleich neben den vergessenen Pizzateller, der langsam anfängt zu müffeln.

»Mit der Zeit wird es leichter.« Mom lässt sich neben mich aufs Bett plumpsen. Auf dem Kragen ihres grauen T-Shirts ist ein Ketchupfleck zu sehen, der schon ewig dort ist. »Veränderungen können durchaus positiv sein.«

Ich schnaube. »Veränderungen sind doof.«

»Sollen wir einen Kaffee trinken gehen?«, fragt sie und strahlt. »Geht auf mich.«

»Du bist meine Mutter. Bis zum 1. März bist du sogar gesetzlich dazu verpflichtet, für mich zu bezahlen.«

»Kämm dir das Haar, Miss Neunmalklug. Du verlässt jetzt sofort dieses Zimmer.«

Ein paar Minuten später fahren wir auch schon die Shelburne Road entlang, auf dem Weg zu Dunkin' Donuts. Meine Mom wippt während der Fahrt bei einem Rapsong mit, den ich nicht mehr hören kann, so oft wird der gespielt. Ich versuche nicht darauf zu achten und lenke mich ab, indem ich aus dem Fenster schaue, doch leider gibt es nichts zu sehen als satte grüne Rasen und Orte, die mich an meine Freunde erinnern. Die Bowlingbahn. Der Drugstore. Das Kino.

Als ich es nicht länger aushalte, schalte ich das Radio auf den Countrysender um. Die wundervollen Klänge von Tim McGraws Musik erfüllen den Wagen.

»Hab mich schon gefragt, wie lange es diesmal wohl dauert«, sagt meine Mom grinsend.

Jetzt frage *ich* mich, ob dieser ganze Ausflug eine Art Test ist. »Was bezweckst du mit dieser Spritztour?«

»Ich lasse nicht zu, dass du dich in einem Loch verkriechst«, erwidert Mom fröhlich. »Du schmollst schon die ganze Woche. Das hab ich dir ja noch durchgehen lassen. Aber heute lässt du das mal hinter dir. Und lach mal wieder.«

»Damen lachen nicht«, grummle ich. »Damen überkreuzen ihre Knöchel.«

Mom runzelt die Stirn, als wir auf den Parkplatz des Dunkin' Donut einbiegen. Sie stellt den Motor ab, schnallt den Sicherheitsgurt ab und dreht sich zu mir. »Dann sag was«, meint sie. »Nur ein Wort. Und ich schick dich zurück auf die Burlington.«

Einen Moment flackert Freude in mir auf, doch das muss ein Trick sein. »Meinst du das ernst?«, frage ich deshalb.

Sie nickt, wobei sich Strähnen ihres lockigen, kastanienbraunen Haars aus dem Pferdeschwanz lösen. Je älter ich werde, desto klarer wird mir, wie unterschiedlich wir aussehen. Ihr Gesicht ist voller Farbe und Sommersprossen, während meine Haut blass und glatt ist. Ihr Haar kräuselt sich zu Locken, während meins glatt und schwarz ist. Ihre Augen? Dunkelbraun, wie Schokolade. Und meine? Hellgrau, wie der dunkler werdende Abendhimmel. Alle sagen, ich sehe aus wie mein Dad.

»Ich will zurück an die Burlington«, sage ich. Dann halte ich den Atem an. *Bitte. Sag Ja. Mach, dass alles wieder gut wird.*

»Uff! Das geht nicht, Toni.« Lächelnd schüttelt sie den Kopf. Ha. Wusste ich's doch, dass das ein Trick war. Trotzdem bin ich enttäuscht. Ein einfaches Ja wäre die Lösung für alles gewesen. »Die Winston ist eine einmalige Gelegenheit für dich. Die Burlington hat dich in deiner Entwicklung gebremst.«

Wie nervig. Ich muss mich doch nicht mehr entwickeln. Ich finde mich gut so, wie ich bin, Danke vielmals.

Drinnen bestellen wir beide einen Iced Latte – was Getränke betrifft, habe ich meinen Geschmack von meiner Mom geerbt – und entscheiden uns für einen Tisch am Fenster. Ich presse den Kopf gegen die Scheibe und seufze dramatisch.

»Wie war es in der Gruppe heute?«, will sie wissen.

Oh, ach so, diese Sache mit der Gruppe, die sich über Gefühle austauscht. Mein Albtraum. »Man hat mich zu einer Dame gemacht, die sich gepflegt über ihre Gefühle unterhalten kann«, sage ich. »Ich bin geheilt.«

»Keiner versucht, dich zu heilen …« Mom verstummt und hört einen Moment auf, mich aufmuntern zu wollen. Schweigend trinkt sie von ihrem Latte.

Als ein roter VW-Käfer auf den Parkplatz fährt, richte ich mich ein wenig auf. Sofort hebt sich meine Laune. Der Käfer gehört nämlich Ollie. Ich frage mich, ob die Jungs wohl nach mir suchen.

»Sieh einer an. Deine werten Herren sind da.« Mom klingt nicht ganz so begeistert. »Da fällt mir ein. Hast du schon ein paar nette Mädchen kennengelernt auf der neuen Schule? Kann doch nicht schaden, wenigstens eine Freundin zu haben.«

Doch ich hör ihr gar nicht richtig zu. Stattdessen beobachte ich, wie Ollie und Cowboy aus dem Käfer aussteigen und völlig zufrieden herumalbern. Ollie nimmt Cowboys Kopf in den Schwitzkasten. Cowboy will sich aus der Umklammerung winden, leider erfolglos, daher tritt er Ollie auf den Fuß. Ollie jault auf und lacht, während er nach seinem neonorangen Turnschuh greift. Cowboy verpasst Ollie einen Stoß gegen die Schulter.

Ich kichere. Diese Jungs. Okay. Jetzt sollten sie aber schnurstracks hier reinmarschieren und sich entschuldigen, dass sie sich in letzter Zeit so rar gemacht haben. Dann ist alles wieder wie früher. Doch sie blicken noch nicht mal in meine Richtung. Während sie auf die Pizzeria ein paar Türen weiter zugehen, trommle ich gegen die Scheibe, verwirrt und leicht panisch. Ich komme mir blöd vor, aber das ist mir egal. Schließlich will ich einfach nur, dass sie mich sehen. Endlich drehen sie sich um und entdecken mich.

Ollie kommt direkt vor das Fenster, hebt sein Hemd hoch und presst den Bauch gegen die Scheibe. Dabei ruft er: »McRib!«

Und dann gleitet er langsam nach unten, sodass sein wabbeliger Bauch über das Glas quietscht. Mom verschluckt sich um ein Haar an ihrem Latte. Ich aber lache nicht. Ich weigere mich zu lachen. Weil ich nämlich sauer auf sie bin, dass sie mich vergessen haben.

Ollie trommelt mit den Fäusten gegen das Fenster.

»Hey! Hör auf damit!«, ruft der übellaunige Typ hinter dem Tresen. »Sonst ruf ich die Bullen, ihr Penner!«

Ollie springt zur Tür, und Cowboy schlurft hinter ihm her. Ich nippe an meinem Latte, um zu verbergen, wie verletzt ich bin. Was wollen sie hier? Ohne mich?

»McRib! Was gibt's?«, ruft Ollie, nachdem die Tür hinter ihm zugefallen ist.

»Luke«, begrüßt meine Mom Ollie, dann nickt sie Cowboy zu. »Justin.«

Ollie erwidert das Nicken. »Mrs. McRib.«

Mom lehnt sich zurück. »Bitte nenn mich nicht so. Seid ihr nicht alle ein bisschen zu alt für solche Spitznamen?«

»Mit bewährten Traditionen sollte man nicht brechen«, sagt Cowboy.

»Warum müsst ihr meine liebe, nette Tochter auch ausgerechnet nach einem Burger benennen?«, will Mom wissen. »Warum ruft ihr sie nicht einfach Prinzessin? Oder Daisy? Keine Ahnung. Irgendwas Nettes.«

»Mom«, protestiere ich. »Bring sie nicht auf solche Ideen.«

Ollie stemmt sich mit den flachen Händen auf den Tisch und sagt leise: »Ihre Tochter hat zehn McRibs auf einmal verputzt, Mrs. McRib. Die ist knallhart.«

»War nicht eben mein glanzvollster Auftritt, Ollie.«

Genervt presse ich die Lippen aufeinander. Mir tut der Magen allein schon beim Gedanken an diese Burger weh.

»Oh, prima. Du registrierst ja sogar, dass ich da bin.« Ollie fährt sich mit der Hand durch die dunklen Locken, er mit seinem typischen Eben-erst-aus-dem-Bett-gefallen-Look. In Wirklichkeit verbringt er jeden Morgen eine Stunde vor dem Spiegel, um diese kunstvolle Frisur hinzukriegen. Sein Haar sieht länger aus als üblich, ein paar Locken hängen ihm in die schmale Stirn. Ein Zeichen, dass wir uns in letzter Zeit nicht so oft gesehen haben.

Cowboy steckt die Hände in die Hosentaschen seiner Jeans und tut so, als würde er die Speisekarte studieren. Er kaut auf einem Zahnstocher herum, blinzelt, dann fummelt er an den Manschetten seines Button-down-Flanellhemds herum.

Warum fühlt es sich so komisch an, sie zu sehen?

Nach dem Vorfall mit dem Hinternblankziehen war plötzlich alles anders. Im einen Moment war ich noch Senior an der Burlington High. Und im nächsten werde ich schon auf der Winston aufgenommen und finde mich in einer völlig fremden Welt wieder. An seinen freien Abenden hänge ich immer mit Loch ab und halte per SMS mit allen Kontakt, aber diese Begegnung mit Ollie und Cowboy fühlt sich so seltsam an, als würde ich sie nach fast einem Jahr das erste Mal wiedersehen. Vielleicht, weil Loch nicht mit von der Partie ist.

Oder es hat einen ganz anderen Grund. Vielleicht leben wir uns immer mehr auseinander.

Cowboys Wangen wirken fülliger, rosiger, die blauen Augen sind frisch und strahlend. Ich frage mich, ob ich für sie auch anders aussehe. Oder ich bilde mir das alles bloß ein.

Und doch fühle ich diese Leere in der Brust. Eine klaffende Lücke, die von Sekunde zu Sekunde größer wird, jeden Tag ein bisschen mehr.

Man muss mir angesehen haben, dass mir die ganze Situation unangenehm ist, weil meine Mom mir jetzt einen sonderbaren Blick zuwirft, sich räuspert und dann aufsteht. »Ach, hör mal«, sagt sie. »Ich hab ein paar dringende Anrufe zu erledigen. Bin gleich wieder zurück.«

Sie geht nach draußen und tut so, als würde sie auf ihrem Handy eine Nummer wählen. Dabei wirft sie mir immer wieder verstohlene Blicke zu. Ja, klar, sie hätte gerne, dass ich mir zumindest eine Freundin zulege, und trotzdem weiß sie genau, wie viel mir die Jungs bedeuten. Und Mom mag die Jungs, auch wenn sie die alten Spitznamen hasst. Sie waren einfach eine unglaubliche Stütze für mich und Mom, als Dad starb. Ich war fünfzehn, als er diesen Unfall hatte. Damals hab ich meine Freunde wirklich gebraucht, und sie haben mich nicht enttäuscht.

Ollie lässt sich mir gegenüber auf einen Stuhl plumpsen und sagt: »Was ist dein Problem, McRib?«

Mein Latte ist leer, und trotzdem sauge ich weiter an dem Strohhalm.

»Du bist sauer«, stellt Cowboy fest. Er zieht einen Stuhl heran, und die metallenen Stuhlbeine schrammen über die Fliesen. Dann setzt er sich neben mich und stemmt die Ellbogen auf den Tisch.

»Ihr habt das mit der Jagd vergessen«, sage ich. »Als wäre es nicht weiter wichtig.«

Ollie runzelt die Stirn und reibt sich den Nacken. »Meine Eltern waren echt wütend wegen der Sache mit Direktor Rogers, Toni. Seitdem kann ich nicht mehr einfach so losrennen und tun, worauf ich Bock habe. Weil ich mich erst mal wieder bei ihnen einschleimen muss.«

»Tut mir leid.« Mir schnürt es die Kehle zu. Ein Anflug von Schuldgefühlen überkommt mich.

Wir hätten an jenem Abend einfach heimfahren sollen. Ach, welch Ironie. Ich hatte mich so bemüht, damit wir wenigstens noch ein paar Stunden zusammen sein konnten, und jetzt fühlt es sich an, als würden wir uns in verschiedene Richtungen bewegen.

»Du hast mich ja nicht dazu gezwungen«, sagt Ollie seufzend. »Aber ich muss die Gebühren für dieses Snowboard-Camp aufbringen, das ich nächsten Sommer ausprobieren will. Meine Eltern bestehen darauf, dass ich das zur Hälfte selbst bezahle. Irgendwas von wegen Verantwortung bla bla bla …«

»Ein Snowbard-Camp?« Davon höre ich ja zum ersten Mal.

Ollie nickt. »Bin mir noch nicht mal sicher, ob das überhaupt was wird. Ist ziemlich teuer.«

»Und mir tut es leid, dass ich die Jagd vergessen habe, McRib. Ich war abgelenkt«, meint Cowboy. »Katie Morris. Sie hat mit mir *geredet!«*

Ollie zieht sich die Ärmel seines blauen Shirts über die Hände. »Danach lief bei ihm gar nichts mehr«, sagt er und lacht. Ich grinse und spüre einen Anflug von der guten alten Zeit. Vielleicht hat er mir ja verziehen wegen des Streichs. »Was hat sie denn gesagt?«

»Entschuldige bitte.« Cowboy seufzt.

Ich warte, dass noch was kommt, aber das scheint es bereits gewesen zu sein. Ich zucke die Schulter. »Tja. Ist ja schon mal was.«

»Sie hat mich angerempelt.« Cowboy wird rot. »Das war so cool.«

Ollie springt von seinem Sitz auf. »Wie auch immer. Ich hoffe, damit wäre alles geklärt. Ich bin am Verhungern! Bis später, McRib!«

»Warte. Wo willst du hin?« Gerade, als alles wieder anfängt, sich normal anzufühlen, lassen sie mich stehen. Ich schnelle so überstürzt hoch, dass mein Stuhl umkippt und mit lautem Geklapper auf dem Boden landet. Als ich ihn eilig wieder aufstelle, wirft der Mann hinter dem Tresen mir einen bösen Blick zu.

»Wir wollen uns bloß 'ne Pizza holen«, erwidert Ollie.

Cowboy erhebt sich jetzt ebenfalls und tritt von einem Bein aufs andere, als wollte er noch was zu mir sagen. Ich warte darauf, dass sie mich einladen, mit ihnen zu kommen. Stattdessen nickt Cowboy mir zum Abschied zu, und dann sehe ich zu, wie sie gehen. Draußen albern sie noch ein bisschen rum und winken meiner Mom zu, ehe sie lachend und grölend weiterziehen zu der Pizzeria ein Stück weiter.

Ich fühle mich wie Lochs kleine Schwester. Oder zumindest wie die Amy von früher. Ich fühle mich wie ein Schatten.

Fünf

An diesem Abend bin ich entschlossen, die Erinnerungen an diese schreckliche Woche zu ertränken, indem ich mich mit ein paar Horrorstreifen ablenke. Bilder von bescheuerten Teenies, die von unverwüstlichen Killern gejagt werden, das Ganze vermischt mit schaurigen Spezialeffekten und falschen Entscheidungen, heben meine Laune garantiert. Ich staple fünf Filme neben dem Laptop und weiß genau, dass das mein Gehirn aufweichen wird. Ich schiebe die erste DVD rein und mache mich bereit für einen Abend, an dem ich wieder mal im Selbstmitleid schwelgen werde.

Es ist noch nicht mal dunkel draußen, daher ziehe ich die Vorhänge zu, um für die richtige Atmosphäre zu sorgen.

Das *Texas Chainsaw Massacre* (im Original) bin ich schon zur Hälfte durch, als es an der Tür klopft. In die Bettdecke eingewickelt, liege ich in Embryonalstellung am Fußende des Bettes. Von hier aus linse ich halbwegs interessiert auf den winzigen Bildschirm am Boden.

»Kann man denn nicht mal mehr in Ruhe schmollen?«, rufe ich. Die Tür geht auf, und ein Streifen Licht dringt ins Zimmer. Ich zische wie ein Vampir. »Autsch! Kein Licht!«

Die Schuhe, die jetzt eintreten, erkenne ich sofort, nur hätte ich nicht erwartet, sie zu sehen. Zwei schmutzverschmierte Sneaker, verziert mit einer Cartoonzeichnung von Champ. Auf dem rechten Turnschuh sind Champs Körper und der Schwanz zu erkennen, auf dem linken sieht man das grinsende Gesicht und die niedlichen Äugelein. Als ich mich aufrichte, fällt mir mein zerzaustes Haar ins Gesicht.

Loch schließt die Tür hinter sich, sodass das Zimmer wieder im matten Schein des Laptops liegt, was eher zu meiner aktuellen Stimmung passt. »Wie *kannst* du es wagen, eine Horrororgie ohne mich abzuziehen«, sagt er.

Ich ziehe mir die Decke über den Mund hoch, damit er mein Grinsen nicht sieht.

Er lebt.

Er ist hier.

Er hat mich nicht vergessen.

»Ich dachte, du bist viel zu sehr damit beschäftigt, dein letztes Jahr an der Highschool in vollen Zügen zu genießen«, sage ich und räuspere mich dann. »Wenigstens einer von uns sollte das nämlich tun.«

Loch setzt sich neben mich. Wie immer duftet er nach Vanille. Ich beuge mich rüber zu ihm und schnuppere. Sauge den Duft in mir auf, der mich an ein früheres Leben erinnert.

»Tut mir leid«, sagt er und schnüffelt an seiner Achsel. »Ich komme gerade von der Arbeit.«

Ich lehne mich zurück, weil mir bewusst wird, was ich hier tue, nämlich an meinem Freund rumschnüffeln. »Ja, stimmt, deine Arbeit. Was soll das eigentlich?«

Loch starrt auf den Laptop. Das Geräusch der Kettensäge dringt aus dem Lautsprecher. Mit einer raschen Bewegung rubbelt er sich über den Kopf, so als würde er ihn sauber wischen, eine Angewohnheit, die er beibehalten hat, seit er sich letztes Jahr mal den Schädel kahl rasiert hat. Schwarze, nachwachsende Haarstoppel, die zu den Bartstoppeln auf seinen Wangen passen, zaubern einen Schatten auf seine Kopfhaut.

Alles an Loch sieht aus wie ein noch nicht abgeschlossenes Projekt. Die dreckigen Schuhe. Die zerrissene Jeans. Sein ausgewaschenes T-Shirt mit der Aufschrift »Das Monster vom See lebt«, die er vorne mit schwarzem Edding draufgeschmiert hat. Sein äußeres Erscheinungsbild lässt nicht unbedingt darauf schließen, dass er ein Ordnungsfanatiker ist. Aber das ist er.

»Du hast hier den neuesten Kassierer des Ladens in der Vermonter Teddybärfabrik vor dir«, sagt er. Er lehnt sich mit dem Kopf gegen mein Bett.

Meine Augen werden ganz groß. »Kriegst du da Teddybären umsonst?«

»Ich bekomme Rabatt. Willst du einen?«

»Kommt ganz drauf an. Haben die da einen *Texas-Chainsaw-Massacre*-Teddybär?«

Er lacht. »Wenn nicht, ist es eine Schande.«

Eigentlich bin ich ja entschlossen, den ganzen Abend zu schmollen, doch jetzt muss ich schon wieder grinsen. Ein paar Minuten sitzen wir nebeneinander da und sehen uns den Film an, als Loch sich räuspert.

»Kannst du was geheim halten vor den Jungs?«, fragt er.

Überrascht schaue ich ihn an. »Wäre mir ein Vergnügen.«

»Die Sache ist ein bisschen peinlich«, fügt er hinzu, während er sich die Schuhbänder neu zubindet. Ich zwicke ihn ins Knie, um ihn wissen zu lassen, dass ich für ihn da bin. Seine Wangen laufen rot an, und er hält die braunen Augen gesenkt, während er spricht. »Meine Eltern mussten meinen Collegefond anzapfen, um die Hypothek auf unser Haus zu bezahlen. Wenn ich nächstes Jahr auf die UVM will, muss ich meinen Beitrag dazu leisten. Und der ist nicht unerheblich.«

»Im Ernst?« Fast fehlen mir die Worte. Loch nickt. Seine Mom wurde vor zwei Jahren entlassen, doch mir war gar nicht bewusst, wie ernst die Lage ist. Wann immer ich sie sehe, wirkt sie zufrieden. Loch meinte damals, sie wolle sich eine Auszeit nehmen, daher dachte ich, alles wäre in bester Ordnung. Schon erstaunlich, was die Leute so alles vor einem verbergen.

»Und das sagen deine Eltern dir erst jetzt?«, hake ich nach.

»Sie dachten, sie hätten das Geld wieder beisammen, bis es so weit ist«, sagt er. »Das hier war nicht Teil des Plans. Sie sind beide völlig fertig deswegen. Sie fühlen sich beschissen, und ich will es nicht noch schlimmer machen für sie. Es ist nun mal so.«

Loch und ich hatten immer vor, zusammen auf die UVM zu gehen. Er wollte im Hauptfach Zoologie studieren, während ich im ersten Jahr Kurse für die Allgemeinbildung belegen wollte, um mich dann erst zu entscheiden, was ich werden will, was ich tun soll. Er hatte versprochen, mir dabei zu helfen, meinen Weg zu finden. Ich hab mich auch für andere Colleges beworben, darunter die Purdue University in Indiana, auf der mein Dad war. Allerdings hab ich Loch nichts davon erzählt, dass ich darüber nachdenke, vielleicht dorthin zu gehen. Aber die Vorstellung, dort so völlig auf mich allein gestellt zu sein, quält mich.

Ich verlagere das Gewicht. »Wie sieht es mit Stipendien aus?«

Er zuckt mit der Achsel. »Vergeben die denn Stipendien an total durchschnittliche, drittklassige Schüler?«

»Wenn nicht, ist es eine Schande«, äffe ich ihn nach.

Loch knufft meine Schulter. »So sieht es also aus, Toni. Wenn ich nicht gerade Schule habe, verkaufe ich Plüschtiere an Touristen und Kleinkinder. Mein Weg in eine bessere Zukunft.«

»Und ich befasse mich damit, meine Beine an den Knöcheln zu überkreuzen und über meine Gefühle zu reden. Nicht unbedingt das, was ich mir für mein Abschlussjahr erträumt hatte, wie?«

Loch rubbelt sich erneut über den Kopf. Während die Kettensägen auf dem Bildschirm immer lauter werden, will ich es ihm heimzahlen, dass er die Jagd diese Woche verpasst hat. Ich will mich über die Winston auslassen. Will ihm was vorjammern. Aber im Gegensatz zu mir hat er richtige Probleme. Ich hab Glück. Mom will, dass ich mich auf meine Noten konzentriere, nicht auf irgendeinen Job. Ich besuche die beste Privatschule des ganzen Staates, und im Frühling werde ich es mir vermutlich aussuchen können, auf welches College ich gehen will, ohne mir des Geldes wegen Gedanken machen zu müssen.

Ich muss mir meine Zukunft nicht hart erkämpfen. Stattdessen wird mir alles auf dem Silbertablett präsentiert.

Ich fühle mich beschissen.

Auf dem Monitor sieht man jetzt, wie ein verängstigtes Mädchen über eine texanische Wiese rennt, während eine Kettensäge sich durch die Luft fräst. Ich lausche Lochs Atemzügen. Wenn er doch immer hier bei mir sein könnte. Mein ständiger Begleiter. Bis jetzt war er ja auch immer da, um mich daran zu erinnern, wer ich bin, wer ich war und wer ich sein werde: ein Mädchen, das niemals die Beine an den Knöcheln übereinanderschlagen würde. Wenn wir jetzt weniger Zeit miteinander verbringen, vergesse ich dann auch, wer ich bin? Werde ich mir dann selbst fremd?

Ich halte mir den Bauch und rülpse, lasse den Frust der ganzen Woche raus. Loch lacht. »Der war gut.« Er versucht es mir gleichzutun, doch er bringt nur einen lahmen Rülpser zustande.

Als das Sonnenlicht, das durch die Vorhänge sickert, allmählich schwächer wird, fällt der Schein des Computermonitors auf die schmutzige Wäsche in der Ecke, auf das herumstehende Geschirr, die leeren Limonadendosen, die in Reih und Glied auf meinem Schreibtisch stehen wie eine blecherne Zuckerarmee. Das Kettensägenmassaker geht nun seinem Ende zu, und Loch sucht bereits den nächsten Film aus. *Cloverfield*. Warum wundert mich das jetzt nicht?

Er greift nach meiner Hand – zumindest glaube ich, dass er das tut –, sieht dann aber weg und widmet seine

Aufmerksamkeit dem Film. Als meine Haut sich plötzlich langsam beginnt zu erwärmen, frage ich mich, ob der Stress an der Winston sich inzwischen auf mein Immunsystem auswirkt. Ich ziehe mir die Decke über die Schultern.

Loch senkt die Stimme, sie klingt ganz sanft. »Vielleicht bringen wir dieses Jahr gemeinsam hinter uns, Toni.«

Ich lege mich hin, verberge mein Lächeln. »Das wäre schön, Loch.«

Nach einigen Minuten döse ich weg in den tröstlichen Schlummer.

Ich wache mit dem Kopf auf seiner weichen Schulter auf. Ein Spuckefleck ziert den Kragen seines Shirts. Loch lehnt zusammengesackt am Bett, den Mund leicht geöffnet. Ich springe auf und wische mir den Sabber aus dem Mundwinkel.

Loch rührt sich nicht. Er schläft wie ein Stein. Ich schau runter auf meine Basketballshorts und mein weißes Tanktop. Mir hängt der Busen raus. Panisch schnappe ich mir ein altes Sweatshirt, das auf dem Boden rumliegt, ziehe es mir flugs über und fahre mir mit den Fingern durch das verknotete Haar.

Dann steige ich über Loch drüber und gehe den Flur runter ins Badezimmer. Ich putze mir die Zähne, wasche mir das Gesicht und binde mir das Haar zu einem tiefsitzenden Pferdeschwanz. Und ich hole tief Luft und zwinge mich dazu, mich zu beruhigen. Kein Grund zur Aufregung. Loch hat schon öfter bei mir übernachtet. Er hat mich schon in schlimmerem Zustand gesehen, meinen morgendlichen Mundgeruch gerochen, sich über die Schlafkörnchen in meinen Augenwinkeln lustig gemacht.

Alles nichts Neues.

Warum fühlt es sich dann so anders an?

Als ich zurück in mein Zimmer schleiche, rührt Loch sich und stöhnt. Ich bleibe im Türrahmen stehen und sehe zu, wie er die Augen aufschlägt. Einen Moment lang wirkt er verwirrt, als hätte er vergessen, wo er ist. Dann begegnet er meinem Blick, und ein Lächeln breitet sich über sein Gesicht aus.

»Guten Morgen«, sagt er. Keine Ahnung, wie er morgens immer so gut drauf sein kann.

»Koffein«, grummle ich. »Brauche. Dringend. Koffein.«

Ein paar Minuten später steigen wir gemeinsam die Treppe runter. Loch gähnt und streckt sich, auf dem Weg nach unten streift er mit den langen Fingern über die Decke. Mom beugt sich in der Küche gerade über eine Schüssel Müsli auf dem Tisch. Brian krallt sich eben die Schlüssel vom Haken bei der Garage. Er bleibt wie angewurzelt stehen, als er uns sieht, und starrt uns unter seiner New-England-Patriots-Baseballmütze hervor an.

»Guten Morgen, Mr. und Mrs. Richards«, tönt Loch mit einem verschlafenen Grinsen. Die meisten Leute vergessen das immer, aber Mom hat Brians Nachnamen angenommen, als sie vor einem Jahr geheiratet haben. Ich hab Dads Namen behalten. Dads Namen gebe ich niemals her.

»Micah.« Mom wischt sich Milch vom Kinn. »Hast du gut geschlafen?«

Wieder lächelt er. »Tu ich das nicht immer?«

Brian lässt die Knöchel knacken und sagt, an niemand Bestimmten gewandt: »Wir sprechen später darüber.« Dann wirft er die Tür hinter sich ins Schloss. Das Geräusch des sich öffnenden und wieder schließenden Garagentors überdeckt das betretene Schweigen.

»Er hat sich immer noch nicht daran gewöhnt, dass er eine Tochter im Teeniealter hat«, sagt Mom zur Erklärung. »Das macht ihn nervös.«

»Ich gehöre ihm nicht«, fauche ich.

Mom klatscht in die Hände. »Themenwechsel – Micah! Wie war deine erste Woche im Abschlussjahr? Ist alles so, wie du es dir vorgestellt hast?«

»Alles ziemlich beschissen.« Loch lächelt weiter. »Danke, dass ich hier übernachten durfte, jetzt muss ich aber los.« Er klopft mir auf den Rücken. »Bis später, Toni.«

»Bis später.« Kurz nachdem er gegangen ist, mache ich eine Dose Limo auf und stütze mich mit den Ellbogen auf den Küchentresen. Während ich die Lasche an der Dose bewege, vor und zurück, vor und zurück, spüre ich, dass ihr Blick auf mir ruht. Schließlich schaue ich auf.

»Na los«, sage ich. »Halt mir einen Vortrag.«

»Ich sollte nicht mehr zulassen, dass Jungs bei dir im Zimmer sind«, sagt sie. »Schon gar nicht über Nacht. Bei geschlossener Tür.«

»Mom.« Ich reiße die Lasche ab und halte sie zwischen den Fingern. Dass sie deswegen neuerdings Bedenken hat, ist bestimmt auf Brians Mist gewachsen. »Er ist kein Junge.«

Mom hebt die Augenbrauen. »Und woher, wenn ich fragen darf, willst du das wissen?«

Ich nippe an der Dose. »Seine männlichen Weichteile hab ich noch nicht gesehen, um ganz sicher sein zu können, aber er hat schon tausendmal hier übernachtet.«

»Ihr seid aber auch beide älter geworden ...«

»Das hat Dad nie gekümmert«, unterbreche ich sie.

Mom blickt überrascht auf. Sie knipst an ihrem abgeplatzten roten Nagellack herum. »Es hat ihn *durchaus* gekümmert.« Sie schiebt sich einen Löffel Müsli in den Mund. Wieder läuft ihr ein Rinnsal Milch übers Kinn. »Aber jetzt würde er sich garantiert mehr Gedanken darüber machen. Micah hat inzwischen ein viel männlicheres Kinn. Er hat sich verändert im Laufe des Sommers. Mittlerweile sieht er fast so gut aus wie ein Filmstar. Findest du nicht?«

»Mom. Wir reden hier von Loch.«

Als sie die Schüssel ins Spülbecken stellt, spritzt ein wenig Milch auf die Ablage, doch sie achtet nicht darauf. »Es kann nicht alles ewig so bleiben, wie es ist, Toni. Alles verändert sich, ob du es nun willst oder nicht.« Sie küsst mich auf die Stirn, ehe sie ins Wohnzimmer verschwindet.

Nachdem ich den letzten Rest Limo runtergestürzt habe, werfe ich die Dose in den Recyclingeimer. Ich weiß, dass die Dinge sich verändern. Das muss sie mir nicht extra sagen. Früher hatte ich mal einen Vater. Jetzt nicht mehr.

Wenn das keine drastische Veränderung ist, dann weiß ich auch nicht.

Sechs

Im Lauf der nächsten paar Wochen gibt es einen Wetterwechsel, und mit einem Mal verdrängt die kalte Luft die letzten Reste des Sommers. Wie eine saisonale Plage liegt raschelndes, vertrocknetes Herbstlaub überall in der Stadt herum. Das Wasser des Sees kräuselt sich, und die Stimmung am Himmel wird düsterer. Genau das Wetter, über das ich mich für gewöhnlich an einem Samstagmorgen freue und bei dem ich mich unter der warmen, kuscheligen Decke verkrieche. Heute aber ruft ein besonderer Auftrag, den ich als Hausaufgabe erledigen soll.

»Ich seh wohl nicht recht«, sagt Brian, als ich in die Küche spaziere. Das frühmorgendliche Licht sickert durch die Jalousien. »Wir haben Samstag, und Toni ist vor Mittag wach? Wow.« Er nippt an seinem Kaffee.

Ich stelle meine Büchertasche auf dem Tresen ab, stöhne und gehe zum Kühlschrank. Dann schütte ich eine Dose Limo in mich hinein und schnappe mir eine zweite für unterwegs.

»Gehst du raus?«, will Brian wissen.

»Ja.« Ich will schon verschwinden, da redet er einfach weiter.

»Suchst du wieder mal mit deinem Schatz nach diesem Champ?«

Betreten bleibe ich stehen. »Loch ist nicht mein Schatz.«

»Oh. Schwer, da noch durchzusteigen. Tut mir leid.« Brian lässt die Knöchel knacken. »*Hättest* du denn gern, dass er dein Freund ist?«

Aus Brians Mund klingt das ja so, als könnte Loch meine erste große Liebe werden (hach, wie süß), über die ich mich dann in meinem Tagebuch auslasse oder so. Wie soll ich Brian mein Verhältnis zu Loch bloß erklären? Loch ist mein *bester* Freund. Ich kann ihm Dinge anvertrauen, die ich einem *festen* Freund niemals sagen könnte.

Ich hole tief Luft und ermahne mich selbst, einfach nett und freundlich zu bleiben. »Ich will auf den Campus, um was fertig zu machen für meinen Kurs ›Synökologie in bewaldeten Gebieten‹. Hatte keine Zeit mehr.«

Brian lehnt sich vor und heuchelt Interesse. »Dir gefällt es auf der Winston?«

»Nö.« Ist mein persönlicher Albtraum.

»Das wird bestimmt besser«, sagt er.

»Klar«, heuchle ich und mache mich über ihn lustig. »Du hast ja so recht. Ich wette, so ist es.«

Damit schlurfe ich geräuschvoll von dannen. Die kalte Herbstluft ist angenehm frisch, der einzige Vorteil, wenn man so früh aufsteht. Als ich die Tür meines Maxima öffne, sehe ich Loch den Rasen überqueren. Er hat sich die Büchertasche über die Schulter geworfen und trägt ein blaues Sweatshirt und fleckige Jeans.

»Na, das ist ja mal ein seltener Anblick, das muss ich

gleich dokumentieren«, sagt Loch und hält einen kleinen Camcorder hoch. Er filmt mich im Gehen. Ich werde mir der tiefen Ringe unter den Augen, meiner unordentlichen Frisur, meines müden Aussehens bewusst.

Deshalb halte ich mir die Hand vors Gesicht und sage: »Ist noch viel zu früh für Paparazzi.«

Er lacht und lässt die Kamera in der Vordertasche seiner Jeans verschwinden. »Mal im Ernst«, sagt er. »Ich mache mir Sorgen. Die Sonne ist ja kaum aufgegangen. Und du bist schon unterwegs?«

Ich erzähle ihm von meinem Kurs, der Aufgabe, von meinem Problem, dass ich es an der Winston nie schaffe, irgendwas rechtzeitig fertigzubringen. Loch lehnt sich gegen die Motorhaube meines Wagens. »Weißt du, ich wollte grad runter zum See, um kurz mal Ausschau zu halten, aber ein Waldspaziergang klingt auch verlockend«, sagt er. »Kann ich dich begleiten?«

»Ich streune nur ein bisschen rum und schieße ein paar Fotos von Bäumen«, sage ich.

Seine Augen fangen an zu funkeln. »Ich könnte nach Spuren von Bigfoot suchen.«

Ich lächle. Typisch Loch. Die Vorstellung, nicht ganz allein zu sein, gefällt mir. »Fährst du?«

Er fischt den Schlüssel aus der Hosentasche. »Logo.«

Loch checkt es einfach – wie wichtig es ist, alte Traditionen aufrechtzuerhalten, wie unbedeutend sie auch scheinen mögen. Ich verberge meine Freude, während wir rübergehen zu seiner Einfahrt.

Als ich in den Honda steige, muss ich wieder gähnen. Ich krieg die Augen immer noch nicht ganz auf, so müde bin ich. Meine Büchertasche stelle ich am Boden zu meinen Füßen ab, dann öffne ich die Limodose und nehme ein paar Schlucke, ehe ich sie in die Getränkehalterung stelle.

Die leere Rückbank erinnert mich unsanft an die Tatsache, dass Ollie und Cowboy allmählich abdriften in ein neues Leben, fern von mir, fern von dem allen hier. Es ist nicht ganz das Gleiche, wenn Ollie nicht ständig gegen meine Rückenlehne tritt, ohne Cowboys schweigsame Gegenwart, ohne dass ich alle meine Freunde um mich habe, in unserem eigenen kleinen Kosmos. Es fehlen einfach ein paar Puzzleteile.

»Eigentlich gehört es verboten, am Samstag so früh aufzustehen«, sage ich.

Lochs Kinn sieht heute Morgen besonders stoppelig aus. »Ich weck dich auf, sobald wir da sind«, sagt er.

Ich halte ihm den hochgereckten Daumen hin, bette den Kopf gegen das Fenster und schließe die Augen. Auch wenn mir schwer ums Herz ist, gleite ich schon bald hinüber in einen wunderbaren samstagmorgendlichen Schlummer.

Als ich aufwache, liegt der Winston-Campus bereits vor uns. Bäume mit goldenen Blättern umgeben die roten Backsteingebäude. Weitläufige grüne Hügel bilden einen kontrastreichen Hintergrund. Das wechselhafte Wetter hat sich etwas aufgehellt, jetzt wärmen von der Seite Sonnenstrahlen mein Gesicht. Wieder mal hängt mir der Sabber aus dem Mundwinkel. Ich richte mich auf, wische die Spucke weg und werfe einen Blick rüber zu Loch.

Er sieht mich an, ein amüsierter Ausdruck im Gesicht.

»Was denn?«, frage ich.

»Nichts.« Grinsend wendet er sich wieder ab. »Wir sind da.«

Den Wagen stellen wir auf dem vorderen Parkplatz ab, ehe ich vorausgehe, hinein in den Wald gleich hinter dem Hauptgebäude. Ich folge dem ausgetretenen Pfad, den schon viele Mädchen vor mir gegangen sind. Klügere Mädchen. Mädchen, die kein Problem damit haben, eine Aufgabe fristgerecht zu erledigen. Mädchen, die gut hierher passen.

Ich hab die Handschuhe vergessen, daher ziehe ich mir die Ärmel meines Sweatshirts über die eisigen Hände, während wir uns vorwärtskämpfen. Die morgendliche Stille umgibt uns wie dichter Nebel und ist unser ständiger Begleiter.

»Wonach sollst du hier eigentlich suchen?«, will Loch wissen.

»Ich soll drei verschiedene Baumarten ausfindig machen. Zwei habe ich bereits gefunden, aber ich brauche noch ein Foto von der Gelb-Birke.« Ich stoße mit dem Fuß in einen Haufen trockener Blätter und verlagere meine Tasche von einer Schulter auf die andere. »Da hab ich mir ja ein hübsches Wahlfach ausgesucht. *Bäume.*«

»Der Campus hier ist echt cool.« Loch sieht sich um. »Auf jeden Fall besser als der von der Burlington.«

Ich schnaube verächtlich. »In den Gängen stinkt es nach Stress, Überheblichkeit und Nagellack.«

Loch zuckt die Schulter. »Besser als der Gestank nach White-Castle-Burger schon am frühen Morgen.«

»Widerlich.« Ich lache. »Ollie isst das Zeug immer noch zum Frühstück, oder?«

»Der Kerl liebt diese Miniburger«, sagt Loch lachend.

Ich stelle mir Ollies aufgeregtes Gesicht vor, das er macht, während er morgens durch die Flure zieht, die fettgetränkte Tüte in der Hand und einen Gestank nach Zwiebeln hinter sich herziehend. Ich vermisse dieses Gesicht. Ich vermisse den ekligen Zwiebelgeruch.

Jetzt bleibe ich stehen, um die Kamera aus der Tasche zu holen. Ich will ein paar Fotos von Zucker-Ahornen schießen. Den Anflug von Traurigkeit ignoriere ich einfach. Fürchterlich, wie kann man so was bloß vermissen, Ollies schrecklichen Geschmack in Sachen Frühstück. Das ist auch der Grund, warum ich mich ablenken und auf das konzentrieren muss, was da vor mir liegt. Denn wenn ich es zulasse, laufe ich ständig mit Trauermiene durch die Gegend und verkrieche mich, weil ich mein früheres Leben vermisse.

Loch holt seinen Camcorder raus und filmt die Landschaft.

»Bigfoot beobachtet uns vielleicht in diesem Moment«, sagt er. Er sucht die Umgebung ab.

»Lebt der nicht eher im pazifischen Nordwesten?«, hake ich nach.

»Er wurde auch hier schon gesichtet.« Loch lässt die Kamera sinken. »Vor ein paar Jahren wollen zwei Kids bei einem Campingtrip ein großes haariges Monster gesehen haben.«

»Wie schade, dass sie keine Kamera dabeihatten«, sage ich.

»Diese Kreaturen tauchen wie aus dem Nichts auf.« Lochs Miene hellt sich auf. »Es ist das Unerwartete. Das Unbekannte. Nicht jeder filmt die ganze Zeit, wenn er unterwegs ist. So kann ja keiner leben.« Er seufzt. »Ich wünschte, ich hätte gefilmt, was wir gesehen haben. Es war Champ. Ich weiß es einfach. Wir könnten jetzt Millionäre sein oder so.«

»Das bezweifle ich«, erwidere ich. »Manche Leute glauben solche Dinge nicht mal, wenn sie sie direkt vor Augen haben. Sieh dir doch nur Ollie an. Er hat Champ gesehen. Und trotzdem *leugnet* er alles.«

Loch bleibt stehen. »Heute bist du aber zynisch drauf.«

Ich zucke die Achsel. Er hat ja recht. In letzter Zeit bin ich eben nicht mehr in der Stimmung, an solche Legenden zu glauben. Ich gebe es ja nur ungern zu, aber Ollie und Cowboy haben gewisse Zweifel in mir geweckt. Was, wenn wir Champ in jenem Sommer doch nicht gesehen haben? Was, wenn unsere Freundschaft lediglich auf einem dahintreibenden Ast oder Ähnlichem basiert? Nicht eben die beste Grundlage. Aber ist wohl besser, wenn wir das nie erfahren. Vielleicht sollten wir auch keinen Legenden mehr hinterherjagen. Denn was ist, wenn sich rausstellt, dass da rein gar nichts dran ist?

Ich seufze. »Vielleicht sollen diese Kreaturen auch gar nicht gefunden werden, Loch. Vielleicht ist es besser, wenn Champ ein Mysterium bleibt. Keine Ahnung. Manchmal sind Geheimnisse gut. Diese Gruppensitzungen zum Beispiel, zu denen ich jede Woche gehen muss. Die wollen, dass wir über unsere Gefühle reden, uns bloßstellen, dabei ist es vielleicht besser, wenn man manche Dinge für sich behält.«

Loch fängt wieder an zu filmen. »Am besten für wen?«

»Für alle«, sage ich. »Wenn man jedes noch so kleine Detail kennt, bringt das vielleicht das Gleichgewicht der Dinge durcheinander.« Ich schaue weg und zittere. Was tun wir wohl nächstes Jahr um diese Zeit? Mit wem sind wir dann befreundet? Schaffe ich es überhaupt, neue Freunde zu finden? Ich bin doch schon ewig mit den gleichen Leuten befreundet.

»Toni, sieh mal.« Loch deutet auf etwas auf dem dreckigen Boden. Ich stelle mich neben ihn, beuge mich runter und versuche festzustellen, was es ist. Mein Arm streift seinen Arm.

»Was denn?« Ich starre auf einen Haufen Blätter.

»Siehst du das denn nicht?« Loch richtet seine Kamera auf den Boden, als wäre es das interessanteste Fleckchen Erde, na ja, auf der Erde, das er je gesehen hat. Ich aber erkenne nichts als Blätter und Dreck. »Da.« Loch deutet wieder auf die Stelle.

Unter den Blättern ist tatsächlich etwas, das nach einem Fußabdruck aussieht. Ich nicke. »Sieht aus wie ein Fußabdruck.«

Loch richtet sich auf und grinst. Seine Zähne sind schneeweiß. Ich glaub, der hat noch keinen Tag vergessen, Zahnseide zu benutzen. »Nicht einfach nur *irgendein* Fußabdruck. Sondern der von *Bigfoot!*«

Ich lache und boxe ihn in die Seite. Er boxt zurück und grinst wieder. Dann gehe ich weiter, und Loch folgt mir.

Er muss seine Schritte verkürzen, damit er mir nicht wegrennt.

»Ich will einfach alles über diese Welt wissen, was es zu wissen gibt«, sagt Loch nach einigen Augenblicken des Schweigens. Den Blick hat er gesenkt. »Ich will Dinge entdecken, die man nicht für möglich gehalten hätte.«

»Du jagst etwas hinterher, das du in der fünften Klasse gesehen hast«, sage ich.

»Vielleicht.« Loch fummelt an seiner Kamera herum. Er sieht mich nicht an. »Du etwa nicht?«

Hinter uns ist das Knacken eines Zweiges zu hören. Wir drehen uns beide um, plötzlich hellwach. Ich suche zwischen den Bäumen nach der Ursache für das Geräusch, kann aber nichts entdecken. Als mein Puls sich beschleunigt, komme ich mir blöd vor. Ich denk ja nicht, dass ein Axtmörder versuchen würde, uns am helllichten Tag umzubringen, aber das Gefühl der Einsamkeit hier draußen, so verborgen zwischen den Zucker-Ahornen, ist schon irgendwie gruselig. Vielleicht sollte ich das mit den Horrorfilmen in Zukunft lieber lassen.

»BUH!« Jemand lässt sich von dem Baum über uns runterplumpsen. Ich kreische los, schlinge Loch die Arme um die Hüfte und vergrabe das Gesicht an seiner Brust. Er legt beschützend die Arme um mich und drückt mich ganz fest.

»Euch hab ich ja wohl einen ordentlichen Schrecken eingejagt!«, ruft eine lachende Stimme.

Ich blicke auf und erkenne Emma Elizabeth Swanson, die mich angrinst. Ihr mit Pailletten besetzter rosa Pulli reflektiert das Sonnenlicht, das honigblonde Haar hat sie zu einem ordentlichen Pferdeschwanz zurückgebunden. Ihre Jeans ist hellblau und am Knie zerrissen.

»Was tust du hier?« Ich versuche wieder zu Atem zu kommen, und es ist mir peinlich, dass ich so laut geschrien hab.

»Dasselbe wie du.« Emmas Augen funkeln. »Dieser Wald ist perfekt geeignet zum Rummachen.«

Ich blicke zu Loch auf. Er sieht mich ebenfalls an, die Wangen knallrot. Wir halten uns immer noch umklammert. Rasch lösen wir uns voneinander und treten beide jeweils einen großen Schritt zurück.

»Tut mir leid, wenn ich euch gestört habe. Ich bin übrigens Emma.« Sie hält erst mir die Hand hin, dann Loch. Wir schütteln sie nacheinander. Ihre Nägel sind blasslila mit Glitter lackiert.

Sie deutet auf mich und sagt: »Du bist doch bei mir in Rechnungswesen, oder?«

Ich nicke. »Toni Valentine.«

»Stimmt. Die Neue mit dem romantischen Namen.« Ihr Blick wandert zu Loch. »Dass *du* nicht auf die Winston gehst, ist klar.«

»Das ist Loch«, sage ich. »Mein Kumpel. Mein Freund. Mein *platonischer* Freund …«

»Mit anderen Worten, nicht der Typ, mit dem sie rummacht«, unterbricht Loch mich. »Mein Name ist Micah.«

»Oh. Mein Fehler. Nett, euch beide zu treffen.« Emma sieht sich um. »Ihr habt nicht zufällig noch jemanden durch den Wald streunen sehen, oder? Vielleicht so ’nen kleinen Typen mit wuscheligen Haaren und wunderschönen Augen?«

»Nö. Sorry«, sage ich und wechsle einen Blick mit Loch. Er zuckt nur mit der Schulter.

»Manchmal hab ich das Gefühl, Kevin geht mir absichtlich aus dem Weg.« Emma kaut auf ihrer Unterlippe herum. »Bin ich jetzt paranoid?«

Ich bringe nur ein dämliches »Häh?« zustande.

»Vermutlich ist er irgendwo hier in der Nähe«, meint Loch. »Man weiß nie, wem oder was man tief im Wald so alles begegnet.« Er zwinkert mir zu. »Such weiter.«

Emma lächelt. »Danke!«, sagt sie. Und damit stolziert sie zwischen den Bäumen davon, elegant wie ein Reh. Irgendwann ist der rosa Pullover nicht mehr zu sehen. Erstaunt blicken wir ihr nach, als wären wir gerade einer von diesen Kreaturen aus den Legenden begegnet.

»Sie macht einen netten Eindruck«, sagt Loch.

Ich weiß nicht, was ich sagen soll. Emma Elizabeth Swanson wirkt *tatsächlich* ganz nett, das heißt aber noch lange nicht, dass ich mich gut mit ihr verstehe. Nicht im Geringsten.

Unter meinen Turnschuhen rascheln Blätter, als ich jetzt weitergehe. Loch folgt mir und filmt schweigend, während ich mich darauf konzentriere, die so seltene Gelb-Birke zu finden. Ich spüre Lochs Gegenwart hinter mir und hab kurz das Gefühl, meinem alten Leben wieder ganz nahe zu sein. Ein Leben, das mir jetzt gar nicht mal mehr so unerreichbar scheint.

»Ich glaub, ich hab hier, wonach du suchst«, sagt Loch.

Ich drehe mich um und folge seinem Blick. Er deutet auf einen Baum mit gelben Blättern. Der steht ein Stück rechts von uns. Die Rinde am Stamm ist glatt, glänzend und in unterschiedliche Schichten zerteilt, was sie ein bisschen ausgefranst aussehen lässt.

Ich schieße ein Foto, doch aus irgendeinem Grund freue ich mich gar nicht so sehr über die Entdeckung. »Danke. Genau, was ich gesucht habe«, sage ich und hoffe, dass Loch die Enttäuschung in meiner Stimme nicht bemerkt. Und wenn er es doch tut, lässt er sich nichts anmerken.

Sieben

Am Freitag vor Halloween prasselt Regen gegen die Scheiben der Winston Academy, während mein Kopf vor lauter Rechenaufgaben schwirrt. Als nach der letzten Stunde der Gong ertönt, strömen alle nach draußen, Stimmen werden laut. Ich bin mittlerweile richtig gut darin, nicht auf das Gefühl der Einsamkeit zu achten, das solchen Momenten geschäftigen Treibens immer innewohnt.

Heute allerdings bleibe ich im Klassenzimmer zurück und schicke den Jungs eine SMS wegen einer Jagd nach Champ diese Woche, statt mich gleich ins allgemeine Getümmel zu stürzen. Ist mir egal, dass ich mir die Finger blutig tippe, so viele Nachrichten, wie ich ihnen schicke; wir müssen uns so schnell wie möglich treffen. Irgendwann werden ihnen schon keine Ausreden mehr einfallen.

Sekunden später kommt die Antwort von Ollie: *Tut mir leid. Kann nicht. Hab was vor.*

Frustriert stecke ich mein Handy wieder weg. Langsam frag ich mich, ob er wirklich wegen dieses dämlichen Streichs sauer auf mich ist.

Jetzt, da das Wochenende in greifbare Nähe rückt, gehe ich auf die Tür zu, als meine Tasche plötzlich aufgeht und meine Bücher über den Boden schlittern. Ich jage ihnen hinterher wie entlaufenem Vieh, nur mein Französischbuch kann ich nirgends finden, und das, obwohl ich doch am Montag einen Essay zur Geschichte von Paris abgeben soll.

Ich presse die Tasche an die Brust und lege einen Powerwalk den leeren Flur entlang hin. Dabei betrachte ich die dunklen Bodendielen, die Metallspinde und die burgunderfarbene Tapete. Donner lässt das Gebäude erzittern. Gruselig. Manchmal frage ich mich, ob in diesen Mauern wohl die Seelen von Mädchen spuken, die dem Druck hier nicht standhalten konnten.

Mein Französischbuch finde ich schließlich in meinem Spind, woraufhin ich mich auf den Weg die steinerne Treppe runter mache. Noch ehe ich unten angekommen bin, bleibe ich stehen. Auf der letzten Stufe sitzt ein Mädchen, sie ist vornübergebeugt, hat die Knie an die Brust gezogen, und ihre Schultern beben. Ich warte ab, bis sie meine Anwesenheit spürt, doch sie ist so versunken in ihren eigenen Kummer, dass man in ein Megafon brüllen könnte, sie würde es nicht mitkriegen.

Ich drehe mich um und will wieder nach oben gehen, doch irgendetwas hält mich zurück. Das honigblonde Haar des Mädchens fällt ihr in kleinen Locken über die Schultern. Sie schüttelt den Kopf, als würde sie insgeheim mit sich selbst ringen. Ihre zierliche Gestalt, ihr milchweißer Teint, ihr perfekt gebügelter Rock, das alles kommt mir bekannt vor.

»Emma?«

Sie dreht sich um und sieht mich mit blutunterlaufenen Augen an. Ihre Schluchzer hallen durchs leere Treppenhaus, und ihre Unterlippe bebt, als sie jetzt zu sprechen anhebt. Doch sie kriegt nichts weiter raus als ein schrilles, durchdringendes *Irgendwas*.

Ich kann das Geräusch nicht beschreiben. Damit sollte sich mal jemand genauer befassen.

Emma vergräbt das Gesicht in den Armbeugen und lässt alles raus. Ich meine, echt alles. Ich bleibe oben an der Treppe stehen, und die Sache ist mir extrem peinlich.

»Alles okay mit dir?« Ich schüttle den Kopf. »Blöde Frage. Ist ja offensichtlich, dass was nicht stimmt.«

Emma sagt nichts und schluchzt weiter. Ich nähere mich ihr, als sei sie eine gefährliche Bombe, und setze mich in sicherer Entfernung neben sie. Dabei halte ich die Tasche auf meinem Schoß und zerre an den Shorts, die unter meinem Rock hervorspitzen.

Über so was haben die in der Orientierungsstunde kein Wort verloren. Hätten die besser mal tun sollen.

»Willst du darüber reden?«, frage ich und versuche, Mrs. Kemper bei der Gruppensitzung nachzuahmen. Sie hätte damit kein Problem. Aber sie ist ja auch ein Profi. Ich sehe mich um und flehe innerlich, jemand anderer möge auftauchen und für mich einspringen. Doch um diese Zeit ist die Schule menschenleer. Es sind längst alle losgezogen, um nach der Schule etwas zu unternehmen.

»Er hat gesagt, er liebt mich«, würgt Emma hervor und wischt sich die Nase am Ärmel ab.

»Oh. Cool.« Ich knipse an meinem Fingernagel herum. Wie bringe ich sie nur dazu, mit dem Geflenne aufzuhören? Ich könnte ja ein witziges Tänzchen aufführen oder so. Ein lustiges Lied singen. Grimassen schneiden. Sie ist kein Baby mehr. Sie ist ein Teenager. Wie ich. Na ja, so ungefähr.

Emma schüttelt den Kopf, ihre Wangen sind knallrot, so fertig, wie sie ist. »Aber es ist vorbei. Er hat gesagt, er liebt mich. Und dann … macht er auf einmal Schluss.«

»Oh«, murmle ich. Bitte. Hör auf mit dem Heulen. »Nicht so toll also.«

»Er ist ein Arsch.« Sie wedelt mit den Armen. »Ein total süßer Arsch, in den ich voll verknallt bin!«

Ich hab nichts entgegenzusetzen, aber ich kann sie auch nicht einfach allein hier im Treppenhaus hocken und wegen so 'nem Typen heulen lassen. Ich wünschte, es gäbe einen magischen Knopf, den ich drücken könnte, damit alles gut wird. *Reden. Ich sollte es mit Reden versuchen.*

»Ich hab nicht viel eigene Erfahrungen mit Jungs«, gebe ich zu und überlege, dass meine romantischen Begegnungen mit dem anderen Geschlecht in ein Streichholzbriefchen passen würden. »Aber ich weiß, wie sie so ticken.«

Emma schnieft. »Ach ja?«

»Ich war immer das einzige Mädchen bei uns in der Nachbarschaft.« Die gute alte Newbury Lane. »Ich weiß alles über das männliche Gehirn.«

»Was soll ich tun?« Emmas Augen weiten sich. Sie sieht aus wie ein Hündchen, das sich verirrt hat. Ein Hündchen mit triefender Mascara. *Ein Ratschlag?* Will sie allen Ernstes einen Rat von mir?

»Jungs haben keine Ahnung von irgendwas«, sage ich schulterzuckend. »Mädchen haben keine Ahnung von irgendwas. Ich will hier niemandem zu nahe treten. Ist eben nun mal Fakt. Vieles geht zwischen den Zeilen verloren, glaube ich, weil niemand genau genug hinhört. Wie heißt dieser Arsch?«

Emmas Tränen beginnen zu versiegen. »Kevin.«

»Ach so, ja. Der Typ im Wald. Ich würde alles wetten, dass Kevin keinen Schimmer hat, wie sehr er dir wehgetan hat. Warte mal.« Ich stehe auf, steige aus meinem Rock, ziehe die Basketballshorts gerade, lasse den Rock in meiner Tasche verschwinden und setze mich dann wieder hin. »Tut mir leid. Der Rock hat mich genervt. Wo war ich stehen geblieben?«

»Du meintest, keiner hat eine Ahnung von irgendwas.« Sie blinzelt ein paarmal. »Selbst Mädchen wie ich nicht.«

Wieder schüttle ich den Kopf. Ich bin ja so dermaßen schlecht in so was. »Wollen wir es mal anders versuchen. Okay. Du erinnerst dich an Loch?«

»Dein platonischer Freund?«

Erfreut nicke ich. Emma Elizabeth hat es kapiert. Loch. *Mein platonischer Freund*. Warum kann Brian das nicht auch verstehen?

»Genau!«, sage ich und klinge dabei viel aufgeregter, als mir lieb ist. »Jedenfalls war er mit diesem Mädchen zusammen, Sie-deren-Name-nicht-genannt-werden-darf. Ganze zwei Jahre ging das. Er war verrückt nach ihr. Einfach widerlich.« Mir dreht es allein bei dem Gedanken daran den Magen um. »Sie hat ihn betrogen. Nicht nur einmal. Er hat sie dafür gehasst, also hat er mit ihr Schluss gemacht.«

Emma runzelt die Stirn. »Ich hab Kevin aber nicht betrogen …«

Ich halte einen Finger in die Höhe. »Ich komme schon noch zu meinem Punkt, ich versprech's. Ein paar Wochen später hatte Sie-deren-Namen-nicht-genannt-werden-darf ein Date mit einem Typen, der viel zu viel Leder trug und beim Sprechen lispelte. Wie, denkst du, hat Loch sich dabei gefühlt?«

Emma holt ein rosa Taschentuch aus ihrer Tasche. »Er war angepisst.«

Ja, Loch hätte tatsächlich angepisst sein sollen. Gott, ich könnte schon ausrasten, wenn ich nur daran denk, was dieses Mädchen meinem lieben treuen Loch angetan hat. Tja, nicht *meinem* Loch, klar. Er gehört mir ja nicht oder so. Trotzdem. Ich würde Sie-deren-Namen-nicht-genannt-werden-darf immer noch am liebsten deswegen eins in die Fresse geben.

»Schlimmer«, sage ich. »Er war total traurig. Er hat völlig vergessen, wie scheiße sie ihn behandelt hat. Als hätte man sein Gedächtnis ausgelöscht. Er hat vergessen, wie sehr sie ihn verletzt hat, als sie ihn betrogen hat. Sie mit einem anderen zu sehen – egal, wer es war – weckte alte Gefühle in ihm, und mit dem logischen Denken war es dahin. Er wollte sie zurück. Wir mussten ihm ganz schön ins Gewissen reden.«

Emma putzt sich mit dem Taschentuch die Nase. »Ich muss Kevin also dazu bringen, dass er vergisst, dass er nicht mehr mit mir zusammen sein wollte? Wie stell ich das denn an? Ich will mich mit keinem anderen treffen.«

Ich kaue auf meiner Unterlippe herum. Vielleicht sollte

ich das Gespräch beenden, ehe ich noch irgendwelche bleibenden Schäden anrichte. Aber ich will ihr helfen. Sie sollte sich nicht von einem Kerl an der Nase rumführen lassen.

»Das brauchst du auch nicht«, sage ich nach kurzem Überlegen. »Du musst nur dafür sorgen, dass Kevin *denkt,* es wäre so.«

In Wirklichkeit bin ich ja kein großer Freund von solchen Spielchen, aber ich weiß nicht, was ich sonst sagen soll. Es könnte allerdings funktionieren.

Emma schiebt das gebrauchte Taschentuch vorne in ihre pink karierte Schultasche. »Das geht nicht, unmöglich.«

»Ist doch nicht schwer, bloß so zu tun. Das mach ich hier andauernd.« Eigentlich will ich ja gar nicht so viel über mich preisgeben, aber jetzt kann ich die Worte nicht mehr zurücknehmen. Emma sieht mich an, und in ihren blauen Augen steht Dankbarkeit. Ich fühle mich mies, weil ich mir bislang nicht die Mühe gemacht habe, sie besser kennenzulernen. Vielleicht wird das ja jetzt anders.

»Du schlägst dich besser als ich in meinem ersten Jahr hier«, sagt sie. »Ich war ein Wrack.«

Ich betrachte ihre perfekt manikürten Finger und das perfekte Haar und den perfekten Teint. Obwohl sie gerade eine regelrechte Heulorgie hingelegt hat, würde ich sie noch lange nicht als »Wrack« bezeichnen.

»Fühlst du dich jetzt besser wegen Kevin?«, frage ich, um das Thema zu wechseln. »Dein Problem lässt sich lösen.«

Gerade als ich denke, ich hab ausnahmsweise mal was echt Gutes gemacht, fängt Emma wieder an zu flennen.

Tja, Ratschläge. Bin wohl nicht gut darin.

»Tut mir leid!« Ich stehe auf. »Ich hätte nichts sagen sollen. Ich hab ja eh keinen Plan, wovon ich rede. Ich hatte ja selbst noch nie einen Freund.«

Wieso sprudeln eigentlich in Gegenwart dieses Mädchens die Geständnisse nur so aus mir heraus?

»Das ist es ja gar nicht. Das Problem ist bloß, dass ich keinen hab, mit dem ich nur so tun kann als ob.« Sie wischt sich einen Klumpen Mascara aus dem Augenwinkel.

»Nimm einfach einen guten Freund«, schlage ich vor und tue mich wieder ein bisschen leichter mit dem Atmen. »Besteche ihn mit, keine Ahnung, Essen oder irgendwas.«

Emma schlägt die Beine an den Knöcheln übereinander. »Ich kenne doch sonst keine Jungs. Kevin ist eine Ausnahme.«

Wieder fummle ich an meinen Fingernägeln herum und lehne mich dann gegen das Geländer, um nachzudenken. Eigentlich sollte ich davonrennen, ehe sie wieder mit dem Geheule anfängt. Ich blicke in ihre großen, glänzenden Augen, in denen Tränen stehen.

»Schätze, dann musst du dir einfach einen von meinen Freunden borgen«, sage ich. Und bin mir nicht ganz sicher, ob ich dieses Versprechen tatsächlich halten kann.

Emma schnieft, und ich denk schon, sie fängt wieder an. Stattdessen quiekt sie derart laut, dass ich befürchte, die Fenster bersten gleich. Sie fällt mir um den Hals und springt dann mit fröhlichen kleinen Hopsern die Treppe hinunter.

»DANKE, TONYA VALENTINE!«, kreischt sie. »DU BIST VON JETZT AN MEINE BESTE FREUNDIN!«

Ich lächle und werde rot, dann schlinge ich mir die Büchertasche um die Schulter. Zum ersten Mal an der Winston habe ich das Gefühl, ein klein wenig dazuzugehören. »Meine Mutter wäre so froh, das zu hören. Und hey, nenn mich doch Toni.«

Acht

Emma Elizabeth Swanson wirbelt durch mein Zimmer und macht sauber. Und zwar verkleidet als schwarze Katze. Na ja, so ungefähr. Das Einzige, was darauf hindeutet, dass sie zu Halloween als Katzenwesen geht, ist das Paar schwarzer Fellöhrchen oben auf ihrem Kopf. Der Rest ihres Katzenkostüms setzt sich zusammen aus einem trägerlosen schwarzen Kleid, Netzstrumpfhosen und schwarzen, kniehohen Stiefeln.

Tom Brady fläzt mitten auf dem Bett und beäugt sie misstrauisch. Ich glaub, er ist beleidigt. Er würde nie im Leben kniehohe Stiefel tragen.

Nachdem Emma das Bataillon an Limodosen, die auf meinem Schreibtisch stehen, in eine Mülltüte befördert hat, kickt sie mit dem Stiefelabsatz meine Schmutzwäsche durch die Gegend, bis die diversen Sweatshirts in einem ordentlichen Haufen in der Ecke liegen. Darunter kommt ein peinlicher mädchenrosa Teppich zum Vorschein. Emma ist erst vor fünf Minuten hier reingeschneit, aber sie hat bereits jetzt mehr geschafft als ich in einer Woche.

»Tut mir leid«, sagt sie völlig außer Puste. Ihre Katzenohren sitzen ganz schief. »Ich hoffe, es macht dir nichts aus. Ich liebe es, aufzuräumen und Sachen zu ordnen.«

»Kein Problem«, erwidere ich. »Jeder hat so seine Macken.«

Emmas Einfluss auf den Zustand meines Zimmers ist noch so ein Grund, weshalb meine Mutter sie liebt. Mom ist vor Glück fast in Ohnmacht gefallen, als ich sie gefragt hab, ob Emma (ein echtes, lebendes MÄDCHEN!) vor Ollies Halloweenparty bei uns vorbeikommen könne.

»Höchste Zeit, dass ich mein Kostüm anlege«, verkünde ich und haste ins Badezimmer.

Als Ollie die SMS mit der Einladung zu der Party bei ihm geschickt hat, hab ich das Ganze erst für einen Witz gehalten. Ollie hat noch nie in seinem Leben eine Party geschmissen. Keiner von uns hat das, es sei denn, man zählt die kurzen Zusammenkünfte vor den Monsterjagden mit. Was ich natürlich nicht tue.

Wenigstens sind wir vier dann wieder mal zur selben Zeit am selben Ort. *Das* ist im Moment das, was zählt.

Die Party ist außerdem die perfekte Gelegenheit für Emma, um ihren Freund zurückzuerobern. Ich hab Loch zu ihrem Pseudodate auserkoren, weil er am zuverlässigsten ist. Wir haben uns die letzten paar Wochen nur selten gesehen – er war so sehr mit Arbeiten beschäftigt –, daher freue ich mich schon darauf, ihn heute Abend zu treffen.

Ich betrachte mein Kostüm im Badezimmerspiegel und bin mit meiner diesjährigen Wahl höchst zufrieden. Das können die Jungs auf keinen Fall überbieten. Es ist schlicht. Es ist klassisch. Es ist bequem. Und es ist typisch Vermont. Ich hüpfe den Gang entlang und platze mit einem lauten »Muuuuuuh!« in mein Zimmer.

Emma starrt mich an, eine Tube Lipgloss in der rechten Hand, Klappspiegel in der linken. Entschlossen lässt sie ihn zuschnappen, steckt ihn weg und durchquert den Raum. Die Absätze ihrer Stiefel hinterlassen tiefe Abdrücke im Teppich, wie Fußstapfen im Schnee.

»Ist das dein Ernst? Das ist also dein Kostüm?«, fragt sie.

Als ich mich einmal um die eigene Achse drehe und meine Verkleidung präsentiere, erzeugt die rostige Glocke um meinen Hals ein hohles Scheppern. »Ist es nicht obercool?«

»Du bist eine Kuh.«

»Wow, super. Ich dachte schon, du würdest nie draufkommen.« Ich zupfe das rosa Plastikeuter an meinem Bauch zurecht. Der schwarz-weiß-gefleckte Overall hängt ziemlich labbrig an mir dran, doch das ist mir egal. Die Mütze mit den flauschigen rosa Ohren und den Hörnern sitzt perfekt, doch das Beste an der Sache ist, dass ich Turnschuhe tragen kann. Damit kann ich den ganzen Abend bequem laufen.

»Ich kann deinen *Körper* nicht mehr erkennen«, sagt Emma und neigt den Kopf. »Da kannst du dir ja genauso gut eine Mülltüte überstülpen.«

»Und?« *Eine Mülltüte.* Vielleicht gar kein so schlechtes Kostüm für nächstes Jahr.

»Auf der Party sind auch Jungs.« Sie fummelt an ihren silbernen Ohrsteckern herum. »Süße Jungs. Oder nicht?«

»Wenn überhaupt wer aufkreuzt. Ollie ist nicht eben super beliebt.« An der Burlington High nimmt man von Ollie im Grunde nicht groß Notiz. So ging es uns allen immer. Fällt mir also schwer, ihn mir als den großen

Partyking vorzustellen. Außerdem ist er nicht so der gesellige Typ. Er hat mir mal gestanden, dass er am liebsten allein auf seinem Snowboard unterwegs ist, weil ihm da keiner sagt, was er zu tun hat. Irgendwie komisch also, dass ausgerechnet er jetzt eine Party schmeißt.

»Willst du denn nicht herzeigen, was du hast?«, will Emma wissen.

Ich betrachte meinen Körper. »Wüsste nicht, was es da herzuzeigen gibt.«

»Willst du mich verarschen! Deine Figur ist der Knaller, Toni! Tut mir leid, aber ich kann nicht guten Gewissens zulassen, dass du diese Beine versteckst!« Sie kommt auf mich zu.

Ich trete einen Schritt zurück. »Ähm … das ist jetzt nicht die Szene, wo es an das große Umstyling mit kompletter Typveränderung geht, oder?«

Emma grinst.

Eine Stunde später ist mein Kuhkostüm kaum mehr wiederzuerkennen. Arme Kuh. Es ging alles so schnell. Eine Schere machte sich am Stoff zu schaffen, dass die Fetzen nur so flogen. Make-up-Pinsel puderten mir irgendwas auf die Wangen. Lipgloss glänzte im Licht meines Zimmers. Ich starre auf die Überreste des schwarz-weißen Overalls, die über den Boden verteilt herumliegen, und fühle mich komplett nackt.

»Du bist immer noch eine Kuh«, erklärt Emma, während sie in ein Paar lila High Heels steigt. Sie geht nie irgendwohin ohne ein Outfit zum Wechseln. »Bloß dass du jetzt eine total süße, sexy Kuh bist!«

In den kniehohen Stiefeln, die Emma mir geborgt hat, sind meine Zehen total eingezwängt, sie scheuern an den Fersen und lassen mich wanken, weil mir schwindelig ist. Ich bin von Natur aus nicht eben groß, und das will ich auch gar nicht sein. Für mich fühlt es sich nicht normal an, die Welt von so hoch oben zu betrachten. Die Netzstrumpfhose scheuert an den Schenkeln, und der Lipgloss schmeckt gleichzeitig fruchtig und nach purer Chemie. Meine Brüste platzen fast aus dem engen schwarzen Top (ein uraltes Teil, das noch aus meiner Zeit an der Junior High stammt und das irgendwo im Schrank rumflog, wo Emma es ausgegraben hat), und ihr schwarzer Minirock ist mir mindestens zwei Nummern zu klein.

Ich fühle mich ungeschützt. Wenigstens durfte ich die Kuhglocke um den Hals behalten.

»Dein Schwarm kippt aus den Latschen, wenn er dich heute Abend sieht«, sagt Emma und mustert mich, als wäre ich so was wie ihr Meisterwerk. Sie hat die Mütze jetzt fertig zerschnitten und bindet mir die Ohren ins Haar wie ein Haarband.

Ich ziehe meine Unterhose wieder runter, weil sie mir über die Pobacken hochgerutscht ist. »Mein *was?*«

»Du brauchst mir gar nicht zu erzählen, wer es ist.« Emma pudert sich die Nase. »Wir kennen uns noch nicht lange genug, um schon solche Geheimnisse auszutauschen.«

»Ich habe keinen Schwarm.« Dann ziehe ich das Oberteil ein Stück hoch. Sofort zerrt Emma es wieder nach unten. Ich hab echt ein ganz schönes Dekolleté. Sind meine Brüste in der letzten Stunde gewachsen? Emma muss so was wie ein Busenbeschwörer sein.

»Im Ernst?« Sie legt den Kopf schief. »Nicht mal im Ansatz?«

»Man kann auch leben, ohne dauerverliebt zu sein«, sage ich. Dafür bin ich der beste Beweis. Jedenfalls hab ich es bis jetzt gut hingekriegt.

Emmas Augen weiten sich. »Klar, aber was für ein trauriges Leben ist das denn?«

Ungelogen. Im Moment steh ich echt auf keinen, auch wenn ich schon den ein oder anderen Schwarm hatte. Aber alle diese Jungs verschmelzen in meiner Erinnerung zu einer Person, ein wilder Reigen an Gesichtern, der an mir vorüberzieht, und von einigen von ihnen weiß ich noch nicht mal mehr die Namen. Ich tue gern so, als wüsste ich nichts mehr von den Typen, die mein Blut in Wallung brachten, die meine Wangen glühen ließen und meine Träume bestimmten, weil nämlich kein einziger von ihnen je meine Gefühle erwidert hat. Ich ziehe es vor, mich nicht daran zu erinnern, wie weh es tat, dass diese Jungs Mädchen in High Heels bevorzugten, Mädchen, die Haarspray benutzten und bei spontanen Basketballspielen vor dem Sportunterricht lieber von der Seitenlinie aus zusahen.

Mit einem Freund kann ich aber gut auch noch bis zum College warten.

»Du weißt ja gar nicht, was für ein Glück du hast, dass du so viele Jungs kennst«, meint Emma. »Kevin hab ich rein zufällig kennengelernt. Er stand irgendwann vor unserer Haustür, mit einem Flyer für seinen Rasenmähservice in der Hand. Das war Schicksal.«

Ich male mir aus, wie ein völlig argloser Kerl an irgendeiner Tür klingelt, und ehe er sichs versieht, hat Emma

Elizabeth Swanson ihm die Beine um die Hüften geschlungen und übersät sein Gesicht mit Küssen, froh, endlich ein männliches Wesen in die Finger bekommen zu haben.

Emma reißt ein weiteres Stück Stoff von dem toten Kuhkostüm ab und bindet es mir um den Oberschenkel. »Äh ... was soll das denn sein?«, frage ich.

»Das ist sexy. So was wie ein Strumpfband«, erklärt sie. »Die Typen werden das Ding den ganzen Abend lang anstarren.«

»Was ist denn ein Strumpfband?«

Emma lacht. Wahrscheinlich denkt sie, ich mache Witze. Sie streicht mir das Haar glatt, das zu einem hohen, klassischen Knoten hochgesteckt ist. »Du hast wunderbare Schultern«, meint sie. »Schmal. Schön. Echt toll. Du solltest dein Haar öfter mal hochstecken.«

Meine Wangen laufen rot an. Ich binde mir das Haar schon des Öfteren zurück, aber zu einem tief sitzenden, unordentlichen Pferdeschwanz. Hauptsache, es hängt mir nicht ins Gesicht. Ganz anders als die Frisur, die Emma mir gezaubert hat. »Gehen wir den Plan noch mal durch«, sage ich.

Emma lässt sich aufs Bett plumpsen und kreuzt die Beine. Abwartend sieht sie mich an.

»Bist du dir sicher, dass Kevin kommt?«, frage ich.

Sie nickt. »Ich hab ihn eingeladen. Und er hat die Einladung angenommen. Er geht auf eine katholische Schule in Shelburne, daher bin ich sicher, dass er sich liebend gern mal unter Leute von einer staatlichen Schule mischt. Wenn ich ehrlich bin, mir geht es da ähnlich.«

»Perfekt.« Ich versuche auf und ab zu gehen, während ich spreche, doch ich stolpere, weil ich die Absätze nicht gewöhnt bin. Ich muss mich abstützen. »Kevin kreuzt also auf der Party auf. Wenn es so weit ist, tanzt du mit Loch. Du flirtest. Unterhältst dich mit ihm. Was auch immer. Sieh nur zu, dass Kevin dich dabei bemerkt. Ich plaudere währenddessen mit ihm und schwärme ihm vor, was für ein tolles Paar du und Loch doch abgebt. Bla. Bla. Bla. Ich lass mir da schon was einfallen, ein bisschen schmalzig, aber mit Stil. Dann wird Kevin von einer brennenden Eifersucht gepackt und bittet dich auf Knien um Vergebung.«

Emma strahlt. »Und dann leben wir alle glücklich bis an unser Lebensende.«

»Jup.« Ich wanke rüber zum Spiegel und betrachte noch einmal meine Erscheinung. Peinlich berührt von meinem Spiegelbild werfe ich Emma einen Blick über die Schulter zu. Sie hat sich auf dem Bett zurückgelehnt und auf die Ellbogen gestützt. Dabei sieht sie zur Decke. Sie wirkt so voller Zuversicht, völlig in Gedanken versunken, in ihre eigenen Träume, ihre eigenen Romanzen. Fast glaube ich, wir könnten so was wie Freundinnen werden.

An meiner rechten Pobacke meldet sich schon wieder ein nervöses Jucken.

Hoffentlich versaue ich ihr nicht den Abend.

Neun

Grüne Wiesen und eine Reihe von Rosenbüschen grenzen an Ollies wunderschönes Haus im Ranchstil an. Ein Kiesweg führt zu einem kleinen Pferdestall hinter dem Haus, wo seine Mutter ihren wertvollsten Schatz stehen hat, eine Morgan-Stute namens Goldie. Jenseits der Felder ragen am Horizont dunkelblaue Berge empor, ein atemberaubender Anblick, selbst wenn man es schon tausendmal gesehen hat. Ich würde mich ja gern länger dem Mondlicht widmen, das sich über den Rasen ergießt, und es bewundern, doch meine Beine sind eiskalt.

»In diesem Outfit krieg ich ja noch Frostbeulen«, sage ich zu Emma, als wir die Kopfsteinpflasterstufen emporsteigen. Hinter der Eingangstür wummert Bassmusik.

»Sei nicht so ein Baby.« Emma legt noch eine Schicht Lipgloss auf, ehe sie ihn wieder in ihrem winzigen schwarzen Täschchen verschwinden lässt. »Wir sind ja den Großteil des Abends drinnen. Oder willst du vielleicht losziehen und Süßigkeiten sammeln?«

Als ich die Hand nach dem Türknauf ausstrecke, hält Emma mich zurück. Ich spüre, wie meine Lippen blau anlaufen, als sie mir die Hände auf die Schultern legt und sie nach hinten drückt.

»Der erste Auftritt entscheidet alles«, sagt sie. »Geh rein in dieses Haus, als würde es dir gehören. Und immer schön die Schultern zurücknehmen.«

Meine Zähne fangen an zu klappern. »Kann man durch das Oberteil meine Brustwarzen sehen?«

Sie sieht nach unten. »Lass alles so, wie es ist. Mit den Dingern hast du bis zum Ende des Abends garantiert einen festen Freund gefunden.«

Ich will jetzt nur noch rein, hinein ins Warme, und mit den Jungs abhängen. Hab keinen Bock, über die Zukunft oder das College nachzudenken. Oder an die Winston zu denken. Mir egal, ob sich irgendwer für meine Beine oder meine Nippel interessiert.

Drinnen haut mich der Gestank nach abgestandenem Bier und Körperausdünstungen fast um. Obwohl ich jetzt am liebsten umdrehen und die Biege machen würde, zerrt Emma mich weiter hinein ins Getümmel. Ich kann echt nicht fassen, wie viele Leute aufgekreuzt sind. Die meisten von ihnen erkenne ich – den Cop in der Ecke, den Taxifahrer, der sich gerade einen Schnaps genehmigt, die Fee mit der lila Perücke, die tanzt. Hinter der Fee verbirgt sich Katie Morris.

Doch keiner begrüßt mich. Erkennen die mich überhaupt? Hab ich an der Burlington je irgendeine Bedeutung gehabt?

Emma hakt sich bei mir unter und steuert mich weiter vorwärts. Sie schlängelt sich zwischen den schwitzenden Leibern hindurch, und zwar mit einem derartigen Selbstbewusstsein, dass man glauben könnte, sie wäre auch mal mit diesen Leuten zur Schule gegangen.

»Sag ich's doch. Du hast so deine *Vorzüge*«, flüstert Emma.

»Hä?«

»Die Leute glotzen«, fügt sie hinzu.

Ich hebe den Blick. Irgendwie bin ich wohl in einem anderen Universum gelandet, einem Universum, in dem ich nicht einfach nur eine von der Gang bin. Nein, ich bin feminin und sexy. Seltsam. Während Emma und ich uns durchkämpfen ins Wohnzimmer, huschen neugierige Blicke über meinen Körper, vom Hals über die Hüften runter zu dem Kuhstrumpfband um meinen Oberschenkel und dann wieder nach oben. Mit einem Mal fühle ich mich unwohl und zerre das Oberteil hoch, um mein Dekolleté zu verbergen.

Emma zwickt mich ganz leicht am Ellbogen. »Du siehst großartig aus.«

Im Wohnzimmer wummert die Musik noch lauter, unzählige Körper winden sich und tanzen ausgelassen. Seltsamerweise finde ich Emmas Worte ermutigend. Ich hebe das Kinn an, und ein Anflug von Selbstvertrauen regt sich in mir. In der Mitte des Raums ist ein Bierpong-Spiel im Gange, direkt neben dem gemauerten Kamin, eben jenem Kamin, in dem ich zusammen mit Loch, Ollie und Cowboy im vergangenen Winter Hotdogs gegrillt habe. Um den Bierpong-Tisch herum bildet sich eine Traube von Zuschauern, die jubeln und Wetten platzieren auf die beiden Vampire und die beiden Werwölfe, die bei dem Spiel gegeneinander antreten.

Ollie spielt die Rolle des unparteiischen Schiedsrichters. Er hat ein Kristallglas mit einer braunen Flüssigkeit in der

Hand und trägt eine bauschige, limettengrüne Jacke und dazu eine schwarze Skihose mit passender Skibrille auf dem Kopf. Er lehnt gegen sein schmales, schwarzes Snowboard und nippt lässig an seinem Drink.

Als er zu mir rüberschaut, winke ich ihm zu wie eine Idiotin, weil ich ihn seit über einem Monat nicht gesehen habe. Sein Haar wird immer länger. Ollie winkt zurück, lächelt und prostet mir mit erhobenem Glas zu. Dann schlingt er einem der Werwölfe den Arm um den Hals und macht irgendeinen Witz. Der Werwolf lacht. Ich blinzle. Wer ist dieser Werwolf? Ich erkenne ihn nicht. Wie es aussieht, hat Ollie einen neuen Freund.

Wie konnten wir zulassen, dass wir uns so lange nicht sehen? Was hab ich bloß verpasst?

Ohne Champ hab ich die Befürchtung, dass wir uns auseinanderleben. Champ ist das Fädchen, das uns noch zusammenhält. Wenn wir jetzt aufhören, an ihn zu glauben, hören wir dann nicht auch auf, an *uns* zu glauben?

Die klaffende Lücke in meinem Herzen weitet sich noch mehr. Ich starre auf meine Füße, und einen Moment lang verschlägt es mir den Atem, bis Emma fröhlich fragt: »Und, wo ist jetzt mein Date?«

Zum Glück habe ich ja eine Mission. Die Ablenkung wird mir tatsächlich guttun. Ich suche die Menge nach Loch ab, sehe ihn aber nirgends. »Mir nach«, sage ich und greife nach Emmas Hand.

Wir bewegen uns durch den Flur zum hinteren Teil des Hauses. Je weiter wir uns vom Wohnzimmer entfernen, desto ruhiger wird es. Und dann stehen wir vor der verschlossenen Tür zum Arbeitszimmer.

»Loch ist kein Fan von großen Menschenansammlungen«, sage ich. »Er versteckt sich vielleicht irgendwo.«

Im Arbeitszimmer treffen wir auf Cowboy, der in einem abgewetzten Ledersessel sitzt, umgeben von Wänden voller Bücher. Er hat es sich mit einem aufgeschlagenen Buch auf dem Schoß gemütlich gemacht. Seit der sechsten Klasse schon hat er kein Halloween-Kostüm mehr getragen, und damals hat er sich immer als Cowboy verkleidet, daher sein Spitzname. Auch heute macht er keine Ausnahme. Er trägt eine Jeans und ein Flanellhemd. Nichts Ausgefallenes.

Ich lächle. »Hey, Mann. Hier bist du.«

Grinsend sieht er hoch. »Hey. Was sollst du denn darstellen?«

Ich drehe mich einmal im Kreis, immer noch berauscht von dem Selbstbewusstseinsschub, den Emma mir verschafft hat. »Eine Kuh.«

»Eine *sexy* Kuh«, ergänzt Emma.

Cowboy richtet den Blick auf Emma. »Wer bist du denn?«

Ich klatsche mir an die Stirn. »Wo bleiben nur meine Kuhmanieren?«

Ich stelle die beiden einander vor. Emma winkt kurz zur Begrüßung, und Cowboy nickt ihr zu. Dann widmet er sich wieder dem, was ich jetzt als Chemiebuch erkenne.

»Und was sollst du sein?«, will Emma wissen. Sie ist immer so *nett* und *gut gelaunt*. Ich wünschte, ich könnte ein wenig mehr sein wie sie.

»Einfach ich selbst«, sagt Cowboy. »Und das ist schon schwer genug.«

»Dir ist schon klar, dass das hier eine Party ist«, ziehe ich ihn auf. »Und keine Schulstunde?«

»Will mich nur rechtzeitig auf meine Zwischenprüfung in Chemie vorbereiten«, sagt Cowboy und rückt das Buch auf seinem Schoß zurecht.

Ich lasse mich auf der Armlehne nieder. »Du gehst nicht rein zufällig einer lila Fee aus dem Weg, oder?«

Er beißt die Zähne aufeinander. »Wie kommst du darauf?«

Behutsam schließe ich sein Chemiebuch und sage: »So halt. Chemie ist doch ein Klacks für dich.«

Keiner lernt mehr als Cowboy, nicht mal ich, doch ist er von Natur aus ein Genie. Loch und Ollie haben sich stets mit durchschnittlichen Noten begnügt, bloß Cowboy und ich waren gleichermaßen bestrebt, mehr zu erreichen, etwas, das sich bei mir wegen meinem Dad herausgebildet hat. Als ich noch an der Mittelschule war, hat Dad mich für gute Noten immer mit diesen voll süßen Tweety-Aufklebern belohnt. Die hab ich dann jedes Mal in ein kleines Notizbuch geklebt, das ich unter der Matratze versteckt hielt. Jeden Abend, wenn ich ins Bett ging, war ich glücklich, dass es dort war, sicher verwahrt, voll mit den kleinen Belohnungen von meinem Vater.

»Du hast sie gesehen.« Cowboy steht auf, er ist jetzt total hibbelig. »Sie sieht umwerfend aus, nicht?«

»Bitte. Red einfach mit ihr«, bettle ich. »Du wirst dich gleich so viel besser fühlen.«

Cowboy fährt sich mit den Fingern durchs Haar. »Da kannst du mich genauso gut bitten zu fliegen. Beides unmöglich.«

»Wer ist das Mädchen, von dem ihr da redet?«, will Emma wissen.

»Katie Morris«, erkläre ich. »Sie ist echt ganz nett. Super schlau. Die Beste in unserer Klasse.« Ich schüttle den Kopf, weil es mir peinlich ist. »Nein, nicht unserer Klasse, die Beste ihrer Klasse an der Burlington, meine ich. Cowboy kommt direkt hinter ihr. Ich hab ja die Theorie, dass sie insgeheim die härtesten Konkurrenten sind.«

Cowboys Wangen laufen knallrot an. »Und darüber reden wir leider auch nicht.«

»Komm schon.« Ich stehe auf, packe ihn am Handgelenk und will ihn zur Tür zerren. »Remple sie doch einfach aus Versehen an.«

Er macht einen Rückzieher. »Vielleicht in 'ner Stunde. Muss erst diesen Text lesen. Lesen entspannt.« Und damit lässt er sich wieder in den Sessel sinken und schlägt erneut das Chemiebuch auf. Für so was hab ich jetzt echt keine Zeit.

Ich seufze, wische mir eine lose Strähne aus dem Auge und wende mich zu Emma. »Los, suchen wir dein Date.«

Zurück im Wohnzimmer, umgeben von lauter Musik und unzähligen bohrenden Blicken, begegne ich schließlich doch einem Paar vertrauter, freundlicher Augen. Mein Pulsschlag beschleunigt sich. Ich führe Emma zum Eingang der Küche. Loch lehnt im Türrahmen und gibt sich mäßig interessiert. Er hält einen roten Pappbecher in der Hand, während er mein Kostüm mustert.

»Ich bin eine Kuh!«, rufe ich. »Siehst du das denn nicht? Ich hab eine Kuhglocke um den Hals und alles!«

Loch sagt keinen Ton. Nippt nur an seinem Bier. Mein

ursprüngliches Kostüm hätte er super gefunden. Peinlich berührt zupfe ich an dem dämlichen Strumpfbanddingens an meinem Schenkel herum. Jetzt fühle ich mich total lächerlich in meiner Verkleidung. Warum hab ich mich bloß von Emma dazu überreden lassen?

Emma räuspert sich. »Was soll dein Kostüm darstellen?«, will sie von ihm wissen.

»Einen Freshman von der UVM«, erwidert er und deutet auf sein graues T-Shirt mit der Aufschrift University von Vermont und auf seine zerrissenen Jeans.

Emma lacht. »Wie lahm!«

Loch verschüttet einen Tropfen Bier auf seine Seeungeheuer-Schuhe, was ihn aber nicht zu kümmern scheint. Es wundert mich, dass er nicht lautstark nach einem Stück Küchenrolle verlangt. Ist der besoffen, oder was? Nein, aber er wirkt irgendwie müde. Liegt wohl daran, dass er so viel arbeitet.

»Ist das nicht alles unglaublich?«, frage ich. »Dass Ollie eine Party schmeißt?«

»Ja, oder? Unser kleiner Ollie mausert sich langsam, wie es aussieht«, witzelt Loch und wird jetzt ein bisschen munterer.

»Erst zieht er in dieses Megahaus hier, und auf einmal ist er der Partyking«, sage ich noch. Ollie hat früher auf der Newbury Lane gewohnt, genau wie der Rest von uns, doch vor einem Jahr haben seine Eltern eine größere Geldsumme von irgendeinem entfernten Verwandten geerbt.

Jemand tritt von hinten an mich ran und legt mir einen Arm um die Schultern. Der Arm fühlt sich glatt und irgendwie wattig an. Als ich mich umdrehe, grinst Ollie mich an. Seine kleinen, ebenmäßigen Zähne blitzen, sein Atem riecht nach Whiskey.

Er klopft mir auf den Rücken und sagt: »McRib! Schön, dass du gekommen bist! Wer ist denn deine hübsche Freundin hier?«

Emma ruft ihm über die Musik ihren Namen zu und rückt ihre Katzenohren zurecht. »Stellst du etwa Shaun White dar?«

Ollie grinst und wankt und hält sich den Bauch. Seine Augenlider werden schwer. Ich mustere ihn genauer. Ich kenne Ollie gar nicht betrunken. So ist er mir völlig fremd.

»Alles in Ordnung mit dir?«, brülle ich ihm über die Musik zu.

»Mir geht's besser denn je!« Er lacht rau. Das nehme ich ihm nicht ab. Sein Lachen klingt viel zu gezwungen und künstlich. Ollie hickst und deutet auf die Menge. »Die Leute waren neugierig auf mein neues Zuhause. Wollten die Bude unbedingt sehen. Tja … da wären wir also.«

»Ja.« Ich trete einen Schritt zurück. Er stinkt nach Alkohol. »Hier wären wir.«

Er legt mir eine Hand auf die Schulter. »Weißt du noch, als wir vor Direktor Rogers blankgezogen haben?« Er kommt wieder näher und wird lauter, deutet mit dem Finger auf mich. »Dieser dämliche Streich hat mir mein Leben ruiniert«, schäumt er. »Meine Eltern glauben seither, ich nehme rein gar nichts ernst. Auf Wiedersehen, Traum vom Snowboarden! Danke, echt, McRib!«

Er wankt und wankt und wankt. Tja, nun. Wenn Alkohol im Spiel ist, kommt die Wahrheit ans Licht. Mein Magen dreht sich um, und mir wird das Herz schwer. Keine Ahnung, was ich jetzt sagen soll. Mir hat dieser bescheuerte Streich auch das Leben versaut. Loch sieht mich an, in seinem Blick liegt Mitleid. Warum werde ich das Gefühl nicht los, dass das nicht das erste Mal ist, dass Ollie mich für seine Bestrafung verantwortlich macht?

Ollie stolpert davon und winkt irgendjemandem quer durch den Raum zu. Ich bleibe einen Moment stehen, völlig perplex, verletzt, schuldbewusst. Ollie geht mir in letzter Zeit also *tatsächlich* aus dem Weg. Er hat sich Lügen ausgedacht, Ausreden gefunden, nur um nicht auf die Jagd gehen zu müssen. Mit voller Absicht. Bis jetzt war ich bloß viel zu abgelenkt, um das zu kapieren.

»Hey«, sagt Loch, der mich sanft an der Hüfte berührt. »Hör nicht auf ihn, ja? Er hat so seine Probleme mit seinen Eltern. Das liegt nicht an dir.«

»Wie auch immer.« Ich knirsche mit den Zähnen und beobachte, wie Ollie mit einer Gruppe von Vampiren lacht. Meine Brust verkrampft sich. »Ist mir egal.«

»Hältst du den mal kurz?« Loch reicht mir seinen vollen Pappbecher und beugt sich runter, um sich die Schnürsenkel zu binden.

Im Inneren des Bechers schwappt schaumiges Bier. Ollie unterhält sich jetzt mit Cowboy, der irgendwie nervös wirkt, fast als wäre ihm schlecht. Er trinkt aus einem Kristallglas, das gefüllt ist mit etwas, das nach Whiskey aussieht. Ollie deutet auf Katie Morris. Sie steht nur ein paar Schritte von ihnen entfernt, den Rücken zu ihnen, und ihre lila Flügel wippen beim Tanzen auf und ab.

Hitze durchflutet mich, und wieder verkrampft sich mein Magen. Ich kämpfe gegen die Tränen an. So vieles verändert sich, und ich weiß nicht, wie ich es verhindern soll.

Ich trinke Lochs Bier in einem Zug leer und lasse dann einen Riesenrülpser raus.

Loch schaut mich beeindruckt an. »Der war gut«, sagt er.

Ich wische mir den Mund ab und reiche ihm den leeren Becher.

Er kommt näher und berührt mich wieder an der Hüfte. »Alles in Ordnung mit dir?«, flüstert er. »Ich weiß, dass Ollie da ein paar Dinge gesagt hat …«

»Schon okay«, falle ich ihm ins Wort. »Los, komm. Wir haben heute Abend einen Job zu erledigen.«

Emma beugt sich zu Loch vor. Wieder rückt sie ihre Katzenohren gerade. »Vielen Dank, dass du mir hilfst, Micah. Ich weiß ja nicht, wie viel Toni dir erzählt hat, aber mir bedeutet das wirklich viel.«

Loch sieht aus, als müsste er ein ernstes Wörtchen mit mir reden, doch dann fragt er: »Und, wo steckt jetzt dein Freund?«

Emma durchsucht die Menge. Ihre glänzenden Lippen verziehen sich zu einer Schnute, und sie runzelt die Stirn.

»Bist du dir sicher, dass er kommt?«, frage ich. Das Bier rumort in meinem Magen. Vielleicht hätte ich vorher was essen sollen.

»Kevin tut gern so, als hätte er was Besseres vor. Der

würde nie pünktlich irgendwo aufkreuzen«, erklärt Emma. »Der sitzt jetzt wahrscheinlich daheim, starrt auf die Uhr und frisiert sich die Haare zum millionsten Mal. Gott, und dabei wohnt er gerade mal fünf Minuten von hier.« Wieder legt sie eine Schicht Lipgloss auf. »Aber so eine Party mit Leuten von 'ner staatlichen Schule würde er sich nie im Leben entgehen lassen. Wartet nur ab. Der kommt schon.«

Während sie weiter das Meer an Monstern und Feen und Vampiren nach ihrem Exfreund absucht, flüstert Loch mir ins Ohr. »Ich muss sie doch nicht küssen, oder? Lippenstift passt nämlich nicht zu meinem Kostüm.«

Ich schüttle den Kopf. »Keine Küsse.«

Loch zieht die Augenbrauen hoch. »Ist das eine Bitte oder ein Befehl?«

Ich suche krampfhaft nach einer passenden Erwiderung, bin aber total blank. Schnell wende ich den Blick ab. Kann ihm ja wohl schwer erklären, dass mir die Vorstellung, er könnte Emma küssen, absolut nicht gefällt. Denn in die Antwort könnte er zu viel reininterpretieren. Er ist mein *platonischer* Freund. Und trotzdem denke ich, dass das eine Grenzüberschreitung wäre. Was diese Grenze genau bedeutet, ist mir schleierhaft, doch beim Gedanken daran, Loch und Emma könnten knutschen, wird mir kotzübel. Deswegen trinke ich normalerweise auch nicht.

Emma versenkt ihre Fingernägel in meiner Schulter. »Er ist da«, sagt sie. »Er ist da. Oh mein Gott. Oh mein Gott! Er sieht so gut aus! Er sieht so verdammt gut aus!«

Konzentrier dich, Toni. Ich versuche zu erraten, welcher von den Jungs Kevin ist. Dieses Skelett am Bierfass etwa? Der Typ am Bierpong-Tisch, der wie ein Roboter geht? Der Baum, der sein Bier gerade auf ex leert?

Emma ist verschwunden, ehe ich nachfragen kann. Loch räuspert sich und tritt zur Seite. Er gibt den Blick frei auf Emma, die hinter seiner hochgewachsenen Gestalt kauert und sich versteckt hat.

»Er sieht so gut aus, so gut«, wiederholt sie schlotternd. »Ich weiß nicht, ob ich cool bleiben kann. Am liebsten würde ich zu ihm rübergehen und ihn *küssen!*«

Loch verbirgt sein Grinsen, indem er sich an der Nase kratzt.

Ich berühre Emma am Ellbogen. »Welcher ist es?« Ich schaffe das. Ich schaffe es, diesem Mädchen eine gute Freundin zu sein. Und ich glaub, ich mach das schon recht gut.

»König des Dschungels«, sagt sie. »Auf sechs Uhr.«

Ich hab keinen blassen Dunst, was sie mit diesem sechs Uhr meint, aber da beim Fass in der Ecke steht gerade ein als Tarzan verkleideter Typ und zapft sich ein Bier. Das Glas fließt über, und der Schaum platscht ihm auf den Lendenschurz im Leopardenprint, während der Rest sich über den Teppich ergießt. Tarzan – ich meine natürlich Kevin – zuckt mit der Schulter und entfernt sich einfach von der Sauerei. Seine Haut ist mit orangem Selbstbräuner eingeschmiert, und das zerzauste braune Haar glänzt fettig.

Ich hab ihn wohl einen Augenblick zu lange angestarrt, wenn man bedenkt, dass da ein Lendenschurz im Spiel ist, aber ich kann mir Emma Elizabeth Swanson wirklich nur schwer mit diesem Typen vorstellen. Ich sehe sie da eher mit einem James Bond, jemand, der total cool und elegant ist und so. Aber, hey, schätze, jeder hat so seine Gründe, weshalb er sich in eine bestimmte Person verknallt.

Also klatsche ich einmal in die Hände und reiße mich dann zusammen. »Okay!«, verkünde ich. »Jetzt ist Showtime!«

Ein paar Minuten später sabbert Tarzan/Kevin (der nach Bier und einer würzigen Bodylotion riecht) mir ins Dekolleté, was bedeutet, dass er Emma und Loch keines Blickes würdigt. Wieder mal ziehe ich mein Oberteil hoch, doch tut dies seiner Aufmerksamkeit keinen Abbruch. Ich versuche, nicht zu niesen, während ich an meinem Bier nippe.

»Glaubst du an Seeungeheuer?«, frage ich.

»Hä?«, tönt er lautstark über die dröhnende Musik hinweg. Seine Augen kleben immer noch an meinen Brüsten.

»Der Typ da drüben ist total besessen von Seeungeheuern«, rufe ich. »Dieser UVM-Student, der mit der schwarzen Katze tanzt? Sie geben ein wunderbares Paar ab, findest du nicht?«

Mich trifft ein Anflug von Eifersucht. *Sie geben wirklich ein hübsches Paar ab*. Langsam krieg ich ein echt ungutes Gefühl bei der Sache. So als hätte ich dieses vorgetäuschte Date lieber Ollie oder Cowboy überlassen sollen.

Kevin trinkt sein Bier leer und besorgt sich Nachschub. Er hat sich so gut wie gar nicht von dem Fass wegbewegt, seit er hier aufgetaucht ist. Keine Ahnung, wie lange ich das hier noch durchhalte. Hab das Gefühl, als würde ich gegen eine Wand anreden.

Was findet Emma bloß an diesem Typen? Wenn ich ihr vielleicht sage, dass er dauernd auf meine Titten glotzt, dann bemerkt sie vielleicht ihre Geschmacksverirrung. Aber vielleicht hasst sie mich auch, wenn ich was in die Richtung sage.

Während ich mir noch ein neues Getränk besorge, fängt Emma an, sich zu bewegen und an Loch zu reiben. Sie schwingt die Hüften zur lauten Musik, wirft ihr Haar nach hinten und kriegt es perfekt hin, so zu tun, als würde man sie nicht beobachten. Loch tanzt neben ihr und bewegt die Hand runter an ihre Hüfte, ehe er sie wieder zurückzieht, als wüsste er nicht genau, ob es ihm erlaubt ist, sie anzufassen.

Kevin bewegt den Blick quer durch den Raum, bis er schließlich auf Emma landet. Seiner Stimme ist nichts anzumerken, als er jetzt sagt: »Das Mädchen kenne ich.«

»Oh!« Ich tue so, als wäre ich überrascht. »Hoffentlich ist sie bloß eine gute Freundin, weil sie sich mit diesem UVM-Typen recht wohlzufühlen scheint.«

Noch während ich das sage, legt Loch Emma eine Hand an den Hals, zieht sie an sich ran und flüstert ihr etwas ins Ohr. All die Unsicherheit, die Loch vorhin noch gezeigt hat, ist wie weggeblasen. Mir gefriert das Blut in den Adern.

Seine Lippen sind jetzt ganz nah an ihrer Haut. Er hat die Finger in ihr Haar gegraben. Sie hält den Blick mit ihm verschränkt, und ihr schlanker Körper schmiegt sich an ihn wie ein fehlendes Puzzleteil.

»Kennst du den Typen etwa?«, will Kevin wissen, während er sich am Lendenschurz kratzt.

»Ich dachte schon, dass ich ihn kenne.« Die Musik ist viel zu laut. Das nervt. Mir dröhnt der Kopf.

»Ich war mal mit dem Mädchen zusammen«, erklärt er. »Ich sag nur eins: Klette. Hab das Gefühl, ich sollte ihn warnen vor ihr.« Kevin leert einen weiteren Becher und wirft ihn dann auf den Boden. »Ich brauch frische Luft. Kommst du mit?«

Schnell drehe ich mich um und starre an die Wand. Ich kann da nicht länger hinsehen. Keine Ahnung, was mein Problem ist, weil die beiden ja bloß so tun als ob. Und wir haben das alles so geplant. *Ich* habe es geplant. Selbst wenn sie nicht bloß so tun würden, sollte das kein großes Ding sein. Loch gehört mir nicht. Er ist ein Freund. Er ist Loch.

Aber ich will nicht, dass sie tun, was auch immer sie da treiben.

Das Adrenalin (vielleicht auch der Alkohol) steigt mir in den Kopf. Ich muss was unternehmen. Irgendwas, nur um die beiden auseinanderzubringen. Ein Ablenkmanöver! Ich stelle mich auf einen freien Stuhl, der unter meinem Gewicht kippelt. Auf diesen hohen Absätzen bin ich echt ganz schön unsicher. Ich bring das besser schnell hinter mich. Ein paar vereinzelte Blicke richten sich auf mich, doch als ich meinen Becher hoch in die Luft hebe und rufe: »Und jetzt trinken alle und sagen *Muuuuuh!*«, da hört mich der ganze Raum.

Überraschenderweise schallen ein paar vereinzelte Muhrufe durchs Haus. Leise Muhrufe. Laute Muhrufe.

Besoffene Muhrufe. Die Leute jubeln. Ich bin der Hit! Die Musik donnert weiter.

Ich entdecke Ollie in der Menge. Er lehnt an der Wand, die Augen geschlossen, kurz davor einzuschlafen. Warum will der überhaupt ins Snowboardcamp? Warum wollte er uns ausgerechnet im Sommer vor dem College im Stich lassen? Ist ja jetzt auch egal. Er ist unglücklich. Ich muss was tun gegen seine Niedergeschlagenheit. Schließlich hab ich ihm das eingebrockt, meinetwegen hat er Ärger mit seinen Eltern. Dann hol ich ihn da auch wieder raus. Irgendwie.

Ich sehe Cowboy und Katie in der Ecke stehen. Sie unterhält sich mit ihm, lächelt, stellt ihm Fragen. Cowboy zuckt mit der Schulter und nickt und zuckt mit der Schulter und nickt, sein Gesicht so rot wie eine Tomate, bis Katie es offensichtlich satthat, sich mit ihm abzumühen. Sie winkt ihm zum Abschied zu, dann geht sie weiter, um mit jemandem zu reden, der sich auch am Gespräch beteiligt. Ich hebe meinen Becher und proste Cowboy zu, und ich schwöre mir, dass ich ihm genauso helfen werde. Auch wenn ich keinen Schimmer hab, wie oder ob das überhaupt möglich ist. Doch wenigstens werde ich's versuchen.

Vielleicht spielt Champ das kommende Jahr also keine so große Rolle. Was soll's? Dann geht es eben stattdessen darum, dass wir uns gegenseitig unterstützen. Dass wir zusammen erwachsen werden. Solange wir so gut befreundet sind wie eh und je, spielt alles andere keine Rolle. Ich will diese Jungs einfach nicht verlieren.

Nachdem ich mein Bier geleert habe, fühle ich, wie ich

stürze und stürze und stürze. Der Stuhl rutscht einfach so unter mir weg. Ich segle durch die Luft, bis ein Paar sanfter Hände sich mir um die Hüften legt und mich wieder aufrichtet. Sanfte Hände, die nach Vanille duften.

Meine Wange ist an seine Brust gepresst. Das Einzige, was ich sehe, sind die Buchstaben auf seinem Shirt. Ich lasse die Finger über die Stoppeln an seinem Kinn gleiten und über die blassen Sommersprossen an seinem linken Ohrläppchen.

»Verdammt, Toni. Bist du etwa schon betrunken?« Loch schlingt beschützend einen Arm um mich.

»Hat er es gesehen? Hat er es gesehen?«, will Emma wissen. Ihre Katzenohren sitzen wieder total schief, während sie das Partygetümmel nach Kevin absucht.

»Er hat es gesehen«, sage ich und lege den Arm um Lochs Hüfte. »Er meinte, er bräuchte frische Luft. Du kannst dir ja denken, was das heißt …«

»Es hat funktioniert!« Während Emma auf und ab hüpft, segeln die Katzenohren von ihrem Kopf. »Er will mich zurück! Er ist ganz aus dem Häuschen!«

»Vielleicht heißt es aber auch nur, dass er frische Luft braucht«, meint Loch völlig gelassen. »Allmählich fängt es hier drinnen an zu miefen.«

Emma küsst mich auf die Wange und schnappt sich meine Hand. Sie zieht mich weg von Lochs tröstlicher Gegenwart. Nein, ich will nicht weg von ihm. Noch nicht.

»Ich will den Ausdruck auf seinem wunderschönen Gesicht sehen«, sagt sie.

Während sie mich durch die Menge hinter sich herzerrt, hängt sich der Zigarettenrauch in mein Haar. Widerlich.

Draußen fegt der kalte Wind in schwachen Stößen über die Felder. Ein Haufen Vampire hängt vor dem Haus rum. Die Leute rauchen und lachen, und eine betrunkene grüne Fee tut so, als würde sie über den Rasen fliegen. Eine genervte Karotte sieht ihr dabei aus einiger Distanz zu und schaut immer wieder auf die Uhr.

»Ich sehe ihn nirgends«, jammert Emma.

Dann taucht Loch plötzlich auf – ich liebe es, wenn er einfach so *auftaucht* – und reicht mir eine Flasche Wasser. »Hier«, sagt er. »Du siehst aus, als könntest du was zu trinken brauchen.«

Den Kopf an seine Schulter gelehnt, trinke ich. Seit wann bin ich bloß so müde? Wieder legt er den Arm um mich, und ich schließe die Augen, lasse mich treiben, bis ein lautes, würgendes Geräusch meine Aufmerksamkeit erregt. Zu meiner Rechten reihert gerade jemand in einen wunderschönen Strauch weißer Rosen. Als der Schuldige sich zu erkennen gibt – mit Lendenschurz und allem Drum und Dran –, entfährt Emma ein erstauntes Keuchen über die vom Lipgloss glänzenden Lippen.

»Emma«, lallt Kevin. »Hey …«

Dann geht alles ganz schnell. Emma packt Lochs Gesicht und presst ihre Lippen auf seine. Aus irgendeinem Grund erwarte ich, dass er einen Rückzieher macht, erklärt, dass er sie nicht auf diese Weise gernhat. Doch Loch erwidert den Kuss. Kevin brüllt irgendwas. Irgendwo lacht jemand. Ein ohrenbetäubender Lärm klingelt mir in den Ohren, während ich mich nach vorne krümme. Mein Magen rebelliert.

Jetzt bin ich dran mit Kotzen.

Zehn

Am folgenden Tag kehre ich zu meinen gewohnten Ritualen in Sachen Schönheitspflege zurück – tief sitzender Pferdeschwanz, gewaschenes Gesicht, vielleicht ein klein wenig Labello. Nur eins übernehme ich von Emmas Typberatung: Ich behalte das Haarspray, das sie mir gegeben hat, aber bloß weil ich den zitronigen Duft mag. Meine Lippen allerdings bleiben auch weiterhin eine lipglossfreie Zone. Nachdem ich einen ganzen Abend lang so getan habe, als wäre ich eine andere, ist an der Winston jetzt alles wieder beim Alten. Oder zumindest bilde ich mir das ein.

In der Sekunde, in der ich am Montag aus meinem Wagen aussteige und an meinen Basketballshorts zerre, kommt Lemon schnurstracks auf mich zumarschiert und sagt: »Ich brauche ein Pseudodate mit Micah!«

Verblüfft lasse ich mich gegen die Tür von meinem Auto fallen. »Hä?« Die Gruppensitzungen haben meine kommunikativen Fähigkeiten bislang nicht unbedingt verbessert.

Emma kommt näher, den makellosen weißen Mantel eng um sich geschlungen, ihr Haar weht in alle Richtungen. Der Tag ist windig, rau. »Ich hoffe, es macht dir nichts aus«, sagt sie. »Ich hab Lemon davon erzählt, was du vergangenes Wochenende für mich getan hast. Kevin hat seit der Party schon zwölf Mal bei mir angerufen. *Zwölf* Mal!«

Lemon stemmt die Hände in die Hüften. »Ich brauche Micah. SOFORT!«

»Halt, halt, immer schön langsam.« Ich ziehe mir die Jackenärmel über die Hände. »Bin hier nicht die Zuhälterin für meine Freunde. Er hat mir einen Gefallen getan, sonst nichts. Seinen Körper gibt er nicht einfach so her.«

Lemon zieht ein Gesicht, fast so, als hätte sie in eine Zitrone gebissen. »Igitt, hör bloß auf. Ich brauch ihn doch nur als Tarnung. An seinem *Körper* bin ich nicht interessiert.«

Ich werfe Emma einen Blick zu. Sie erklärt. »Lemons Eltern haben was gegen ihre sexuelle Orientierung.«

»Meine Eltern sind einfach unmöglich«, sagt Lemon. »Sie wollen nicht, dass ich meine Freundin weiter treffe. Sie sperren mich ein und alles. Aber wenn ich jetzt einen Jungen hätte, mit dem ich ausgehen könnte, dann wären sie vielleicht ein wenig nachsichtiger. Vielleicht würden sie sich sogar freuen. Sie würden mich vermutlich die ganze Nacht lang ausgehen lassen, wenn sie wüssten, dass ich mit einem Jungen zusammen bin.«

Während wir auf das Hauptgebäude zusteuern, schaben Lemons hohe Absätze über den Asphalt. Ich kann gar nicht fassen, dass jetzt noch ein Winston-Mädchen mit mir redet. Also wuchte ich meine schwere Büchertasche auf die andere Schulter und sage: »Ich frag mal nach, ob er dazu bereit wäre.«

»Ich zahl auch gern einen ganzen Batzen Geld«, sagt Lemon.

Wie viel wohl ein ganzer Batzen ist? Aber ich frag lieber nicht nach. Das ist ja wohl alles ultra seltsam. Ich verkaufe Loch doch nicht. Bin mir ja noch nicht mal sicher, ob das beim ersten Mal erfolgreich war. War doch alles ein ganz schönes Chaos.

»Gut zu wissen«, erwidere ich mit einem Nicken.

Lemons glänzender schwarzer Bob schwingt im Gehen, während sie neben mir hertrottet und mich am Handgelenk packt. Ihre rosa Fingernägel graben sich in meine Haut. »Bitte. Du weißt gar nicht, wie wichtig das für mich ist. Es tut auch irgendein anderer Junge. Emma meint, du kennst haufenweise Jungs. Jungs, die keine Arschlöcher sind. Ich brauche Hilfe. Warst du jemals verliebt?«

Ihre Frage trifft mich völlig unvorbereitet, so als wäre ich im Unterricht aufgerufen worden, wo ich doch gerade nicht aufgepasst habe. Wieder antworte ich mit einem ach so eloquenten »Hä?«.

»Warst du jemals verliebt?«, wiederholt sie.

»Was hat denn das damit zu tun?« *Verliebt.* Allein bei dem Wort wird mir ganz anders. Sind wir nicht alle viel zu beschäftigt und zu gestresst, um uns zu verlieben?

Emma und Lemon wechseln einen Blick, ehe Emma für mich antwortet. »Sie war noch nie verliebt.«

Wir sind jetzt drinnen und schieben uns durchs Gedränge. Weil ich mit der Tasche diverse Schultern ramme, murmle ich die ganze Zeit leise Entschuldigungen vor mich hin. Natürlich war ich noch nie verliebt. Wer hat denn für so was schon Zeit? Ich hab Angst, ich könnte zu spät in den Unterricht kommen. Daher beschleunige ich meine Schritte. Vielleicht will ich mich aber auch nur vor diesem Gespräch drücken.

»Okay. KOHLE«, sagt Lemon. »Nicht jeder weiß, was Liebe ist, aber von Geld versteht jeder was. Nenn mir einfach deinen Preis, Tonya.«

»Ich heiße Toni«, korrigiere ich sie.

Emma lässt sich ein Stück zurückfallen und tut so, als wäre sie von Natur aus ein eher ruhiger, zurückhaltender Mensch.

»Ich brauche für einen der nächsten Freitagabende einen Jungen«, fährt Lemon fort. »Ein Junge, der reif ist und Verständnis zeigt für die Art von Beziehung, die ich führe. Und das bedeutet, dass er nicht darum bittet, uns beim Küssen zusehen zu dürfen oder irgendwas ähnlich Bescheuertes. Ach ja, und er sollte ein Auto haben. Er sollte fähig sein, vollständige Sätze zu bilden. Außerdem sollte er über gewisse Manieren verfügen, weil meine Eltern ihn ja kennenlernen müssen.«

Während ich meinen Spind öffne und meine Tasche unten reinwerfe, steckt Lemons mir etwas zu. Einen großen Batzen Bargeld. Total perplex sehe ich sie an. Irgendwie beunruhigt mich der verzweifelte Blick in ihren grünen Augen.

»Ich kann das nicht annehmen.« Damit versuche ich ihr das Geld zurückzugeben, doch Lemon verschränkt die Hände hinter ihrem Rücken und schüttelt den Kopf. Ich merke, wie Shauna Hamilton mich über den Flur anfunkelt. Sie wirkt misstrauisch. Schnell verberge ich das Geld hinter der Tür meines Schließfachs und bete inständig, keiner möge was mitkriegen und mich als Drogendealerin abstempeln. Oder als Zuhälterin für Jungs.

»Damit bekomme ich doch sicher einen Jungen, auf den Verlass ist«, sagt Lemon. Ich öffne den Mund und will schon protestieren, da fällt Lemon mir mit zittriger Stimme ins Wort, sodass es mir die Sprache verschlägt. »Bitte, Toni.«

Ich presse mein Wirtschaftsbuch an die Brust und denke über das Angebot nach. Keine Ahnung, ob ich ihr besorgen kann, wonach sie verlangt. Loch arbeitet Freitag womöglich. Aber – Ollie. Cowboy. Die haben vielleicht Zeit. Ich geb das Lemon oder sonst wem gegenüber ja ungern zu, aber ich kenn mich mit Jungs leider längst nicht mehr so gut aus wie früher mal. Irgendwie befürchte ich, dass mein neuer Karorock sie ein wenig abschreckt.

Stattdessen versichere ich ihr, dass ich mein Bestes geben werde, und das scheint ihr zu genügen. Sie umarmt mich noch kurz, ehe sie über den Flur davonhopst und ein Liebeslied trällert, das ich nicht kenne. Dann verschwindet ihr schwarzer Bob im immer dünner werdenden Gedränge.

Wieder mal ziehe ich meine Basketballshorts zurecht. Worauf hab ich mich da bloß eingelassen?

Emma versucht sich davonzustehlen, aber ich packe sie am Träger ihrer Tasche und halte sie zurück. »Nicht so schnell«, sage ich. »Wusste ja gar nicht, dass ich neuerdings ein Dienstleistungsunternehmen leite.«

»Ich bin nicht das einzige Mädchen hier, das einen zuverlässigen Jungen gebrauchen kann«, sagt Emma. Sie bindet ihr Haar zu einem strammen Pferdeschwanz zurück. »Viele von uns wünschen sich einen vertrauenswürdigen platonischen Freund. Ich wäre ja keine gute Freundin, wenn ich Lemon nicht erzählt hätte, wie du mir geholfen hast.«

Ich lasse sie los, schließe meinen Spind und lehne mich seufzend gegen das kalte Metall. »Freut mich, dass du wieder mit Kevin zusammen bist. Du wirkst glücklich.« Das tut sie wirklich. Ein subtiles Strahlen sickert aus ihren tiefreinen Poren.

»Ich bin gar nicht wieder mit Kevin zusammen.« Sie glättet eine entwischte Haarsträhne.

»Jetzt bin ich aber verwirrt.« Ich verziehe fragend das Gesicht. »Wie hab ich dir denn dann geholfen?«

»Du hast ihm klargemacht, was für einen Fehler er gemacht hat«, sagt Emma und betrachtet ihre Nägel. »Aber ich nehm ihn jetzt nicht gleich wieder zurück. Nö. Soll er ruhig zappeln.«

Als sie um die Ecke verschwindet, wippt ihr Pferdeschwanz hinter ihr her. Ich starre auf das Geld in meiner Hand. Bin mir immer noch nicht sicher, was ich davon halten soll. Nach einigen Augenblicken klingelt es zur ersten Stunde. Also stecke ich die Kohle in mein Buch und eile in den Unterricht.

Nach dem Mittagessen mache ich es mir in einer Klokabine nahe der Tür bequem, lehne mich gegen die Backsteinwand und fühle das Gewicht des Geldes in meiner Hand. Ich zähle es. Zwei Mal. Lemon hat mir doch tatsächlich zweihundert Dollar gegeben dafür, dass sie sich meinen besten Freund ausleihen kann. Nur damit er sie abholt, ein bisschen mit ihren Eltern plaudert und sie später wieder nach Hause bringt. Ganz simpel und einfach, so als würde man einen Chauffeur mieten.

Zweihundert Dollar.

Mir fällt wieder ein, was Emma gesagt hat. Darüber, dass auch andere Mädchen Hilfe bräuchten. Wie viele Mädchen von der Winston wohl gern so ein Pseudodate hätten? Wie viel würden sie dafür bezahlen?

Es sind dreihundertfünfundvierzig Mädchen an der Winston. Ein Schuljahr hat etwa dreißig Freitagabende. Wenn man von einer Gebühr von zweihundert Dollar für jeden einzelnen Freitagabend ausgeht, dann macht das im Jahr einen Profit von zehntausenddreihundertfünfundvierzig Dollar. Wenn ich noch einen zweiten oder dritten Jungen für weitere Dates an denselben Abenden anbiete, dann verdreifacht sich das Ganze. Vielleicht will ja auch mal eine der Damen einen Jungen mieten für ein vorgetäuschtes Treffen zum Lernen an einem Dienstag oder so.

Bämm!

Noch mal zweihundert Piepen.

Die Gebühren für ein Semester an der UVM belaufen sich auf etwa siebenundzwanzigtausend inklusive Kost und Logis. Ich hab das nachgeschaut, als Loch mir von seiner Situation erzählt hat. Er könnte Geld sparen, wenn er das Jahr noch daheim bei seinen Eltern wohnen bliebe, doch ich bezweifle stark, dass er das tun möchte. Außerdem könnte ich ja auch mehr verlangen. Wenn die Nachfrage steigt und das Angebot gleichbleibend ist, steigt doch auch der Preis für bestimmte Güter, oder nicht?

Die Nachfrage ist da.

Ich habe die Güter.

Denn ich kenne drei zuverlässige junge Gentlemen, die wie gemacht sind für diesen Job. Tja, vielleicht nicht eben *Gentlemen*, aber daran lässt sich arbeiten. Ich kann ihnen helfen, zu dem zu werden, was immer sie an einem bestimmten Abend zu sein haben.

Nichts, was mit Sex zu tun hat. Das will ich doch klarstellen. Es geht allein darum, dass Freunde Freunden für Geld helfen. Was kann denn daran so schlimm sein?

Vorsichtig fahre ich mit den Fingerspitzen über die Banknoten, ehe ich sie falte und in meinem Strumpf verschwinden lasse. Ich lächle, ziehe mein Telefon aus der Tasche und schreibe den Jungs eine SMS. Wenn ein bisschen Bares uns nicht wieder zusammenbringt, dann weiß ich auch nicht.

Elf

Eine Woche darauf sind die Jungs und ich mal wieder zusammen. Endlich! Wir alle vier! Wir gucken Football bei den Garrys im Keller. Es ist zwar keine Monsterjagd, wie ich es vorgeschlagen hatte – Ollie und Cowboy wollten das Spiel um keinen Preis verpassen –, aber ich nehme, was ich kriegen kann.

Die New England Patriots (Buuuh! Weg da! Buuuuuuh!) spielen gegen die Indianapolis Colts (Jippie! Jeah! Juhuuuu!). Ich bin die Einzige, die für die Colts jubelt. Mein Dad war ein Megafan von den Colts und verbrachte einen Großteil seiner Kindheit in Indiana. Einige meiner frühesten Erinnerungen haben mit meinem Dad, Football und einem riesigen Berg Nachos zu tun. Ein Foto, auf dem ich auf Dads Schultern sitze, mit hochgerissenen Armen, wir beide in Trikots von den Colts, steht bei uns im Wohnzimmer auf dem Kaminsims. Inzwischen ist es von einer dünnen Schicht Staub bedeckt, weil Mom es beim Saubermachen nicht selten übergeht. Ich glaube, sie hat Angst, es sich zu genau anzusehen, so als könnte sie sonst zurück in die Vergangenheit gesogen werden und ihr neues Leben mit Brian vergessen.

Während der Halbzeitpause lege ich den Jungs meine

Geschäftspläne dar. Die Colts sind am Gewinnen (logo), daher sind sie alle eher mies drauf, aber ich hoffe sehr, dass ich das ändern kann.

»Gentlemen! Ich habe euch aus einem ganz bestimmten Grund hierherkommen lassen«, verkünde ich. Ich stelle mich auf einen umgedrehten Mülleimer, während gedämpftes Gemurmel und gelegentliche Rülpser durch den Keller schallen.

Loch verlagert sein Gewicht auf dem von Krümeln übersäten Sofa. »Endlich!«, sagt er. »Jetzt komm schon auf die *Kohle* zu sprechen, von der du erzählt hast. Lass mich nicht länger hier hocken und Football schauen.«

Cowboy sitzt vornübergebeugt in einem braunen Sessel in der Ecke und blättert zufrieden in seinem Geschichtsbuch. Er kann es kaum erwarten, bis die Halbzeit vorbei ist. Ollie lümmelt neben Loch auf der Couch und nippt an seiner Limo. Ein bisschen was läuft ihm über das Kinn, während er auf den Bildschirm starrt. Er sieht mich nicht an und schaut stattdessen alle fünf Minuten auf die Uhr. Schon kapiert. Er ist immer noch sauer. Aber damit wäre das dann ein für alle Mal geregelt. Wenn wir dieses Vorhaben durchziehen, wird alles wieder gut.

Ich möchte aber, dass alle mitmachen, nicht nur Loch, auch wenn er am meisten von der Sache profitieren wird. Wenn ich alle drei ins Boot hole, verdienen wir mehr Geld. Außerdem ist es dann etwas, das wir gemeinsam machen. Und dann ist alles wieder wie in den guten alten Zeiten. Wir überbrücken den Abgrund zwischen uns.

»Es hat auch was mit *Frauen* zu tun«, füge ich hinzu.

Sämtliche Blicke richten sich auf mich. Ich lächle, halte mit Mühe die Balance, weil der Mülleimer unter meinem Gewicht gefährlich wankt. »Ich brauche euch, Gentlemen. Die Mädchen an der Winston brauchen euch.«

»Noch mal. Du sagtest was von *Geld«,* meint Loch ungeduldig.

»Emma ist nicht das einzige Mädchen bei mir an der Schule, das ein Pseudodate braucht«, fahre ich fort. »Die Mädchen an der Winston bekommen nicht oft Gelegenheit, Freundschaften mit Jungs zu schließen. Klar hatten sie alle schon mal einen Freund, aber keine von ihnen kennt einen Jungen, dem sie voll und ganz vertrauen kann. In ihrer Vorstellung haben Jungs stets die schlimmsten Absichten. Sie kennen nicht die Vorzüge von platonischen Beziehungen zum anderen Geschlecht oder die Vorteile, die solche Freundschaften mit sich bringen.«

Ollie hebt die Hand. »Ich hab schlechte Absichten. Sehr schlechte Absichten.«

Ich deute auf ihn und sage: »Du bist auf der Suche nach der großen Liebe, Ollie. Das ist offensichtlich, wenn man den Stapel romantischer Komödien betrachtet, den du unter deinem Bett versteckt hast.«

»Und, wie sind die Mädchen an der Winston so?«, will Cowboy wissen.

»Willst du Katie Morris etwa schon aufgeben?« Ollie greift in die Tüte Chips und schiebt sich eine Ladung in den Mund.

Cowboy wird rot. Schon wieder. »Ich hab sie auf deiner Party total gelangweilt, Mann. Sie konnte gar nicht schnell genug das Weite suchen.«

»Das lässt sich doch wiedergutmachen«, sage ich. »Sie kriegt sich schon wieder ein.«

Cowboy zuckt die Schultern und konzentriert sich erneut auf das Buch in seinem Schoß. Armer Cowboy. Er ist einfach zu schüchtern. Wenn er sich ein bisschen öffnen würde, hätte er eindeutig eine Chance bei Katie. Die beiden haben viel gemeinsam. Ich muss ihm helfen, ein bisschen selbstbewusster zu werden.

»Die Mädels an der Winston sind super intelligent«, sage ich. »Ehrgeizig.« *Einschüchternd. Unheimlich. Erschreckend.* »Sie bräuchten bloß ein paar Jungs«, fahre ich fort und behalte meine anderen Gedanken für mich. »Jungs, mit denen sie platonische Beziehungen eingehen können.«

»Platonische Beziehungen?«, fragt Loch. »Wozu das denn?«

»Um zum Beispiel einen Freund eifersüchtig zu machen. Oder um den Eltern eins auszuwischen. Oder um ihnen einen Gefallen zu tun. Was auch immer. Ihr seid ihr Alibi«, sage ich. »Ihr seid so was wie eine Geheimtür. Euer Job ist es, den zuverlässigen Gentleman zu mimen und die Wahrheit zu verschleiern. Ich möchte ihnen gern drei zuverlässige Jungs anbieten können. Wir teilen das Geld für die Dates so auf, dass jeder für den Zeitaufwand, den er hatte, entschädigt wird. Trinkgeld behält jeder für sich.«

Loch runzelt die Stirn und kratzt sich die Bartstoppeln. »Das klingt ja wie ein Escortservice.«

»Es ist kein Escortservice«, sage ich mit verschränkten Armen. »Es werden keine Körperflüssigkeiten ausgetauscht. Es handelt sich hier um einen rein platonischen, krankheitsfreien Service. Nichts anderes, als wenn man ein Auto mietet. Oder einen Smoking.«

Loch hebt die Hand. »Ich hatte schon mal Sex im Auto. Und hatte dabei einen Smoking an.«

Cowboy stöhnt. »Musst du uns das denn jeden Tag unter die Nase reiben?«

»Ich bin mir ziemlich sicher, dass ich das noch nie erwähnt habe«, meint Loch mit einem Schulterzucken.

Nachdem wir wieder mal daran erinnert wurden, dass Loch die einzige Nicht-Jungfrau hier im Raum ist, kippt der Mülleimer um, und mich haut es nach vorn. Mit einem dumpfen Krachen lande ich auf dem Ellbogen. »Verdammt«, murmle ich, während Ollie in lautes Lachen ausbricht.

Er steht auf und klatscht. »Sehr gut! So elegant!«

Arschloch. Ich spüre eine Hand auf meinem Rücken. Loch hilft mir auf die Beine und sieht nach, ob mein Ellbogen aufgeschrammt ist. Ich glaube, er stellt mir auch eine Frage, doch alles, was ich höre, ist Ollies nerviges Gekicher. Wütend trete ich gegen den Mülleimer, der mit lautem Scheppern gegen die Wand donnert. Ollie hört auf zu lachen.

»Das ist nicht witzig!« Meine Wangen glühen. »Würde es euch auch nur im Ansatz interessieren, wenn ich mich ernsthaft verletzt hätte?«

Ollie erhebt die Stimme und übertönt sogar den Fernseher. »Und interessiert es dich, dass ich deinetwegen nicht nach Colorado ins Snowboardcamp kann?«

Es wird still im Raum. Viel zu still. Ich sauge die Luft

ein, zittere. Er hat mir also nicht verziehen. Offensichtlich. Das Nachfolgende sage ich ganz langsam: »Es tut mir leid, dass du für dein Camp selbst bezahlen musst, Ollie. Das ist echt Mist. Die Idee mit diesem Streich war dumm, doch ich bezweifle, dass er der einzige Grund ist, weshalb du Probleme mit deinen Eltern hast.«

»Sie will uns doch nur helfen, Geld zu verdienen«, sagt Loch und legt Ollie beschwichtigend die Hand auf die Schulter. Der tritt einen Schritt von ihm weg und funkelt mich wütend an. »Geld, das du in dieses Camp stecken könntest. Hast du überhaupt irgendwas von dem gehört, was sie eben gesagt hat?«

»Hast *du* etwa zugehört? Klingt so, als stünde uns ein großes Desaster bevor«, presst Ollie hervor. »Klar verteidigst du sie.«

Loch beißt die Zähne aufeinander. Ollie wendet den Blick ab. Trinkt von seiner Limo. Schmollt. Kommt mir so vor, als ginge es hier um mehr als nur um das Snowboardcamp. Ist mir da was entgangen? Warum ist Ollie so enttäuscht, dass er jetzt den Sommer über hierbleiben muss? Wir sind doch auch da. Das sollte ihm doch was bedeuten.

»Das alte Spiel wieder«, sagt Cowboy und schlägt sein Geschichtsbuch zu. Er beugt sich nach vorn, wirkt so, als wäre ihm das alles unangenehm.

»Ich geh nach Hause«, sagt Ollie und zupft sich am Ohr. »Mir ist grad was eingefallen. Muss Jason bei einer Sache helfen.«

Als Ollie aufsteht, trete ich vor ihn, blähe die Brust auf, als würde ich so größer oder einschüchternder aussehen oder irgendwie so, dass er mich akzeptieren muss. Er benimmt sich, als wären wir ihm eine Last. Als spielten wir keine Rolle für ihn. Als wäre er lieber anderswo. Das geht mir langsam tierisch auf die Nerven.

Ich ramme ihm den Finger gegen die Brust. »Hiermit fordere ich dich heraus.«

»Du verrennst dich da in was«, sagt Ollie und wedelt mir mit der Hand vor dem Gesicht herum. »Und du bist in der sechsten Klasse stecken geblieben.« Er geht an mir vorbei auf die Treppe zu.

»Feigling«, flüstere ich.

Ollie funkelt mich an, seine Nasenlöcher weiten sich. Ha. So gern er das alles hinter sich lassen, erwachsen werden, in irgendein dämliches Camp irgendwo am anderen Ende des Landes fahren würde, es gibt doch ein paar Dinge, die werden sich nie ändern. Er kann nicht Nein sagen, wenn man ihn herausfordert. Das war schon in der sechsten Klasse so.

»Können wir uns jetzt bitte alle wieder beruhigen?«, sagt Cowboy, der sich zwischen Ollie und mich drängt.

»Hey«, meint Loch. »Können wir uns nicht über das Geschäftliche unterhalten? Das Geld …!«

»Na schön«, unterbricht Ollie ihn. Unsere Blicke sind immer noch ineinander verschränkt. »Ich nehme die Herausforderung an, McRib.«

Ein paar Minuten später ist das Footballspiel vergessen, und unsere kleine Versammlung hat sich hinaus auf Lochs Einfahrt verlagert. Ich dribble einen Basketball zwischen den Beinen. Nervosität und Furcht sitzen mir in den Knochen. Die kalte Herbstluft nagt an meinen nackten Knien. Loch und Cowboy lehnen am Garagentor und sehen uns mit ähnlich entsetzten Gesichtern zu.

Ich hab beim Münzenwerfen gewonnen.

Mein Ball also.

Ollie steht unter dem Korb und tut so, als würde er gähnen, während ich dribble und dann werfe.

Leider nur das Netz.

Wieder gähnt er und lässt den Ball über das Pflaster springen, während ich mich vorbeuge, um ihn abzublocken. »Du kannst mich nicht schlagen«, sagt er. »Ich hab keine Lust, ein Mädchen zu demütigen.«

»Ich bin kein Mädchen!« Wieder eine von diesen bescheuerten Äußerungen, die man sofort bereut, kaum sind sie über die Lippen gekommen.

Ollie wirft. Er trifft. Und freut sich diebisch. Am liebsten würde ich ihm eine reindreschen. Mir fällt wieder ein, wie er vor ein paar Wochen seinen Bauch am Fenster des Dunkin' Donut gerieben und rumgealbert hat. Irgendwie hat er damals noch so getan, als wären wir Freunde. Mittlerweile benimmt er sich mir gegenüber total *ablehnend*.

Wie auch immer. Ich muss diesen Typen besiegen.

Ich versuche es mit einem einfachen Korbleger, doch Ollie springt hoch, als der Ball durch die Luft segelt, und fängt meinen Wurf ab. Ich rieche den Geruch nach Sour Cream und Onion in seinem Atem und beeile mich, den Ball zurückzuwerfen. Schnell dribble ich vom Netz weg.

»Den Wurf schaffst du nicht«, stichelt Ollie. »Den vermasselst du jedes Mal, McRib!«

Ich stemme beide Beine in den Boden, knurre kurz und

werfe dann von der Drei-Punkte-Linie. Der Ball wirbelt durch die Luft und prallt mit einem dumpfen Schlag vom Brett ab. Er kommt auf dem Rand des Korbes zum Liegen, plumpst dann aber leider nach außen runter.

»Hab ich's dir doch gesagt!«, jubelt Ollie.

Während er lacht und sich den Ball wieder schnappt, wallt Wut in mir auf. Ich bin also nicht mehr gut genug, was?

Wie ein Stier ramme ich Ollie in die Magengrube, sodass wir beide durch die Luft segeln und ächzend auf dem harten Pflaster landen. Mein Kinn schrammt über den Boden, doch das ist mir egal, selbst als ich Blut schmecke, kümmert es mich nicht. Der Ball hüpft davon und rollt dann ins Gras. Ollie rappelt sich hoch.

»Du bist doch wahnsinnig!«, ruft er. »Wann wirst du je erwachsen, *Tonya?«*

Tonya?! Autsch! Nicht mal meine Mom nennt mich so, auch nicht dann, wenn sie stinksauer ist auf mich. Völlig außer Atem untersucht Ollie eine blutige Schramme an seiner Hand. Ich reibe mir übers Kinn, doch meine Hand hört nicht auf zu zittern. Jetzt muss ich mich echt an irgendwas abreagieren. Loch und Cowboy starren uns ungläubig an, doch es kümmert mich nicht, was sie denken. Ich kicke den Basketball quer über den Hof und laufe dann über den Rasen nach Hause, wo ich mich in vertrauter Umgebung fremd fühlen kann.

Später an diesem Abend sitze ich mit einem Haufen bunter Straßenkreide neben mir in der Einfahrt. Ich zittere. Die Kapuze meines Hoodies habe ich mir über den Kopf gezogen. Ich male ein Seeungeheuer auf den Asphalt. Der lange Hals, der kleine Kopf, der rundliche Körper, der schwarze Schwanz, der sich gegen das blaue Wasser abzeichnet. Wieder und wieder fahre ich diesen Schwanz nach, bis er nur noch ein fetter schwarzer Streifen ist.

Der Geruch der Kreide erinnert mich an Dad. Er sollte mir jetzt gegenübersitzen und seinen Teil zu dem Gemälde beitragen, es verschönern und zu etwas Einzigartigem machen. Er war so gut im Zeichnen. Ich halte kurz inne, kann kaum atmen, weshalb ich für einen Moment die Augen schließe.

Als ich sie wieder aufschlage, ist da ein blauer Eisbeutel vor meinem Gesicht. Loch setzt sich mir gegenüber hin und lässt das Ding verheißungsvoll vor mir baumeln, wie eine Belohnung. Ich nehme den Beutel und presse ihn mir an das aufgeschrammte Kinn. Es brennt. Ich male noch ein paar Regenwolken über das Seeungeheuer.

»Wir sind dabei«, sagt Loch. »Alle drei.«

»Hä?« Wenn ich an der Winston mit einer solchen Antwort aufwarten würde, würde ich mich wie die Oberidiotin fühlen. Doch vor Loch scheint es mir kein Problem, nicht ganz so die Eloquenzbestie zu sein.

»Deine Geschäftsidee«, sagt er und zieht sich die Ärmel seines Sweatshirts über die Hände. »Die Leute benutzen sich ja so oder so gegenseitig. Da kann man sich genauso gut dafür bezahlen lassen. Oder was auch immer.«

Ich lasse die Kreide fallen. »Woher will ich wissen, dass Ollie uns das nicht vermasselt? Diese Mädchen sind meine Mitschülerinnen.«

»Er gibt es ungern zu, aber er braucht das Geld«, sagt Loch. »Cowboy auch. Er denkt, sein Weg zu Katie Morris' Herz führt über einen unvergesslichen Abschlussball.«

Ich zögere, weil ich mir bei alldem nicht sicher bin. Schließlich dachte ich ja, die Jungs wären sofort Feuer und Flamme für die Idee, doch dass ich mit Ollie aneinandergeraten bin, beweist das Gegenteil. Vielleicht sind da zu viele negative Vibes zwischen uns, als dass wir zusammenarbeiten könnten. Und es verletzt mich, dass sie ohne mich darüber gesprochen haben. Es war ja eigentlich mein Einfall. Warum schließen sie mich aus?

»Ich weiß nicht«, sage ich und kaue auf der Unterlippe herum. »Vielleicht sollten wir die Sache lieber vergessen.«

Loch kommt näher und fragt: »Wovor hast du solche Angst, Toni?«

Ich habe Angst, meine Freunde könnten mich alle im Stich lassen. Ich habe Angst, sie könnten mich nicht mehr akzeptieren. Ich habe Angst, dass ich das Mädchen bin, das man im Regen stehen lässt. Ich habe Angst, ich könnte anders sein als sie. Ich habe Angst, dass ich mich ohne sie selbst nicht wiedererkenne. Natürlich spreche ich nichts von alledem laut aus.

»Ollie will das nur hinter sich lassen«, sagt Loch noch. »Ich würde es nicht zu persönlich nehmen.«

»Die Frage ist nur, was genau ist es, das er hinter sich lassen will? Seine Freunde etwa?« Ich werde lauter. Schlucke den Kloß in meiner Kehle hinunter. »Wieso sollte man denn Freundschaften hinter sich lassen wollen?«

»Stimmt schon. Keine Ahnung.« Loch fummelt an seinen Schuhbändern herum. Ich male die Regenwolken blau aus, kämpfe gegen die Tränen an. Loch nimmt ein Stück Kreide zur Hand und ergänzt das Ganze durch eine leuchtend gelbe Sonne über meiner Zeichnung von Champ. So sitzen wir da, malen, bis meine Hände taub werden.

Plötzlich durchschneidet Brians Stimme die Stille. »Toni? Was tust du da draußen? Es ist schon spät!« Er steht im Licht der Veranda, doch der Schild seiner Baseballmütze überschattet sein Gesicht.

Ich winke. »Komme gleich rein.«

Brian zögert. Beobachtet uns. Lässt seine Knöchel knacken. Ich muss daran denken, dass er was meinte, von wegen, Loch wäre mein Schatz. Wieder winke ich, diesmal genervt, bis er schließlich doch wieder reingeht.

Loch und ich stehen auf, um uns herum der finstere Nachthimmel. Mein Atem bildet weiße Wölkchen zwischen uns. Der Rasen ist gelblich verfärbt und von Frost überzogen.

»Sind wir dann also im Geschäft?«, will Loch wissen. Er klingt erwartungsvoll. Seine Züge zeichnen sich weich gegen den nächtlichen Himmel ab, das Gesicht ein komplexes System von Vertiefungen und Erhebungen. Wieder kratzt er sich am Kinn. Mir wird klar, dass Mom recht hat, Loch hat sich tatsächlich gemausert und besitzt jetzt das typische Kinn eines Filmstars. Er sieht aus wie ein hochgewachsener, leicht verlotterter Gentleman, der gekommen ist, um mich zu einem Ball oder so was auszuführen. Ich trete einen Schritt zurück, zittere, auch wenn ich mir nicht mehr so sicher bin, ob das an der Kälte liegt. Ohne dieses neue Abenteuer besteht tatsächlich die Gefahr, dass wir uns alle voneinander entfernen. Doch ich will meine Jungs nicht verlieren. Das darf einfach nicht sein.

»Wir sind im Geschäft«, sage ich daher mit einem nervösen Lächeln.

Zwölf

Wie sich rausstellt, muss Loch an dem Abend arbeiten, an dem Lemon ihn gebraucht hätte. Aber er hat einfach kein gutes Gefühl dabei, seinen Job in der Teddybärfabrik aufzugeben, ehe wir das Geschäft mit den Pseudodates nicht ausreichend getestet haben. Kann man ihm wohl kaum verübeln. Und Cowboy hat was mit seinem Dad geplant. Wenigstens paukt er nicht schon wieder. Bleibt also nur noch Ollie, um unser Business zu eröffnen. Wunderbar.

Ich bin an der Winston immer noch die Neue, weshalb ich für die meisten dort die Außenseiterin bin. Also brauche ich eine weibliche Kontaktperson, die die Dates für mich arrangiert, auch wenn es sich gar nicht um *echte* Dates handelt. Sie sind im Grunde nur eins: Lügen. Und wer wäre besser für die Position der Kontaktfrau geeignet als Emma Elizabeth Swanson?

Als ich beim Mittagessen mit meinen Geschäftsplänen an sie herantrete, ist sie sofort bereit, mir zu helfen. Aufgeregt hüpft sie auf und ab und weicht mir dann den Rest der Woche nicht mehr von der Seite. Normalerweise würde es mich tierisch nerven, wenn jemand derart klettet, doch ich muss zugeben, dass es sich gut anfühlt, eine weibliche Verbündete zu haben. Und sie akzeptiert mich voll und ganz. Das hab ich bislang noch nie erlebt.

Mom fällt fast in Ohnmacht, als Emma am Freitag nach der Schule hinter mir zur Tür reinkommt, tonnenweise Junkfood im Gepäck. Mom fängt an zu strahlen. »Emma! Wie schön, dich wiederzusehen!«

Emma ringt sich ein lässiges »Hey, Mrs. Richards« ab, ehe sie die Ladung Chips, Schokolinsen und Dosen voll Dr. Pepper auf dem Tresen ablädt. Mom und Emma unterhalten sich ein paar Minuten über den Nährwert von Dr. Pepper – beide sind sich darin einig, dass das Getränk eine eigene Nahrungsmittelgruppe sein sollte –, ehe ich meine neue Freundin und ihren Berg Essen schließlich in mein Zimmer schleifen kann, damit wir die nötigen Vorkehrungen treffen.

Auf dem Weg die Treppe hoch laufen wir Brian über den Weg. »Langsam, langsam«, sagt er und hält abwehrend die Hände hoch. »Aufgepasst. Frei laufende Teeniemädchen.«

Ich hasse es, wenn er solche Sachen sagt. Als wäre ich automatisch verrückt, irre, gefährlich, bloß weil ich ein Teenager und ein Mädchen bin. Emma wartet mit einem höflichen Hallo auf, doch ich schleife sie am Handgelenk weiter in mein Zimmer und schenke Brian nicht weiter Beachtung. Erst als die Tür hinter uns ins Schloss fällt und ich abgesperrt habe, fühle ich mich entspannt genug, um einen Rülpser rauszulassen. Ich lasse mich auf mein Bett plumpsen, weil mir der Kopf wehtut nach einer weiteren Woche, in der ich das Hausaufgabenpensum an der Winston bewältigen musste. Emma wirft mir einen Blick zu. Und dann rülpst sie so laut, dass ich schon befürchte, das Fenster würde gleich zerspringen.

Schockiert starre ich sie an.

»Was denn? Lass dich von meinen manikürten Händen nicht täuschen«, sagt sie. »Ich kann total widerlich sein und finde das toll.«

Ich lache. »Tja, der war echt gut.«

Stolz reckt sie das Kinn hoch und öffnet eine Dose Dr. Pepper. »Vielen lieben Dank. Also.« Sie wirft sich neben mich aufs Bett. »Wie sieht die Planung aus?«

Ich weihe sie in meinen nicht ganz ausgegorenen Plan ein, über den es nicht viel zu sagen gibt. Schätze aber, wir fangen besser klein an.

Ollie wird ein wenig Unterstützung brauchen. Bin mir nämlich nicht ganz sicher, ob er genau weiß, was es bedeutet, sich als Gentleman zu geben. Wir fahren also erst mal heim zu ihm, um sicherzugehen, dass er sich so kleidet, dass es auch den konservativsten Eltern gefällt. Und dann schicken wir ihn los und warten ab, was passiert. Wenn Lemon mit dem Produkt, das wir ihr bieten, zufrieden ist, dann werden die zweihundert Dollar unter den beteiligten Angestellten aufgeteilt. Und diese Angestellten wären in diesem Fall Ollie, Emma und ich selbst. Gern würde ich ja Loch meinen Anteil überlassen, doch mir ist klar, dass er die Kohle nicht annehmen wird, wenn er sie sich nicht selbst verdient hat. Wir verteilen das Geld einfach ganz gerecht. Fair. Schlicht und einfach.

»Bin ich verrückt, dass ich das tue?« Ich stopfe mir eine Handvoll Schokolinsen in den Mund.

»Vielleicht. Vielleicht auch nicht.« Emma löst ihren Pferdeschwanz. »Danke übrigens.«

»Wofür denn?« Ist ja nicht so, als hätte ich schon viel getan. Vermutlich sollte eher ich *ihr* danken. Der Ausdruck auf Moms Gesicht, als ich mit Emma zur Tür reinkam, der war einfach unbezahlbar.

Emma zuckt die Achsel. »Dafür, dass du mich da mitmachen lässt.«

Ich bin verblüfft. Sie hat viele Freundinnen an der Winston. Oder nicht?

»Ohne dich hätte ich ja keine Kundschaft«, sage ich und versuche mein Lächeln zu verbergen und cool zu bleiben.

Diese ganze schmalzige Sache mit Freundschaften ist doch echt zu seltsam. »Ich danke dir.«

Sieht fast so aus, als würde sich da was entwickeln zwischen uns. Möglicherweise. Keine Ahnung. Schwer zu sagen.

Höchste Zeit für den nächsten Rülpser.

Auf einmal schnappt Emma aufgeregt nach Luft. »Oh! Wir sollten eine Website erstellen! Die könnten wir in *Rosa* gestalten!«

»Keine schlechte Idee.« Ich mach mir eine Cola auf. »Abgesehen von der Farbwahl.«

»Was hast du denn gegen Rosa?« Sie verzieht das Gesicht und rückt ein auf einen Pappkarton aufgezogenes Filmplakat gerade, das an meinem Bett lehnt. *No Country for Old Men.*

»Rosa ist mir zu mädchenhaft«, erwidere ich.

Emmas feine Gesichtszüge wirken total gestaucht, wenn

sie die Stirn runzelt. »Du sagst das so, als wäre das was Schlimmes.«

In meiner Welt ist *mädchenhaft* tatsächlich ein Begriff, der etwas Negatives ausdrückt, eine Abneigung. Gegen eine Farbe zum Beispiel. Oder einen Film. Ein Buch. Das ist viel zu *mädchenhaft*. Sei doch nicht so *mädchenhaft*. Selbst Begriffe wie *Mädchenfilm* oder *Mädchenbuch* deuten auf nichts Gutes hin.

Während Emma sich aus ihrem karierten Rock schält und in eine Jeans schlüpft, sagt sie: »›Wir haben begonnen, unsere Töchter mehr wie unsere Söhne großzuziehen … aber nur wenige haben den Mut, unsere Söhne mehr wie unsere Töchter aufwachsen zu lassen.‹ Dieser Satz stammt von Gloria Steinem. Denk mal darüber nach.«

Ich seufze. »Was?«

»Frau zu sein bedeutet nicht, weniger wert zu sein, Toni«, sagt Emma. »Man darf seine Weiblichkeit durchaus auch zelebrieren, wenn man möchte.«

Ich binde mein Haar zu einem tief sitzenden Pferdeschwanz zurück und denke über das Gesagte nach. Sie hat schon recht. Warum sollte *mädchenhaft* einen solch negativen Beigeschmack haben?

»Nimm deine Weiblichkeit an.« Ich nicke. »In Ordnung, hab ich auf meiner To-do-Liste.«

Emma und ich stehen schließlich eine Stunde, bevor Ollie bei Lemon sein soll, bei ihm auf der Türschwelle. Als Emma klingelt, werfe ich einen Blick auf die Rosenstauden vor dem Haus, und da fällt mir die Halloween-Party wieder ein und dass Emma und Loch sich geküsst haben. Mir verdreht es den Magen. Vermutlich habe ich zu viel Fastfood gefuttert.

Der Erfolg unseres Unternehmens hängt ganz vom heutigen Abend ab. Ich werde alles in meiner Macht Stehende tun, um zu verhindern, dass Ollie das hier vermasselt. Er öffnet die Tür in einer karierten Pyjamahose und einem schwarzen T-Shirt, die dunklen Locken stehen ihm in alle Richtungen vom Kopf ab. Verlegen kratzt er sich an den großen Ohren, sein Blick wirkt verschlafen. Etwas, das nach Zahnpasta aussieht, klebt ihm im Mundwinkel.

Ich bin froh, dass wir hergekommen sind. Hier ist unser Einsatz gefragt.

Er grummelt, während wir in sein Zimmer marschieren, und er ist ungefähr so glücklich, mich zu sehen, wie es mir mit ihm geht. Leise murmelt er ein undeutliches Hallo in Emmas Richtung. Während wir ihm den Gang runterfolgen, winkt seine Mom uns von der Küche aus zu, wo sie über einen Computer gebeugt sitzt, stapelweise Unterlagen um sich herum. Sie ist Scheidungsanwältin. Schuftet wie ein Tier.

Ollies Zimmer ist hell und total zugemüllt. An den neongrünen Wänden hängen Snowboards, und auf dem Bett türmt sich ein Haufen Wäsche. Er hebt *alles* auf. Eintrittskarten zu Baseballspielen, die Jahre her sind. Plüschtiere mit rätselhaften Flecken. Kisten voll alter Schulunterlagen und Tests, die noch aus der siebten Klasse stammen.

Für einen Jungen, der entschlossen ist, endlich erwachsen zu werden und »nach vorne zu schauen«, hat er ernsthaft Probleme, sich von Sachen zu trennen. Doch heute ziehe ich ihn nicht extra auf damit. Ich will keinen Streit. Heute geht es rein ums Geschäftliche.

Emma schlendert durchs Zimmer und sieht sich verschiedene Dinge an, als befände sie sich in einem Museum. Leere Chipstüten, die seinen Schreibtisch aus Eiche zieren. Das ungemachte Bett mit der blauen Decke. Ein riesiges Gummiband, das auf dem Boden rumliegt.

»Was willst du denn anziehen, Ollie?«, frage ich.

Er wirbelt herum und verbeugt sich. »Ich hoffe, ich hab's nicht übertrieben?«

Emma fängt an, im Schrank die Kleiderbügel durchzusehen. Sie streckt die Zunge seitlich heraus, während sie alles genau mustert. »Hammer. Denkst du, du hast genügend T-Shirts?«, fragt sie.

»Du kannst dich nicht anziehen wie ein Penner«, sage ich. »Du bist der erste Eindruck, den die Leute von *Toni Valentines Rent-a-Gent-Service* bekommen. Der erste Eindruck ist bei einem solch jungen Unternehmen alles entscheidend.«

Ollie wendet mir sein Ohr zu und fragt: »Äh … was für ein Service?«

»Jedes Unternehmen braucht einen Namen«, sage ich und werde rot. Mir gefällt der Name, aber Ollie schafft es, dass ich mich total bescheuert fühle. Ich hasse das.

»Ich finde, das klingt recht eingängig«, meint Emma. Sie zieht einen marineblauen Blazer und eine dazu passende Krawatte aus dem Schrank. »Hier. Das ist schön klassisch und konservativ.« Sie wirft Ollie den Blazer zu. Er fängt ihn auf.

»Warum kann ich nicht einfach ich selbst sein?« Er beäugt den Blazer, als handle es sich um ein überfahrenes Eichhörnchen.

»Du wirst nicht dafür bezahlt, dass du du selbst bist«, sage ich. »Du verdienst dir dein Geld dafür, dass du den höflichen republikanischen Gentleman abgibst. Der niemals einen alten Kaugummi unter eine Tischplatte kleben würde.«

Ollie zupft sich verlegen am Ohr. Emma, die jetzt neugierig geworden ist, sieht unter seinem Schreibtisch nach. Ihr glänzendes Haar fällt ihr wie ein Vorhang vors Gesicht, als sie sich runterbückt. Dann richtet sie sich grinsend wieder auf. »Hast ja eine ziemliche Sammlung da unten.«

»Hab keine Zeit zum Saubermachen.« Ollie wendet sich ab und kratzt sich nervös im Nacken. »Können wir das jetzt einfach schnell hinter uns bringen, damit ich endlich mein Geld kriege?«

Emma widmet sich wieder dem Kleiderschrank und hält ein weißes Hemd und eine Khakihose hoch. »Das ist doch perfekt«, sagt sie. »Und jetzt zieh dich um.«

Ollie nimmt die Klamotten, grummelt wieder leise vor sich hin und verschwindet dann im Badezimmer. Als er die Tür hinter sich schließt, tauschen Emma und ich einen Blick aus und schütteln den Kopf.

»Ist der immer so?«, flüstert sie.

»Er macht gerade eine große Veränderung durch.« *Außerdem ist er im Moment nicht eben gut auf mich zu sprechen.*

Abwesend blicke ich auf die Uhr. Noch fünfundvierzig

Minuten, dann soll Ollie bei Lemon auf der Matte stehen, bereit, ihren Eltern Honig ums Maul zu schmieren. Mindestens zwanzig Minuten braucht er für die Fahrt quer durch die Stadt dorthin.

Ich hämmere gegen die Badezimmertür. »Wir haben nicht den ganzen Abend Zeit!«

Ein gedämpftes »Halt die Klappe« dringt nach draußen. Ich stoße mich mit beiden Händen von der Tür ab. Emma zieht eine Schublade an Ollies Schreibtisch auf und durchwühlt das Gerümpel darin.

»Was tust du da?«, raune ich ihr zu.

»Ich schnüffle ein wenig herum.« Sie zieht die nächste Schublade auf und summt leise vor sich hin.

»Warum?« Ich muss daran denken, dass ich sie in meinem Zimmer allein gelassen habe, während ich mich an Halloween umzog. Ob sie meine Sachen wohl auch durchsucht hat?

»Ich bin neugierig.« Emma wirft einen Gummiball in die Luft und legt ihn dann zurück in die Schublade. »Wir sollten möglichst alles über unsere Angestellten wissen, findest du nicht?«

»Ollie ist in Ordnung«, sage ich. »Zumindest meistens.«

Emmas Augen werden ganz groß, als sie die unterste Schublade aufzieht. »Bingo«, ruft sie und lässt ein schwarzes Notizbuch zwischen den Fingern baumeln. Das kenne ich nicht.

»Was ist das?«, frage ich und komme näher.

Sie blättert durch die Seiten und sagt: »Ollies Gedanken. Auf dem Silbertablett präsentiert.« Als die Badezimmertür quietschend aufgeht, klappt sie das Büchlein rasch zu und lässt es hinten in ihrer Jeans verschwinden, während sie aufspringt. Ist die völlig plemplem? Ollie wird ausflippen, wenn er rausfindet, dass sie einfach so in seinen privaten Sachen rumschnüffelt. Aber dann denke ich: Ollie führt Tagebuch?

Er kommt mit zur Seite hin ausgestreckten Armen aus dem Badezimmer raus. »Ich sehe aus wie ein verdammter Freak«, knurrt er mit grimmigem Gesicht.

In Wirklichkeit sieht er gar nicht mal so übel aus. Das Hemd ist unten leicht verknittert, aber das braucht er sich ja nur in die Hose zu stecken, dann sieht man das nicht. Seine Krawatte sitzt schief, und sein Haar erinnert an schwarze Rauchschwaden oben auf seinem Kopf. Die Zahncreme klebt ihm immer noch im Mundwinkel. Emma macht sich daran, ein paar kleinere Schönheitskorrekturen durchzuführen, und fängt mit der Krawatte an.

»Ich hab sie schon richtig gebunden«, protestiert er. »Bin doch kein Idiot.«

»Lass du mich nur machen.« Emma steht ganz dicht vor ihm, ihr Gesicht nur einen Zentimeter von seinem entfernt.

Ollie wendet den Blick ab und wird rot. Das ist schon eher der Ollie, den ich kenne, ganz anders als der von der Party. Ollie wird in der Gegenwart von Mädchen immer irgendwie nervös. Als Emma ihm die Khakihose aufknöpft, springt er entsetzt zurück.

»W-was tust du da?«, stammelt er. »*So* schnell kriegt man mich jetzt auch nicht rum …«

Emma kichert. »Steck einfach dein Hemd rein, okay?«

Ollie seufzt und schiebt sich das Hemd in die Hose. Emma geht einmal um ihn herum. Sie glättet den Blazer im Bereich der Schultern, zupft einen Fussel weg und versucht dann, ihm das Haar glatt zu streichen.

»Ich will mein Geld, sofort«, sagt er.

»Du kriegst deinen Anteil, sobald das Date überstanden ist«, sage ich. Allmählich verliere ich die Geduld. »Wenn Lemon nämlich nicht zufrieden mit deinem Auftritt ist, kriegt sie ihr Geld zurück. Keiner wird vorab bezahlt. Wir agieren hier als *Team.*«

Als Ollie an der Krawatte zerrt, schlägt Emma seine Hand weg und zieht sie wieder fest.

»Was, wenn sie sich in mich verknallt?«, will Ollie mit einem Seitenblick auf Emma wissen.

Ich grinse. »Keine Angst, du bist nicht ihr Typ.«

Emma verschwindet einen kurzen Moment im Bad und kommt mit einem Taschentuch zurück. Sie wischt Ollie die Zahnpasta aus dem Mundwinkel. »Ich bin doch kein kleines Kind!«, jammert er.

»Bist du dir da sicher? Du benimmst dich nämlich wie eins«, sagt sie lächelnd. Ollie starrt sie nur sprachlos an. Gut. Endlich eine, die ihn zum Schweigen bringt.

Ich klatsche einmal in die Hände und sage: »Okay, es wird Zeit! Los geht's! *Rent-a-Gent* wäre dann also offiziell im Geschäft!«

Ollie schnappt sich seine Schlüssel. »Ich mach das alles nur, um das Geld für Colorado zusammenzukriegen. Ihr wisst schon. Damit ich von hier wegkomme.«

Damit trampelt er zur Tür raus. Genervt stehe ich da, bis Emma mir zuflüstert: »Würdest du nicht gern wissen, was in seinem Kopf vorgeht?« Sie lässt das Tagebuch vor meinem Gesicht baumeln.

»Leg das zurück«, fauche ich leise. »Er wird merken, dass es weg ist.«

»Nicht bei dem Saustall hier. Außerdem ist das Exemplar schon vollgeschrieben. Ist wohl ein altes.« Sie lässt das Tagebuch wieder hinten in ihrer Jeans verschwinden und schlendert dann aus dem Zimmer. Ich folge ihr, zu erschöpft, um zu protestieren. Als wir zusehen, wie der rote VW Käfer aus der Einfahrt fährt, wechseln Emma und ich einen nervösen Blick.

Jetzt heißt es also warten.

Dreizehn

Ein paar Stunden später tut mir der Bauch weh vom vielen Lachen, meine Fingernägel glänzen rosafarben, und mein Haar fällt mir in weichen Wellen über die Schultern und das *Mario-Brothers*-T-Shirt. Allesamt sind das Nebenwirkungen meines Zusammenseins mit Emma Elizabeth Swanson. Dieses Mädchen sollte mit einem Warnhinweis versehen werden.

Im Schneidersitz hocke ich auf dem Boden in meinem Zimmer, gegen meinen Schreibtischstuhl gelehnt. Nervös werfe ich mein Telefon von einer Hand in die andere. Ein Klumpen Schokolinsen klebt mir am Gaumen.

»Das muss ein gutes Zeichen sein«, sagt Emma, die gerade auf die Uhr sieht. »Ist schon fast Mitternacht. Keine schlechten Nachrichten. Noch nicht.« Sie liegt auf dem Rücken auf meiner schwarzen Bettdecke, und ihr Kopf hängt über die Bettkante, sodass sie mein Zimmer kopfüber betrachtet. Die Spitzen ihrer Haare streifen über den Boden, und der Kragen ihres hellgrünen Baumwollschlafanzuges streicht ihr über die Wange.

Nachdem wir Ollie verabschiedet hatten wie eine Mutter, deren Kind auf einen Abschlussball geht, haben wir kein Wort mehr von ihm gehört. Die Warterei ist eine

Qual, und ich male mir schon die ganze Zeit aus, wie er mich anbrüllt: »Wann wirst du endlich erwachsen, Tonya?«

Ich ziehe die Knie an die Brust und lege mein zerschrammtes Kinn darauf.

»Wir sollten für die Zukunft einführen, dass die Jungs sich zu bestimmten Zeiten zurückmelden müssen«, sage ich und verdränge meinen Groll gegen Ollie. Vorerst. »Eine Standard-SMS oder so, damit wir immer wissen, dass beim Pseudodate alles gut läuft. Was, wenn er entführt wurde oder so? Was, wenn man Lemon entführt hat?«

»Bitte. Wir sind hier in Vermont.« Emma wirft eine Schokolinse in die Luft und fängt sie mit dem Mund auf. Schon beeindruckend, wie sie es schafft, sich nicht zu verschlucken. »Irgendetwas sagt mir, dass Ollie ganz gut auf sich allein aufpassen kann. Vielleicht hat er gar keine Zeit für eine SMS. Er muss stets wachsam und auf alles vorbereitet sein. Lemon ist bestimmt viel zu abgelenkt, um anzurufen. Hey, ist das eigentlich sein richtiger Name? Ollie?«

»Nein, er heißt Luke.« Wieder einmal muss ich an die vier Namen denken, die in das Holz am Anleger geritzt sind. Ich hebe den Kopf. »Ollie ist bloß sein Spitzname. Jeder von uns hat einen.«

Emma rollt sich jetzt auf den Bauch. »Uns?«

»Oh. Ich und meine Freunde…« *Kann ich sie immer noch als solche bezeichnen?* »Ollie, Cowboy, Loch und McRib. Die Kids von der Newbury Lane. Na ja, zumindest waren wir das mal.«

Emmas gerötetes Gesicht nimmt wieder eine normale Farbe an, jetzt dreht sie sich auf die Seite. »Ich will auch einen Spitznamen. Hatte noch nie einen.«

»Nicht mal als Kind?« Ich vergrabe die Zehen im Teppich.

Sie schüttelt den Kopf. »Nö.«

»Tja, wie willst du denn genannt werden?« Ich lege den Kopf schief.

»Man kann sich doch seinen Spitznamen nicht *selbst* aussuchen.« Emma seufzt theatralisch. »Den muss jemand anderer für einen wählen, sonst zählt es nicht.«

Als ich schon kurz davor bin, ihr so was wie Prinzessin oder Peach vorzuschlagen, öffnet sich knarrend die Tür zu meinem Zimmer. Mir wird flau im Magen. Loch meinte, er würde nach der Arbeit vielleicht kurz vorbeischauen. Seine Schicht ist seit einer Stunde zu Ende.

Nicht, dass ich immer wüsste, wo er gerade steckt oder so.

Vier schwarze Pfoten kommen ins Zimmer getrippelt. Tom Brady, unser Kater, stolziert mit hoch erhobenem Kinn herein, wobei sich sein Schwanz grazil vor und zurück bewegt. Er bleibt stehen, wirft mir einen abschätzigen Blick zu, dann springt er rauf aufs Bett, um es sich neben Emma gemütlich zu machen.

»Hey, du hübsches Kätzchen.« Emma streichelt Brady über den Rücken. Aus schmalen Schlitzen sieht der Kater mich an und schnurrt. Er macht keine Anstalten, Emma zu beißen. Stattdessen reibt er seinen Kopf an ihrer Hand und zieht eine Show ab, von wegen total liebes Kätzchen.

»Der alte Eifersuchtstrick«, sagt eine Stimme von der Tür her.

Loch verschränkt die Arme vor seinem weißen Buttondown-Hemd. Er lächelt, während er die Schuhe von den Füßen streift, nach einer Tüte Chips greift und sich dann neben mich setzt. Ich bin ja so froh, dass er hier ist. Nur schwer widersetze ich mich dem Drang, ihm um den Hals zu fallen. Er hält mir die Chips hin. Ich stopfe mir eine Handvoll in den Mund. Meine Hände sind ganz schwitzig, aber ich kann nicht sagen, woran das liegt. Ist Loch schuld? Ergibt doch keinen Sinn. Er steht mir näher als irgendwer sonst, eine Konstante in meinem Leben. Wegen ihm sollte ich doch nicht nervös werden.

Emma richtet sich auf und stört Tom Brady in seiner bequemen Position. Deshalb macht er es sich jetzt auf meinem Kopfkissen gemütlich. Toll. Ich kann mich also schon mal auf Katzenhaare auf meinem Kissen einstellen. Emma fährt sich mit den Fingern durchs Haar, zupft ihren Pyjama zurecht und springt dann vom Bett runter. Mit einem dumpfen Geräusch landet sie auf dem blassrosa Teppich. Sie hebt den Zeigefinger und sagt: »Bin gleich wieder zurück. Toilette.« Sie ist zur Tür raus und den Flur runter, ehe irgendwer was erwidern kann.

Lochs Blick wandert zu meinen Fingernägeln. »Hab ich da so was wie ein magisches Mädchenritual gestört?«

Ich setze mich auf meine Hände und verberge die Beweisstücke. »Ich weiß nichts von magischen Mädchenritualen. Das hier ist ein reines Geschäftstreffen.«

Loch verlagert das Gewicht und presst seine Schulter gegen meine. Ich bewege mich nicht. Ich will mich gar nicht bewegen. Die Luft wird heiß wie Glühwein auf dem Herd. Loch wackelt mit den Zehen. Er hat eine schwarze und eine weiße Socke an. »Und, wie lief Ollies Pseudodate?«, will er wissen.

»Ist immer noch im Gange.« Der Stuhl in meinem Rücken wackelt, als ich meine Füße bewege. Meine Fersen kitzeln, weil sie kurz davor sind einzuschlafen. Loch fängt den Stuhl auf, ehe er umkippt.

Als ich ihm gerade danken will, taucht Emma ebenso schnell, wie sie verschwunden ist, wieder auf. Sie hat jetzt ihre Jeans und eine schwarze Bluse an. Die Haare sitzen perfekt. Lipgloss auf den Lippen. »Der Eröffnungsabend ist ein umwerfender Erfolg, Micah«, sagt sie, als sie ins Zimmer stolziert kommt. »*Toni Valentines Rent-a-Gent-Service* hat einen Spitzenstart hingelegt.«

»Einprägsamer Name.« Er starrt sie für meinen Geschmack *viel zu lange* an. »Für mich hättest du dich aber nicht umziehen müssen.«

Ob er sich wohl für sie interessiert?

Nein.

Ja.

Vielleicht.

»Deine Eitelkeit ist hier völlig fehl am Platz. Ist doch bloß *Loch*«, sage ich und versuche, so cool und normal wie möglich zu klingen, auch wenn meine Hände widerlich schwitzen.

Loch klopft mir auf die Schulter. Ich stibitze mir die Tüte Chips, doch er holt sie sich zurück. Dieses Mal boxe ich ihn gegen die Schulter und breche mir dabei fast die Hand. Da hätte ich sie genauso gut auch gleich gegen eine

Ziegelmauer rammen können. Loch grinst siegessicher. Ich schmolle, viel zu nervös, um noch weiterzumachen. Er wirft mir einen sonderbaren Blick zu, so von wegen, was ist denn mit dir los?

Emma lässt sich rücklings aufs Bett fallen. Tom Brady schlägt genervt die Augen auf, weil er schon wieder gestört wird. Noch eine Unterbrechung, und er verschwindet von hier.

»Ich musste doch wenigstens einen BH anziehen«, meint Emma.

Loch verschluckt sich fast an einem Chip. Sein Gesicht läuft knallrot an. Ich ergreife die Gelegenheit und trällere: »BH. BH. BH. BH.«

»Hör auf damit!« Er presst sich die Hände auf die Ohren.

»Was hab ich denn getan?«, fragt Emma beschämt.

Ich lache und erkläre es ihr. »Es gibt gewisse Wörter, die sind Loch unangenehm. BH. Tampon. Pianist.«

»Pianist?« Emma dreht sich auf die Seite und lacht. Sie zwirbelt sich eine Strähne ihres honigblonden Haars um den Zeigefinger.

»Ich kann es nicht erklären.« Loch schüttelt den Kopf und wischt sich die fettigen Hände an der Jeans ab. »Ich habe keine Kontrolle über die körperlichen Reaktionen, die gewisse Wörter bei mir auslösen. Es ist mir echt ein Rätsel. Aber egal, ich dachte, das hier wäre ein Geschäftstreffen? Ollie. Das Date. Geld. Schon vergessen? *Geld?*«

Emma zuckt mit der Schulter. »Keine Nachricht ist eine gute Nachricht.«

»Das wissen wir nicht.« Ich wende mich Loch zu. »Wir

haben nichts von Ollie gehört. Oder von Lemon. Nichts, *nada, niente.*«

»Denkst du, sie wurden entführt?«, fragt Loch.

»Werden hier in der Gegend denn dauernd Leute entführt, oder wie?« Emma richtet sich auf. »Habt ihr da jetzt ernsthaft Bedenken?«

Irgendwo vibriert es. Ich schaue auf mein Handy, doch es tut keinen Mucks. Loch kaut auf ein paar Chips herum und reagiert nicht, weil er sein Telefon so gut wie nie benutzt. Er bleibt lieber in alle Ewigkeit unerreichbar, wie es von der Natur eigentlich gedacht war. Er hat mir mal gestanden, dass er es nur einschaltet, wenn er mir eine SMS schreiben will. Ich wische mir die schwitzigen Hände am Teppich trocken.

Emma beeilt sich, ihr Handy vom Boden aufzuklauben, und klappt es auf. Ihr Gesichtsausdruck, eben noch total fröhlich, wirkt mit einem Mal besorgt. Sie sieht mich an. »Die ist von ihm.«

»Ollie?« Gespannt richte ich mich auf. Das könnte es jetzt sein. Der Anfang oder das Ende von unserem Unternehmen.

Sie schüttelt den Kopf. »Nein, Kevin. Ich, äh, bin gleich wieder zurück.«

Emma huscht hinaus auf den Gang und zieht die Tür hinter sich zu. Loch lässt sich gegen meinen Schreibtisch fallen und reibt sich den Nacken. »Kevin«, sagt er. »Ihr Freund.«

»Ihr Exfreund«, korrigiere ich ihn, wobei ich mir das Chipsfett von den Fingern lecke.

Er nickt. »Ist auch besser so.«

Was kümmert dich Emmas Exfreund?, jaule ich innerlich auf. »Wieso soll das besser sein?«

»Der Typ ist ein Arschloch«, sagt Loch schulterzuckend. »Sie hat was Besseres verdient.«

Wieder blitzt das Bild von Emma und Loch, wie sie sich auf Ollies Party küssen, vor meinem inneren Auge auf. Und ich schwöre, mit jedem Mal wird das Bild lebendiger. Ihre Lippen. Seine Lippen. Wie sie sich begegnen. Ich verdränge die Erinnerung und fummle an der Schnur meiner Jogginghose herum.

Ich muss mich beruhigen. Veränderungen wie diese können gut sein. Solche Veränderungen bedeuten nicht zwangsläufig, dass ich meinen besten Freund an meine hübsche neue Freundin mit der perfekten Frisur verliere.

Emmas Stimme dringt gedämpft vom Flur zu uns. Sie klingt ruhig und kontrolliert, so als würde sie einen Fünfjährigen zurechtweisen.

Ich beschließe nachzufragen, statt mich mit möglichen Antworten zu quälen. Dinge sind in der Vorstellung oft weit schlimmer als in der Realität. Die Worte kommen mir langsam über die Lippen, zäh wie Honig, doch sie schmecken bitter, nicht süß.

»Willst du was von Emma oder so?« Ich strecke die Beine aus und wackle mit den Zehen.

Loch wühlt in der Tüte nach den leckeren ganzen Chips und verschmäht die Krümel, die mir am liebsten sind. Er beißt herzhaft in ein recht großes Exemplar. Ich kann nicht aufhören, mit den Füßen zu zappeln. Er ist echt der langsamste Esser des gesamten Planeten.

»Tja, ich sollte sie, deren Namen nicht genannt werden

darf, wohl langsam mal vergessen«, sagt er. »Und Emma ist echt süß.«

Das Wort *süß* setzt sich in meinen Gehirnwindungen fest wie ein Vogelnest in einem Baum. Es will nicht mehr verschwinden, sondern vervielfältigt sich stattdessen, dröhnt immer lauter durch meinen Kopf. Klar will ich, dass Loch sie, deren Namen nicht genannt werden darf, vergisst, aber ob Emma da die Richtige ist, um ihn über sie hinwegzutrösten? Emma ist süß, aber auch ganz schön anstrengend. Er braucht jemanden, auf den Verlass ist, der ganz entspannt ist und vorhersehbar. Jemand, der keine Spielchen mit ihm spielt.

»Du solltest nichts überstürzen«, sage ich und bete innerlich, er möge mir keine weiteren Fragen zu Emma stellen. Was ist ihre Lieblingsfarbe? Was ist ihre Lieblingsblume? Hat sie dieses Wochenende schon was vor? Ich hab kein Problem damit, die Kupplerin für Pseudodates zu spielen. Aber nicht für echte. Pseudo ist besser. Weil Pseudo hab ich unter Kontrolle.

»Hör zu.« Loch legt die Tüte Chips auf meinem zugemüllten Schreibtisch ab. »Ich will mich bei dir bedanken. Also: Danke.«

Ich fummle an meinem Handy herum, dankbar für den Themenwechsel. »Wofür denn?«

»Dafür, dass du so cool mit der Situation umgehst.« Er runzelt die Stirn. »Die Jungs haben mir ganz schön zugesetzt, weil ich so viel arbeite. Ich glaube, sie sind beide ziemlich sauer deswegen.«

Ich weiß nicht, was ich sagen soll. Vielleicht bin ich nicht die Einzige, die sich von der Clique ausgeschlossen fühlt aufgrund von Umständen, auf die ich keinen Einfluss habe.

Emma kommt zurück und wischt sich eine honigblonde Strähne aus der Stirn. »Ich hab Neuigkeiten«, sagt sie völlig atemlos.

»Bist du wieder mit Kevin zusammen?«, frage ich. Bitte sag Ja. Wenn du wieder mit Kevin zusammen bist, kann Loch nicht mit dir ausgehen. Und wenn Loch nicht mit dir ausgehen kann, gibt es keine Komplikationen in meinem Leben, und alles bleibt wie gehabt.

»Vergiss Kevin.« Sie macht eine wegwerfende Geste. »Lemon hat mir geschrieben.«

Mir klopft das Herz bis zum Hals. Versehentlich remple ich Lochs Ellbogen. Er sackt noch tiefer neben mir, und es fehlt nicht viel, und sein Kopf liegt auf meiner Schulter.

Hat Ollie es vermasselt? Hat er Lemons Eltern zur Weißglut gebracht? Hat er ihr die Chance, das Haus jemals wieder zu verlassen, ein für alle Mal verbaut? Hat er mir für ewige Zeiten den Ruf eingebracht als das neue Mädchen mit den Freunden von der staatlichen Schule, die einen schlechten Einfluss darstellen? Werden sie mich in der Schule dafür leiden lassen? Verbaut mir das meine Chancen auf dem College? Wird es mir mein gesamtes Leben ruinieren?

Dann aber macht sich ein strahlendes Lächeln breit auf Emmas glänzenden Lippen. »Sie würde ihn gern für den Rest des Jahres buchen«, meint sie grinsend. »Wir sind ganz offiziell im Geschäft, Toni Valentine.«

Einen kurzen Moment denke ich, sie macht Witze. Doch als sie anfängt, wild durchs Zimmer zu springen, und dabei kreischt, schließe ich mich ihr an, verblüfft angesichts meiner eigenen Begeisterung. Ollie hat es nicht vergeigt! Juhuuuu! Loch bleibt ganz ruhig am Boden sitzen und applaudiert wie ein wohlsituierter Gentleman. Ich tanze durchs Zimmer und lasse mich schließlich aufs Bett fallen, und ich krieg mich erst wieder ein, als mir einfällt, wer ich bin.

Ich kreische nicht. Ich kichere nicht. Ich tanze nicht voll unbändiger Freude durchs Zimmer.

Tom Brady, unser Kater, springt vom Kissen auf, streckt die Nase in die Luft und trippelt dann beleidigt zur Tür raus, während ich mich beruhige und ebenfalls applaudiere wie ein Gentleman.

Vierzehn

»Hast du schon Pläne für Weihnachten, Tonya?«, will Mrs. Kemper wissen.

Das hier ist die letzte Gruppensitzung vor den Weihnachtsferien, und das Einzige, woran ich denken kann, ist die Frage, welchen von den Jungs ich für meine neueste Kundin, Carrie Sanders, wählen soll. Das Mädchen sitzt beim Mittagessen bei mir am Tisch, sie will ihrer älteren Schwester beweisen, dass der erfundene Freund, den sie sich ausgedacht hat, tatsächlich existiert. Loch ist bis ins neue Jahr ausgebucht. Also muss ich mich zwischen Cowboy und Ollie entscheiden.

»Familie. Essen. Das Übliche«, entgegne ich und vergesse auch nicht, dabei die Beine an den Knöcheln zu überkreuzen, während ich mich tiefer in meinen Sessel sinken lasse. Das Feuer im Kamin knistert. Jede von uns hat eine Tasse heißen Apfelmost in der Hand, eine kleine Belohnung von Mrs. Kemper. Ich lasse unerwähnt, dass ich Weihnachten hasse, seit Dad nicht mehr bei uns ist. Allein beim Gedanken an die Feiertage krieg ich die Krätze, aber ich sage keinen Ton, weil ich nicht will, dass alle Mitleid mit mir haben.

Dank Lemons glühender Empfehlung läuft das Geschäft in den letzten paar Wochen immer besser. Mundpropaganda ist schon eine echt gute Sache. An Thanksgiving haben wir *Toni Valentines Rent-a-Gent-Service* offiziell gestartet. Für den Anfang haben wir nur Loch, Ollie und Cowboy angestellt, doch über kurz oder lang werden wir mehr Jungs brauchen.

Nur eins gibt es an Ollie zu kritisieren: Er soll bloß nie wieder im Auto einschlafen, während er wartet. Wir brauchen regelmäßige Updates, damit wir wissen, dass keiner entführt wurde. Ansonsten hat sich der Kerl ganz gut geschlagen bei seinem ersten Date. Er hat all das zu Lemons Eltern gesagt, was sie gern hören wollten. Dass er die Absicht hege, nach Yale zu gehen. Dass er großen Respekt vor Lemon habe. Dass er sie zu einer angemessenen Uhrzeit wieder nach Hause bringen werde. Innerhalb von nur fünf Minuten hatte er Lemons Eltern so weit, dass sie ihm genug vertrauten, um Lemon bis nach dem üblichen Zapfenstreich ausgehen zu lassen. Sie sollte sich nur jede Stunde bei ihnen melden. Brian würde nie einem Jungen im Teenageralter vertrauen, den er gerade eben erst kennengelernt hat. Er vertraut ja noch nicht mal Loch richtig.

»Ryan hasst Weihnachten«, sagt Shauna.

»Wunderbar«, entgegnet Mrs. Kemper, die sich die Schläfen reibt, während Shauna weiter von der Liebe ihres Lebens erzählt.

Irgendetwas sagt mir, dass die Schulleitung nicht eben begeistert wäre von Rent-a-Gent. Es würde niemanden interessieren, dass wir mit unserem Geschäft armen Seelen dabei helfen, sich hinter dem Deckmantel vorgetäuschter

Tatsachen zu verstecken, damit sie ihren Leidenschaften frönen können. Ich überlege, ob ich das zu unserem Slogan mache.

Emma hat ihren Marketingplan in die Tat umgesetzt. Sie hat eine wunderbare und schlichte Website gestaltet, auf der ein Junge zu sehen ist. Aber nur der Oberkörper. Er trägt einen schwarzen Smoking, und die großen Hände ziehen gerade an einer Fliege, eine Geste, die sehr an James Bond erinnert. Alles, was von seinem Gesicht zu erkennen ist, ist ein breites Kinn mit Bartstoppeln.

Okay, ich muss schon zugeben, Loch sah bei diesem Fotoshooting im Smoking verdammt gut aus.

Unter dem Foto steht in schnörkeliger Mädchenschrift: *Such dir einen Gentleman aus. Du hast die Wahl.*

Das war's. Keine Mailadresse. Auch keine normale Adresse. Kein Kontaktname. Es liegt eine gewisse Macht in der Schlichtheit. Und es liegt Macht in der Illusion von Exklusivität. Außerdem hat Emma Elizabeth Swanson etwas Überzeugendes an sich. Sie schickt den Link zu der Seite an alle unsere Klassenkameradinnen. Wenn sie neugierig sind auf die Website und auf das, was dahintersteckt, dann sprechen sie mit Emma.

Jetzt, da er wieder flüssig ist, scheint Ollie schon etwas weniger sauer auf mich, auch wenn wir mittlerweile nur noch über Geschäftliches reden. Trotzdem habe ich die Hoffnung nicht aufgegeben, dass er mir bald verzeiht. Cowboy hatte noch kein Pseudodate. Daher würde ich es bei Carrie gern mit ihm versuchen. Ich hab ihm schon ein paar Jobs angeboten, die er allesamt mit irgendeiner lahmen Begründung abgelehnt hat. Er müsse lernen. Er müsse ein wenig Schlaf nachholen. Er müsse seinem Dad an einem einsamen Samstagabend Gesellschaft leisten.

Neulich bin ich zu ihm nach Hause rübergegangen und hab ihn ohne Umschweife gefragt, ob er nun mitmachen will oder nicht. Ich wolle ihn nicht unter Druck setzen, müsse es aber wissen. »Klar«, meinte er, gegen den Türrahmen gelehnt. Er kaute auf seiner Unterlippe herum. »Ich mach mit. Ernsthaft.«

Doch er wich meinem Blick aus. Mir kam in den Sinn, dass er vielleicht von den Mädchen an der Winston ebenso eingeschüchtert sein könnte wie ich, doch ich fragte nicht weiter nach.

»Für diejenigen unter euch, die noch keine Rückmeldung von den Colleges haben, will ich nur sagen: Macht euch keine Sorgen. Es ist noch früh«, sagt Mrs. Kemper, als Shauna mit ihrer Geschichte endlich fertig ist.

Mrs. Kemper lenkt das Gespräch immer gern auf die *Zukunft*. Die Mädchen an der Winston, das habe ich in den letzten paar Monaten gelernt, werden dazu erzogen, nach vorne zu schauen und niemals zurück, es sei denn, die Vergangenheit hilft irgendwie dabei, die *Zukunft* zu verbessern.

Ich bin die Einzige von uns, die keine klare Vorstellung davon hat, wie der Weg aussieht, der vor ihr liegt. Nach ihrem Bachelorabschluss will Emma Jura studieren, am liebsten in Harvard, wo sie sich auf Fälle spezialisieren will, die mit Stammzellenforschung zu tun haben. *So* detailliert sind ihre Pläne bereits. Shauna will nach Stanford gehen, und danach bewirbt sie sich beim Programm »Teach for America«, um ihr Leben der Verbesserung des

Bildungssystems in unserem Land zu widmen. Lemon ist überzeugt, dass sie die nächste große Aknesalbe oder Anti-Falten-Creme oder was ähnlich Profitables erfinden wird.

Ich hingegen habe nicht den leisesten Schimmer, was ich mal werden will. Vielleicht geh ich auf die UVM und verbringe meine Wochenenden (und vermutlich auch die meisten Abende unter der Woche) damit, mir zusammen mit Loch irgendwelche Horrorfilme reinzuziehen. Oder ich lande an der Purdue und erforsche auf eigene Faust eine völlig neue Welt. Keine Ahnung. Mir kam bislang nie in den Sinn, dass mich dieses unbekannte Terrain nervös machen sollte.

Die Zukunft bedeutet nur, dass ich mich weiter von der Vergangenheit und allem, was sie birgt, entferne.

Gerade als meine Muskeln sich anspannen, um mich gegen die Collegefrage zu wappnen, verkündet Mrs. Kemper das Ende der Stunde, indem sie sagt: »Dann wünsche ich euch allen glückliche und erholsame Weihnachtsferien!«

Als ich mit Emma auf den Parkplatz zusteuere, würde ich am liebsten nichts mehr wissen von Prüfungen und der Zukunft und dem unbekannten Pfad, der vor mir liegt. Dass ich Emma neuerdings ständig um mich habe, ist mir ein seltsamer Trost, ein bisschen wie eine zu große Socke, die sich an den Zehen ständig schoppt. Mir wird klar, dass sie für mich doch tatsächlich mehr ist als nur eine Geschäftspartnerin. Sie ist mir inzwischen eine gute Freundin.

Emma scrollt durch das Adressbuch ihres Handys und

hält mit mir Schritt, obwohl ich renne. »Hey, ich muss dich mal was fragen. Etwas, das nichts mit dem Unternehmen zu tun hat«, sagt sie.

»Dann schieß los.« Mir fällt auf, dass wir an Emmas Wagen vorbeigelaufen sind, doch sie rennt weiter neben mir her.

Ihre Stimme senkt sich beinahe zu einem Flüstern. »Wärst du sehr beleidigt, wenn ich mal mit Micah ausgehen würde?«

Ich bleibe stehen und drehe mich zu ihr um. Der Wind weht mir Haarsträhnen in den Mund. Ich puste sie weg und kriege gerade noch ein undeutliches »Hä?« zustande.

Emma hebt die Hände, Handflächen nach oben. »Vergiss es. Deswegen frag ich ja. Gehört zum guten Ton unter Mädchen.«

Mein Gehirn setzt etwa zwei Sekunden lang aus und funktioniert nicht mehr. Gerade, als ich glaube, ich komm nie wieder aus der Schockstarre raus, schaltet es sich wieder an. »Zwischen Loch und mir ist nichts«, stammle ich. »Wir sind nur gute Freunde.«

Emma bindet sich ihren weißen Schal ungefähr zum millionsten Mal neu. »Bist du dir da ganz sicher?«

Klar bin ich mir sicher. Wenn da mehr wäre zwischen uns, würde ich das dann nicht wissen? Mit der Liebe ist es ein bisschen so, als wenn man plötzlich Champ gegenübersteht. Ziemlich offensichtlich. Schwer zu übersehen.

»Toni?«

»Hm?«

»Bist du sicher?« Emma mustert mich fragend.

Ich schüttle den Kopf, mir ist ein bisschen schwindelig. »Ja. Hab ich das nicht schon gesagt?« Wir sind bei meinem Wagen angekommen. Ich will mich gegen die Motorhaube lehnen, verfehle sie aber aus irgendeinem Grund und lande auf dem Hintern.

»Oh mein Gott!«, ruft Emma. »Alles in Ordnung mit dir?«

Schnell springe ich auf und wische mir den Rollsplit vom Rock. »Du willst also mit Loch ausgehen?«, frage ich und werde rot. »Was ist denn mit Kevin?«

Emma kaut auf ihrer Unterlippe herum. »Kevin interessiert mich nicht mehr.«

»Einfach so?« Kommt mir ein bisschen überstürzt vor, wenn man bedenkt, was wir alles auf uns genommen haben, um ihn ihr zurückzuholen.

»Ich hab lange darüber nachgedacht, bevor ich ihm den Laufpass gegeben habe«, sagt Emma, die Arme vor der Brust verschränkt. »Er hat mir kürzlich Blumen geschickt. Rote Rosen.«

Ich blinzle ein paarmal. »Dieser Bastard.«

»Mir war er lieber, als er sich noch wie das letzte Arschloch aufgeführt hat. Ist das nicht seltsam?« Sie knotet sich den weißen Schal erneut um den Hals. »Nein, du brauchst nicht zu antworten. Klar ist das komisch. Ich hab da wohl ein Problem.«

»Aber Loch ist kein Arsch«, sage ich. Im Gegenteil.

»Ich weiß.« Sie schüttelt den Kopf. »Vergiss, dass ich überhaupt gefragt habe, okay?«

Emma wirkt so, als wollte sie noch etwas sagen, doch sie verabschiedet sich nur von mir und trottet dann zurück zu ihrem Wagen, während der eisige Winterwind um sie herum pfeift. Ich schleudere meine Tasche auf den Beifahrersitz meines Maxima, wo sie auf dem Brief von der Purdue University landet, in dem man mir einen Platz dort zusichert. Ich stelle die Heizung an und reibe meine Hände aneinander, während ich darauf warte, dass es warm wird im Auto. Was im Grunde nie passiert. Ich wühle mich durch den Haufen Kleidungsstücke auf dem Rücksitz, bis ich ein Paar Handschuhe zutage fördere. Die ziehe ich mir über und fahre dann zügig über den Parkplatz, weil ich nur noch nach Hause will.

Als ich auf den Veterans Memorial Highway abbiege, kann ich nicht aufhören, über das nachzudenken, was Emma mich gefragt hat. Meine Gedanken schweifen ab. Emma. Loch. Freundin. Freund. Händchenhalten. Gemeinsam unter eine Decke kuscheln. Heiße Schokolade trinken. Lachen. Knutschen…

Ganz unvermittelt schießt ein blauer Van hupend an mir vorbei. Ich will ihm schon den Stinkefinger zeigen, als mir auffällt, dass ich bloß vierzig Stundenkilometer fahre. Die Geschwindigkeitsbegrenzung liegt bei fünfzig. Also trete ich aufs Gaspedal und fluche leise vor mich hin. Bestimmt hab ich so 'ne Matschbirne wegen der Prüfungen.

Je mehr ich über den Kuss zwischen Emma und Loch auf Ollies Party nachdenke, desto mehr verfestigt sich in mir die Überzeugung, dass die Begegnung viel zu peinlich war, um sich zu etwas Ernstem zu entwickeln. Klar, Emma hat Loch praktisch die Zunge in den Hals gerammt, das wäre jedem peinlich, aber das war mehr als nur überraschend. Bei diesem Kuss fehlte der Funke, die Chemie, das Dahinschmelzen.

Obwohl, vielleicht ist mir auch was entgangen. Zu dem Zeitpunkt war ich nämlich schon leicht angeschickert. Und was weiß denn ich schon vom Küssen? Bis jetzt hab ich gerade mal mit zwei Typen geknutscht, was echt peinlich wenig ist, und beide Male war es echt beschissen.

Das erste Mal passierte es in der sechsten Klasse, mit einem Typen im Ferienlager, ein Junge mit dunklen Sommersprossen, der mich als eine Art Mutprobe küssen musste. Himmel, hab ich mich damals als etwas Besonderes gefühlt, zumal er sich danach den Mund abgewischt und gefaucht hat wie eine Katze, ehe er zurück in seine Hütte rannte. Da war die zweite und vielversprechendere Knutscherei schon die mit Corey Jenkins, der mich im Sommer vor unserem Juniorjahr bei einer Poolparty hinter dem Essensstand küsste. Hinterher zog er es vor, mich zu ignorieren, was gar nicht so einfach war, weil wir nämlich in jenem Herbst ganze drei Kurse zusammen hatten.

Ich hab also nicht viel Erfahrung in der Hinsicht, auch wenn ich mir ziemlich sicher bin, dass wahre Liebe rein gar nichts mit Rumgeknutsche neben vollgekotzten Rosenbüschen am Ende eines Pseudodates zu tun hat, bei dem es nur darum geht, den Exfreund zurückzuerobern.

Erneut jage ich die Heizung hoch, in der Hoffnung, es könnte endlich wenigstens ansatzweise warm werden. Sie übertönt die Countrymusik, die aus dem Radio dringt. Wenn Emma und Loch zusammen ausgehen wollen, was hab ich für ein Recht, sie davon abzuhalten? Vielleicht ist sie im Moment genau das, was Loch braucht. Und vielleicht braucht sie wiederum Loch ebenso sehr.

Mit seiner Hilfe käme sie auf jeden Fall über Kevin hinweg. Loch steht immer zu seinem Wort. Er würde nie mit ihren Gefühle spielen. Außerdem glaube ich wirklich nicht, dass sich daraus was *Ernstes* entwickeln könnte. In diesem Schuljahr sollten die Leute sich auf ihre Collegebewerbungen konzentrieren. Und auf das Geschäftliche und auf die Kohle, zumindest diejenigen unter uns, die sich nebenbei auf diesem Gebiet betätigen.

Aber eine Beziehung? Welchen Sinn sollte es haben? Emma will nach Harvard. Und Loch geht auf die UVM.

Es würde nie funktionieren.

Während ich zur Musik im Radio mitsinge, in der Hoffnung, meine Gedanken so von den Spinnweben zu befreien, weht weißer Rauch gegen meine Windschutzscheibe. Ich steige auf die Bremse, hoffe, dass der sonderbare Nebel sich legt, doch er wird bloß noch dichter. Dann fängt plötzlich der Motor an zu stottern. Ein sonderbares Geräusch übertönt die Musik. Der Wagen wird langsamer, obwohl ich längst nicht mehr auf der Bremse stehe.

Also steuere ich den Straßenrand an und stelle den Motor aus. Ich warte ein paar Sekunden und mache tiefe Atemzüge, als würde das die Schutzgötter der Autofahrer besänftigen und mich wieder weiterfahren lassen. Als ich den Schlüssel umdrehe, stottert der Motor wieder nur. Und nach einem einzigen durchdringenden Aufjaulen stirbt er schließlich komplett ab.

Ich sitze fest, irgendwo auf halber Strecke zwischen Winston und daheim.

Fünfzehn

Ehe ich meine Mutter anrufe, fluche ich ein paarmal gegen den Wind an. Dann erkläre ich ihr, wo ich bin, etwa dreißig Minuten von Shelburne entfernt. Sie zögert keine Sekunde, ehe sie sagt: »Bin schon unterwegs. Ich komme, so schnell ich kann. Versuch dich warm zu halten.«

Nachdem ich aufgelegt habe, überkommt mich ein Anflug von Traurigkeit. Ich werde meine Mom vermissen, wenn ich im nächsten Jahr weggehe. Und wie. Eigentlich hab ich ja keine Lust, das Töchterchen zu sein, das im Studentenwohnheim vor lauter Heimweh flennt, aber vielleicht bleibt mir das nicht erspart, ganz egal, wohin ich gehe. Ich werfe einen Blick auf den Brief von der Purdue, der unter dem Haufen Schulbücher hervorspitzt. Und ich frage mich, ob mein Dad wohl stolz wäre auf mich.

Hup. Hup. Hup.

Ich drehe mich um und sehe, wie ein blauer Van an den Straßenrand fährt, ein Van, der mir bekannt vorkommt. Eine Sekunde denke ich, dass es ein anderer Transporter sein muss, doch dann springt auch schon Cowboy heraus, zieht den Reißverschluss an seiner Lederjacke zu und kommt zu mir gelaufen. Ich kurble das Fenster herunter. Während er zu mir reinschaut, stützt er sich mit dem Ellbogen an der Tür ab. Seine Wangen sind von der Kälte ganz rot.

»Dachte ich's mir doch, dass du das bist«, sagt er.

Ich haue aufs Lenkrad und erwidere: »Jetzt hat sie mich doch im Stich gelassen.«

»Scheiße. Ich schulde Ollie zwanzig Piepen.« Er strubbelt sich durch das kurze Haar. Als Cowboy grinst, kneift er die Augen zu, sodass sie kaum mehr zu sehen sind. »Ich hab mit ihm gewettet, dass du die Karre noch hast, wenn du deinen Abschluss machst.«

»Dann wären wir schon zwei.« Ich lache. »Irgendeine Idee, wie wir sie wieder zum Laufen kriegen?«

Er haucht seine nackten Hände an und reibt sie. »Ich könnte dich ja jetzt bitten, die Motorhaube zu öffnen, und dann so tun, als hätte ich voll die Ahnung vom Autoreparieren, aber sparen wir uns das lieber, okay? Der Typ Mann bin ich leider nicht. Ich weiß nämlich rein *gar nichts* über Fahrzeuge. Aber ich kann dich auch nicht hier sitzen und den Arsch abfrieren lassen. Deshalb fahr ich dich nach Hause.«

Ich nicke und danke ihm, und dann rufe ich meine Mom an, um ihr zu sagen, dass sie nicht mehr kommen muss, um mich zu retten.

Als ich bei Cowboy im Wagen sitze, halte ich meine behandschuhten Hände ganz dicht an die Heizung. Zu meinen Füßen liegen ein paar zerfledderte Taschenbücher, ich achte aber darauf, nicht draufzutreten. Die sind nämlich sein Ein und Alles.

Während Cowboy es sich auf dem Fahrersitz bequem macht, trinkt er von seiner Cola light und fährt dann endlich los. Ich werfe einen letzten Blick in den Rückspiegel und sehe meinen armen Maxima ganz allein am Straßenrand stehen. Kaputt. Verlassen. Einfach stehen gelassen.

Ich schlucke den Kloß in meinem Hals hinunter und frage: »Und, was treibst du hier draußen?«

»Musste ein paar Bücher abholen, die ich am Wochenende bei meinem Dad vergessen habe«, sagt Cowboy und stellt die Heizung hoch.

Genau wie ich hat er Extrapunkte gesammelt an der Burlington, um in diesem Jahr ein paar freie Nachmittage zu haben. Wenn nichts dazwischengekommen wäre, hätte ich jetzt auch frei. Ein paar Minuten lang sagt keiner ein Wort. Das Geräusch des Heißluftgebläses übertönt alles. Cowboy könnte vermutlich tagelang einfach so schweigend dasitzen, völlig in Gedanken versunken, mich aber treibt es schon nach wenigen Minuten in den Wahnsinn. Die Stille ertrage ich im Grunde nur auf der Jagd.

»Sag mal … hast du nächsten Freitag schon was vor?«, frage ich.

Sein Kinn zuckt. »Weiß nicht.«

»Du könntest ein Date haben, wenn du möchtest«, sage ich. »Ein Mädchen namens Carrie bräuchte für ein paar Stunden einen Alibifreund.«

Soeben fahren wir an einer Ansammlung von kahlen Bäumen zu unserer Rechten vorbei. Die sehen aus, als würden sie eine kleine Insel bilden inmitten eines Meers aus braunen Feldern. Der Himmel über uns verdunkelt sich und droht aufzureißen.

»Ich habe einen Entschluss gefasst.« Er holt tief Luft und stellt die Cola zurück in die Getränkehalterung. »Ich werde mit Katie Morris auf den Abschlussball gehen. Ich muss endlich aufhören, Angst vor ihr zu haben. Sie ist doch viel zu schön, um sich vor ihr zu fürchten. Ich will, dass sie den perfekten Abend erlebt. Und ich will, hoffe, dass sie diesen Abend mit mir verbringt.«

»Ich weiß.« Damit lege ich den Kopf gegen die Lehne und grinse.

Cowboy wirft mir einen verwirrten Seitenblick zu. »Loch hat dir von meinem Vorhaben erzählt, wie?«

»War das etwa ein Geheimnis oder was?« Ich will die Heizung noch weiter hochdrehen, aber sie ist bereits auf Anschlag. Vielleicht hätte ich besser nichts sagen sollen.

»Er erzählt dir alles.« Cowboys Stirn legt sich in Falten. Er sagt das so, als würde er mir oder Loch was vorwerfen wollen.

»Ist das schlimm?«

Cowboy zuckt die Schulter. Ein paar Augenblicke verstreichen. Ich starre auf den Boden, wo meine Ausgabe von *Moby Dick* mit verknicktem Umschlag liegt.

»Erzähl mir mehr von dieser Carrie«, sagt Cowboy und wechselt damit das Thema.

»Carrie?« Ich blicke auf. Gepflegte Eigenheime reihen sich nun entlang der Vorortstraße, durch die wir fahren. »Ich hab mich erst ein paarmal mit ihr unterhalten. Sie ist aber ein recht aufgeschlossenes Mädchen. Lächelt viel. Ein gutes Zeichen. Emma mag sie.«

»Aufgeschlossen. Mädchen.« Cowboy seufzt. »Passt eigentlich nicht so zusammen.«

»Ich bin auch ein Mädchen, Cowboy«, sage ich schulterzuckend. »Mit mir redest du ja auch.«

Er beugt sich vor, umklammert das Lenkrad mit den Fingern und sagt: »Das ist etwas anderes. Du bist kein *echtes* Mädchen. Nicht auf diese Weise.« Er hält kurz inne. »Ich reite mich grad immer tiefer rein, wie?«

Ich lache, bin mir aber nicht sicher, was er meint. Vielleicht will er damit sagen, dass ich nicht zu der Sorte Mädchen gehöre, die einen Jungen nervös macht. Dabei wäre ich durchaus gern ein Mädchen, in dessen Gegenwart die Jungs nervös werden.

»Hör zu, ich hab schon kapiert«, sage ich. »Die Mädels von der Winston sind nun mal anders. Die meisten von ihnen wurden vom Zeitpunkt ihrer Zeugung an daraufhin getrimmt, perfekt zu sein.«

»Es sind nicht nur die Mädchen von der Winston.« Er wird rot und fummelt am Kragen seiner Lederjacke herum. »Wie soll ich mich denn verhalten? Was sage ich? Wo tue ich meine Hände hin? Ich würde sie nicht anfassen. Das würde ich niemals tun.«

Ich lehne mich zurück und mustere ihn. Sein sonst so bleiches Gesicht ist von einem Tiefrot überschattet. Wie immer. Daher war er bisher also nicht so scharf auf unseren Service. Hat nichts mit mir zu tun. Er hat tatsächlich Angst.

Cowboy war noch nie mit einem Mädchen aus, doch ich bin immer davon ausgegangen, dass es daran lag, dass er auf Katie Morris warten wollte. Außerdem war er immer so auf seine Noten fixiert, darauf, ein Stipendium fürs College zu ergattern, dass eine Freundin bei ihm nicht oberste Priorität hatte. Und ich konnte das immer gut nachvollziehen. Vielleicht ist er wegen mehr als nur dem Geld ins Geschäft mit eingestiegen. Vielleicht will er so lernen, mit Mädchen wie Katie zu reden.

»Ich hab überhaupt keinen Plan, wie ein Gentleman sich benimmt«, fährt Cowboy fort. Wir sind jetzt vom Highway runtergefahren und holpern über eine Nebenstraße voller Schlaglöcher. Wir fahren vorbei am Dunkin' Donuts. »Ich weiß nicht, wie man, na ja, seinen *Charme* spielen lässt.« Ich winke ab. »Du bist doch total charmant.«

»Ja, klar«, schnaubt er abfällig.

Ich reibe meine Hände aneinander und hab endlich wieder ein Gefühl in den Fingern. »Du musst ein bisschen selbstbewusster werden, das ist alles. Sei einfach du selbst.«

»Ich hasse das, das sagt sich so leicht, ›sei du selbst‹.« Er seufzt. »Und man hat leicht reden, wenn man selbst ein interessanter Mensch ist.«

»Weißt du noch, damals in der vierten Klasse, als du dir drei Fritten auf einmal in die Nase gesteckt hast? Das ist doch der Inbegriff von interessant.« Jetzt, da ich so drüber nachdenke, fällt mir auf, dass Cowboy in der Grundschule noch viel mutiger war. Erst in unserem ersten Jahr an der Highschool zog er sich plötzlich immer mehr in sein Schneckenhaus zurück.

Cowboy lacht. »Okay. Die Geschichte nutze ich als Aufhänger, wenn ich Katie Morris um ein Date bitte. Das wird ihr gefallen.«

Ich scharre mit den Füßen, tunlichst darauf bedacht, keins der Bücher zu berühren. »Du fährst mich nach Hause. Du hast am Straßenrand angehalten, um mir zu helfen. Das war doch schon sehr gentlemanlike.«

Cowboy starrt stur auf die Straße vor uns. Wir sprechen erst wieder, als wir die Newbury Lane erreicht haben. Der Winterhimmel hat etwas aufgeklart und ist nun durchzogen von goldenen Streifen. Cowboy stellt den Wagen in unserer Einfahrt ab. Der Motor läuft noch, als er sich mir zuwendet und am Reißverschluss seiner Jacke herumfummelt.

»Ich mach das mit dem Pseudodate mit Carrie«, sagt er mit der Begeisterung von jemandem, der sich freiwillig für den Kriegseinsatz meldet. Er blinzelt ein paarmal.

»Bist du dir sicher?«, frage ich langsam.

»Ich kann Katie Morris nicht den perfekten Abend bieten, wenn ich keine Kohle habe.« Seine Stimme klingt unsicher.

Ich strecke die Hand nach dem Türgriff aus. »Du wirst das toll machen, Cowboy.«

Er spricht jetzt wieder lauter. »Ich hätte gern ein paar Tipps!«

Ich halte inne, einen Fuß bereits zur Tür raus. »Tipps?«

»Na, wie man sich als Gentleman benimmt«, erklärt er. »Wie man sich mit Mädchen unterhält.«

»Du brauchst doch nicht ernsthaft …«

»Bitte.« Er beugt sich vor und presst die Augen ganz fest zu. »Ich kann nicht nächstes Jahr aufs College gehen, wenn ich so verklemmt bin wie jetzt.« Dann schlägt er die Augen wieder auf und sieht mich flehend an.

Wie könnte ich da Nein sagen? Ich wünsche mir den Cowboy aus meiner Kindheit zurück, den mutigen Jungen, der sich Fritten in die Nase steckte. Ich nicke. »Treffen wir uns vorher bei mir. Dann sprechen wir alles durch.«

Er lächelt, doch dieses Mal bilden sich keine Fältchen um seine Augen. »Danke, McRib.«

Als ich aus dem Transporter steige, ruft er noch einmal nach mir. Ich bleib stehen, und er reicht mir meine abgegriffene Ausgabe von Moby Dick. »Danke, dass du mir das geliehen hast«, sagt er noch. »Und sorry, dass ich es dir erst jetzt zurückgebe.«

Ich stecke das Buch in die Tasche. »Bis später, Cowboy.«

Ich sehe zu, wie der blaue Van bis ans Ende der Straße fährt, wo das Backsteinhaus im Ranch-Stil steht, in dem er wohnt. Erleichtert atme ich aus. Das Carrie-Date wäre damit also offiziell unter Dach und Fach. Außerdem scheint zwischen Cowboy und mir wieder alles in Ordnung zu sein. Er wird schon klarkommen. Das schafft er.

»Hast du dein Buch endlich zurückbekommen?«, höre ich eine Stimme fragen.

Loch steht mit einem Basketball in der Hand in der Einfahrt. Er dribbelt ihn ein paarmal, und sein Kinn wirkt dunkler von den Bartstoppeln, die er sich im Winter immer wachsen lässt. Ich gehe zu ihm rüber und freue mich, ihn zu sehen. Nachdem ich meine Tasche am Boden abgestellt habe, wirft er mir den Ball zu. Ich starte mit einem einfachen Korbleger, reiße die Hände hoch in die Luft und juble.

Wir spielen eine Weile, werfen uns den Ball gegenseitig zu, zielen abwechselnd auf den Korb. Ich erzähle ihm von meiner Panne mit dem Maxima und dass Cowboy gerade im richtigen Moment vorbeigekommen ist. Er erzählt mir, dass neulich im Teddybär-Geschenkeladen ein

Kind kotzen musste und dass er wieder mal im See nach Champ Ausschau halten möchte. Endlich. Wenigstens einer will weitermachen mit der Jagd. Ich bin auf jeden Fall dabei.

»Ich hab ein gutes Gefühl, dass wir ihn dieses Mal erwischen«, sagt Loch. »Wenn das Wetter wärmer wird, wird er wieder an die Oberfläche kommen. Er hat garantiert genug vom vielen Versteckspielen. Da bin ich sicher.«

Ich sollte ihm von dem erzählen, was Emma mich vorhin gefragt hat. Dass sie sich gern mit ihm treffen würde. So was hören die Leute gern, selbst wenn sie nicht ernsthaft interessiert sind. Sie ist nett. Sie ist witzig. Und sie ist süß. Er sollte sich zumindest geschmeichelt fühlen.

Jetzt, Toni. Erzähl ihm von ihr, JETZT.

Ich gebe den Ball an ihn zurück und streiche meinen Rock glatt. Mir ist kalt um die Knie. Die Sonne ist mittlerweile untergegangen. »Meine Mom flippt wahrscheinlich schon aus. Bis dann, Loch.«

Loch hält den Ball fest und macht einen Schritt auf mich zu, bleibt dann aber stehen. Er lächelt ganz sanft. »Man sieht sich, Toni.«

Sechzehn

Samstagabend. Der Abend von Cowboys erstem Pseudodate. Emma schlägt mich gerade beim *Mario-Kart*-Rennen, als es an der Tür klingelt. Ich werfe einen Blick zum Vorderfenster raus. Cowboy steht draußen unter dem Vordach und wischt sich trotz des kühlen Abends Schweiß von der Stirn. Unter seiner Lederjacke trägt er ein dunkelblaues Button-down-Hemd und eine schmale schwarze Krawatte, dazu eine schwarze Hose und glänzende schwarze Schuhe. Sein sandfarbenes Haar ist ordentlich gekämmt, und sein blasser Teint ist gesprenkelt mit nervösen roten Flecken.

Hinter ihm steht Ollie, die Hände in die Vordertaschen seiner bauschigen grünen Jacke gesteckt. Sein lockiges Haar ist total zerzaust, er trägt eine schwarze Röhrenjeans. Die Turnschuhe leuchten in einem grellen Neonblau. Das sind allesamt brandneue Klamotten, die ich ihn noch nie habe tragen sehen.

Ich öffne die Tür, und Ollie nickt mir zu und sagt: »McRib.«

Ich lasse sie beide eintreten. Als Cowboy an mir vorbeigeht, bemerke ich den beißenden Geruch von Parfüm. Ich rümpfe die Nase und muss ein Niesen unterdrücken.

»Du siehst gut aus, Cowboy«, sagt Emma. Sie sitzt auf der untersten Stufe und nippt an einer Dose Dr. Pepper. Ihr Blick huscht einen kurzen Augenblick rüber zu Ollie, kehrt jedoch rasch wieder zu Cowboy zurück.

»Ist die Krawatte nicht zu viel?«, fragt Cowboy.

»Die ist perfekt. Ganz der Gentleman.« Emma steht auf. »Ollie könnte sich ruhig eine Scheibe von dir abschneiden.«

»Hey, ich hab meinen Job schon hinter mir, ja?« Ollie zuckt mit der Schulter und wischt sich die Turnschuhe an der Türmatte sauber. Wieder schaut er hoch zu Emma, doch die ist bereits vorausgegangen ins Wohnzimmer.

Mom ist oben und legt Wäsche zusammen, ihre Lieblingsbeschäftigung. Ohne Witz. Das ist hundertpro eine Leidenschaft, die ich nicht geerbt habe. Als wir das Wohnzimmer betreten, schlägt Brian die Ben-Franklin-Biografie zu, in der er gerade am Lesen war, und richtet sich auf. Emmas und mein *Mario-Kart*-Spiel flimmert im Pausenmodus auf dem Fernsehbildschirm.

»Ich grüße euch!«, sagt er, für meinen Geschmack viel zu laut. »Was habt ihr lieben, arglosen Teenager heute Abend denn vor? Doch nichts, wofür ihr Ärger kriegen könntet, will ich hoffen.«

»Cowboy hat ein Date«, sage ich. Ist ja immerhin nicht *komplett* gelogen. »Wir helfen ihm, sich darauf vorzubereiten.«

»Ein Date, ja? Damit kenn ich mich aus.« Brian lässt seine Knöchel knacken. »Wer ist das Mädchen?«

»Ihr Name ist Carrie«, sagt Cowboy. »Sie lächelt angeblich viel.«

»Sie geht auf die Winston«, fügt Ollie noch hinzu, während er seine Jacke abstreift. Er trägt ein lila Button-down-Hemd darunter. Jetzt, da ich ihn mir näher ansehe, fällt mir auf, dass seine Locken ungewöhnlich ordentlich aussehen. Hat er sich für irgendwas Spezielles so aufgebrezelt? Er ist doch für heute Abend gar nicht gebucht.

So wie Ollie Winston sagt, klingt es fast so, als wäre Carrie nicht ganz einfach. Ich runzle die Stirn.

Brian steht auf und nickt. »Aha. Toni kann dir dabei helfen. Sie kennt diese Winston-Gören.«

Ich würde nicht unbedingt behaupten wollen, dass ich sie *kenne*. »Klar, ich helfe ihm, sich darauf vorzubereiten«, sage ich. »Also …«

Ich warte, dass Brian endlich verschwindet. Dieses Mal entgeht ihm mein dezenter Hinweis nicht. Er ermahnt uns, ehe er nach oben geht, noch mal, uns keinen Ärger einzuhandeln, weil, ihr wisst schon, schließlich sind wir ja Teenager, Ärger ist unser zweiter Vorname …

»Dein Stiefvater ist echt super nett«, sagt Emma.

»Ja, hast wahrscheinlich recht.« Ich zucke innerlich zusammen. Brian ist wirklich nett – manchmal viel zu nett –, sodass ich nie recht weiß, wie ich auf all die übertriebene Nettigkeit reagieren soll. Aus irgendeinem Grund fühle ich mich nicht ganz wohl dabei. Vielleicht stimmt ja mit mir irgendwas nicht.

Ollie wirft einen Blick auf den Fernseher. »Ah, Mario Kart. Moment. Wer ist Peach? Die ist ja echt schlecht.«

Ich werde rot. »Sie ist in Wirklichkeit gar nicht so schlecht.«

Verwundert deutet er auf mich. »*Du* hast dir Peach ausgesucht?«

»Okay!«, verkündet Emma, während sie um Cowboy herumgeht. Sie ist jetzt ganz auf Arbeit eingestellt. »In meinen Augen sieht er gut aus, Toni.«

»Ach, komm schon«, wirft Ollie ein, und wie es aussieht, ist er fertig damit, mich zu verarschen für meine Wahl der Spielfigur. »Es muss doch was geben, was ihr noch verbessern könnt. Der Typ ist doch nicht perfekt.«

»Du hast ja so recht.« Emma zupft Cowboy eine winzige Fluse von der Schulter und kichert. »Da. Jetzt ist er perfekt, Luke.«

Ollie schüttelt den Kopf, lächelt aber. Seine Ohrläppchen sind knallrot wie eine Tomate. Während Emma im Zimmer auf und ab geht, schwingt ihr Haar hin und her. Ollie lehnt sich neben dem Kamin an die Wand und beobachtet sie.

»Was, wenn ich nicht weiß, was ich bei diesem Treffen reden soll?«, erkundigt Cowboy sich panisch. »Die Chance, dass das passiert, liegt ungefähr bei hundert Prozent.«

Ich berühre Cowboy am Ellbogen und führe ihn rüber zum Sofa. Gemeinsam setzen wir uns hin. »Atme einfach tief durch«, erkläre ich ganz ruhig.

»Ich schick dir per SMS ein paar Themen, die du ansprechen kannst, sobald das Gespräch ins Stocken kommt.« Emma redet jetzt ganz schnell. »Aber checke auf KEINEN FALL in Gegenwart ihrer Schwester oder vor ihren Eltern deine SMS. So was tut ein Gentleman nämlich nicht. Entschuldige dich einfach kurz und sag, dass du zur Toilette musst, und dann schick mir eine Nachricht, falls dir der Gesprächsstoff ausgeht. Wenn du dann zurückkehrst an den Tisch, fang einfach ein neues Gespräch an mit dem Satz, den ich dir schicke.«

»Das ist eigentlich gar nicht meins, Gespräche zu beginnen …« Cowboy fummelt an seiner Krawatte herum.

Ich tätschle ihm den Rücken. »Das ist ja das Schöne an der Sache, Mann. Du brauchst ja nicht du selbst zu sein. Du bist George, Carrie Sanders Freund, mit dem sie schon ein halbes Jahr zusammen ist. Und George würde eben schon ein Gespräch beginnen. Hast du dir die Infos zu George eingeprägt, die ich dir gemailt habe?«

Cowboy reibt sich den Nacken und nickt. »Bei diesem erfundenen Freund ist sie ja echt richtig ins Detail gegangen.«

Emma hält kurz inne in ihrem Hin- und Hergelaufe und bleibt stehen. »Was isst George am liebsten?«, fragt sie.

»Erdnussbutter«, antwortet Cowboy.

»Lieblingsfilm?«

»*Titanic.*«

»Ich hasse diesen Film, echt«, sagt Emma kopfschüttelnd. »Habt ihr *Road House* schon mal gesehen? Das ist ein echter Klassiker.«

»Der ist okay, aber *Ghost* ist der bessere Film mit Patrick Swayze«, sagt Ollie.

Emma sieht ihn entgeistert an, als wäre ihm soeben ein zweiter Kopf gewachsen oder so was. Nach einem kurzen Moment lächelt sie. »Den hatte ich ja ganz vergessen.«

»Hallo? Das ist jetzt nicht der richtige Zeitpunkt, um sich über irgendwelche uralten Filme zu unterhalten!«

Cowboy wedelt mit dem Arm. »Wir müssen bald los, und ich fühl mich immer noch nicht viel besser bei der Sache.«

Ich lege Cowboy die Hände auf die Schultern und blicke ihm tief in die Augen. »Alles wird gut.«

Er seufzt. Sein Atem riecht nach Minze. »Ich schaff das nicht. Ich schaff das einfach nicht …«

»Katie Morris«, sagt Ollie. »Du willst ihr doch den perfekten Abend bieten, richtig? Dann ruf dir einfach ins Gedächtnis, dass du das alles für sie tust, okay?«

Cowboy braucht nicht unbedingt Geld, um Katie Morris einen unvergesslichen Abend zu bescheren. Wenn er endlich lernt, sich mit Leuten zu unterhalten, dann kriegt er sie einfach durch das rum, was er sagt. Er kann echt charmant sein. Wenn er mal den Mund aufmacht.

Cowboy erhebt sich und wischt sich die Hände an den Knien. Ollie durchquert den Raum und klopft Cowboy spielerisch auf den Rücken. »Du wirst dafür bezahlt, dass du mit einem wunderschönen Mädchen ausgehst«, sagt er. »Ohne dass du verpflichtet bist, sie jemals wieder anzurufen.«

Emma schnaubt verächtlich und streicht ihre blütenreine weiße Jacke glatt. »Red doch keinen Müll.«

Ollie deutet auf sich selbst und grinst. »Sprichst du mit meiner Wenigkeit?«

»Ich seh hier sonst keinen, der Müll redet, du etwa?« Sie zieht die Augenbrauen hoch. »Du würdest doch schon anrufen, kaum ist das Date fünf Minuten rum. Tu nicht so, als wäre es nicht so.«

»Woher willst du denn wissen, was ich tun würde?«,

fragt Ollie. Seine Lippen kräuseln sich ganz leicht nach oben, so als müsste er sich ein Lächeln verkneifen. Flirten die beiden etwa?

Emma betrachtet ihre Fingernägel und schaut dann mich an. Sie wirkt ein bisschen nervös. Die einzigen Male, dass ich diesen Gesichtsausdruck bei ihr gesehen habe, war das vor Prüfungen. »Wie spät ist es? Ein Gentleman kommt niemals zu spät.«

Ich werfe einen Blick auf mein Handy. »Höchste Zeit, dass wir aufbrechen. Bist du bereit, Cowboy? Schwing die Hufe.«

Cowboy lässt sich wieder aufs Sofa sinken. Er steckt den Kopf zwischen die Knie und versucht, normal zu atmen. Als ich ihn jetzt so sehe, will ich das Ganze am liebsten abblasen. Er hat ja viel mehr Angst, als ich dachte, und ich will den armen Jungen nicht unnötig quälen.

Dann aber hebt er den Kopf mit entschlossenem Gesichtsausdruck und sagt: »Ich bin bereit. Ziehen wir das durch.«

Es ist schon nach Mitternacht. Emma und ich stehen bibbernd bei Cowboy in der Einfahrt und warten darauf, dass er endlich zurückkommt. Das Licht über der Garage fällt in Form einer blassen Welle auf uns. Alles ist ruhig in der Gegend. Fast schon unheimlich. Ich ziehe mir die schwarze Mütze über die Ohren und springe auf und ab, damit ich nicht erfriere. Emma schickt gerade eine SMS an irgendwen und lächelt vor sich hin. Vielleicht chattet sie ja schon wieder mit Kevin. Ich frag lieber nicht nach.

Cowboy hat mir vor ungefähr zwanzig Minuten eine

SMS geschickt, deren Botschaft recht einfach war: *Fertig. Auf dem Weg*. Ich bin mir allerdings nicht ganz sicher, wie ich das interpretieren soll. Vielleicht spart er sich die guten Neuigkeiten auf, um sie uns persönlich zu überbringen. Ich hoffe, das Pseudodate lief gut, eher um Cowboys willen als wegen des Geschäfts.

Ein Scheinwerferpaar kommt um die Ecke gebogen, gefolgt vom Geklapper von Cowboys altem Van. Emma blickt auf und lässt mit hochrotem Gesicht ihr Handy in der Tasche verschwinden. Als der Transporter in die Einfahrt biegt, hopst Emma sofort darauf zu und reißt die Fahrertür auf, noch ehe er den Motor abgestellt hat.

»Kann ich vielleicht erst mal den Wagen parken?«, fragt Cowboy genervt.

Emma weicht zurück. Die Fahrertür steht offen. »Klar, klar«, meint sie. »Bitte schön.«

Cowboy grummelt irgendwas vor sich hin, bringt den Lieferwagen in Parkposition und stellt den Motor ab. Er zögert kurz, ehe er aussteigt. Sein Atem bildet kleine Wölkchen. Es ist zu finster, um irgendwas von seinem Gesicht ablesen zu können, aber als er die Tür hinter sich zuschlägt, überkommt mich eine böse Vorahnung.

»Willkommen zurück!«, ruft Emma viel zu laut.

»Leise«, sagt Cowboy, während er an uns vorbeigeht. »Du weckst ja die ganze Nachbarschaft.«

Emma wirft mir einen Blick zu. Ich kümmere mich besser darum. Also hole ich tief Luft und folge Cowboy zur Haustür, während Emma mit etwas Abstand hinter uns hertrabt.

Als wir vor der Tür stehen, zieht Cowboy seinen Schlüssel raus. Seine Stimme klingt monoton. »Alle haben es uns abgekauft. Ich war den ganzen Abend lang dieser George.«

»Im Ernst?« Ich berühre ihn am Ellbogen. »Denn wenn die Dinge nicht nach Plan liefen …«

»Besser als nur nach Plan.« Er konzentriert sich darauf, den Schlüssel ins Schloss zu stecken und aufzusperren. »Es lief einfach perfekt.«

»Hast du denn dann auch ein besseres Gefühl wegen Katie Morris?« Ich tue mich schwer, aus ihm schlau zu werden. Ist er wegen irgendwas anderem sauer? Oder belügt er mich? »Du hattest ja jetzt die optimale Übung …«

Wieder fällt er mir ins Wort. »Ich bin echt erledigt, McRib. Ist ganz schön anstrengend, so zu tun, als wäre man jemand anderer. Aber alles in Ordnung. Mach dir keine Sorgen. Dein Geschäft läuft schon.«

Er macht die Tür auf, wünscht mir eine gute Nacht und verschwindet dann im Haus. Die Außenbeleuchtung vor dem Haus erlischt. Ein paar Minuten stehe ich in völliger Finsternis da, bis ich höre, wie Emma auf ihren Stöckelschuhen ankommt.

»Und? Sind wir noch im Geschäft?«, flüstert sie.

»Glaub schon«, sage ich, ein bisschen unsicher. Ich sollte an die Tür klopfen. Cowboy zwingen, mit mir zu reden. Doch Emma klopft mir auf den Rücken und kichert ganz aufgeregt. Ich will ihr die Laune nicht vermiesen. Gemeinsam gehen wir zurück zu mir nach Hause, wo uns ein Abend voller Junkfood und einer Maniküre erwartet.

Vielleicht ist Cowboy wirklich bloß müde. Ich hoffe es.

Am Montag in der Schule begrüßen mich sogar ein paar der Mädels von der Winston mit einem freundlichen Hallo. Sie fragen, wie's mir geht. Ich werde auf ein paar Partys eingeladen. Mit einem Mal *registriert* man mich. Ich bin nicht länger die Neue mit dem ach so romantischen Namen. Ich bin eine einflussreiche Geschäftsfrau. Ich bin eine Frau mit gewissen Beziehungen.

Außerdem habe ich beschlossen, Cowboy vorerst in Ruhe zu lassen, aber ich weiß immer noch nicht, was bei seinem ersten Pseudodate passiert ist. Von Carrie hab ich allerdings auch nichts mehr gehört, also gehe ich davon aus, dass es zumindest zu ihrer Zufriedenheit verlief. Ich bin spät dran heute Morgen, daher ist der Flur fast menschenleer, als ich mein Schließfach erreiche. Und als es dann schließlich das letzte Mal klingelt, fluche ich und renne los. Mit einem Mal schwingt die Tür zur Toilette auf. Erschrocken bleibe ich stehen und lasse meine Bücher fallen.

Ein schwarzer Schuh mit hohem Absatz stellt sich auf mein Französischbuch, als ich danach greifen will, und hält es so am Boden fest. Ich bin überrascht, Carrie Sanders zu sehen, die auf mich herabstarrt. Das seidige schwarze Haar fällt ihr ins Gesicht. Das Seltsame aber ist, dass sie nicht lächelt.

»Können wir reden?« Sie nimmt ihren Fuß nicht von meinem Buch.

Ich stehe auf, und allmählich überkommt mich die Panik. Mein Herz hämmert mir bereits bis zum Hals. »Was ist los?«

»Ich will mein Geld zurück«, zischt sie, wobei sie sich

ihre Bücher an die Brust presst. In ihrem Gesicht steht die blanke Wut.

Ich blinzle ein paarmal. »Cowboy meinte, das Date lief prima.«

»Dein seltsamer Freund hat alles nur noch schlimmer gemacht.« Sie verdreht die Augen. »Das verzeiht meine Schwester mir nie.«

»Erst mal ist er nicht seltsam«, erwidere ich und versuche, cool zu bleiben. »Und zweitens, was ist überhaupt passiert?«

»Du weißt, dass ich nicht viel verlangt habe.« Sie versenkt ihren Absatz tiefer in meinem Buch. »Einen Jungen, der nicht flucht. Einen Jungen, der auf ein paar einfache Fragen antwortet. Einen Jungen, der so tut, als wäre er George. Aber George *sagt* auch mal was. Dieser Typ hat den ganzen Abend nicht mehr als elf Worte gesprochen! Ich hab mitgezählt! Und eins davon war *Scheiße!*«

Ich ächze. »Ähm …« Ich weiß nicht, was ich sagen soll. Irgendwie wusste ich ja, dass was faul ist bei Cowboy, aber ich wollte es lieber nicht erfahren. »Was waren denn dann die anderen zehn Worte?«

Carrie funkelt mich an. »Ich. Bin. Gar. Nicht. George. Mein. Name. Ist. Justin. Sorry.«

Ich lasse mich zurückfallen, als wäre gerade alle Luft aus mir entwichen. »Oh.«

»*Genau*«, faucht sie. »*Oh.*«

»Tut mir leid«, stammle ich. »Du kriegst natürlich dein Geld zurück. Logo.«

Meine Wangen laufen vor Scham knallrot an, während

Carrie mich zu meinem Spind begleitet. Ich reiße die Tür auf und wühle in meiner Tasche nach dem Geld. Cowboy war wohl zu verängstigt, um Emma oder mir eine SMS zu schicken, damit wir ihm helfen, sonst hätte er es ja wohl getan. Blöderweise dachte ich ja, das wäre ein gutes Zeichen. Ich bin davon ausgegangen, dass er alles unter Kontrolle hat. Warum nur hab ich ihn auf dieses dämliche Date geschickt?

Carrie steckt das Geld, das ich ihr reiche, in den Strumpf und sagt: »Ihr denkt wohl, wir sind bloß ein paar bedauernswerte Mädchen mit zu viel Kohle, wie?«

Ehe ich etwas erwidern kann, marschiert sie davon, und ihre schwarzen Absätze machen ein lautes Geräusch beim Gehen. Einen Moment stehe ich zitternd da. Und ich dachte schon, diese Mädchen könnten mich akzeptieren. Ich bin wohl die, die man bedauern muss.

Nach der Schule schaue ich bei Cowboy vorbei, um eine Erklärung von ihm zu verlangen. Seine Mom bittet mich ins Haus. Sie hat dunkle Ringe unter den Augen, und sie trägt einen blauen Bademantel. Cowboy zufolge leidet sie seit der Scheidung an Depressionen. Sie sagt nicht viel zu mir.

Cowboy und Ollie sind unten im Keller und spielen eine Runde *Mario Kart*. Das Leuchten des Fernsehers ist das einzige Licht im Raum. Es gibt keine Möbel, deshalb sitzen sie beide auf dem Teppich, der immer noch total neu riecht. Cowboys Dad wollte eigentlich ein riesiges Entertainmentcenter hier unten einbauen, doch daraus wurde nichts mehr, weil er dann auszog. Alles, was von ihm geblieben ist, ist die frische Farbe an der Wand, der nagelneue Teppich und ein altes Fernsehgerät.

Ich stehe auf der untersten Stufe der Treppe und beobachte sie. Ein bisschen bin ich schon eingeschnappt, dass sie dieses Ritual, das wir für nach der Schule reserviert hatten, nun ohne Loch und mich durchziehen. Endlich bemerkt Ollie mich und begrüßt mich mit einem »McRib.«

»Hey.« Ich schlucke meinen Ärger hinunter und setze mich neben Ollie. Cowboy weigert sich, mich anzusehen. Sein Blick ist stur auf den Fernseher gerichtet. »Ich schätze, du weißt, weshalb ich hier bin«, sage ich zu ihm.

Cowboy lässt den Controller fallen. »Tut mir leid!«, ruft er. »Aber ich konnte einfach nicht so tun, als wäre ich ihr Freund!«

»Du hättest eben meine Wenigkeit buchen sollen«, sagt Ollie. Er spielt unbeirrt weiter.

»Was ist denn schiefgelaufen?« Ich sehe Cowboy an.

»Ich hätte Nein sagen sollen.« Cowboy schüttelt den Kopf. Er ist wieder mal rot angelaufen. »Tut mir leid. Ich dachte, ich kriege das hin. Ich dachte, es wäre eine gute Übung für mich oder so was.« Er hält inne. Runzelt die Stirn. »Ich hab mich wohl getäuscht.«

»Diese Mädchen denken doch jetzt, dass ich sie nur ausnehme«, sage ich mit zittriger Stimme. »Dass ich sie verarsche oder so was.«

»Nimmst du sie denn nicht aus?« Ollie stoppt das Spiel und stopft sich eine Handvoll Chips in den Mund.

Ich kann nicht fassen, dass er überhaupt auf so eine Idee kommt. Klar will ich hier niemanden ausnehmen. »Ich biete nur einen Service an.«

»Warum kümmert es dich überhaupt, was sie von dir denken?« Ollie leckt sich die Lippen. »Du gehst nächstes Jahr doch eh aufs College. Ist ja nicht so, als würdest du wahnsinnig viel Zeit mit denen verbringen.«

Ich seufze und zupfe an dem hellblauen Teppich herum. »Es ist mir eben wichtig, okay?«

»Eine echt überzeugende Antwort«, erwidert Ollie. Er boxt Cowboy in den Arm. »Komm schon, Mann. Macht keinen Spaß, gegen dich zu gewinnen, wenn du dich nicht wenigstens ein bisschen anstrengst.«

Cowboy nimmt den Controller zur Hand. Die beiden spielen weiter, als wäre ich gar nicht anwesend. Ein paar Minuten lang sehe ich ihnen dabei zu, aber ich kann mich nicht auf das Spiel konzentrieren. Meine Gedanken sind woanders. Ich habe mich nie gut genug gefühlt für die Winston. Von Anfang an habe ich das Ganze als großen Fehler empfunden. Ich bin nur wegen eines bescheuerten Streichs, der schiefgegangen ist, an diesem Ort gelandet. Und ich würde nie den Ansprüchen der Winston-Mädchen gerecht werden. Würde nie zu einer von ihnen werden. Würde nie lernen, meine Weiblichkeit zu akzeptieren. Und wenn doch, würde mich das nur noch weiter von den Jungs entfremden. Während ich Ollie und Cowboy bei ihrem Spiel zusehe, wird mir klar, dass es nichts gibt, was ich dagegen tun könnte. Es geschieht so oder so.

Ich stehe auf und sehe sie nacheinander mit zusammengekniffenen Augen an. Doch sie kriegen nichts mit von meinem zurückhaltenden Mädchenzorn. Deshalb haue ich ab.

Siebzehn

Cowboy ist draußen. Loch und Ollie schaffen es allein zeitlich nicht, die hohe Anfrage an unseren Service allein zu bedienen. Wir brauchen mehr Jungs. Emma und ich werben im Laufe der nächsten paar Wochen zwei neue Rekruten an. Der Erste ist Ollies älterer Bruder Jason, der kürzlich erst beschlossen hat, sich eine »Auszeit« vom College zu nehmen. Jason hat somit viel freie Zeit zur Verfügung, und außerdem ist auf ihn Verlass. Der andere ist Henry Gardner von der Burlington High, der erst letztes Jahr aus Alabama hierhergezogen ist. Eine Zeit lang dachte ich ja, Henry könnte ein Teil unserer Clique werden, aber er schloss sich dann schließlich doch einer anderen Gruppe an. Er ist ganz süß und hat einen niedlichen Südstaatenakzent. Damit hat er automatisch Pluspunkte bei mir.

Am Tag vor Weihnachten lümmle ich auf dem Boden in meinem Zimmer herum und arbeite meinen neuesten Marketingcoup aus. Gentlemenbroschüren. Die Mädels von der Winston, die sich für unseren Service interessieren, erhalten in Zukunft vorab das Portfolio von einem Jungen, ganz ähnlich wie ein College den zukünftigen Studierenden eine Broschüre anbietet. Und in jeder dieser Broschüren enthalten: ein Foto von dem Jungen, sein Terminplan sowie sämtliche besonderen Talente (die perfekt auf die Bedürfnisse der Kundinnen abgestimmt sind, versteht sich). So werden nicht nur Terminschwierigkeiten vermieden, man sorgt auch für hundertprozentige Kundenzufriedenheit. Die Mädchen suchen sich den passenden Jungen selbst aus, statt dass Emma und ich uns abmühen, den passenden Kandidaten zu finden.

Ein Strahl der so seltenen Wintersonne sickert durch die Jalousien und scheint direkt auf die Fotos von den Jungs um mich herum. Während ich so das Foto von Loch im Smoking anstarre, fummle ich an der Schnur meiner viel zu großen Jogginghose herum. Er sieht wirklich richtig gut aus auf dem Foto. Ist schon echt lächerlich.

Ich verstaue die Profile in Umschlägen von Colleges, damit sie keiner entdeckt. Jedem Jungen weise ich eine bestimmte Schule zu, die am besten das repräsentiert, was er speziell zu bieten hat.

Ollie = Yale Universität

Loch = Purdue Universität

Jason = Universität von Vermont

Henry = Mississippi State

Ich zwinge mich, den Blick von Lochs Foto zu lösen, und stecke sein Profil in den Umschlag von der Purdue. Echt blöd, dass da noch ein paar von den Fotos auf dem Boden liegen. Er ist überall. Und sieht mich mit diesem subtilen Lächeln an. Als es an der Tür klopft, schiebe ich rasch alles unters Bett und klappe meinen Laptop auf. Mom kommt reinspaziert, und ihre flauschigen Hausschuhe schlurfen über den Teppich. »Frohe Weihnachten!«, ruft sie.

»Weihnachten ist doch erst morgen«, sage ich mit klopfendem Herzen. Fast hätte sie mich erwischt. »Sieh doch noch mal in deinem Adventskalender nach.«

Sie spielt mit der Schnur an ihrer Jogginghose herum. Genau wie ich immer. »Komm nach unten«, meint sie. »Dein Geschenk ist schon etwas früher eingetroffen, mein Collegemädchen.«

»Ich muss erst mal die Highschool hinter mich bringen, bevor du mich so nennen kannst.«

»Ach, komm schon. Du bist doch eh schon genommen worden von dem College deiner Wahl«, sagt sie und streckt die Hand aus, um mit meinem Haar zu spielen. »Heißt das denn nicht, dass du dich, keine Ahnung, für den Rest des Jahres entspannt zurücklehnen kannst?«

Ich lache. »Oje, Mama. Du machst wohl Witze. An der Winston gibt es so was wie Entspannung nicht. Ganz gleich, unter welchen Umständen.« Und da fällt mir wieder ein, dass die Englischhausaufgaben noch gemacht werden müssen.

Sie zupft mich am Ärmel. Die Frau kann echt keine Ruhe geben. »Ich muss dir was zeigen! Bitte, kommst du mit nach unten? Tust du einer alten Frau diesen Gefallen?«

Ich seufze und stehe auf, ziehe den Reißverschluss an meinem Colts-Hoodie zu. Dann werfe ich ihr einen schiefen Blick zu. »Du hattest heute ganz offensichtlich zu viel Koffein.«

Jetzt stehe ich zitternd bei uns in der Einfahrt, die Schuhe voller Schnee, und starre auf einen silbernen Ford Focus mit einer riesigen roten Schleife auf der Motorhaube. Mom steht hinter mir und hat mir die Hände auf die Schultern gelegt. Durch ihre Fingerkuppen spüre ich, wie aufgeregt sie ist.

Brian lässt einen Schlüsselbund vor meinem Gesicht baumeln. Völlig fassungslos greife ich danach. Die Schlüssel fühlen sich kalt an in meiner Hand.

»Fröhliche Weihnachten.« Er lächelt und rückt seine Patriots-Baseballkappe gerade.

Ich schaue an ihm vorbei zu dem Wagen. »Was, äh, was genau ist das?«

»Das wäre dann dein neues Auto«, sagt Mom und reibt die Hände aneinander, um sich aufzuwärmen.

Ich starre auf die Schlüssel. Ich starre auf das Auto. Dann wieder auf die Schlüssel. So fühlt es sich wohl an, wenn man unter Schock steht. Ich kann mich nicht mehr bewegen. Kriege kein Wort heraus.

»Sag doch endlich was«, flüstert Mom mir ins Ohr. »Sag wenigstens Danke.«

»Sieh dir mal das Wageninnere an«, meint Brian. Er öffnet die Tür auf der Fahrerseite. »Riecht total typisch nach Neuwagen. Es gibt nichts Besseres.«

Endlich mach ich den Mund auf. »Ich verstehe das nicht. Wo ist denn der Maxima?«

Mom lacht. »Das hier ist jetzt dein Auto. Dein nigelnagelneues hübsches Auto.«

»Ich dachte, der Maxima wird repariert?« Ein Kloß formt sich in meiner Kehle. Der Maxima hat meinem Dad gehört. Und dann war er meiner. Er war wie ein Teil von mir. Auf dem Rücksitz lagen meine schmutzigen Klamotten. Und der Boden war übersät mit leeren Fastfood-Verpackungen.

Mom bewegt sich rüber zu Brian und schlingt ihm den Arm um die Hüfte. Ich hasse es, wenn sie in der Öffentlichkeit so halbherzig Zärtlichkeiten austauschen. »Brian war der Ansicht, du könntest gut einen neuen Wagen gebrauchen«, sagt sie. »Und da musste ich ihm beipflichten.«

»Du brauchst einen Wagen, auf den Verlass ist«, fügt Brian hinzu und reibt sich die Hände. »Etwas Neues. Vor allem für das College nächstes Jahr. Wir können dich ja nicht in einen anderen Staat ziehen lassen ohne ein neues Auto.«

Mir ist klar, wie ich reagieren sollte. Genauso, wie ich in dem Moment reagieren hätte *sollen,* als meine Mom mir eröffnete, dass ich auf die Winston Academy für Mädchen gehen würde. Ich sollte übersprudeln vor Dankbarkeit, sollte laut jubeln, darum betteln, doch gleich eine erste Spritztour mit dem neuen fahrbaren Untersatz machen zu dürfen. Ich sollte Brian begeistert um den Hals fallen und ihn mit Dankbarkeit und allgemeinen freundlichen Worten überschütten.

Doch mir ist nicht danach. Nicht im Geringsten.

Die Schlüssel fallen klirrend zu Boden. Mom sagt etwas, doch ich höre sie nicht. Der Wind wird stärker. Brian sagt nun seinerseits etwas Nettes, glaube ich zumindest, doch ich blende seine Stimme aus und renne durch den Garten davon, wobei meine Hausschuhe bei jedem Schritt über den gefrorenen Rasen schaben. Dann dringt Moms Stimme erneut zu mir durch, sie klingt jetzt laut und ziemlich wütend. »Toni Valentine! Komm sofort zurück!«

Ich biege um die Ecke und lasse mich durch das Fenster in Lochs Keller gleiten, während die Tränen auch schon zu fließen beginnen.

Ich lehne mich auf dem gelben Sofa zurück und ziehe die Knie an die Brust. Keine Ahnung, warum meine Mom noch nicht versucht hat, mich nach Hause zu schleifen. Sie weiß genau, wo ich stecke: Am selben Ort, an dem ich auch war, als ich erfuhr, dass ich auf die Winston gehen sollte. Am selben Ort, an den ich mich geflüchtet habe, nachdem ich erfuhr, dass das Motorrad meines Vaters von der Autobahn abgekommen war und ihn unter sich begraben hatte.

Etwas Neues. Brians Worte. Etwas, auf das Verlass ist. Nicht so was wie ein Motorrad oder eine alte Karre oder ein altes Leben oder ein toter Vater. Ich höre Schritte. Einen Augenblick befürchte ich schon, ich könnte wieder mal bei einer von Amys Freshmen-Partys stören. Doch es ist Loch, der sich neben mir niederlässt. Er hält mir eine Schüssel mit Snickerseis hin und balanciert eine zweite auf seinen Knien. Ich stochere mit dem Löffel in dem Eis herum, doch mir ist überhaupt nicht nach Essen. Loch sagt keinen Ton. Sein Schweigen lässt darauf schließen, dass er bereits weiß, was passiert ist.

»Was bin ich bloß für ein Mensch, dass ich mich nicht über ein neues Auto freue?«, sage ich schließlich kopfschüttelnd. »Ich bin echt scheiße.«

Loch zieht an seinen Schnürsenkeln. »Du bist nicht scheiße. Und deine Wut bezieht sich ja nicht auf das Auto. Nicht direkt zumindest.«

Das Eis in der Schüssel wird weich, beginnt zu schmelzen. »Was denken Sie, was es ist, Herr Doktor?«

»Es geht hier um das Thema Ersatz.« Loch klaut sich einen Happen von meinem Eis. Seine Schüssel hat er bereits restlos leergeputzt. »Brian kann dir deinen Dad nicht ersetzen. Ich bezweifle, dass er das überhaupt will.«

»Das ist mir klar.« Mom erklärt mir die ganze Zeit, dass Brian meinen Dad nie ersetzen wird. Nicht als Vater. Nicht als Ehemann. Ihre Beziehung zu Brian ist anders. *Etwas Neues.*

»Ich mochte meinen alten Wagen«, sage ich. »Mein altes Auto war mir so vertraut, und es roch nach Schweiß und alten Socken. Ich hasse diesen Neuwagengeruch. Der riecht so künstlich. Der ist nicht lebendig. In meinem alten Auto roch es nach Leben. Es geht hier *sehr wohl* um den Wagen, Loch. Nicht um irgendeinen tiefsitzenden psychologischen Schmerz wegen des Todes meines Vaters und der Fähigkeit meiner Mutter, in die Zukunft zu blicken, wozu ich ja offenbar nicht imstande bin.«

Loch zögert. »Schätze, dann sollte ich wohl nächstes Jahr nicht Psychologie studieren.«

»Hör mir zu.« Ich stelle die Schüssel beiseite. Loch schnappt sie sich und fängt an zu futtern. In seiner Nähe wird kein Essen verschwendet. »Gott, ich beschwere mich über ein neues Auto, während du dir den Arsch aufreißen musst, um dir das College nächstes Jahr leisten zu können. Wie hältst du es bloß mit mir aus?«

Loch kratzt sich die Bartstoppeln und sieht weg. Sein Gesicht läuft knallrot an. »Ich hab so meine Gründe.«

»Ich könnte das Auto für dich verkaufen«, schlage ich

vor. »Damit sollten die Gebühren für das erste Jahr sowie Bücher und Unterkunft *locker* abgedeckt sein.«

»Vielleicht solltest du dich als Erstes bei deiner Mom entschuldigen.« Er lächelt. Ein liebevolles Lächeln, kein mitleidiges. »Und bei Brian. Ich weiß, dass du es willst.«

Ich seufze. Denn er hat recht. Er taucht den Ärmel seines dunkelblauen Sweatshirts in das Eis. Doch das fällt ihm nicht mal auf. »Ich wusste, dass du das sagen würdest«, entgegne ich und wische ihm mit dem Daumen das Eis vom Ärmel.

»Ist doch besser, als dass bei euch daheim diese ständige Spannung herrscht.« Er schiebt sich den letzten Rest Eis in den Mund und rutscht näher. Ich starre auf die Stelle, an der unsere Schultern sich berühren. Mir wird ganz warm.

»Kannst du mir einen Gefallen tun?«, frage ich und blicke zu ihm auf. Ich widerstehe dem Drang, seine Bartstoppeln zu berühren.

»Klar.« Er beugt sich zu mir, ein sanfter Schimmer in den dunklen Augen.

»Fährst du mit mir wohin?«

Ein Anflug von Enttäuschung legt sich über sein Gesicht. Als er wieder von mir wegrückt, berühre ich meine brennende Schulter. Er sammelt die Eisschalen ein. Und schon bald wird die Enttäuschung wieder abgelöst von einem Lächeln.

»Natürlich«, sagt er.

Ich knie auf dem gefrorenen Boden und lasse die Finger über den glitzernden Grabstein gleiten. Loch steht neben mir, mit Wollmütze und dick eingepackt in seine alte Daunenjacke. Ich summe einen Song von Tim McGraw vor mich hin, und mein Atem vereint sich mit dem Wind. Dabei versuche ich mich zu erinnern, wie mein Dad ausgesehen hat. Dunkles, kinnlanges Haar, von einem Haarband zurückgehalten. Ordentlich rasiert. Schmales Gesicht. Groß. Witzig. Wild. Graue Augen, genau wie meine.

Etwa einmal im Monat bringt Mom frische Blumen an sein Grab. Eine rote Rose ziert jetzt die Grabstätte, doch manchmal liegt auch ein neues Haarband neben dem Stein. Dieses Mal ist es ein blaues. Allerdings habe ich keine Ahnung, wer die immer vorbeibringt.

»Der mysteriöse Besucher war wieder da«, sage ich und stehe auf. Ich will nach Lochs Hand greifen, hab aber Angst, dass er das falsch auffassen könnte. Außerdem fang ich gleich an zu heulen. Peinlich.

Trotz größter Anstrengungen kann ich die Tränen nicht länger zurückhalten. Ich wende mich von Loch ab und wische mir mit den Handschuhen über die Wangen. Und dann lege ich vor dem Grab meines Vaters ein Geständnis ab.

»Es ging nicht um den Wagen.« Meine Stimme bebt, weshalb ich mich mit meinem Bekenntnis beeile. »Jedes Mal, wenn sich was verändert – eine neue Schule, neue Freunde, ein neues Auto, was auch immer –, habe ich das Gefühl, das Andenken an meinen Dad zu *besudeln.* Es wird immer verschwommener. Ich hab Angst, ihn zu vergessen, Loch. So als würden die Erinnerungen an ihn fortgeschwemmt von einer Flutwelle, der ich nicht hinterherkomme.«

Loch drückt meine Schulter. Seine Berührung jagt mir einen Schauer über den Rücken. »Ich bin hier, Toni.«

Doch manchmal kommt es mir auch so vor, als würde Loch mir immer mehr entgleiten. Vielleicht ist es das, was mich an dem Kuss zwischen ihm und Emma so stört. Als er sie küsste, veränderte sich was. Und jede Veränderung bringt mich weiter fort von meinem Dad. Er kennt mich nicht als das Mädchen, das auf die Winston geht, als ein Mädchen, das sich ihrer weiblichen Seite bewusst wird und lernt, seine Gefühle zum Ausdruck zu bringen. Dad kannte mich nur als Toni, seinen kleinen Wildfang mit den ständig aufgeschrammten Knien.

»Versprich mir, dass sich nichts ändert zwischen uns.« Ich drehe mich zu Loch um und wische mir den Rotz mit dem Jackenärmel ab. Eklig. »Ganz gleich, was nächstes Jahr passiert.«

»Was könnte denn nächstes Jahr passieren?«, fragt er und legt den Kopf schief. Seine Stimme klingt besorgt. »Wir haben doch einen Plan, oder? Du? Und ich? UVM?«

Ich weiß nicht, wie ich ihm das mit der Purdue sagen soll. Ist ja nicht so, als hätte ich bereits eine endgültige Entscheidung gefällt, daher beschließe ich, das Thema zu umgehen.

»Versprich mir einfach, dass sich nichts ändert«, wiederhole ich und trete einen Schritt auf ihn zu. »Bitte?«

Loch sieht auf seine Füße und stupst mit den Schuhspitzen lose Erdklumpen an. Das Ungeheuer, das er draufgemalt hat, bleicht immer mehr aus. Ein paar Augenblicke schweigt er. Doch dann sagt er: »Klar, ich verspreche es.«

Achtzehn

Zu Hause sprudelt dann eine Entschuldigung aus mir heraus, an Mom und Brian gerichtet. Ich meine jedes einzelne Wort ernst. Es ist ein kleines Wunder, dass sie mir den neuen Wagen nicht gleich wieder wegnehmen. Ich freue mich darüber, wirklich, und Brian sollte nicht leiden müssen, bloß weil ich ein Problem hab. Er versucht ja nur, ein gutes Verhältnis zu mir aufzubauen, schätze ich, doch er geht mir einfach auf die Nerven, auch wenn ich eigentlich nicht will, dass unsere Beziehung in das stereotype Stiefterritorium abdriftet. Vielleicht lässt das mit der Zeit ja nach. Vielleicht auch nicht.

Ich läute das neue Jahr zusammen mit Mom und Loch ein, der beschlossen hat, sich für diesen Abend freizunehmen von den Pseudodates. Er hat es sich verdient. Wir schauen Weihnachtsfilme, weil Mom und ich nicht ein ganzes Jahr warten wollen, bis wir sie uns wieder ansehen können. Loch toleriert unsere Filmwahl, doch seine gelegentlichen Seufzer verraten mir, dass er viel lieber einen Monsterfilm gucken würde.

Leichter Schneefall hat eingesetzt, während ich es mir auf dem Sofa mit einer Schüssel Popcorn gemütlich mache. Gelegentlich werfe ich Loch Seitenblicke quer durchs Zimmer zu. Er hat sich in den Sessel gekuschelt und ist wie weggetreten. Ich frage mich, ob er sich wohl einen Bart wachsen lässt, weil die Stoppeln dunkler wirken als sonst. Als er zu mir hersieht, schaue ich schnell weg.

Ehe ich michs versehe, bin ich zurück an der Winston. Die Atmosphäre fühlt sich frisch an und wie ein Neuanfang. Neue Schuhe marschieren über die Holzböden, während das Deckenlicht von den unzähligen frisch gesträhnten Haaren reflektiert wird. Ich tippe mit den Nägeln – die im Übrigen dank Emma dunkelblau lackiert sind – auf meinen Büchern herum, während ich durch die Flure steuere. Heute trage ich mein Haar offen, glatt und gerade, neues Jahr, neuer Look. Warum auch nicht, oder? Vielleicht ist das ein kleiner Schritt in Richtung eines neuen Ichs. In Richtung *meiner Weiblichkeit*. Nö. Sind ja bloß Haare.

Ein Gefühl der Nervosität ergreift die Menge, als der nächste Schritt in unser aller Leben in greifbare Nähe rückt. Das ist es jetzt. Das letzte Schuljahr. Eine nervöse Unruhe erfasst diejenigen, die noch auf eine Rückantwort von den Colleges warten. Emma bildet da keine Ausnahme.

»Wenn ich es nicht nach Harvard schaffe, dann ist mein Lebensplan ruiniert«, verrät sie mir, sobald wir das Gebäude betreten. Mittlerweile hat sie es sich zur Gewohnheit gemacht, auf dem Parkplatz auf mich zu warten, das Handy in der Hand, stets im Einsatz für *Rent-a-Gent*. Heute allerdings quälen sie ganz andere Sorgen.

»Dann überlegst du dir eben was Neues«, sage ich.

»Du verstehst nicht, Toni.« Sie weicht nach rechts aus,

um nicht in ein Mädchen reinzulaufen, das stehen geblieben ist, weil es sich die Schnürsenkel binden muss. Emma holt mich aber rasch wieder ein. Sie lässt sich nicht aus dem Takt bringen. »Es gibt einen Plan. Harvard.«

»Du bist gut.« Ich winke ab. Wir gehen an Carrie Sanders vorbei, die in die andere Richtung unterwegs ist. Ihr Lächeln erlischt, kaum hat sie mich entdeckt. »Du hast einen Platz in Princeton. Ich wäre nicht überrascht, wenn du eines Tages die Weltherrschaft übernehmen würdest.« Das meine ich ernst. Emma ist so was wie eine Naturgewalt.

»Aber man benötigt einen Abschluss aus Harvard, um die Weltherrschaft zu übernehmen.« Emma bedeckt ihren Mund und rülpst so leise, dass nur ich es hören kann. Ich kichere. Sie bringt mich echt dauernd zum Lachen. »Ganz gleich, welche Macht über die Menschheit wacht, ich kann ihr so was von dankbar sein, dass mich unser Business von meiner zerbröckelnden Zukunft ablenkt«, fährt sie fort. »Apropos. Gestern Abend hat mich eine potenzielle neue Kundin angesprochen.«

Es stört mich nicht, dass Emma das Thema wechselt. Sie sollte sich nicht jetzt schon aufregen, so früh im Schuljahr. Denn sie wird schon einen Platz in Harvard kriegen, und dann wird sie Erstaunliches bewirken in ihrem Leben, und ihr Lebensweg wird stets leuchten. Sie kommt bestimmt klar. Mehr als nur das. Ich wünschte nur, sie würde das endlich akzeptieren.

Andere bleiben vielleicht ein Leben lang in der Newbury Lane und wählen den Weg der Unentschlossenheit. Und mit diesen anderen meine ich mich. Ich hab mich noch nicht entschieden, auf welches College ich gehen soll. Purdue. UVM. Purdue. UVM. Indiana. Vermont. Indiana. Vermont. In beiden Staaten sind die Winter heftig. Die Entscheidung ist ein ewiges Hin und Her aus lähmender Ungewissheit und Überzeugung. Manchmal wache ich mitten in der Nacht schweißgebadet auf und schnappe nach Luft, und ich kriege Panik, aus Angst, die falsche Entscheidung zu treffen oder jemanden zu enttäuschen, selbst wenn dieser Jemand nur ich selbst bin.

»Eine neue Kundin«, sage ich und schiebe meine eigenen Sorgen beiseite. Ich öffne meinen Spind. Emma lehnt sich gegen die Tür von dem daneben. »Jetzt bin ich neugierig.«

»Ja, mach dich auf was gefasst.« Emma sieht mich blinzelnd an. »Die Neuigkeit wird dich überraschen.«

»Mich kann nichts mehr überraschen«, sage ich. »Ich hab Ollie als Gentleman verkleidet erlebt, und das für nichts und wieder nichts, du erinnerst dich?«

»Luke. Ja. Ich erinnere mich.« Emma wird rot. Sie fährt sich mit den Fingern über die Lippen und stiert auf den Boden, als wäre sie in einem wunderbaren Traum gefangen.

Spielerisch klopfe ich ihr gegen die Stirn. »Hallo? Erde an Emma?«

Sie blickt auf und schüttelt den Kopf. »Tut mir leid. Was Geschäftliches.«

Ich bin fertig damit, meine Bücher auszutauschen, und mache mein Schließfach wieder zu. Der Lärm auf dem Flur hat sich gelegt. Doch als Emma mir nun den Namen unserer neuesten Klientin verrät, verschlucke ich mich fast. Ich muss mich wohl verhört haben.

»Shauna Hamilton«, wiederholt Emma, die Stimme gesenkt.

Das muss ein Irrtum sein. »Hat sie denn nicht einen echten Freund in Connecticut, der so gut nach frisch gewaschener Wäsche riecht?«

»*Ist nicht wahr!*« Emma schnappt nach Luft, als wäre das ein schrecklicher Skandal.

»Wozu braucht sie denn dann uns? Ihr Leben ist doch einfach perfekt«, sage ich und drücke meine Bücher an die Brust. Shauna Hamilton nutzt die Gruppensitzungen immer dazu, mit ihrem ach so tollen Leben zu prahlen.

»Das wäre das nächste Problem.« Emma verzieht das Gesicht. »Sie wollte mir nicht verraten, weshalb sie einen von den Jungs buchen will. Sie hat mir nur eine SMS geschickt und wollte wissen, ob das stimmt, was Lemon ihr erzählt hat, von wegen, wir würden, du weißt schon, zuverlässige Jungs für absolut jugendfreie Zwecke vermieten. Ich hab ihr erklärt, dass es so ist, und hab ihr die grundlegenden Fragen gestellt, wie immer, doch sie hat nie darauf geantwortet.«

Jetzt hängen nur noch ein paar wenige Mädchen auf dem Flur rum. »Vielleicht will sie Ryan ja eifersüchtig machen oder so was?«, frage ich. »Ist ’ne reine Vermutung. Aus Shauna werde ich einfach nicht schlau.«

»Vielleicht. Sie ist reich und undurchschaubar, doch wir dürfen sie nicht benachteiligen.« Emma hält ihr Handy hoch. »Ich hab sie bereits in unsere Kundendatei aufgenommen. Ihr Codename: Wäsche.«

Ich lache. »Bin gespannt, wo das alles hinführt. Ich wette, sie ist nur schwer zufriedenzustellen.«

Während wir den Flur entlanggehen, versuche ich mir vorzustellen, wozu ein Mädchen wie Shauna Hamilton ein Alibidate brauchen könnte. Doch Emma hat schon recht. Wir behandeln alle gleich, keiner wird benachteiligt. Schließlich können wir froh sein, dass die Geschäfte überhaupt so gut laufen, nach dem Debakel mit Carrie Sanders. Und Jason und Henry machen sich recht gut. Jeder von ihnen hat schon eine Reihe von Pseudodates hinter sich. Wenn wir Shauna als Kundin ablehnen, setzt sie möglicherweise alles daran, das, was wir uns aufgebaut haben, zu ruinieren.

Als ich mich von Emma verabschiede, schickt sie eine Kusshand ins Ungewisse. Ich wünschte, ich könnte ein bisschen so sein wie sie, stets die Dame und Haar wie Honig, doch es spielt keine Rolle, ob ich die Knöchel kreuze oder nicht. Denn ich bin dazu verdammt, tollpatschig durch die Gegend zu stolpern, etwas, das ich von meiner Mutter geerbt habe. Allerdings besser, als wenn ich ihre Liebe zum Wäschezusammenlegen geerbt hätte.

Ich bin überrascht, wie schnell ich mich wieder an die Routine an der Winston gewöhne. Selbst wenn mich das alles erst mal tierisch überfordert, bringe ich die Stunden schon bald ohne auch nur den leisesten Anflug einer Panikattacke über die Runden. Alles in allem läuft der Tag ganz okay. Das heißt, bis Emma mich nach dem Mittagessen bittet, mit auf die Toilette im ersten Stock zu kommen.

»Was ist los?« Ich schnüffle, weil ein stark zitroniger Geruch von den Linoleumfliesen ausgeht.

»In ungefähr zwei Sekunden kommt Shauna Hamilton durch diese Tür marschiert«, flüstert Emma.

»Bist du jetzt unter die Hellseher gegangen?«, witzle ich. »Ich hoffe, das hast du bei deiner Harvard-Bewerbung angegeben. Echt beeindruckend.«

»In ihrer SMS stand, ich solle sie hier treffen, sonst passiert was. Denkst du, sie verrät der Schulleitung das mit unserem Service?« Emmas Stimme schraubt sich eine Oktave nach oben.

Ich weiß wenig über Shauna und ihre wahren Motive. Bis dato war sie nichts als eine Nebenfigur in meinem Leben, ein störendes Element bei den Gruppensitzungen. Zum Teil, weil ich keinen Bock habe, mir noch mehr über den nach frischer Wäsche duftenden Ryan anzuhören. Und zum Teil, weil sie mich ansieht, als wäre ich ein lästiger alter Kaugummi, der ihr am Schuh klebt.

Was sollte Shauna davon haben, wenn sie uns bei der Schulleitung anschwärzt? Wie würde man uns wohl bestrafen? Ist es denn illegal, einen Service für Pseudodates anzubieten? Könnte man mich dafür ins Gefängnis schicken? Würde es Emmas Chancen auf einen Platz in Harvard zunichtemachen? Würde es mir meine Zukunft verbauen? Würde Loch Ärger kriegen deswegen? Würden wir das Geld zurückgeben müssen, das wir bereits verdient haben?

Ein paar Sekunden lang sehe ich alles zerrinnen.

Meine neue Freundschaft mit Emma.

Meine alte Freundschaft mit Loch.

Meine Zeit mit den Jungs.

Meine Zukunft.

Meine Freiheit.

Mein Leben.

Die Toilettentür schwingt auf. Emma presst die Lippen aufeinander, während Shauna mit einem gefalteten Umschlag in der rechten Hand reinmarschiert kommt.

»Guten Tag«, sagt sie und ringt sich ein falsches Lächeln ab. Mir ist das nie zuvor aufgefallen, aber sie hat eine von diesen »unsichtbaren« Zahnspangen unten an den Zähnen.

»So läuft das nicht.« Ich nehme all meinen Mut zusammen. »Du kannst nicht einfach so …«

Shauna knallt den Umschlag auf den blitzsauberen Waschtisch und sagt: »Ich will den hier.«

Ich werfe einen Blick auf den Umschlag. Purdue Universität. Loch. Sie will Loch. Wut wallt auf in meiner Brust. Der ist nichts für sie. Egal, ob in echt oder nur als Alibi.

»Die Purdue ist eine gute Schule.« Ich knirsche mit den Zähnen. »Die haben einen ausgezeichneten Ruf, was Ingenieurswissenschaften anbelangt.«

»Ich weiß von eurem Service.« Shauna verschränkt die Arme vor der Brust. »Alle wissen davon. Also keine Spielchen.«

Ich zucke die Achseln. »Wer spielt denn hier Spielchen?«

Shauna starrt mich durchdringend an, so fest, dass man glauben könnte, sie wolle mein Herz mittels Willenskraft zum Stillstehen bringen. Ich seufze und überprüfe, ob in einer der Kabinen vielleicht ein Spion lauert. Emma tritt dann mit dem Fuß die Türen noch einmal auf, um sich selbst noch mal zu vergewissern, dann stellt sie sich an die Tür und steht Wache. Immer wieder schaut sie nervös auf ihr Handy.

Ich spreche ganz langsam. »Mit meinem Service ist es so wie mit dem Fight Club, Hamilton. Erste Regel: kein Wort darüber. Vor allem nicht in der Schule.«

»Was ist denn der Fight Club?«, spottet sie. Ihre Zähne, so fällt mir jetzt auf, sind leicht gelblich.

»Tja, ich könnte es dir zeigen.« Ich kremple die Ärmel meines dunkelblauen Hoodies hoch, doch Emma wirft mir einen warnenden Blick zu. Daher reiße ich mich am Riemen.

»Es handelt sich um einen Notfall«, sagt Shauna, die jetzt lauter wird. »Ich hab keine Zeit für deine Mätzchen.«

»Weshalb sollte ich für dich eine Ausnahme machen?«, frage ich, mehr als genervt.

Shauna beißt grimmig die Zähne aufeinander und kratzt sich am Ellbogen. Ihre Worte kommen gepresst, unsicher. »Weißt du eigentlich, wer mein Vater ist? Er ist einer der Topanwälte im Staat. Wenn ich ihm sage, dass du, Toni Valentine, einen Escortservice für die Mädchen an der Winston leitest, dann bringt er dich für lange Zeit hinter Gitter. Also leg dich nicht mit mir an.«

Wow. Das Mädel hat Nerven. Emma schnappt empört nach Luft und schaut zu mir, wartet auf eine Reaktion. Jetzt wären wir also so weit. Unsere ärgsten Ängste werden wahr unter dem grellen Licht einer blitzblanken, nach Zitronen duftenden Schultoilette.

»Auf Drohungen reagiere ich eigentlich nicht unbedingt positiv.« Ich setze ein falsches Lächeln auf. Meine Gesichtsmuskeln tun mir allmählich weh.

Shauna wirft ihre roten Locken nach hinten. »Ich zahl

auch gern mehr. Den Tag heut übersteh ich nicht, wenn wir das nicht sofort klären. Ich muss sichergehen, dass meine Buchung für kommendes Wochenende klappt.«

Ich werfe Emma einen Blick zu, doch die zuckt nur mit der Schulter und reibt die Finger aneinander, um zu signalisieren, dass für sie allein das Geld zählt. Am liebsten würde ich Shauna Hamilton wegschicken, aber ich hör mir an, was sie noch zu sagen hat. Schließlich muss man vernünftig bleiben.

»Sprich nicht so laut. Und red mit keinem darüber, verstanden? Will ja nicht, dass jeder denkt, dass ich dauernd Ausnahmen mache.«

Shauna seufzt erleichtert auf und senkt ihre Stimme zu einem Flüstern. »Ryan, mein Freund, hat versprochen, er würde mit zu unserem jährlichen Familien-Skiurlaub kommen, doch jetzt kann er auf einmal nicht. Er hat einen Rückzieher gemacht. Irgendwas von wegen, sein Dad müsse sich operieren lassen oder so. Ich brauch einen Jungen, der dahin mitkommt. Ganz dringend.«

Das macht mich jetzt aber fast sprachlos. »Geht es seinem Dad gut?«

Shauna wirft mir einen sonderbaren Blick zu. »Oh, dem geht's bestens. Ist wohl ein Routineeingriff oder so. Keine große Sache. Und, kannst du mir den Purdue-Typen fürs Wochenende organisieren oder nicht?«

»Wir organisieren mit unserem Service lediglich platonische Dates«, sage ich.

Draußen sind Schritte zu hören. Wir verstummen. Als die Schritte sich wieder entfernen, öffnet Emma die Tür und linst vorsichtig hinaus. Nach einem kurzen Augenblick schließt sie die Tür wieder und hält den Daumen hoch. Die Luft ist rein. Trotzdem, wir sollten uns jetzt besser beeilen.

»Als müsste ich für echte Romantik blechen«, flüstert Shauna und verdreht die Augen. »Wir fahren jedes Jahr mit den Mayhews zum Skifahren, eine schreckliche Familie, mit der ich mich schon mein ganzes Leben lang abgeben muss, bloß weil meine Mom zufällig in derselben Schwesternschaft war wie Mrs. Mayhew. Ben, der Sohn der Mayhews, ist total von mir besessen. Wenn ich keinen Typen dabeihabe, selbst wenn er nur so tut, als wäre er mein Freund, dann wird er mich keine zwei Sekunden in Ruhe lassen. Er ist echt hartnäckig und peinlich und nervig. Das wird die Hölle, wenn da niemand ist, der seine Annäherungsversuche abwehrt. Ich brauche quasi einen Schutzschild.«

»Das ganze Wochenende lang?«, hake ich nach.

»Samstag bis Sonntag. Nur für eine Nacht. Nenn mir deinen Preis«, sagt sie noch. Ihre Stimme klingt jetzt panisch.

»Wir hatten noch nie eine Buchung, die über mehr als einen Tag ging.« Emma tippt etwas in ihr Handy und macht sich Notizen.

»Skifahren.« Ich reibe mir mit dem Zeigefinger übers Kinn. »Da wäre Yale besser. Unser Yale-Typ ist ein beeindruckender Snowboarder.«

Shauna tippt unbeirrt auf den Purdue-Umschlag. »Nein, ich will den hier. Er sieht am süßesten aus.«

Ich knibbele an meinem Daumen herum. »Bin mir bloß nicht sicher, ob er wirklich die beste Wahl ist …«

»Ich zahle jeden Preis.« Shauna wird jetzt wieder lauter. »Ich brauche den süßesten Typen, den ihr habt.«

Jeden Preis? Sie würde jeden Preis bezahlen? Die Gebühren für Lochs erstes Jahr an der UVM zum Beispiel? Aber Ollie ist eindeutig die bessere Wahl für dieses Date. Doch wie überzeuge ich Shauna davon? Sie weiß genau, was sie will. Das muss ich erst mal mit Emma durchsprechen. Unter vier Augen.

»Gib Emma deine Nummer«, sage ich. »Wir melden uns dann bei dir. Bis dahin sprichst du mich besser nicht an. Wir wollen doch nicht, dass die von der Schule misstrauisch werden.«

Außerdem red ich nicht gern mit dir. Überhaupt nicht.

Dann platzt es aus Shauna heraus: »Ich geb euch zweitausend Dollar.«

Jetzt hat es mir aber endgültig die Sprache verschlagen. Hat sie da eben *ernsthaft* was von zwei*tausend* gesagt? Emmas blaue Augen werden vor Begeisterung ganz groß. Diskussion beendet. Ich klatsche in die Hände, reibe sie aneinander und sage: »Wir sind im Geschäft.«

Auf der Fahrt nach Hause wird mir erst bewusst, dass das ein Fehler war. Ehe ich dem Wochenenddate zustimme, hätte ich erst mal Rücksprache mit Loch halten sollen. Er muss kommenden Samstag nämlich arbeiten. Mist.

Zehn Minuten von zu Hause entfernt rufe ich Loch an und beschließe, ihm erst mal ein bisschen Honig ums Maul zu schmieren, ehe ich ihm den Job schmackhaft mache. Er hasst es, sich krankzumelden, aber vielleicht ändert er für zweitausend Mäuse seine Meinung.

Er hebt beim zweiten Klingeln ab und murmelt ein gedämpftes Hallo.

»Hey«, sage ich. Meine Laune hebt sich sofort bei dem Wissen, dass er am anderen Ende der Leitung ist. »Du. Ich. Monsterfilmabend?«

»Klingt fast so, als hättest du einen ähnlichen Tag gehabt wie ich«, erwidert er und seufzt derart schwer ins Telefon, dass ich förmlich den Zimtkaugummi in seinem Atem rieche. »Ich bin dran mit Film aussuchen.«

»Als würdest du mich das je vergessen lassen.«

Den ganzen Weg nach Hause grinse ich.

Zuerst schaue ich bei uns daheim vorbei und hol mir eine Limo aus dem Kühlschrank. Ganz nebenbei sage ich Brian rasch Hallo (hey, ich geb mir doch Mühe). Draußen hat eine dünne Schneeschicht die Spitzen des abgestorbenen Grases weiß gefärbt.

Als ich durch das Kellerfenster ins Haus der Garrys gleite, wartet Loch bereits auf dem Sofa auf mich. Er trägt einen Hoodie und eine viel zu große Jogginghose. Und er grinst. Allein sein Anblick löst in mir ein wohliges Gefühl aus.

Etwa nach der Hälfte von *King Kong* konfrontiere ich ihn mit Shaunas Anfrage, natürlich ohne ihre Drohungen von wegen, sie würde mich ins Gefängnis bringen, zu erwähnen (ein eher nebensächliches Detail). Ich bringe gleich das mit der Kohle aufs Tapet. Anfangs wirkt Loch ziemlich begeistert, doch als ich schließlich durchschnaufe und seine Antwort abwarte, meint er nur: »Himmel, auf keinen Fall.«

»Vielleicht hast du mich nicht richtig verstanden«, sage

ich und ziehe die Füße unter meinen Hintern. »Zwei. Tausend. Öcken.«

Loch kratzt sich die Bartstoppeln. Wenn das dauernd juckt, dann frage ich mich schon, wieso er sich nicht einfach mal rasiert. Vermutlich aus demselben Grund, aus dem ich mir manchmal ganze ein bis zwei Wochen die Beine nicht rasiere. Klar war das noch, bevor ich jeden Tag einen Rock tragen musste. Pure Faulheit.

»Wenn jemand sich so viel Kohle für einen Pseudofreund leisten kann, dann ist mit diesem Menschen offenbar irgendwas faul«, sagt er. »Was stimmt mit der nicht? Ist sie eine Serienkillerin oder so was?«

Ich denke einen Augenblick nach. Tatsächlich eine berechtigte Frage. Ich schüttle den Kopf. »Du solltest ihre Nägel sehen. Man kann unmöglich ein Serienkiller sein und trotzdem die ganze Zeit perfekt manikürte Hände haben.«

Loch streckt sich und gähnt, und das Sofakissen senkt sich unter seinem Gewicht, sodass er sich näher zu mir neigt. Seidige Dunkelheit sickert durchs Kellerfenster. Das Licht ist aus, wir sitzen im Schein der flackernden Fernsehbilder. Eine Weile sehen wir uns schweigend den Film an.

»Ich hasse diesen Teil«, sage ich und fummle an meinen Socken herum. Auf dem Bildschirm wird King Kong soeben in Ketten gelegt. Es ist so traurig, dass sie ihn einfach wegholen von allem, was er je gekannt hat. Ich vergrabe mein Gesicht an Lochs warmer Schulter und atme den frischen Baumwollduft seines Sweatshirts ein. »Du weißt, dass der Film mich immer zum Heulen bringt, Loch.«

»Du siehst heute besonders hübsch aus«, flüstert Loch. Der Fernseher verstummt. »Ich mag dein Haar. Es riecht nach Zitrone.«

Einen Augenblick schließe ich die Augen und lasse zu, dass diese Worte mich von innen heraus wärmen. *Du riechst nach Vanille, der köstlichste, wundervollste Duft, den ich kenne.* Dann werde ich mir meiner selbst wieder bewusst, und schon winde ich mich und wende mich ab von seiner tröstlichen Schulter. Als ich mich aufrichte, streift meine Wange seine Stoppeln. Ich könnte schwören, dass meine Körpertemperatur um ein paar Grad steigt. Daher rücke ich ans andere Ende der Couch und räuspere mich verlegen, weil ich keinen Schimmer habe, was da eben passiert ist.

»Lenk nicht vom Thema ab«, sage ich und zwinge mich zu kichern.

Loch bewegt sich wie eine Katze, die versucht, die perfekte Ruheposition zu finden. »Okay, ich mach den Job, unter einer Bedingung«, sagt er.

Höflich schlage ich die Beine übereinander, in der Hoffnung, mich so ein bisschen geschäftsmäßiger zu fühlen. Weil darum geht es ja hier, ums Geschäft. »Dann sag schon.«

Er antwortet mit einem ebenmäßigen Lächeln. Und mit einem Mal habe ich das Gefühl, als würde ich jeden Moment in etwas hineingezogen werden, aus dem ich nicht mehr herauskomme.

Neunzehn

Diese eine Bedingung von Loch ist dann auch der Grund, weshalb ich jetzt Shauna Hamiltons Koffer vom riesigen SUV ihrer Eltern wegschleife, umgeben von schneebedeckten Wipfeln und hoch aufragenden Bergen. Mein schlichter Kleidersack liegt irgendwo unter Shaunas Designer-Reisegepäck, und das allein ist vermutlich mehr wert als alle meine Besitztümer zusammengenommen. Fast lasse ich ihn fallen, doch von hinten greift ein Paar Hände nach dem Griff des Koffers.

»Was hat sie denn da drin?«, flüstert Loch. »Eine Leiche?« Sein Atem kitzelt meine Haut. Ich verberge mein Lächeln.

»Verdammt«, ruft Shauna, während sie aus dem Wagen klettert. Ihre Fellstiefel landen auf der gekiesten Einfahrt. »Die Mayhews sind noch nicht da. Mist.«

»Spar dir deinen Sarkasmus«, trällert Mrs. Hamilton und legt Shauna den Arm um die Schulter. »Sarkasmus schickt sich nicht für junge Damen.«

Rein äußerlich ist Mrs. Hamilton nur eine etwas ältere Version von Shauna. Rote Haare. Blasse Sommersprossen. Die fahrige Gestik eines Diktators. Trotzdem hat sie etwas Weiches an sich, das ihrer Tochter gänzlich fehlt.

Ich frage mich, ob es wohl stimmt, dass alle Mädchen irgendwann so werden wie ihre Mütter. Vielleicht tritt bei Shauna nach dem Abschluss ja auch eine sanfte Seite zutage.

»OH! MEIN! GOTT! Ich glaub, ich bin grad in Hasenscheiße getreten!« Shauna hüpft auf einem Bein herum, während sie versucht, einen Blick auf ihre Schuhsohle zu werfen. Von einem Baum ganz in der Nähe fliegen Vögel auf, weil ihre spitzen Schreie die friedliche Stille stören.

Vielleicht aber auch nicht. Vielleicht bleibt Shauna einfach immer nur Shauna.

Mr. Hamilton, ein fröhlicher Mann mit zurückgegeltem Haar und langen Koteletten, tritt neben Loch. »Guter Junge!«, sagt Mr. Hamilton und deutet auf die Taschen in Lochs Armen. »Man sollte eine Dame nie ihr eigenes Gepäck tragen lassen.«

Mr. Hamilton geht voraus in Richtung der Hütte. Schnee knirscht unter seinen Füßen. Mit voller Absicht überlässt er es dem neuen »Freund« seiner Tochter, das Gepäck ins Haus zu schleppen. Loch wirft mir einen Blick zu, von wegen, du schuldest mir was – und das jetzt schon zum zehnten Mal, seit wir vor zwei Stunden in Shelburne losgefahren sind.

Stimmt schon. Ich schulde ihm was, doch ich arbeite meine Schulden ab. Denn ich hab mich dieses Wochenende nämlich selbst mit vermietet. Glaubt mir, ich wäre viel lieber daheim, um Wiederholungen von *Family Guy* zu schauen.

Um die Illusion perfekt zu machen, müssen wir Shaunas Eltern glauben machen, dass die beiden wirklich ein

Paar sind. Dass sie in letzter Minute einen neuen Freund anschleppt, passiert in Shaunas Welt wohl gar nicht mal so selten, weil ihre Eltern das fraglos hingenommen haben. Sie behandeln Loch, als wäre er einfach einer von den vielen Freunden von Shauna, mit dem sie es ein Wochenende lang zu tun haben und der schon bald wieder aus ihrem privilegierten Leben verschwinden wird.

Ich dagegen werde mit erdrückender Begeisterung empfangen, die an plumpe Aufdringlichkeit grenzt.

»Ich bin ja so froh, dass Shauna endlich eine richtige Freundin gefunden hat«, flüstert Mrs. Hamilton, während sie mit mir den Fußweg entlang in Richtung Hütte geht. Sie hakt sich bei mir unter, als wären wir gute Freundinnen aus einem Roman von Jane Austen. »Vielleicht ist es dir noch nicht aufgefallen, aber Shauna kann auf andere Mädchen recht einschüchternd wirken. Hat wohl leider was mit Eifersucht zu tun. Ist schön zu sehen, dass eine selbstbewusste junge Dame wie du mit ihr umzugehen weiß.«

Als ich zu der Hütte sehe, stockt mir der Atem. In der Welt der Hamiltons bedeutet Camping offenbar, dass man in einer hochmodernen Holzhütte mit allem Schnickschnack wie Kabelfernsehen, Internet und einem Whirlpool auf dem Balkon absteigt. Die Wände im Inneren zieren tote Tiere, darunter glänzende Holzböden. Der Geruch nach Tannennadeln hängt in sämtlichen Räumen.

Ich starre auf den riesigen Hirschkopf oberhalb des gemauerten Kamins, bis Shauna mich aus meiner Träumerei reißt. Sie tippt mir auf die Schulter und flüstert: »Ich bezahl dich nicht fürs Rumstehen.«

Klar. Ich hab einen Job zu erledigen.

Shauna ist nicht allzu begeistert von meiner Anwesenheit hier an diesem Wochenende. Ich glaube, sie wollte Loch ganz für sich allein, wie jedes Mädchen es sich wünschen würde, doch er wollte nicht ohne mich hierherkommen. Seine kranke Art, mich zu quälen, schätze ich. Doch weil ich nun schon mal hier bin, weiß Shauna mich gut zu nutzen. Sie besteht darauf, dass ich sie in einem guten Licht erscheinen lasse, dass ich so tue, als wäre sie total beliebt und voll nett. Ich soll ihren Eltern Geschichten erzählen von wegen, was für ein Ansehen sie an der Winston genießt. Das erforderte natürlich vorab, dass ich meine Hausaufgaben mache, weil es schon echt viel verlangt gewesen wäre, mir aus dem Stegreif irgendwelche Geschichten aus den Fingern zu saugen. Auf der Fahrt hierher hab ich erzählt, wie nett Shauna doch angeblich sei und wie sehr man sie dafür an der Winston bewundere. Ich hab ganz schön dick aufgetragen.

Während Shauna ihren Eltern in der Küche pausenlos was von ihrer erfundenen Beziehung erzählt, sehe ich mir die diversen Zimmer der Hütte an. Im Keller gibt es sogar ein verdammtes Kino! Ich lasse die Finger über die Ledersitze gleiten und freue mich schon darauf, es mir hier später mit einer Tasse warmem Apfelwein gemütlich zu machen und mir einen Film anzusehen. Ein paar Vorteile hat dieser Job dann doch.

Ein paar Minuten später treffe ich Shauna und Loch an, wie sie das Gepäck in einem westernmäßig eingerichteten Schlafzimmer im oberen Stockwerk verstauen. Mir entgeht nicht, dass meine Tasche neben der von Shauna liegt. Ich starre sie an. Dann starre ich den Berg pinkfarbener Koffer an. Entsetzen macht sich in mir breit.

»Da ist ja meine Zimmergenossin«, flötet Shauna grinsend.

Ich werfe Loch einen Blick zu, doch der scheint sich über meine Situation eher zu amüsieren. »Und wo schläfst du?«, frage ich.

»Ich musste auf meinem eigenem Zimmer bestehen«, sagt er, während er die Hände in den Vordertaschen seiner Jeans vergräbt. »Ich schnarche ganz fürchterlich.«

»Du Lügner.« Ich bin diejenige, die hier schnarcht. Loch schläft wie ein Toter.

»Ist das denn nicht mein Job?«, hakt Loch nach. »Zu lügen?«

»Ist ja nur für eine Nacht«, sagt Shauna leise. Sie wirft einen nervösen Blick zur offenen Tür. »Ich bin auch nicht eben begeistert, Toni. Aber wenn ich allein schlafe, schleicht Ben sich vielleicht in mein Zimmer.«

»Hast du dir schon mal überlegt, diesen Kerl anzuzeigen?«, frage ich. »Das klingt mir nach mehr als nur einem nervigen Verehrer.«

Shauna seufzt und schält sich aus ihrer sauteuer aussehenden gelben Jacke. »Okay. Vielleicht würde er sich nicht unbedingt in mein Zimmer schleichen, aber nachdenken tut er garantiert darüber. Meine Eltern würden mich eh nicht mit meinem Freund zusammen in einem Zimmer schlafen lassen, ob er nun echt ist oder nicht. Wir müssen ihnen den Eindruck vermitteln, als wären du und ich ganz eng befreundet. Die besten Freundinnen. Alles klar?«

Sie hat recht. Gehört alles zur Show. *Zwei. Tausend.*

Dollar. Ich rufe mir die Summe ins Gedächtnis, um nicht völlig durchzudrehen. Wir haben das hier bald hinter uns, und dann ist Loch seinem Ziel, nächstes Jahr auf die UVM zu gehen, wieder einen Schritt näher.

Als Loch das Zimmer verlässt, drückt er kurz meine Schulter. »Denk daran«, flüstert er. »Serienkiller haben keine perfekten Fingernägel.«

»BH. BH. BH. Pianist«, flüstere ich zurück.

Er zuckt zusammen, wird rot und schleicht dann den Flur runter zu seinem Zimmer. Shauna krempelt die Ärmel ihres schwarzen Sweatshirts hoch und beginnt auszupacken. Alle zwei Sekunden schaut sie auf ihr Handy. »Ryan meinte, er würde sich melden«, sagt sie und wirft das Telefon frustriert aufs Bett. »Aber seit einer Stunde hab ich nichts von ihm gehört. Kein Wort. Nicht mal ein einziges Emoji habe ich bekommen. Manchmal verstehe ich ihn nicht, nicht im Geringsten.«

Ich murmle eine Antwort und husche dann raus auf den Flur. Loch treffe ich in seinem Zimmer an, als er aus dem Fenster starrt und die wunderschönen, schneebedeckten Baumgruppen um die Hütte herum betrachtet. Ich spreche leise, nur für den Fall, dass Shaunas Eltern sich nach oben wagen.

»Was hast du denn deinem Boss erzählt, damit du dieses Wochenende freikriegst?« Ich setze mich neben seiner noch vollständig gepackten Tasche aufs Bett. »Windpocken? Grippe? Ein gebrochenes Herz?« Loch sieht mich stirnrunzelnd an. »Ebola? Malaria? Die Pest? Vampirismus?«, fahre ich fort.

»Ich habe gekündigt.«

»Du hast *was?*« Blöderweise schreie ich das ziemlich laut heraus. Rasch schlage ich mir die Hand vor den Mund, als würde das den Lärm wieder rückgängig machen.

»Mein Chef wollte mir nicht noch einmal freigeben.« Loch wischt sich mit der Hand über das elektrisierte Haar. »Ich habe eine Entscheidung getroffen. Die Arbeitszeiten waren eh beschissen.«

Ein ungutes Gefühl macht sich bei mir in der Magengegend breit. »Tja«, sage ich leise. »Gut.«

Er zupft unten am Saum seines Sweatshirts herum. »Denkst du, ich habe mich richtig entschieden?«

Sofort fange ich an zu strahlen. Natürlich hat er die richtige Entscheidung getroffen. Hoffe ich. »Du bist der beliebteste Junge, den wir im Angebot haben, Loch. Die Warteliste für dich ist extrem lang«, sage ich voller Überzeugung. »Jetzt hast du die Zeit, mehr Dates wahrzunehmen und mehr Geld zu verdienen. Keine Teddybären mehr.«

»Moment mal – es gibt eine Warteliste?« Er dreht sich vom Fenster weg.

Ich zucke die Schulter und fummle an dem Reißverschluss seiner Tasche herum. »Die Mädels an der Winston finden dich einfach umwerfend.«

»Du bist auch ein Mädchen von der Winston.« Er setzt sich neben mich aufs Bett. Die Federn knarzen. »Findest du mich auch so umwerfend?«

Ich werde rot und schiebe die Hände in die Taschen meines Hoodies. Dann werfe ich einen kurzen Blick auf sein breites, stoppeliges Kinn. »Pf.«

Loch kratzt sich den Bart und dreht sein Gesicht zu mir, wobei sein Knie versehentlich gegen meines stößt. Ich winde mich innerlich. Ist es hier drinnen eigentlich total heiß?

»Toni, ich …« Er lässt den Satz unvollendet. Stattdessen springt er auf, weil Shauna plötzlich in der Tür steht. Ihre Brust hebt und senkt sich deutlich. Sie schnappt nach Luft, lehnt sich gegen den Türrahmen.

»Ihr zwei könnt nicht einfach so heimlich zusammen durchs Haus schleichen«, zischt sie flüsternd. »Wenn Micah allein mit jemandem in seinem Zimmer verschwindet, dann mit mir.«

»Entspann dich«, sage ich zu ihr. »Da läuft nichts.«

Ich werfe Loch einen Blick zu, damit er mir beisteht, doch er starrt schon wieder aus dem Fenster.

»Dein Liebesleben ist mir scheißegal, Toni Valentine«, faucht Shauna im Flüsterton. »Aber ich will was für mein Geld. Einen weiteren Vorfall wie den mit Carrie Sanders übersteht dein Unternehmen nicht. Verstanden?«

»Wir tun, worum du uns gebeten hast.« Ich stehe auf und fummle an dem Zugband meiner Jogginghose herum. »Ich hab deinen Eltern erzählt, du hättest mich aus tiefster Depression geholt und mich dazu ermutigt, mich an den Ivy-League-Colleges zu bewerben. Die Lüge allein war dein Geld schon wert.«

»Hör zu, in ungefähr fünf Sekunden wird der Job noch mal eine Ecke härter«, sagt Shauna.

Unten wird eine Tür zugeknallt, dann ertönt lautes Gelächter. Jemand prustet ganz laut. Dann hört man eine Stimme singen. Loch und ich wechseln einen verwunderten Blick. Shauna zuckt zusammen. Die Mayhews sind soeben eingetroffen. Jetzt ist Showtime.

Zwanzig

Das Erste, was mir an Ben Mayhew auffällt, ist die Tatsache, dass er keine körperlichen Grenzen kennt und jedem total plump auf die Pelle rückt. Als Shauna mich ihm als eine liebe Freundin von der Schule vorstellt, umklammert Ben mich mit seinen Zangenarmen, bis mein Gesicht in seiner Daunenjacke verschwindet. Das Zweite, das mir an Ben Mayhew auffällt, ist, dass er nach Zigaretten stinkt. Ich ersticke fast, so heftig ist der Geruch. Als er mich aus der Umklammerung entlässt, verstecke ich mich hinter Loch. Ich mag es nicht gern, wenn ich Fremde riechen oder berühren muss.

Shauna schlingt Loch den Arm um die Hüften und reißt mir so meinen Schutzschild weg. »Ben, mein Lieber, das hier ist mein Freund Micah Garry«, sagt sie. Spricht die jetzt ernsthaft mit aufgesetzt britischem Akzent? Ich glaub schon. Wow. »Ich liebe ihn. Und er ist total verliebt in mich. Vermutlich heiraten wir irgendwann.«

Mir klappt die Kinnlade runter. Bin sprachlos. Loch verzieht keine Miene. Ich bin beeindruckt.

Ben mustert Loch, als würde er ein neues Auto begutachten, und sagt dann: »Was geht?«

Loch streckt ihm die Arme entgegen. »Ach, komm schon. Lass uns umarmen, Kumpel.«

Als sich Entsetzen breitmacht auf Bens Gesicht, zieht Loch ihn in eine feste Umarmung und herzt und drückt ihn. Ich beiße mir auf die Backe, um nicht laut loszulachen. Bens schmales Gesicht verschwindet zwischen Lochs kräftigen Armen. Das geht einen Tick zu lang, ehe Ben sich aus der Umklammerung befreien kann. Er streicht seine Jacke glatt und versucht, ganz cool zu tun.

Ben ist ein interessant aussehender Typ. Ist fast so, als hätte man seinen Körper vom Kopf bis zu den Zehen gequetscht. Alles an ihm, von der Nase über die Arme und die Ohren wirkt irgendwie zu schmal und gestaucht. Er stolziert irgendwie ungeübt einher, und sein zotteliges braunes Haar fällt ihm in kleinen Löckchen in die Stirn.

Ich wappne mich schon für den nächsten Akt von Shaunas Darbietung, doch da geht plötzlich die Haustür auf. Mrs. Hamilton und eine Frau, von der ich annehme, dass sie Mrs. Mayhew ist, betreten das Wohnzimmer. Sie schieben ein paar Taschen vor sich her. Loch springt auf, um ihnen mit dem Gepäck zu helfen.

»Die Fahrt hierher war okay«, sagt Mrs. Mayhew keuchend. »Aber heute Nacht soll es einen heftigen Schneesturm geben.«

»Hoffentlich nicht«, erwidert Mrs. Hamilton. »Aber ich bin vorbereitet, falls wir ein paar Tage hier festsitzen.«

»Ein extra Apfelweinvorrat?« Mrs. Mayhew kichert. Mrs. Hamilton nickt und lacht.

Hier festsitzen? Ein paar Tage? Bitte nicht. Mrs. Mayhew schüttelt mir die Hand und stellt sich vor. Sie sieht kein bisschen aus wie ihr Sohn. Die Haare sind blond, die Zähne riesig, sie wirkt robust. Als das höfliche Geplauder allmählich verebbt, sieht Mrs. Mayhew mich an und fragt: »Gehst du im nächsten Jahr mit Shauna zusammen nach Yale, Toni?«

Die Frage trifft mich völlig unvorbereitet. Ich war darauf eingestellt, über Shauna und ihr angeblich glanzvolles Leben an der Winston zu sprechen, aber nicht über mich selbst. Also kratze ich mich nervös im Genick. Lüg einfach, Toni. Erzähl ihr irgendwas. Das bist du doch inzwischen gewöhnt. Tisch ihr eine Lüge auf!

»Klar wird sie das«, mischt Shauna sich ein. Sie rafft ihre roten Locken zu einem unordentlichen Knoten zusammen. »Wir wollen uns ein Zimmer teilen.«

»Zum Glück«, ruft Mrs. Mayhew aus. »Es ist so viel schöner, wenn man seine Zimmergenossin kennt. Mein erstes Jahr war ein Desaster wegen meiner. Ich schwöre euch, die hat sich nie richtig gewaschen.«

Ich will nicht mit Shauna nach Yale, nicht mal in einer imaginären Welt. Loch spürt, dass ich genervt bin, und rempelt mich mit dem Ellbogen. Ich halte den Mund.

Nachdem alle sich eingerichtet haben, verkündet Mr. Hamilton, dass es nun an der Zeit wäre, sich auf die Piste zu begeben. Shauna und Loch laden die Skiausrüstung in den Wagen, während ich checke, ob ich irgendwelche Nachrichten auf meinem Handy habe. Emmas neueste Aufmunterung: Pling Pling! Diese Erinnerung daran, dass die Kasse klingelt, sorgt dafür, dass ich mich gleich besser fühle, aber ich zähle immer noch die Minuten, bis dieser Wochenendausflug vorbei ist.

Auf der Fahrt zu den Hängen sitzt Shauna eingequetscht zwischen Loch und mir auf der Rückbank des SUVs der Hamiltons. Mir entgeht nicht, dass ihr Knie das von Loch berührt. Die ganze Fahrt über. *Muss das denn unbedingt sein, dass die zwei sich berühren?* Ben sitzt auf dem Beifahrersitz vorne, deshalb kann er nicht nach hinten sehen. Diese Berührung ihrer Knie ist also so was von unnötig. Ich knirsche mit den Zähnen und starre zum Fenster raus auf die Berge.

Bei einer gemütlichen Skihütte teilt sich unsere Gruppe auf in Fortgeschrittene und Anfänger. Ich schließe mich freiwillig der Anfänger-Fraktion an, um ein Auge auf Shauna und Loch zu haben. Kann mich eh nicht mehr erinnern, wann ich das letzte Mal Ski gefahren bin. Mein Dad hat mich immer mitgenommen, als ich noch kleiner war, aber so richtig gut war ich nie. Shauna zählt eigentlich schon zu den Fortgeschrittenen, aber sie betont wieder und wieder: »Ich will meinen Freund nicht im Stich lassen.« Und Ben will nicht ohne Shauna sein.

Also bilden wir ein nettes Vierergespann.

Wir besorgen uns ein spätes Mittagessen in der Hütte und suchen uns einen Tisch inmitten rotgesichtiger Snowboarder. Dort setze ich mich neben einen schmollenden Ben, der lustlos im Käse seiner Pizza herumstochert. Ich vertilge zwei Stücke, ehe Shauna näher an Loch heranrückt und ihn auf die Wange küsst. Tja. Schon bin ich satt.

»Micah ist ein Genie«, sagt Shauna und legt den Kopf an Lochs Schulter, während sie mit Ben spricht. »Er wird mal Arzt.«

Ben schnaubt und schiebt sich den Käse in den Mund, der Fäden zieht. Ich beuge mich vor und spiele an der silbernen Lasche meiner Limodose herum. »Oh ja. Micah ist echt intelligent«, sage ich. »Und ambitioniert. Er wird mal ein weltberühmter Proktologe sein. Nicht wahr, Micah?«

Loch verschluckt sich fast an seiner Cola.

»Was ist denn das?«, will Ben wissen, womit er den bislang längsten Satz gesprochen hätte, seit ich ihn kenne. Seine Stimme klingt tief, kehlig. Die Stimme eines Rauchers.

»Das ist ein Doktor, der sich im Grunde genommen beschäftigt mit …«, fange ich an zu erklären, doch Shauna fällt mir ins Wort.

»Ich bin müde«, sagt sie und gähnt. »Micah und ich waren gestern lange auf.«

Jetzt knabbert Shauna auch noch an Lochs linkem Ohrläppchen herum. Ich zupfe derart heftig an der Lasche der Dose, dass sie umkippt. Zum Glück ist sie leer. Ben hängt ein Käsefaden am Kinn, als er den Blick jetzt abwendet. Fast tut er mir leid. Schließlich ist er verknallt, ein Zustand, den ich mir nicht einfach vorstelle. Er kann nichts für seine Gefühle. Er kann nichts dafür, wer er ist. Shauna trägt ziemlich dick auf. *Zu* dick.

»Ben, willst du mit mir auf die Piste gehen?«, frage ich.

Seine Laune hellt sich etwas auf, und er nickt und springt auf. Während wir unseren Müll wegwerfen, fällt mir bei einem kurzen Seitenblick auf, dass Loch mich beobachtet. Er wirkt geknickt, als wäre er das Opfer, das man mit der Löwin allein gelassen hat. Ich fühle mich mies, dass ich ihn sitzen lasse, aber das gehört nun mal zu unsrem Job. Auf keinen Fall will ich tatenlos danebensitzen und zusehen, wie Shauna an seinem Ohr rumknabbert, als wäre es eine Süßigkeit. Sie sollte echt die Finger von ihm lassen, sobald Ben zur Tür raus ist.

Ich kann es kaum erwarten, endlich frische Luft zu schnappen, und eile nach draußen. Ben lehnt bereits am Skiständer und seufzt. »Mann, das war ja wohl übelst«, sagt er und hält sich die schmale Nase.

»Und wie.« Ich werfe einen Blick zum Fenster rein. Shauna sitzt jetzt ganz allein am Tisch und scrollt durch ihr Handy. Runzelt die Stirn. Gut. Loch ist nirgends zu sehen. Ich fühle mich gleich besser, sobald sie nicht mehr beisammen sind.

Ben beugt sich zu mir. Ich rieche den Zigarettenrauch an seiner Jacke. »Wir müssen die beiden auseinanderbringen.«

»Erstens bin ich nicht an ihm interessiert«, sage ich voller Inbrunst. »Er ist Shaunas Freund.« Am liebsten würde ich kotzen, allein bei den Worten. »Und zweitens klingt das wie der Plot einer ganz fürchterlichen romantischen Komödie.«

Ben scharrt mit den Füßen. »Du starrst ihn an, als würdest du auf ihn stehen.«

Ich zwinge mich zu einem Lächeln. »Willst du jetzt den Steilhang runterfahren oder lieber nicht?«

»Ich weiß nicht recht.« Er dreht sich um und sieht hoch in Richtung Berg. »Bin ja schließlich Anfänger.«

Ich klopfe ihm auf den Rücken. »Du solltest dich nicht so einfach davon abhalten lassen, aufregende Dinge zu tun, Ben.«

Er wendet sich zu mir um. Zuckt mit der Schulter. »Was soll's«, sagt er. »Wenn ich sterbe, muss ich mir wenigstens nicht wieder ansehen, wie Shauna auf dem Ohrläppchen von 'nem andren Typen rumkaut.«

Das kann ich nur unterschreiben.

Während ich die Piste auf den von Spuren durchzogenen Schnee runterschaue, dämmert mir allmählich, dass ich keinen Schimmer habe, was ich hier tue. Ich kann gut mit Bällen umgehen und mit einem Billardqueue oder mit einem Videospiel-Joystick. Ganz allgemein kann ich mich auf meine athletischen Fähigkeiten verlassen, doch meine Zuversicht gerät ins Wanken, als Ben mir den hochgereckten Daumen hinhält, sich seine Skibrille aufsetzt und sich mit lautem Johlen den Hügel hinabstürzt. Seine Ski gleiten mit Leichtigkeit durch den Schnee. Binnen Sekunden sehe ich seine silberne Daunenjacke nur noch ganz verschwommen in der Ferne.

Anfänger? Entweder ist Ben ein äußerst bescheidener Mensch, oder er hat meine Erwartungen absichtlich ein bisschen runtergeschraubt, nur um mich zu beeindrucken. Oder er ist ein Lügner. Wie der Rest von uns auch.

Mein Magen überschlägt sich öfter als die Snowboarder, die soeben durch die Luft wirbeln. Ich muss an Ollie denken und daran, wie sehr ihm das hier gefallen würde. Die Leute schießen einer nach dem anderen an mir vorbei, als wäre es kein großes Ding, sich einen Berg hinabzustürzen. *Wie macht Ollie das nur? WARUM tut er es?*

Ich bin wie erstarrt. Stelle mir vor, dass ich auf immer und ewig hier oben bleibe. Ich könnte ja ein Fernstudium an der Purdue beginnen. Meine schriftlichen Arbeiten könnte ich mit den Snowboardern ins Tal schicken. Ich könnte das Mädchen sein, das auf dem unbezwingbaren Berg lebt, mit einem unbekannten Pfad vor ihr.

»Entspann dich einfach.« Eine Hand legt sich auf meine Schulter. Ich begegne Lochs freundlichen Augen. »Denk nicht so viel darüber nach, Toni.«

»Wie kommst …?« Ich räuspere mich, meine Kehle ist staubtrocken. »Wie kommst du so schnell hier hoch?«

»Du stehst schon seit dreißig Minuten hier oben. Ben meinte, du hättest den Eindruck gemacht, als würdest du dich jeden Moment auf die Piste stürzen. Seine Worte, nicht meine. *Stürzen.*«

Ich schwindle, weil es mir peinlich ist. »Ich glaub, meine Pizza ist mir nicht bekommen.«

Lochs Wangen sind gerötet. Er kratzt sich mit dem Handschuh über die schwarzen Bartstoppeln am Kinn. »Wenn du zu viel darüber nachdenkst, wirst du von der Angst regiert, und dann kriegst du nichts mehr auf die Reihe«, sagt er. »So lautet zumindest mein generelles Lebensmotto.«

»Ist es jetzt zu spät, noch auf den Idiotenhügel zu wechseln?«, witzle ich.

Loch stupst mich gegen die Schulter. »Wir fahren gemeinsam, Toni. Ich weiche nicht von deiner Seite.«

Da ich keine Lust habe, das Mädchen zu sein, das in alle Ewigkeit auf dem gruseligen Berg wohnt, nicke ich, bereit, die Abfahrt zu wagen. Mit ihm an meiner Seite kann mir nichts passieren. Das wird schon nicht so schlimm werden. Gemeinsam zählen wir bis drei, dann schieben wir uns beide vorwärts und machen uns an die Abfahrt.

Anfangs läuft alles recht gut. Meine Beine stehen sicher. Die Schultern sind gerade. Der kalte Wind fegt mir über die Wangen. Ich entspanne mich und stelle fest, dass es mir sogar Spaß macht. Deshalb macht Ollie das also so gern. Deshalb will er diesen Sommer quer durchs Land fahren. *Wie schnell ich bin.* Ich fliege. Hebe ab! Seht her! Ich bin eine selbstbewusste Geschäftsfrau, die sich ihren Ängsten stellt und sie bezwingt!

Als ich den Kopf drehe, um zu Loch zu schauen, geht alles schrecklich schief. Denn in Lochs Gesicht steht die nackte Angst. Seine Lippen sind zu einem stummen Schrei geöffnet. Die Züge verzerrt. Die Augen schreckgeweitet. Gleich landet er auf dem Gesicht. Seine langen Glieder verdrehen sich in alle Richtungen, suchen Halt an etwas, irgendwas, nur um den unvermeidlichen Zusammenprall zu verhindern. Doch wie durch ein Wunder hält er sich auf den Beinen, was nicht gut ist, denn je länger er aufrecht bleibt, desto schneller schießt er den Hang hinab.

Und umso härter wird die Landung.

Die Skihütte am Fuß des Hangs rückt näher und näher, wird größer. Oh Gott. Wir rasen in die Leute rein. Wir werden jemandem wehtun. Wir werden sterben! Oh Gott! Ich werde als Jungfrau sterben. Loch nicht. Loch hatte wenigstens ein Leben! Warum fällt mir das bloß ausgerechnet jetzt ein?!

Die Skihütte liegt direkt vor uns. Eine Ansammlung von Menschen. Knochen werden brechen.

Ich packe Lochs Hand und sehe ihm in die Augen.

Sekunden später lässt er sich nach vorne fallen, und ich mache mich gefasst auf den Aufprall. Loch lässt meine Hand los und stürzt. Schnee spritzt hoch gen Himmel, während sein Körper über den Boden schlittert. Ich finde das Gleichgewicht wieder und drehe mich um, um zu checken, ob mit Loch alles okay ist. In dem Moment zieht es mir die Füße unter dem Hintern weg, und alles um mich herum wird weiß.

Einundzwanzig

Ich halte das Handy von meinem Ohr weg, während das wilde Geheul meiner Mom aus dem Hörer dringt. Flammen tanzen im offenen Kamin und beleuchten die Tierköpfe, die die Wände zieren. Die Beine auf dem Sofa ausgestreckt, starre ich auf mein Telefon und warte, dass Mom sich in ihrer Panik eine Pause gönnt. Endlich holt sie mal Luft. Ich nutze die Gelegenheit, um sie zu besänftigen.

»Mom, ist ja nicht das erste Mal, dass ich mir den Arm breche«, sage ich. »Mir geht's gut. Ich hab noch nicht mal geweint.«

Auf der Fahrt ins Krankenhaus fiel zwar das ein oder andere Schimpfwort, doch Tränen gab es keine. Der Bruch ist lange nicht so schlimm wie damals in der sechsten Klasse, als ich bei Cowboy im Garten vom Werkzeugschuppen runtersprang. Weil Ollie mich provoziert hatte. War eine Mutprobe. Außerdem ist der Vorfall jetzt weit weniger peinlich.

»Du musst nach Hause kommen«, presst Mom zwischen mehreren Schluchzern hervor. »Ich will, dass mein einziges Baby sofort heimkommt.«

Klar würde ich mich jetzt lieber mit Mom und einer

Schüssel Popcorn einkuscheln und mir einen zur Jahreszeit passenden Film wie *Schöne Bescherung* oder *Kevin allein zu Haus* ansehen, doch leider steht dieses himmlische Szenario für heute Abend nicht auf dem Programm.

»Es wird einen Schneesturm geben.« Ich werfe einen Blick zum Fenster der Hütte hinaus. Dicke Schneeflocken segeln in geballter Wut zu Boden. »Ist viel zu gefährlich, heute noch heimfahren zu wollen. Da spricht deine verantwortungsbewusste Teenietochter aus mir. Erzähl Brian ruhig, dass ich das gesagt habe.«

Mom seufzt ins Telefon. »Ich hätte dich gar nicht erst mitfahren lassen dürfen.«

Zwanzig Minuten später beruhigt sie sich endlich, nachdem ich ihr hoch und heilig versprochen hab, dass ich sie anrufen würde, sobald wir morgen früh aufbrechen. Sie versichert mir, dass sie mich liebt, und ich versichere ihr, dass ich sie liebe, und dann lege ich mit ultraschlechtem Gewissen auf.

»Ich hätte es ihr nicht sagen sollen«, sage ich zu Loch, der mir gegenübersitzt, auf einem Sessel mit lauter Elchen drauf. Er senkt das Buch mit dem Titel *Ungeheuer in Vermont,* in dem er gerade noch gelesen hat.

»Du hast das Richtige getan.« Er zieht sich die Kapuze seines grauen Hoodies über die Ohren. »Ich wette zwanzig Mäuse mit dir, dass sie dich mit einem Kürbiskuchen empfängt, wenn du heimkommst.«

»Das wette ich auch.« Ich kritzle mit einem schwarzen Stift auf meinem weißen Gips herum und zeichne ein Strichmännchen, das auf Skiern einen steilen Hang runterbrettert. Die Ski haben Flügel, und einer ist gebrochen.

Shaunas Eltern fühlen sich schrecklich wegen des Unfalls. Beide sind sie die ganze Zeit halb am Durchdrehen. Mr. Hamilton hat mir im Krankenhaus immer wieder eingetrichtert, dass eine Strafanzeige keine gute Idee wäre – als würde ich auf so was kommen, nachdem es mir den Arm total verdreht hat. Ich hab ihm versichert, dass ich nicht die Absicht hätte, irgendjemanden anzuzeigen, bevor ich nicht mindestens dreißig bin, doch das fand er nicht eben witzig.

Die Erwachsenen sind vor etwa einer Stunde ins Bett gegangen, doch ich krieg kein Auge zu. Ich sehe gerne zu, wie der Schnee langsam zu Boden sinkt, wie Tausende von winzigen weißen Patronen. Und ich hab Loch gern in meiner Nähe. Ich mag die Stille, die nun gestört wird durch das Geräusch von Shaunas rosa Hausschuhen, die über den Boden gleiten. Sie betritt das Wohnzimmer in einem seidenen Bademantel. Wo kauft man so was überhaupt? Sie balanciert drei Tassen mit einer dampfenden Flüssigkeit und stellt sie auf dem Wohnzimmertisch ab.

»Eine kleine Belohnung nach einem anstrengenden Tag«, flüstert sie.

Shauna lässt sich auf den Sessel mit den Rehen gleich neben dem von Loch plumpsen, seufzt und nimmt einen Schluck aus ihrer Tasse. Sie sieht mich an, als wollte sie irgendwas sagen. Ich bin echt nicht in der Stimmung für eine Auseinandersetzung. Ben steht schon seit einer halben Stunde unter der Dusche. Allmählich mache ich mir Sorgen, er könnte vor lauter Schmerz wegen seiner unerwiderten Liebe in Ohnmacht gefallen sein. Ich gebe ihm noch zehn Minuten, dann schicke ich Shauna rein, um nach ihm zu sehen.

Ich nehme einen großen Schluck aus meiner Tasse. »Hmm, lecker. Was ist das?«, frage ich und setze die Tasse wieder an den Mund, um einen zweiten Schluck zu nehmen.

»Ist ein Geheimrezept von meiner Mom, ihr berühmter heißer Apfelwein spezial«, erwidert Shauna und zupft ihren Morgenmantel zurecht.

Loch trinkt und muss husten. »Rum. Da ist Rum drin. Und vielleicht ein Teelöffel Apfelwein.«

Ich setze die Tasse auf dem Tisch ab und schiebe sie von mir weg. »Das sollte ich wohl besser nicht in Kombination mit den Schmerzmitteln trinken.«

»Toni Valentine. Typisch, stets so vernünftig«, sagt Shauna grinsend. »Wer würde ahnen, was du für ein Geschäft betreibst?«

»Was für ein Geschäft denn?« Ben steht ganz unerwartet wie ein verfluchter Geist in der Tür und trocknet sich das Haar mit einem Handtuch ab. Er trägt eine graue Jogginghose und ein weißes Tanktop. Shauna wird ihr Ausrutscher bewusst, und sie sucht krampfhaft nach einer Erklärung, doch sie bringt nichts Besseres zustande als ein paar seltsam gurgelnde Laute.

»Toni gibt Pole-Dancing-Unterricht«, hilft Loch aus. Ich starre ihn finster an. Meint er das ernst? Ein leises Lächeln schleicht sich auf seine Lippen.

»Im Ernst?«, fragt Ben und macht einen Schritt in den Raum. »Dann lass mal sehen, Toni.«

Ich kritzle weiter auf meinem Gips herum. »Nö.«

»Sie ist schüchtern.« Loch seufzt und legt sein Buch auf dem Couchtisch ab. Der will mich echt ärgern.

»Ich bin nicht schüchtern«, entgegne ich. »Wenn du was sehen willst, musst du dafür bezahlen. Wie jeder andere auch.«

Ben lehnt sich gegen die Wand und verschränkt die Arme vor der Brust. »Können wir nicht eine kleine Kostprobe kriegen? Jedes gute Unternehmen verschenkt kostenlose Pröbchen seiner Produkte.«

Ungerührt schmiere ich auf dem Gips herum, müde, ein bisschen knatschig. Jeder einzelne Penny für diesen Job ist hart verdient, so viel ist sicher. »Ich glaube nicht.«

»Da spricht ein echter *Angsthase«,* sagt Loch. Ich höre auf zu zeichnen und blicke auf. Lochs Augen funkeln verschmitzt. Da er mich auf so subtile Weise provoziert, bin ich sofort auf den Füßen. Ich ziehe am Saum meines *Mario-Brothers*-T-Shirts und stelle mich mitten im Zimmer auf. Ben klatscht, Shauna wirkt entsetzt, und Loch verbirgt sein Gesicht hinter der Tasse Spezialwein. Er glaubt bestimmt nicht, dass ich das wirklich tue. Tja, dann *pass mal auf.*

»Ich brauche eine Stange«, sage ich. Ich fahre mir mit der Hand durchs Haar, unsicher, wie ich jetzt weitermachen soll.

»Willst du das echt bringen?« Shauna klingt angewidert.

»Ich hab nur Spaß gemacht, Toni. Du musst das nicht tun«, sagt Loch. Er wirft mir einen warnenden Blick zu. So von wegen, ich solle mich besser wieder hinsetzen. Mich entspannen.

Ich entdecke inmitten der Wanddekoration einen Spazierstock. Den nehme ich von der Wand und kehre dann an meine Position in der Mitte des Zimmers zurück. Der krumme Stock geht mir bis zur Hüfte. Den stelle ich nun vor mir auf den Boden, stütze mich mit der heilen Hand darauf ab und strecke den Hintern raus. Die Schmerzmittel rauben mir offenbar jegliches Schamgefühl.

»Heilige Scheiße. Das wird gut!« Ben lässt sich aufs Sofa sinken und legt die Beine hoch.

»Ich brauche Musik«, verkünde ich.

Ben holt sein Handy raus, drückt ein paar Tasten, und schon ist das Wohnzimmer durchdrungen vom Sound einer langsamen, lasziven Version von »Be My Baby« von den Ronettes.

Ich werfe ihm einen Blick zu. »Ernsthaft? So was hörst du dir an?«

»Lass mich raten«, meint Ben und verdreht die Augen. »Du dachtest, ich stehe auf Rap oder so was? Tja, da hast du dich getäuscht.«

Ich spüre, wie Loch mich beobachtet. Während in meinem Körper Hitze aufwallt, wird mir klar, dass es nun heißt: jetzt oder nie. Ich kann sexy sein. Ich schaffe das.

»Das ist ein kleiner Tanz, den ich gern als Kontaktaufnahme mit der eigenen Weiblichkeit bezeichne.« Ich gleite am Spazierstock nach unten, langsam und verführerisch, während die sanfte Melodie lauter wird.

Bens Augen werden ganz groß. Shauna schnaubt und trinkt von ihrem Apfelwein. Meine Hüften schwingen im Takt der Musik. Ich tanze um den Stock herum, beuge mich nach vorn, benutze ihn als Fixpunkt, um nicht aus dem Gleichgewicht zu kommen. Schon bald verliere ich mich in den sanften Klängen der Gitarre. Das Haar fällt mir ins Gesicht, schirmt mich von den Blicken ab, die mich beobachten. Alles tritt in den Hintergrund. Ich bin allein mit meinem ganzen Herzschmerz.

Als der Song zu Ende geht, erwarte ich Gelächter und Witze – das ganze Programm. Vielleicht krieg ich sogar einen neuen Spitznamen ab. Doch als ich den Kopf hebe und mir das Haar aus den Augen streiche, begegnet mein Blick einem völlig sprachlosen Publikum.

Shauna hängt die Kinnlade runter. »Ich will auf jeden Fall Unterricht bei dir.«

»Kann ich deine Nummer haben?«, fragt Ben, und er scheint es absolut ernst zu meinen.

»Seht ihr.« Ich richte mich auf. Komme wieder zu Atem. »Ich bin *kein* Angsthase.«

Damit hänge ich den Spazierstock zurück an die Wand und kehre zu meinem Platz zurück. Loch beugt sich vor und reibt sich die Stirn, als hätte er Kopfschmerzen. Er leert seinen Becher mit dem Apfelwein spezial und macht dann gleich weiter mit meiner Tasse. Auch die trinkt er schnell leer.

Wir plaudern eine Weile, in erster Linie über den Unfall, bis Shauna verkündet, sie wäre nun reif fürs Bett. Ben zieht sich kurz danach zurück auf sein Zimmer, sodass Loch und ich allein am knisternden Feuer zurückbleiben. Er hat seit meiner kleinen Tanzeinlage an der Stange keinen Ton gesagt. Meine Augenlider sind schwer. Ich kritzle wieder mal auf meinem Gips herum.

»Warum hast du diesen Service gestartet, Toni?«, will

Loch wissen. Seine Stimme ist kaum mehr als ein Flüstern. »Du brauchst das Geld doch gar nicht so dringend.«

Ich spiele mit dem schwarzen Stift in der Hand. Die Frage ist berechtigt, doch ich zögere, die Wahrheit zu sagen. »Ich weiß es nicht«, erkläre ich. »Aus Langeweile?«

Er zieht seine Socken hoch – von denen wieder mal eine schwarz und eine weiß ist – und stützt sich auf der Armlehne ab. »Ich dachte, dein Rezept gegen Langeweile wäre es, Rektoren den nackten Hintern zu zeigen?«

»Du siehst ja, wo mich das hingebracht hat.« Ich seufze, lasse mich tiefer ins Sofa sinken. »Ich weiß es nicht. Ich wünschte, ich könnte behaupten, dass ich den Leuten helfen wollte. Aber in Wirklichkeit wollte ich eine Verbindung schaffen zwischen meinem alten und meinem neuen Leben. Ich hatte das Gefühl, mein Leben würde mir entgleiten oder so was.«

Loch kommt rüber aufs Sofa und breitet eine große flauschige Decke über uns beiden aus. »Ich hab dir das schon mal gesagt«, meint er. »Ich gehe nirgendwo hin.«

Ich werde rot und ziehe mir die Decke bis zum Kinn hoch. Dann muss ich grinsen. Loch nimmt mir den Stift aus der Hand und schreibt etwas auf meinen Gips. Im Zimmer ist es dunkel, nur zwischenzeitlich wird es etwas heller, wenn das Feuer aufflackert. Ich lehne mich gegen ihn und atme den Duft von Apfelwein und Vanille ein. Dabei wackle ich mit den Zehen. Als er mit Schreiben fertig ist, legt er den Stift auf den Couchtisch. Und gerade als seine Hand sich zu meinem Knie bewegt, knistert und ächzt das Feuer und übergießt jeden einzelnen Zentimeter meines Körpers mit glühender Hitze. Er beugt sich näher, immer näher. Sein Apfelwein mit Rum ist jetzt vergessen.

Ich wundere mich, weshalb die Erde nicht bebt, so stark geht mein Herzschlag. Das Hämmern hinter meinen Rippen ist so verdammt laut. Laut genug, um eine Lawine auszulösen und sie den Berg hinunterzujagen, damit sie uns in diesem Augenblick einschließt wie die Lava die Liebenden in Pompeji. Mein rechter Fuß reibt sich an seiner Socke, als ich das Gewicht verlagere. Das Versprechen, das er mir am Grab meines Vaters gegeben hat, fühlt sich so flüchtig an wie die Asche, die im Kamin verschwindet. Durch meinen Kopf schwirren vergängliche Gedanken und irrationale Möglichkeiten meinen weiteren Weg betreffend. *Unseren* Weg. Ich lese, was er mir auf den Gips geschrieben hat in seiner krakeligen Jungsschrift: *Meine aufrichtige Entschuldigung*.

Ich blicke auf. Ehe seine Lippen die meinen berühren, fügt Loch hinzu: »Ich muss das Versprechen, das ich dir gegeben habe, leider brechen. Von wegen, es würde sich nichts ändern zwischen uns.«

Klar hab ich das Versprechen nicht vergessen. Doch als er mich küsst, ist alles wie weggewischt. Ich vergesse das Ungeheuer im See. Ich vergesse die Namen, die in das Holz am Anleger geritzt sind. Ich vergesse die Winston. Stattdessen schwebe ich davon.

Loch zieht sich ein Stück zurück, aber nicht zu weit, und flüstert: »Vielleicht sollten wir das nicht ausgerechnet hier tun.«

Ich murmle irgendwas, das kein richtiges Wort ist, und mustere die dunklen Stoppeln auf seinem Filmstarkinn.

Heilige Scheiße! Ich habe Loch geküsst! Sofort springe ich auf und schnappe richtiggehend nach Luft. Die Decke rutscht mir von den Schultern.

»Ich geh jetzt besser auf mein Zimmer«, platzt es aus mir heraus. »Gute Nacht.« Doch als ich auf die Tür zurenne, stoße ich mir das Knie am Couchtisch. »Autsch!«

Besorgt springt Loch auf. »Alles okay?«, fragt er. Seine dunklen Augen lenken mich schon wieder ab.

Ich trete einen Schritt zurück und gehe sicher, dass er mir nicht zu nahe kommt. Mein Knie pocht vor Schmerz. »Jep. Alles bestens. Bis dann.«

»Gute Nacht, Toni«, sagt er.

Doch ich sehe ihn nicht mehr an. Ich winke ihm bloß dämlich zu und humple dann in mein Zimmer. Mein Knie tut ernsthaft weh. Schnell schließe ich die Tür, klettere ins Bett und ziehe mir die Decke über den Kopf. *Okay, Herz. Du kannst dich jetzt wieder beruhigen.* Eine Zeit lang liege ich so da und starre an die Decke. Mein Arm juckt unter dem Gips. Mein Knie schmerzt. Aber all das kümmert mich nicht. Ich spiele nur wieder und wieder gedanklich den Kuss durch, bis mich der Schlaf überkommt und ich in tiefen Schlummer sinke.

Zweiundzwanzig

Am nächsten Morgen erwache ich zum Klang klappernder Pfannen, brutzelnder Eier und fließenden Wassers. Mein Kopf fühlt sich an wie ein Felsbrocken – viel zu schwer, um ihn zu heben. Trotzdem richte ich mich auf, noch vollkommen verschlafen, und versuche mich unterhalb des Gipses zu kratzen. Ich hebe die Decke an und mustere mein Knie. Es ist ziemlich blau. Autsch. Bin mir nicht sicher, ob ich noch eine weitere Verletzung überstehe an diesem Wochenende. Barfuß patsche ich in die Küche, in der hektische Betriebsamkeit herrscht. Ich werfe einen Blick ins Wohnzimmer und betrachte das Sofa. Da ist er also. Der Ort des Verbrechens.

Apfelwein.

Wärme.

Feuer.

Lippen.

Bartstoppeln, die meine Wangen streifen.

Seine Hand auf meiner Haut.

»Guten Morgen, Tonya«, ruft Mrs. Hamilton mir von der Küche her zu. Gerade wendet sie einen Pfannkuchen. »Wie fühlst du dich heute?«

Ich stöhne, weil ich mir mit einem Mal der Tatsache

nur allzu bewusst werde, dass ich diesen Leuten hier mit ungekämmtem Haar gegenüberstehe. So beiläufig wie möglich frage ich: »Wo steckt Micah?«

Mrs. Hamilton dreht einen weiteren Pfannkuchen um. »Shauna hat ihn schon früh am Morgen mit zum See genommen, um im Eis zu fischen.«

Mir dreht sich der Magen um. *Er ist mit Shauna unterwegs?*

»Ben ist mit ihnen gegangen«, fügt Mrs. Mayhew hinzu. »Sie wollten dich nicht wecken. Wie geht es deinem Arm?«

Ich blicke auf die Worte auf meinem Gips. Folge den Umrissen jedes einzelnen Buchstaben. Der Bedeutung dahinter. *Meine aufrichtige Entschuldigung.*

Ich schlucke schwer. »Alles bestens. Danke der Nachfrage.«

Eine Stunde später warte ich mit dem gepackten Seesack zu meinen Füßen auf dem Sofa. Der Rest des Gepäcks liegt neben der Tür, wo auch eine nervöse Mrs. Mayhew steht. Immer wieder wirft sie einen Blick zum Fenster raus.

»Sie sollten doch längst zurück sein«, sagt sie.

»Vielleicht haben sie ja einen Fisch gefangen«, meint Mr. Hamilton, der an seinem Handy herumfummelt. »Meine Shauna fängt immer was. Wir fahren los, sobald sie da sind.«

Ich rufe meine Mutter an, um sie über die leichte Verspätung zu informieren. Sie geht überraschend locker damit um. Während wir warten, spiele ich eine Runde

Karten mit Shaunas Eltern und Mrs. Mayhew, kann mich aber auf nichts konzentrieren. Ich denke die ganze Zeit nur daran, wie Micahs Lippen geschmeckt haben. Ob Shauna diesen Mund wohl in diesem Moment küsst? *Igitt!* Ich knalle die Karten auf den Tisch.

»Sei doch nicht so ein schlechter Verlierer, Toni«, schnaubt Mrs. Hamilton, die die Karten einsammelt.

Bin ich das? Ein schlechter Verlierer? Hab ich ihn denn verloren? Ich marschiere im Zimmer auf und ab, das reinste Nervenbündel. Eigentlich sollte es mich nicht kümmern. Micah gehört mir nicht. Er macht hier nur seinen Job. Und er wird dafür bezahlt, dass er so tut als ob. Gestern Abend sind wir zu weit gegangen, doch es ist noch nicht zu spät, damit alles wieder wird wie früher. Küsse können Freundschaften ruinieren.

Ich kann es nicht riskieren, Micah zu verlieren.

Aber.

Diese *Stoppeln*. Dieser *Mund*.

Vor der Tür sind Schritte zu hören. Klingt wie jemand, der sich den Schnee von den Schuhen trampelt. Sekunden später geht die Tür auf, und ein verblüfft dreinschauender Micah steht da, dick eingepackt in seine schwarze Jacke und in einen flauschigen schwarzen Schal. Seine geröteten Wangen heben sich deutlich ab vom weißen Hintergrund.

Mein Magen macht diese Sache, die ich nicht genau beschreiben kann. Jep. Da steht er. Und sieht umwerfend aus.

»Dem Herrn sei Dank!«, ruft Mrs. Mayhew, die soeben die Karten mischt. »Wir wollten schon einen Suchtrupp losschicken. Wo steckt Ben? Und Shauna?«

»Noch draußen, hinter dem Haus.« Micahs Schultern wirken steif. Er vermeidet jeglichen Blickkontakt.

Mr. Hamilton klatscht in die Hände. »Und, hat sie was gefangen?«

»Äh. Ja.« Micah räuspert sich. »Sie hat was gefangen. Wenn man das Fangen nennen kann.«

Mr. Hamilton schaut auf sein Handy. »Wir sollten bald los. Aber erst will ich sehen, was meine liebe Shauna mitgebracht hat.«

Er geht zur Hintertür raus, die hinter ihm zufällt. Mrs. Hamilton seufzt und sammelt die Karten auf. Mrs. Mayhew zieht ihren Mantel über und gesellt sich zur Gruppe hinter dem Haus, neugierig darauf, Shaunas »Fang« zu sehen. Was auch immer das bedeuten mag.

Micah kommt zu mir gelaufen und flüstert: »Bist du dir sicher, dass dieses Mädchen keine Serienkillerin ist?«

Er ist nah. Viel zu nah. Seine Finger streifen meinen Ellbogen, der sofort Feuer fängt. Das alles reicht, um mich binnen weniger Tage völlig durchdrehen zu lassen.

»Hä?« Ich bin abgelenkt von seinen kantigen Zügen. Von der Tatsache, dass er mich zum Brennen bringt.

Als Mrs. Hamilton sich uns nähert, schiebe ich Panik und wirble herum und dann tue ich so, als müsste ich ganz dringend wohin. Nur dass ich dann direkt gegen die Wand renne. Donk.

»Oh mein Gott!«, ruft Mrs. Hamilton. »Toni? Alles in Ordnung mit dir?«

Ich halte mir die schmerzende Nase. Autsch. Autsch autsch autsch. Ich grinse debil. »Müssen die Schmerzmittel sein«, sage ich. »Bin irgendwie durch den Wind.«

Mrs. Hamilton berührt mich an der Schulter. »Sei bitte vorsichtig.«

Sie schüttelt den Kopf und geht dann nach draußen, um sich zu den anderen zu gesellen. Ich schlüpfe in meine Jacke und bewege meine schmerzende Nase. Langsam wird das hier lächerlich. Ich gehe Micah aus dem Weg und will zu den anderen, doch er ist direkt hinter mir. An meinem Hinterkopf spüre ich seinen Atem.

»Toni«, flüstert er. »Was immer du jetzt vorhast, schau bitte nicht in die rote Kühlbox.«

Das Erste, was ich tun will, ist natürlich, einen Blick in die rote Kühlbox zu werfen. Sie steht direkt neben der Feuerstelle, ein roter Klecks mitten im Schnee. Mr. Hamilton spitzt hinein, und ein begeisterter Ausdruck tritt auf sein Gesicht.

»Das ist meine Tochter«, sagt er voller Stolz.

Shauna grinst. »Auf einmal war es da, hat die Straße überquert. Ich wollte es gar nicht erwischen, klar, aber dann ist es passiert, und genau an der richtigen Stelle. Der Körper ist noch in einem Stück.«

Ben sieht Shauna an, als wäre sie eine Art Göttin. Ich stehe zitternd ein paar Schritte entfernt, die Hände in den Taschen meiner Jacke vergraben. Micah steht so dicht neben mir, dass ich die Hitze spüre, die von ihm ausgeht. Wird er noch mal versuchen, mich zu küssen? Nicht jetzt, das ist klar. Aber vielleicht in absehbarer Zukunft?

»Liebes, wir sollten jetzt das Auto beladen«, sagt Mrs. Hamilton.

»Ich will es erst häuten.« Shauna funkelt mich an.

»Brauch aber erst andere Schuhe. Ich will ja kein Blut auf meinen Stiefeln haben.«

Es häuten?

Was häuten?

Warum sieht sie mich so an?

»Mach das doch, wenn wir daheim sind.« Mr. Hamilton klopft seiner Tochter auf die Schulter. »Gib einfach noch mehr Eis dazu, dann hält es sich schon. Sind ja nur ein paar Stunden. Da passiert nichts. Wir müssen jetzt los. Tonyas Mutter macht sich schon Sorgen.«

»Los, komm, Ben. Hilf uns beim Beladen des Wagens«, trägt Mrs. Mayhew ihm auf.

Die Hamiltons und Mrs. Mayhew gehen zurück ins Haus. Ehe Ben seiner Mutter folgt, sieht er zu Shauna und sagt: »Du bist echt der Wahnsinn. Ich wusste schon immer, dass du unglaublich bist.« Er strahlt, dann eilt er in die Hütte. Micah, der ebenfalls gehen will, rennt ihm hinterher, doch Shauna hält ihn zurück.

»Jetzt reden wir mal Klartext«, sagt sie und bringt ein Jagdmesser zum Vorschein.

Heilige Scheiße.

Mein Blick wandert zur Kühlbox.

Ich kann nicht aufhören, sie anzustarren.

Bin ich hier in einem echten Horrorfilm gelandet?

Micah seufzt und schiebt die Hände in die Jackentaschen. »Dann mach es kurz, Shauna.«

Oh mein Gott. Es ist wirklich so.

»Falls es dir entgangen sein sollte, Toni Valentine, Ben liebt mich«, sagt Shauna. Sie macht einen Schritt auf mich zu. Der Schnee unter ihren Füßen knirscht. »Und zwar sehr. Er liebt mich mehr als je zuvor. Und das alles ist deine Schuld.«

»Was redest du da für einen Unsinn«, sage ich und schüttle den Kopf. »Entweder sind das die Schmerzmittel, oder du sprichst wirklich in Rätseln.«

»Dann lass mich mal dein Gedächtnis auffrischen.« Shauna wischt sich mit der Messerspitze eine Locke aus den Augen. »Du. Micah. Das Sofa. Ein gemütliches Feuer. Gestern Nacht. Der Kuss. Klingelt da was, Toni?«

Ich sehe sie an. Oh. Das.

»Ben hat euch gesehen«, fährt Shauna fort. »Und jetzt kennt er die ganze Wahrheit, dank Micah.«

»Er dachte, ich würde sie betrügen«, erklärt Loch und wischt sich übers Haar. »Er wollte mich vermöbeln. Da musste ich ihm die Wahrheit sagen, sonst hätte er sich auch noch den Arm gebrochen. Sicherheit geht vor.«

Shauna schärft das Messer an einem nahe gelegenen Felsen.

»Okay.« Zitternd hebe ich die Hände. »Können wir bitte vernünftig darüber reden? Es muss doch keiner verletzt werden.«

»Deinetwegen muss ich mich jetzt total schämen, Toni!« Shauna schiebt das Messer in eine Lederhülle und legt es neben die Kühlbox. Das Atmen fällt mir gleich ein wenig leichter. »Wenn du nicht darauf bestanden hättest, mit hierherzukommen, dann wäre das alles bestens gelaufen! Ben denkt, ich hätte einen Jungen engagiert, der so tut, als würde er mich mögen, und jetzt ist er plötzlich aufdringlicher denn je. Er sagt, er würde mich auf ewig lieben, und ihm müsse ich keinen Cent bezahlen, bla bla

bla. Gott, hast du auch nur die geringste Ahnung, wie sich das anfühlt? Ich fühle mich wie die größte Versagerin von ganz Vermont!«

»Erklär Ben doch einfach, dass das nicht stimmt«, sage ich seufzend. »Und sag einfach Nein, Shauna.«

Sie grummelt etwas und zieht den gelben Schal enger. »Das will er nicht hören. Und jetzt denkt er auch noch, ich hätte Ryan ebenfalls bloß erfunden. Danke, Toni. Echt. Warum könnt ihr beide nicht aufhören, euch so anzusehen, hm? Warum könnt ihr nicht ein Wochenende lang so tun, als wärt ihr nicht total scharf aufeinander? Ist das denn zu viel verlangt?«

Micah und ich antworten gleichzeitig: »Wir sind nicht scharf aufeinander.«

Pause.

Dann deuten wir beide aufeinander und rufen: »VERHEXT!«

Ich muss lachen. Ich kann nicht anders. Auf Micahs Gesicht tritt ebenfalls ein bezauberndes Grinsen. Shauna starrt uns ein paar Sekunden einfach nur an. Wütend.

»Ich will meine Anzahlung zurück«, sagt sie. Sie nimmt die rote Kühlbox in die Hand. »Und zwar bis auf den letzten Cent.«

»Ach, komm schon«, bettle ich. Das morgendliche Sonnenlicht sickert zwischen den blattlosen Ästen hindurch und blendet mich einen Augenblick lang. »Micah hat getan, wozu er gebucht wurde. Er hat sein Wochenende geopfert, seinen Job, und das alles nur für dich. Er hat dich umarmt. *Er hat zugelassen, dass du an seinem Ohr leckst.* Er hat sich das Geld redlich verdient.«

»Micah hat aber alles auffliegen lassen.« Shauna schüttelt den Kopf. »Und das bedeutet, dass er eben *nicht* das getan hat, wofür ich ihn bezahlt habe. Ich will meine Anzahlung zurück. Jeden einzelnen Cent. Sonst schalte ich die Polizei ein.«

»Die Polizei?«, presse ich hervor. »Meinst du das ernst?«

Sie senkt die Stimme. »Ich erzähle denen alles von deinen Machenschaften als Menschenhändlerin.«

»Warte«, unterbricht Micah uns, als meine Finger sich zur Faust ballen. Er sieht Shauna an. »Vergiss es, okay? Nimm dein Geld zurück. Ich will es sowieso nicht.« Er fischt in seiner Jacke nach der Brieftasche und reicht ihr das Bündel Banknoten, das immer noch mit dem hübschen rosa Band versehen ist. Echt schlimm, dass sie ihr Geld so verpackt hat. »Nimm es«, sagt er zu ihr. »Ist alles noch da.«

»Micah.« Ich berühre ihn an der Schulter. *Nicht. Du brauchst die Kohle.* »Ich regle das schon.«

Shauna reißt Micah das Geld aus der behandschuhten Hand. »Das war's für dich, Toni Valentine, du bist erledigt.«

Die Fahrt nach Hause ist dann eher unangenehm. Shaunas Eltern biegen bei uns in die Einfahrt und verabschieden sich von Micah und mir. Shauna springt raus und wirft unsere Taschen einfach in den Schnee. Bis sie wieder in den Wagen steigt, würdigt sie keinen von uns auch nur eines einzigen Blickes. Ich sehe zu, wie der SUV davonbraust, froh, sie endlich los zu sein. Und trotzdem bin ich angefressen, dass wir das Geld zurückgeben mussten.

Was für ein vergeudetes Wochenende. Was aber das Schlimmste ist: dass Micah seinen Job dafür geschmissen hat. Ich fühle mich echt mies, dass ich ihn mit jemandem wie ihr zusammengebracht habe.

Micah reicht mir meine Tasche. Als ich danach greife, streifen meine Finger die seinen, und sofort wird mir am ganzen Körper warm. »Danke«, sage ich und werde rot. »Tut mir echt leid. Ich sehe zu, dass ich das Geld wiederbekomme. Wenigstens einen Teil davon.«

Er kratzt sich am Bart. »Die ganze Sache war vielleicht zu gut, um wahr zu sein.«

»Shauna Hamilton kann uns doch egal sein.« Ich stöhne. »Scheiß auf die. Die ist doch irre. Ich werde schon dafür sorgen, dass du einen Haufen Kohle verdienst. Versprochen.«

Versprochen. Dieses Wort versetzt mich zurück in die gestrige Nacht. Das gebrochene Versprechen. Der Kuss. Und jetzt stehen wir hier ganz allein in der Einfahrt. Kein Mensch weit und breit. Er könnte mich noch mal küssen. *Er könnte mich doch noch einmal küssen*. Das Herz pocht mir bis zum Hals.

»Ich finde, das mit deinem Service ist keine so gute Idee«, meint er und wirft sich mit einem Schwung die Tasche über die Schulter. »Die Leute werden von Gefühlen beherrscht, sie sind unberechenbare Kreaturen, wenn es um Beziehungen geht.«

»Ich hab das alles unter Kontrolle.« *Steig jetzt nicht aus. Bitte.*

Loch reibt sich den Nacken. »Das ist es ja, Toni. Du kannst noch so viele Profile erstellen und Tabellen und

Zeitpläne ausarbeiten, aber die Kontrolle wirst du nie vollständig haben. Denn wenn Menschen involviert sind, muss man immer mit einem gewissen Unsicherheitsfaktor rechnen.«

Mir wird das Herz schwer. »Heißt das, du willst aussteigen wie Cowboy?«

Er zögert. »Ich werde versuchen, meinen Job in der Teddybärfabrik wiederzubekommen. Wenn sie mich da nehmen, dann hat dieser Job für mich Priorität. Das alles ist mir im Moment zu riskant.«

Ich trete einen Schritt zurück und nicke. Er sieht mich an, öffnet den Mund, macht ihn wieder zu. Eigentlich will er noch was sagen, das spüre ich. Und ich will ebenfalls noch was sagen. Ich will den Kuss zur Sprache bringen, aber ich weiß nicht, wie ich das anstellen soll, ohne idiotisch zu klingen. Sanft berührt Micah meine Nasenspitze und sagt: »Bis dann, Toni. Und renn nicht wieder gegen eine Wand, okay?«

Als er sich abwendet und losgeht, rufe ich ihm nach: »Hey, Micah?«

Er bleibt stehen, dreht sich um und wartet. Kurz sehe ich Hoffnung aufblitzen in seinen Augen, doch ich bin mir ziemlich sicher, dass die Schmerzmittel meinem Gehirn etwas vorgaukeln. Trotzdem. Ich sollte was sagen. Irgendwas.

»Was war denn in der Kühlbox?«, frage ich jetzt.

Er macht ein angewidertes Gesicht. »Ein totes Kaninchen.«

Ich schaudere und sehe zu, wie er den Weg zu seiner Haustür entlanggeht. Er sieht aus, als würde er vor einem schlimmen Date Reißaus nehmen, und ich schätze, irgendwie ist es wohl tatsächlich so. Shauna einerseits, die ihm am Ohr rumkaut, und der gierige Kuss zwischen uns auf der anderen Seite, das muss so ziemlich das schlimmste Wochenende seines Lebens für ihn gewesen sein.

Ich gehe ins Haus und tue so, als wären die Tränen, die mir über die Wangen rinnen, Tränen der Freude, weil ich endlich wieder daheim bin. Mom umarmt mich. Sie untersucht meinen Arm, doch von meinen anderen Verletzungen sage ich kein Wort. Mein zerschrammtes Knie. Meine pochende Nase. Mein gequältes Herz. Und gerade als ich denke, ich könnte Micah vielleicht für ein paar Sekunden vergessen, zaubert Mom den prophezeiten Kürbiskuchen hervor.

Dreiundzwanzig

Am Montagmorgen trotten Emma und ich über den Parkplatz und kämpfen gegen den eisigen Wind an. Ich schlinge mir den Schal ums Gesicht und hoffe, dass sie nicht nachfragt, was am Wochenende geschehen ist. Eigentlich würde ich mir viel lieber stillschweigend Gedanken darüber machen, bis ich ein Magengeschwür kriege. Doch Emma packt mich am Ellbogen und flüstert mir ins Ohr: »Was ist denn passiert am Wochenende?«

Mein Gehirn funktioniert nicht besonders gut, weil Micah meine Gedanken blockiert. Er verdreht mir die Worte im Kopf und stört meine Konzentration. Mir fällt auf die Schnelle keine Lüge ein. Ich will aber auch gar nicht lügen. Also murmle ich irgendwas als Antwort und nehme den Schal ab, als wir die Winston betreten. Ein Blatt Papier klebt mir am Schuh, doch ich kicke es einfach weg und gehe weiter.

Nach einigen Minuten des Schweigens zerrt Emma mich in die Toilette und drängt mich gegen das Waschbecken. Sie verschränkt die Arme vor der Brust. »Jetzt sag schon«, fordert sie mich auf.

Ich kann nicht anders. Also erzähle ich ihr alles. Ich muss es irgendjemandem erzählen. Als ich bei dem Teil mit dem Kuss angekommen bin, versagt mir fast die Stimme. Ich versuche, alles so cool wie möglich wiederzugeben, und weise mehr als nur einmal darauf hin, dass der Kuss kein großes Ding war. Denn ich will, dass irgendjemand mir versichert, dass das wirklich keine große Sache war.

Als ich fertig bin mit Erzählen, blinzelt Emma ein paarmal und zieht dann ihr Lipgloss aus der Tasche. Sie fährt sich mit der Tube über die Lippen und reicht sie dann wortlos an mich weiter. Seltsamerweise hab ich mich inzwischen schon daran gewöhnt, diese Art von Mädchensachen mit ihr zu teilen, aber dieses Mal lehne ich ab, meine Lippen bleiben nackt.

Ich schwöre, ich kann immer noch den Apfelwein von Micahs Mund schmecken.

Emma presst kurz die Lippen aufeinander und sagt dann: »Das sind ja ganz schön viele Informationen, das muss man erst mal verdauen.«

Ich knibble am Daumen. Vielleicht kann sie mir ja helfen, etwas klarer zu sehen. »Du wolltest wissen, was passiert ist«, sage ich.

Emma seufzt. »Hast du das mit dem Poledance wirklich gemacht?«

Ich werde rot. »War eher so was wie ein Spazierstocktanz.«

Sie fummelt an ihren silbernen Ohrsteckern herum. »Du steckst ernsthaft in der Klemme.«

Ich ächze und lehne mich gegen das Waschbecken. Mir ist ein wenig schwindelig. »Mir war schon klar, dass das keine gute Idee ist. Loch und ich sind Freunde. Wir sollten uns nicht küssen.« Ich schweige einen Moment und hole tief Luft. »Wir sollten nichts miteinander anfangen. Ich glaub ja noch nicht mal, dass wir uns nächstes Jahr noch im gleichen Staat aufhalten.«

»Hä?« Emma blinzelt ein paarmal.

»Für die UVM würde ich mich nur Loch zuliebe entscheiden, ich möchte lieber anderswohin gehen«, sage ich.

»Und wo willst du hin?« Emma grinst. »Wenn man Loch mal außen vor lässt?«

Ich zögere, mein Magen krampft sich zusammen. Schließlich kenne ich die Antwort. Irgendwie glaube ich, ich weiß es schon seit dem Tag, da ich die Zusage per Post erhalten habe, doch ich wollte es bislang nicht zugeben. Denn den Staat zu verlassen bedeutet auch, mich von den Jungs zu entfernen. Jetzt aber weiß ich, dass es unvermeidlich ist. »Purdue«, antworte ich mit einem Nicken. »Ich will dorthin, wo mein Dad war.«

»Dann solltest du das auch tun, Toni Valentine«, sagt Emma und legt ihren Kopf auf meine Schulter. Ich lächele, erleichtert über die Entscheidung, erleichtert, endlich diesen Schritt zu wagen, wie erschreckend er auch sein mag. Dennoch bleibt ein ungutes Gefühl zurück. Wie soll ich das Loch nur beibringen?

»So«, fährt Emma stirnrunzelnd fort. »Und nun zurück zum Geschäftlichen. Das ist jetzt schon der zweite Rückschlag für uns. Shauna wird keine Ruhe geben und ihren Unmut kundtun. Sie verzeiht nicht so leicht wie Carrie.« Kurz hält sie inne. »Will Micah aussteigen?«

»Keine Ahnung.« Ich schüttle den Kopf. »Er braucht das Geld. Kümmert es die Leute denn so sehr, was Shauna denkt?«

»Überlass die Hamilton mir.« Emma runzelt die Stirn, total ernst und geschäftsmäßig. »Ich hab ein paar SMS von ihr, in denen sie wegen unseres Services anfragt. Wenn irgendjemand erfährt, dass sie unsere Dienste in Anspruch genommen hat, wird das äußerst peinlich für sie. Ich stelle sie bloß, falls sie versucht, uns was anzuhaben.«

Ich lächle. Wie ich schon sagte. Dieses Mädchen sollte mit einem Warnhinweis versehen werden. »Eines Tages übernimmst du die Weltherrschaft, Emma Elizabeth Swanson.«

Emma strahlt. »Kümmere du dich um Micah Garry. Und um diesen Kuss.«

Ich drehe mich zum Spiegel um und bemerke die roten Flecken entlang meines Schlüsselbeins. »Hab ich schon erwähnt, dass das mit dem Kuss kein großes Ding war?«

Emma legt mir den Arm um die Schulter. »Willkommen auf der dunklen Seite, Toni Valentine.«

»Ich bin nicht auf der dunklen Seite«, stammle ich. »Warte. Welche dunkle Seite? Wie bei Darth Vader?«

Es klingelt ein letztes Mal zum Unterricht. Wir verlassen die Toilette, und ich erkläre erneut, dass an dem Kuss wirklich nichts dran war. Doch ich glaube nicht, dass Emma das kapiert. Sie nickt bloß dauernd und grinst. Als die Toilettentür hinter mir zufällt, klebt wieder Papier an meinem Schuh. Doch irgendwas an dem hier erregt meine Aufmerksamkeit. Ich bleibe stehen und hebe es auf. Es ist ein Umschlag. Irritiert lasse ich die Finger über das Logo von der Purdue in der Ecke gleiten.

»Da geht jemand nachlässig mit unseren Broschüren um«, sage ich genervt.

»Ich glaub nicht, dass es Nachlässigkeit war«, flüstert Emma.

Ich sehe sie an. Sie starrt geradeaus, steht wie angewurzelt da. Ich folge ihrem Blick und bemerke die über den Boden des Flurs verstreuten weißen Umschläge.

»Heilige Scheiße«, keuche ich. Panik. Schiere Panik. »Wir müssen sie aufsammeln! Wenn jemand von der Lehrerschaft die entdeckt …«

In dem Moment kommt Mrs. Kemper um die Ecke gebogen. Sie hebt einen von den Umschlägen auf und öffnet ihn neugierig. Ich bin mir fast sicher, dass Emma neben mir aufgehört hat zu atmen. Schnell packe ich sie am Ellbogen, als würde es alles wieder in Ordnung bringen, wenn ich mich an ihr festklammere. Mrs. Kempers Gesichtsausdruck wechselt von völlig zufrieden zu verwirrt, während sie Micahs Profil überfliegt.

»Das war Shauna«, flüstert Emma. »Ich weiß es einfach.«

»Wird schon nichts passieren«, flüstere ich zurück und drücke ihren Arm. »Auf dem Profil stehen ja keine Namen. Da ist nur das Foto von einem Jungen zu sehen. Seine angeblichen Hobbys. Kein großes Ding.«

Mrs. Kemper blickt auf zu uns und sagt: »Meine Damen?« Sie kommt auf uns zumarschiert, den geöffneten Umschlag in der Hand.

»Wir sind aufgeschmissen!«, quiekt Emma im Flüsterton.

»Habt ihr irgendwas mit denen hier zu tun?«, will Mrs. Kemper wissen.

»Die ganzen Collegebroschüren, die hier auf dem Flur

rumliegen?« Ich schüttle den Kopf. Lege all mein schauspielerisches Können an den Tag. »Vielleicht will uns jemand etwas damit sagen?«

Mrs. Kemper zieht die dichten Augenbrauen nach oben. »Was soll uns das denn wohl sagen?«

»Na, wie schwierig es ist, sich für das richtige College zu entscheiden«, blubbere ich los und kratze mich am Schlüsselbein. Ich spüre die roten Flecken, die mich verraten. »Vielleicht sollen diese Umschläge so was darstellen wie, keine Ahnung, geistige Verwirrung oder so was.«

Allmählich fällt mir nicht mal mehr so was wie dieser Schwachsinn ein, daher höre ich auf zu quatschen. Mrs. Kemper runzelt die Stirn. Sie nimmt mir das nicht ab, logo. Es vergeht eine halbe Ewigkeit. Ich befürchte, Emma könnte in Ohnmacht fallen.

»Ihr seid spät dran. Geht in eure Klassen, meine Damen«, weist Mrs. Kemper uns an.

Später an diesem Abend öffne ich meinen Laptop mit der Absicht, mir einen Film anzusehen, um wieder einen klaren Kopf zu bekommen. Doch meine Gedanken kehren immer wieder zurück zu den überall verstreuten weißen Umschlägen. Nervös kaue ich auf der Schnur meines Hoodies herum. Mrs. Kemper wird dem sicher nachgehen. Ist nur eine Frage der Zeit, ehe die Profile zu mir zurückverfolgt werden können. Spätestens wenn Shauna Hamilton befragt wird. Das könnte es jetzt gewesen sein. Das Aus für unser Unternehmen. Und Micah hat die Kohle für die UVM nicht.

Micah. Ich fahre mir mit den Fingern über die Lippen

und folge seinen Spuren auf meinem Mund. Meine Lippen sind taub. Meine Gedanken wandern von Micah zu Micah zu Micah. Ich starre auf die Worte auf meinem Gips, bis die Buchstaben zu sinnentleerten Symbolen verschwimmen. Worte. Buchstaben. Sätze. Ich befinde mich in einer fremden Welt. Wie Emma schon sagte, ich wandle auf der dunklen Seite. Alles schmeckt anders, sieht anders aus, klingt anders.

Draußen vor dem Fenster höre ich das vertraute Geräusch eines Basketballs, der über das Pflaster springt. Ich linse zwischen den Jalousien hindurch. Ollie, Cowboy und Micah spielen in der freigeschaufelten Einfahrt der Garrys. Alle sind sie gegen die Kälte dick eingepackt.

Das ist genau das, was ich jetzt brauche. Einen Augenblick der Normalität. Die guten alten Zeiten.

Ich werfe mir ein Colts-Sweatshirt über und gehe nach draußen. Mom hat die Post heute schon reingeholt, doch ich marschiere trotzdem zum Briefkasten. Mit einem gebrochenen Arm kann ich nicht spielen, aber ich wünsche mir trotzdem, dass sie mich bitten, mich zu ihnen zu gesellen. Da. Ollie hat mich entdeckt. Glaube ich. Oder nicht?

Schnee dringt in meine Turnschuhe. Immer wieder werfe ich ihnen verstohlene Blicke zu. Ollie versenkt den Ball und jubelt dem bewölkten Himmel zu. Cowboy verdreht die Augen. Ich öffne den Briefkasten und werfe einen Blick hinein in die gähnende Leere. Als ich aufschaue, stelle ich fest, dass Micah mich anstarrt. Mein Herz klopft.

Er sieht weg und nimmt Cowboy lachend den Ball ab. Dann aber wirft er bei einem einfachen Korbleger daneben. Mit einem flauen Gefühl im Magen mache ich mich auf den Weg zurück ins Haus, die Hand tief vergraben in der Vordertasche meines Sweatshirts. Dieser dämliche Kuss. Dass er mich jetzt schneidet, daran ist einzig und allein der Kuss schuld. Er hat alles ruiniert.

»McRib!«, ruft Ollie plötzlich und klemmt sich den Ball unter den Arm. »Zeig uns doch mal, was du so draufhast!«

Ich versuche, mein Lächeln und die Erleichterung zu überspielen. So funktionieren Jungs eben. Sie verarschen sich gegenseitig und witzeln herum und geben sich bescheuerte Spitznamen. Ganz cool schlendere ich rüber zu ihnen, obwohl ich eigentlich am liebsten rennen und mich bei ihnen bedanken würde, dass sie mich mitmachen lassen. Micah und Cowboy wirken ein bisschen betreten. Cowboy ist der Einzige, der mich ansieht. Es vergehen ein paar peinliche Augenblicke. Warum benehmen sie sich so seltsam?

»Hey, Cowboy«, sage ich. Mir kommt es vor, als hätte ich ihn eine Ewigkeit nicht gesehen. »Und, irgendwelche Fortschritte bei Katie Morris?«

Er scharrt mit den Füßen. Schaut zu Boden. »Ich warte noch auf den perfekten Moment, um ein Gespräch zu beginnen«, sagt er. »Hab das Stipendium für die Johnson State bekommen. Das wäre also geschafft.«

»Gratuliere!«, sage ich. Schön für ihn. Ich finde es schlimm, dass wir uns die letzten Wochen aus den Augen verloren haben, aber wir hatten beide viel um die Ohren. Außerdem können wir das in den Sommerferien ja nachholen. Hoffe ich. Was soll's, wenn er es nicht schafft, mit Katie Morris zu reden? Irgendwann wächst er schon raus aus dieser extrem schüchternen Phase. Früher oder später.

Ich kratze mich unterm Gips und sehe zu Micah. Der aber wendet sich ab und vergräbt die Hände in den Jackentaschen. Wir sollten echt miteinander reden. Das ist doch die totale Folter.

»Wir wollen sehen, was du so draufhast, McRib«, sagt Ollie und dribbelt den Ball.

Zum Glück. Eine Ablenkung. Ich hebe den Gipsarm. »Kann es ja versuchen mit einer Hand«, sage ich.

Ollies Grinsen wird breiter. »Den Ball brauchst du dazu doch nicht.«

»Hör auf.« Micah sieht Ollie an und reibt sich verlegen den Nacken. Jetzt verstehe ich überhaupt nichts mehr. Trotzdem gebe ich mir Mühe, cool zu bleiben.

»Ollie hat bloß Angst, dass ich ihn wieder umniete«, witzle ich. Ich zittere, weil ich nicht unbedingt für das Spiel im Schnee gekleidet bin. Aber ich will jetzt auch nicht noch mal ins Haus gehen.

Ollie verengt die Augen zu Schlitzen und leckt sich über die aufgesprungenen Lippen. »Warum hast du nicht mich gewählt für das Snowboard-Date?«

Seine Worte klingen vorwurfsvoll, und es liegt ein fieser Unterton darin. Ich bin wie vor den Kopf gestoßen, antworte aber ganz souverän: »Die Kundin hat sich Loch ausgesucht. Und die Kundin kriegt das, was sie will.«

»Für mich sieht es so aus«, sagt Ollie mit finsterer Miene und dribbelt den Ball, »als würdest du Loch bevorzugt helfen wollen, Geld zu verdienen. Deshalb kriegt er mehr Dates ab als der Rest von uns. Ich hatte bis jetzt nur Lemon.«

Micah seufzt. »Komm schon, Mann. Lass das.«

»Ist doch nicht wahr.« Ich werde lauter. Es geht hier gar nicht um das Snowboard-Date. Es geht um diesen dämlichen Streich. Das wirft er mir immer noch vor. »Ich will euch allen helfen. Wir sind doch ein Team.«

Ollie dribbelt den Ball jetzt fester und fester, bis ich schon Angst kriege, das Pflaster könnte Sprünge kriegen. »Zweitausend Dollar für ein Wochenende? Das wäre schon was gewesen. Das, was da zwischen euch abgeht?« Er nickt in Micahs und meine Richtung. »Das ruiniert alles. Und ich stehe nicht allein da mit meiner Meinung.«

Ollie wirft Cowboy einen Blick zu. Der hebt abwehrend die Hand. »Ich will das nicht tun.«

»Was tun?« Mein Herz hämmert wie verrückt. Was geht hier vor? Fühlt sich an wie ein kleiner Aufstand. Als würde man mir gleich ein großes Geheimnis offenbaren. Die Straßenlaternen werfen Schatten über den Schnee. In unserer Gegend herrscht eisige Kälte, es ist totenstill, fast alle haben sich in ihren Wohnzimmern verkrochen, um sich zu entspannen, bald macht man sich bereit fürs Bett. Ich dagegen hab das Gefühl, dass die Welt, die ich mit den Jungs geteilt habe, allmählich auseinanderbricht.

»Weißt du, weshalb ich nicht mehr auf die Jagd gehe?«, fragt Ollie. Er zupft sich am Ohrläppchen. »Draußen auf dem Wasser muss ich mir ständig mit ansehen, wie du Loch anschaust. Wir sind nicht mehr die Kinder, die wir mal waren. Nächstes Jahr sind wir alle fort von hier. Akzeptier das endlich.«

Meine Wangen fangen an zu glühen. *Wie ich Loch anschaue? Was soll das heißen?* »Deshalb verbringst du den

Sommer lieber in Colorado?«, frage ich und versuche ganz ruhig zu bleiben. »Du willst so schnell wie möglich weg von uns, weil es sowieso unvermeidlich ist, dass wir uns verändern?«

Ollie runzelt die Stirn und dribbelt erneut mit dem Ball. »Ich bin mir nicht mal sicher, ob ich dich überhaupt noch kenne.«

»Ich bin genau wie immer.« Wie zum Beweis fummle ich an der Schnur meiner Jogginghose herum. »Es geht hier doch um deine Eltern. Du machst mir immer noch Vorwürfe wegen dieses dämlichen Streichs. Ich bin nicht schuld, dass du jahrelang nur Scheiße gebaut hast, Ollie. Und es ist nicht meine Schuld, dass deine Eltern dich jetzt zwingen, endlich mal Verantwortung für etwas zu übernehmen.«

Ollie wirft den Ball, trifft aber nicht. Der Ball rollt in den Schnee. Ollie lässt ihn dort liegen und haucht seine nackten Hände an, um sie sich aufzuwärmen. Er deutet auf den Basketballkorb. »Tja«, sagt er mit einem finsteren Grinsen. »Willst du uns jetzt nicht dein Tänzchen an der Stange präsentieren, McRib? Hab gehört, das ist dein neuestes Hobby. Siehst du? Ich kenne dich kaum.«

Ich weiche einen Schritt zurück, weil da eine Woge über mich hinwegschwappt, die mich schwindeln lässt. Keiner bewegt sich oder sagt ein Wort. Eine plötzliche Windbö durchschneidet die Stille. Ich schaue zu Micah. Der aber blickt in Richtung Garage, das Gesicht hinter den behandschuhten Händen verborgen. Wieder und wieder schüttelt er den Kopf, als könnte er so alles wieder in Ordnung bringen. Wird er aber nicht. Was genau hat er über unseren kleinen Ausflug erzählt? Ollie kickt einen vereisten Klumpen Schnee weg.

Ganz unvermittelt holt Cowboy sich den Ball zurück und zielt auf den Korb. Nach dem Treffer bewegt er sich cool, wie eben nur Cowboy das kann, mit hochgerissenen Armen über die Einfahrt und fordert irgendeine Form von Beifall von uns. Doch keiner klatscht. Wenigstens tut hier einer was gegen diese schrecklich peinliche Situation. Aber ich werde hier eh nicht mehr gebraucht. Ollie meint, er kenne mich nicht mehr. Tja, er ist mir genauso fremd. Bin mir nicht mal sicher, ob ich irgendeinen von ihnen richtig kenne.

Ich wende mich ab von meinen Jungs – Moment, sie sind ja jetzt nicht mehr *meine* Jungs – und marschiere auf unser Haus zu. Das ist jetzt der Moment, wo alle plötzlich völlig verändert sind. Kein Zurück mehr. Kein Klammern an etwas, das mal war.

Hinter mir seine Stimme. »Toni! Warte! Ich wollte dich nicht verarschen!«

Ich kann Micah nicht mal ins Gesicht sehen. Schon laufe ich los und verschwinde im Haus. Ich lehne mich mit dem Rücken von innen gegen die Haustür und komme wieder zu Atem. Dann werfe ich einen Blick auf meinen Gips, auf die dämlichen Worte, die da draufgekritzelt sind, und frage mich, was er ihnen sonst noch von dem Wochenendtrip erzählt hat. Worüber sie sich sonst noch so amüsieren. Ich bin nichts weiter als eine Witzfigur für sie. Etwas, worüber sie sich im Keller unterhalten können. Ich bin nicht länger eine von ihnen.

Vierundzwanzig

»Bist du dir sicher, dass du das tun willst?«, erkundigt Emma sich. Sie sitzt an meinem Schreibtisch und sortiert selten benutzte Post-its nach Farben. »Weil dich nämlich keiner zwingt. Du könntest sie einfach nicht mehr anziehen.«

Ich zerre an meinem Hoodie. »Das ist meine Art, meinem Ärger Luft zu machen. Außerdem rutschen sie immer hoch und entblößen meinen Hintern. Egal, ob ich einen Rock anhabe oder nicht.«

Ich betrachte meine alten Basketballshorts, die über das Bett verteilt sind. In der rechten Hand habe ich eine Schere. Zeit, sich zu verabschieden von Dingen, die nicht mehr funktionieren. Als ich die Schere hebe, rülpst Emma. Ich werfe ihr einen Blick über die Schulter zu. Sie winkt ab und sagt: »Tut mir leid. Bitte. Mach weiter.«

Ohne lange darüber nachzudenken, schneide ich die Hose in der Mitte durch. Blöderweise bleibt die Schere am Stoff hängen. Also versuche ich, den Rest zu reißen. Das allerdings stellt sich mit meinem gebrochenen Arm als unmöglich heraus. Emma springt auf und greift nach einer Seite der Shorts. Ich nehme die andere. Sie nickt mir aufmunternd zu.

»Bereit?«, fragt sie.

Ich nicke. Dann ziehen wir beide kräftig, sodass die Hose in der Mitte durchreißt. Zufrieden lege ich die Schere aufs Bett. Ich setze mich an den Schreibtisch und schütte eine Limo in mich rein, während Emma völlig perplex die zerrissenen Shorts mustert. Seht mal an. Etwas, das ich früher nie hergegeben hätte, liegt jetzt zerfetzt da.

Emmas Handy auf dem Schreibtisch fängt an zu vibrieren und lässt mich aufschrecken. Ich erhasche einen raschen Blick auf den Namen auf dem Display, ehe Emma losrennt und es aufhebt. Die SMS stammt von Ollie.

Verwirrt starrt Emma aufs Display und sagt: »Äh, Ollie ist auf dem Weg zu Lemon.«

Ich versteife mich. »Wie nach Plan.«

Im Laufe der letzten paar Wochen hat Mrs. Kemper versucht, der Herkunft der Broschüren auf die Spur zu kommen, doch die Mädchen an der Winston wissen, wie man ein Geheimnis für sich behält. Sämtliche Lippen sind versiegelt, genau wie die Brieftaschen der Mädels. Das Geschäft läuft zäh. Im Grunde ist es nicht mehr existent. Das heute Abend bildet eine Ausnahme. Ollie und Micah sind gebucht, weil heute Valentinstag ist.

»Das legt sich schon wieder, Toni.« Emma seufzt und setzt sich aufs Bett. Sie lässt die Beine baumeln. »Was auch immer zwischen euch vorgefallen ist.«

»Klar. Vielleicht.« Ich wende den Blick ab. Wird es natürlich nicht. Was geschehen ist, ist geschehen. Traurig nippe ich an meiner Limo. Ich vermisse die Jungs, aber ich habe es satt, alles wieder in Ordnung bringen zu wollen. Sie sehen mich nicht mehr als das wilde kleine Mädchen mit den aufgeschrammten Knien. Und für mich sind sie nicht mehr die Jungs, die mir niemals wehtun würden.

»Drück die Daumen, dass alles gut geht heute Abend.« Emma denkt wie immer nur ans Geschäft. Sie lässt ihr Handy in der Vordertasche ihrer Jeans verschwinden. Ihre Nägel sind neonblau lackiert. »Vielleicht fängt sich *Rent-a-Gent* ja wieder.«

Ich zucke die Schulter und spiele ein Spiel auf meinem Handy. Da die Nachfrage so gering war, mussten wir Henry und Jason entlassen. Das bisschen, was noch übrig blieb, haben wir für Ollie und Micah reserviert. *Micah*. Emma kümmert sich jetzt um seine Dates. Derzeit herrscht Funkstille zwischen uns. Schon komisch. Das ganze Jahr über war ich entschlossen, meine Freunde auf keinen Fall aufzugeben, und irgendwie hab ich sie dabei verloren. Ollie denkt, ich würde mich nicht mehr für ihn interessieren. Cowboy hat sich seit seinem desaströsen Pseudodate total zurückgezogen. Und dann wäre da noch Micah. Tja. Zwischen uns ist *definitiv* nichts mehr, wie es war.

Ich hab viel nachgedacht über jenen Sommer, in dem wir Champ gesehen haben. Wie wir da am Rand des Anlegers saßen und die Beine baumeln ließen, die nackten Füße im Wasser. Wir sahen zu, wie die Sonne unterging. Die Grillen zirpten, und eine warme Brise fegte übers Wasser. Schweigend saßen wir da und teilten uns eine Tüte Skittles, als wir plötzlich etwas auftauchen sahen. Diese dunkle Masse, nur wenige Meter entfernt von uns. Dieser Schwanz. Champs Schwanz. Es fühlte sich an wie Magie. Von diesem Moment an waren wir unzertrennlich.

Emmas fröhliche Stimme durchbricht meine Gedanken. »Ich hab später ein Date«, sagt sie. »Ein echtes.«

»Sag bloß, du bist wieder mit Kevin zusammen.« Ich lege mein Handy weg und lecke mir den Zucker von den Lippen.

Emma betrachtet ihre nackten Füße und zupft eine Fluse von ihrem rosa Pulli. »Nee, jemand Neues«, sagt sie. »Jemand, den du kennst.«

Mir dreht es den Magen um. Redet sie etwa von Micah? Nach dem Abend mit dem Basketballspiel hat er mir noch ein paarmal geschrieben. Wollte persönlich mit mir sprechen. Ich hab abgelehnt. Erst mal brauche ich ein wenig Abstand. Allein ihn anzusehen tut weh. Und gleichzeitig *vermisse* ich es, ihn anzusehen. Was auch immer da war zwischen uns – was auch immer es hätte sein können –, es ist ruiniert.

Daher sollte ich eigentlich kein Problem damit haben, wenn Emma sich jetzt mit ihm trifft. Ich habe kein Anrecht auf ihn. Sollte ihn loslassen. »Du kannst dich treffen, mit wem du willst, Emma.« Ich ringe mir ein Lächeln ab. Aber innerlich krampfe ich mich zusammen. »Du hast meinen Segen.«

Sie springt auf, um die Jalousien zu öffnen, und ein Streifen Mondlicht dringt ins Zimmer. Emma betrachtet den Stapel zerknittertes Papier neben meinem Schreibtisch, kann sich aber gerade noch zurückhalten, es zu ordnen. Sie setzt sich wieder auf mein ungemachtes Bett. »Im Ernst?«, will sie wissen. »Da fällt mir ja ein Stein vom Herzen.«

Mühevoll schlucke ich den Kloß in meiner Kehle hinunter. Mein Magen grummelt. Ich vergrabe die Zehen im Teppich. »Wohin geht er mit dir?« Ich grinse so breit, dass mir die Gesichtsmuskeln wehtun. »An den See?«

Emma lehnt sich zurück auf die Ellbogen und verzieht das Gesicht. »Luke hasst den See«, sagt sie. »Und außerdem ist es saukalt.«

Ich schüttle den Kopf. »Moment – Luke?«

»Klar.« Sie zögert kurz. Grinst. »Was dachtest du denn, von wem ich rede?«

»Ach, niemand.« Ich werfe meine leere Limodose in den Mülleimer neben der Tür. Sie trifft auf dem Rand auf, plumpst dann aber schließlich doch rein.

Emma lacht. »Micah? Du dachtest, die Rede ist von Micah? Das ist ja süß, Toni. Dass du mir die Liebe deines Lebens überlassen hättest und alles.«

»Er ist nicht …« Ich verstumme. Optimaler Zeitpunkt für einen Themenwechsel. »Luke also? Erzähl mir mehr.«

Bitte erwähne ihn nicht noch mal. Emma muss das gespürt haben. »Alles fing an, als ich in seinem Tagebuch las«, sagt sie.

Ich lache. »Du hast es *behalten?*«

»Ich war neugierig!«, sagt sie. »Wer hätte gedacht, dass ich mich in seine Worte verlieben würde?«

Liebe. Liebe. Liebe. Was für ein bescheuertes Wort. Ich lasse mich zu Boden sinken und ziehe die Beine an die Brust. Dann flüstere ich: »Du bist verliebt in ihn?«

»Ich weiß es nicht.« Emma seufzt und kichert. »Ist noch zu früh, um was Genaues zu sagen. Wir haben uns nur ein paarmal getroffen. Aber ich hab ein gutes Gefühl. Hast du schon mal was gelesen, das er geschrieben hat?«

»Du meinst, ob ich ihm sein Tagebuch geklaut und es gelesen habe?« Ich schmunzle spöttisch und warte einen Moment. »Nein.«

»Ich hab es nicht *geklaut.*« Emma beugt sich vor, zwirbelt sich das Haar um den Finger. »Schließlich hab ich es zurückgebracht.«

»Ich will gar nicht wissen, worüber er so schreibt«, sage ich und öffne eine Schachtel Schokolinsen. Vermutlich steht darin, wie sehr er mich hasst.

»Er hat viel über das Ungeheuer im Lake Champlain geschrieben«, sagt sie. »Klang so, als hättet ihr einen ziemlich grandiosen Sommer gehabt.«

Lächelnd blicke ich nach unten, rufe mir ins Gedächtnis, wie aufgeregt wir waren an dem Tag. Eine Woge der Melancholie schwappt über mich hinweg. Ich öffne noch eine Dose Limo. »Tja, prima. Du hast es verdient, glücklich zu sein, Emma.«

»Genau wie du, Toni.« Sie zupft einen losen Faden vom Ärmel ihres rosa Pullis. »Manchmal ist es schon echt beschissen, oder?« Sie neigt den Kopf. Ihr honigblondes Haar fällt ihr seitlich ins Gesicht. »Verliebt zu sein?«

Ich betrachte die Staubsaugerspuren auf meinem Teppich. Emma hat darauf bestanden zu saugen, als sie herkam. »Woher soll ich das wissen«, erwidere ich schulterzuckend. Aber natürlich weiß ich genau, was sie meint.

»Er wird vor Mitternacht zu Hause sein.« Emma spricht langsam und deutlich, als würde sie mir schlechte Neuigkeiten überbringen. »Du solltest rübergehen und mit ihm reden.«

Mir ist klar, dass sie jetzt nicht mehr von Ollie spricht.

Aber ich kann nicht mit Micah reden. Es geht einfach nicht. Ganz gleich, was ich zu ihm sage, er wird es sofort Ollie und Cowboy weitererzählen, und ich will nicht als *Witzfigur* dastehen. Nichts scheint mehr sicher. Aber ich spüre, dass er da ist, gleich nebenan. Es ist schwer, das zu ignorieren. Es kotzt mich an, wie sehr er mich durcheinanderbringt.

»Weißt du was?« Ich stehe auf, als könnte diese abrupte Bewegung Micah ein für alle Mal aus meinen Gedanken vertreiben. »Ich hab heut Abend schon was vor.«

Das grelle Mondlicht fällt auf frische rote Rosen, die in der Nähe des Grabsteins liegen. Ein paar herzförmige Ballons bewegen sich im Wind. Ich parke am Rand der Straße, die mitten durch den Friedhof führt.

Ein Mininotebook unter den Arm geklemmt, bewege ich mich zwischen den Gräbern hindurch, ein Weg, der mir vertraut ist. Sein Grab liegt im Schatten und verbirgt sich stur vor dem Valentinsmond.

»Hi Dad«, sage ich und knie mich auf den gefrorenen Boden. Ich ziehe mir die Kapuze meiner Jacke über die Ohren. »Alles Gute zum Valentinstag.«

Manchmal warte ich fast darauf, dass der Grabstein mir antwortet, lausche nach einem leisen Summen oder Flüstern, nach irgendwas, doch nicht mal der Wind verspottet mich jetzt. Es herrscht absolute Stille hier, als wäre es verboten, irgendwelche Geräusche zu machen. Ich beuge mich vor und lese wieder und wieder seinen Namen. Irgendwie hoffe ich, die Buchstaben mögen sich in den von jemand anderem verwandeln, dann war alles nur ein böser Traum. Dann tritt er vielleicht gleich ganz unerwartet hinter mich, bittet mich, nach Hause zu kommen, erklärt, es sei schon spät, und dann würde er mir den Arm um die Schulter legen. Wir würden über unseren schlimmen Traum lachen, weil dann nie mehr als das gewesen wäre – das, was mit ihm geschehen ist, was mit mir geschehen ist, was unserer Familie zugestoßen ist. Alles nur ein schlechter Traum.

Ich wische mir die Nase am Ärmel, bin überrascht, heiße Tränen auf meiner Haut vorzufinden. Schließlich dachte ich, ich wäre inzwischen Spezialistin darin, sie zurückzuhalten. Dann betrachte ich die Reihen von Tweety-Aufklebern in meinem Notizbuch. Sie beginnen allmählich zu verblassen, der einst so leuchtend gelbe Vogel sieht kränklich aus. Da sind bestimmt hundert von ihnen, Seite für Seite der Reihe nach eingeklebt. Einmal lächelt der Zeichentrickvogel, dann schaut er wieder finster drein oder trägt eine Brille. Die Aufkleber haben ganz unterschiedliche Formen und Größen.

Und dann ist ganz unvermittelt Schluss. Es folgen nur noch leere Seiten. Bin wohl zu groß geworden für so was, schätze ich. Wenn ich es zugelassen hätte, hätte Dad sie mir weiterhin geschenkt für jede Kleinigkeit, die ich gemacht habe, vermutlich für immer.

Eine Weile sitze ich so da, das Buch mit den Stickern auf meinem Schoß, und versuche mich zu erinnern, wofür ich mir jeden einzelnen verdient habe, bis ich plötzlich Kies knirschen höre. Scheinwerfer tauchen am Horizont auf. Ein Fahrzeug bewegt sich in gleichmäßigem Tempo die Straße entlang. Ich schließe das Büchlein und stehe auf.

»Dad, ich hoffe, du kannst mich jetzt sehen«, flüstere ich dem Grabstein zu. »Ich hoffe, du kriegst alles mit. Ich hoffe, du lernst mein neues Ich kennen. Und all die zukünftigen neuen Ichs. Weil ich nämlich nicht immer das Mädchen bleiben will, das ich bin. Ich will mir die Nägel lackieren. Ich will ab und an einen Rock tragen. Na ja, *vielleicht.«* Ich kichere. »Ich will ein Collegemädchen sein. Ein mutiges Mädchen. Ein Mädchen, das Angst hat. Eine Geschäftsfrau. Ingenieurin. Lehrerin. Krankenschwester. Ärztin. Wenn wir uns wiedersehen – und ich *weiß,* dass wir uns wiedersehen –, hoffe ich, dass du deinen kleinen Wildfang mit den aufgeschrammten Knien immer noch erkennst.«

Der Wagen hält auf dem kleinen Parkplatz auf der rechten Seite. Jemand steigt aus und kommt über den Fußweg in raschem Tempo auf mich zu. Ich trete hinter einen Baum, um mich zu verstecken – ein sonderbarer Instinkt, doch ein Teil von mir fragt sich, ob das wohl der mysteriöse Mensch ist, der dem Grab meines Vaters regelmäßig einen Besuch abstattet. Der, der hin und wieder ein neues Haarband vorbeibringt.

Ich sehe zu, wie die hochgewachsene Gestalt in den Laufschritt verfällt und dann beim Grab meines Vaters stehen bleibt. Die Wolken ziehen weiter, sodass für einen kurzen Augenblick das Mondlicht durchsickert und auf den Jungen fällt, der dort steht. Ein Junge mit stoppeligem, breitem Kinn und einem Bürstenhaarschnitt. Er trägt einen Anzug, seine Krawatte ist gelockert und hängt schief.

Ich sehe zu, wie er ein rotes Stirnband auf dem Boden

ablegt. Ein paar Minuten steht er so da, den Kopf gesenkt. Und dann blickt Micah auf und geht wieder weg. Ich rühre mich nicht, bis der Honda in der Dunkelheit verschwindet.

Er und mein Dad haben sich gut verstanden. Wir hatten noch nicht das Alter erreicht, in dem man sich ernsthaft füreinander interessiert, daher war Micah einfach nur der Junge von nebenan. Doch das hatte ich nicht erwartet – dass er meinen Vater besucht.

Ein Gefühl – ein sonderbares, sehr intensives und warmes Gefühl der Liebe – blüht in meiner Brust auf und breitet sich über meinen ganzen Körper aus. Es ist ein Gefühl, das ich auf der gesamten Fahrt nach Hause nicht abschütteln kann, ganz gleich, wie laut ich den Countrysender auch aufdrehe. *Micah.* Klar besucht er meinen Dad. Auch wenn wir im Moment nicht miteinander reden. Ich nehme einen kleinen Umweg nach Hause und fahre am See entlang. Ab und an werfe ich einen Blick darauf und erwarte schon fast, Champ im Wasser herumplanschen zu sehen, seinen schwarzen Schwanz zu entdecken, der durch die Luft peitscht. Er muss so einsam sein dort unten. Erst recht heute Abend.

Vielleicht müssen Veränderungen nicht zugleich bedeuten, dass man sich voneinander entfernt. Vielleicht ist es auch die Chance, sich einander neu anzunähern. Doch das werde ich erst wissen, wenn ich Micah den Teil meiner Persönlichkeit sehen lasse, den ich bislang verborgen habe. Emma hat da schon recht.

Ich muss mit ihm reden.

Als ich bei uns in die Einfahrt steuere, sehe ich ihn auf

den Stufen vor dem Haus sitzen. Mein Herz beginnt zu pochen. Vielleicht hatte er ja die gleiche Idee wie ich. Ich stelle den Motor ab und springe aus dem Wagen, völlig außer Atem und total nervös. Mann, wie ich ihn vermisst habe.

»Hey«, sage ich und kann mir nur mit Mühe das Lächeln verkneifen. Ich will ja nicht zu übereifrig rüberkommen.

Dann aber bleibe ich stehen, weil Cowboy um die Ecke gebogen kommt. Irgendwas stimmt da nicht. »Was ist denn los?«, frage ich.

»Es geht um Ollie«, erklärt Cowboy, der am Reißverschluss seiner Jacke herumfummelt. Er wirft Micah einen Blick zu. Dessen wunderschönes Gesicht wirkt zerknirscht und ziemlich ernst. »Er steckt in der Klemme.«

Fünfundzwanzig

Ich lasse mich in den abgewetzten Ledersitz auf der Beifahrerseite des Hondas sinken und strecke die Hand nach dem losen Faden neben meinem Knie aus. Nervös zupfe ich daran herum. Ohne Ollie fühlt es sich anders an. Die Hitze vom Gebläse trifft meine Wangen, und ich ziehe mir die Jackenärmel über die eisigen Hände, blicke durch das Fenster hinaus in die Nacht. Ich achte kaum auf mein blasses Spiegelbild in der Scheibe.

»Ehe sein Handy ausging, meinte er, er befinde sich auf der Lake Road«, erklärt Micah. »Wir fangen dort an zu suchen. Behalte dein Handy im Auge, falls er anruft.«

Mein Telefon habe ich auf meinem Schoß liegen, ich bin mir aber immer noch nicht sicher, wie ich helfen soll – wenn wir doch gar nicht wissen, was los ist. Jetzt bin ich aber nun mal hier. Ich weiß nur, dass Ollie Cowboy vor dreißig Minuten angerufen hat und unbedingt jemanden brauchte, der ihn heimfährt, und da hat Cowboy sich Micah als Unterstützung geholt.

Während wir am Ufer entlangfahren, streifen die Scheinwerfer die Oberfläche des Sees. Da ist so vieles, was ich Micah sagen will, was ich sagen muss, aber ich tue es nicht. Nicht in Gegenwart von Cowboy, der schweigend danebensitzt. Cowboys ruhige Persönlichkeit hat mich bislang nie gestört, doch heute Abend fühlt seine Gegenwart sich laut und aufdringlich an. Micah schnieft, stöhnt und zieht ein Taschentuch aus der Tasche, um sich die knallrote Nase zu putzen.

Ich sehe ihn an und ziehe weiter an dem losen Faden. »Du passt nicht gut genug auf dich auf.«

»Ist nur eine Erkältung.« Er zuckt die Achseln. »Nichts Schlimmes.«

»In zwei Tagen liegst du todkrank im Bett«, sage ich. Seine Jacke ist zerknittert, die Krawatte gelockert. Er hat dunkle Ringe unter den müden Augen.

Dann stellt er das Radio an. Die Lautstärke steckt wie immer fest bei »leise«, doch gerade eben läuft ein Song von Keith Urban. Er stellt den Sender nicht um, und mir wird klar, dass er das Radio extra für mich eingeschaltet hat. Wieder schnieft er. »Man kann die Zukunft nicht vorhersagen«, meint er.

»Ich die deine schon.« Ich lehne mich zurück. Werfe ihm einen Seitenblick zu. »Ist eine besondere Begabung.«

Er verkneift sich ein Lächeln. »Oder ein Fluch.«

Ich zucke die Schulter. »Oder beides.« Vielleicht sind meine Gefühle für ihn wirklich beides zugleich, Segen und Fluch. Ein Segen wegen der Schmetterlinge und allem, und ein Fluch, weil es bedeutet, dass alles sich ändern wird. Nicht nur zwischen uns. Wie Ollie schon angedeutet hat: Was zwischen Micah und mir ist, betrifft die ganze Clique.

Mit einem Mal platzt es aus ihm heraus: »Ich wollte dich nicht verarschen wegen dem Tanz in der Hütte,

Toni. Ich weiß, dass du das nicht hören willst, aber es ist die Wahrheit. Ich hab die Jungs um Rat gefragt. Das war der einzige Grund, weshalb ich es überhaupt erwähnt habe.«

Ich starre auf das Strichmännchen auf meinem Gips, und dann wandert mein Blick zu seinen Worten unterhalb der Zeichnung. Denn ich sehe mir die Worte öfter an, als ich es zugeben will. Es ist ein gutes Gefühl, neben ihm zu sitzen, fast wie in alten Zeiten, nur dass unter der Oberfläche nichts mehr ist, wie es mal war. Als würden wir unser ganz eigenes Seeungeheuer verbergen, hinter höflichen Worten und nervösen Gesten und Spitznamen aus der Kindheit.

»Können wir uns jetzt bitte darauf konzentrieren, Ollie zu finden?«, fragt Cowboy. »Er klang irgendwie betrunken oder so.«

Micah hustet und tritt auf die Bremse, sodass ich nach vorne geschleudert werde. Das Auto kommt mit kreischenden Bremsen zum Stehen. Der Sicherheitsgurt schneidet mir ins Fleisch.

»Alter!«, brüllt Cowboy, der hilflos mit den Armen rudert.

»Tut mir leid, aber ich glaube, da ist er.« Micah deutet auf etwas in der Ferne.

Ich blinzle angestrengt durch die Windschutzscheibe. Jemand winkt ganz nah am Wasser und tanzt im Scheinwerferlicht. Ein Junge mit gelockten schwarzen Haaren. Ein Junge mit roten Schmierern im Gesicht.

»Oh mein Gott.« Rasch steige ich aus dem Wagen aus. Cowboy folgt mir und läuft dann voraus. Micah klettert ebenfalls raus, lässt den Motor aber laufen. Die Scheinwerfer erhellen die Straße.

Ollie kommt auf uns zugestolpert. Als er mich sieht, bleibt er stehen und ruft: »Was soll das, Cowboy? Ich hab dir doch gesagt, du sollst alleine kommen!«

»Ich wollte sie nicht mitbringen«, erwidert Cowboy und schüttelt den Kopf. »Sie war bei Loch. Alter, was ist denn mit dir passiert?«

Ollies Verletzungen sind jetzt deutlich zu sehen. Getrocknetes Blut klebt ihm an der Nase, und sein rechtes Auge ist vollkommen zugeschwollen. Eine tiefe Schnittwunde zieht sich durch seine Augenbraue. Sein dreckverschmiertes Hemd flattert im Wind, und auf der schwarzen Hose sind weitere Blutspritzer zu sehen.

»Was zum Teufel ist passiert?«, frage ich, und mir wird ganz flau im Magen. Armer Ollie.

Ollie schnaubt. »Wonach sieht es denn aus? *Man hat mir eine Abreibung verpasst!*«

»Wer denn?« Wie kommt Ollie mitten in der Nacht hierher, windelweich geprügelt, wo er doch heute eigentlich für Lemon arbeiten soll? Vielleicht hat er sich mit den falschen Leuten angelegt und eine abfällige Bemerkung oder so was gemacht, doch ich fürchte, es hat was mit dem Job zu tun. Und das bedeutet, dass ich schuld bin.

Ollie sieht Cowboy an, dann wandert sein Blick zu Micah. »Ich will nicht, dass sie hier ist, Jungs. Sie wird es Emma weitererzählen. Das ist peinlich.«

»Sehen wir zu, dass wir von hier wegkommen«, sagt Cowboy, der sich durchs Haar strubbelt.

Ich schlüpfe aus meiner Jacke und reiche sie Ollie, doch

er starrt sie an, als wäre sie eine tickende Zeitbombe. »Die sollte dir passen«, sage ich. »Komm schon.«

Micah sagt noch: »Jetzt nimm sie schon, Mann. Du bist ja schon ganz blau.«

Ollie reißt mir die Jacke aus der Hand und zieht sie sich eng um den geschundenen Körper. Er stützt sich bei den Jungs ab und humpelt dann zum Auto, während ich hinter ihnen hergehe. Ein paar Minuten später sitzen wir alle im Wagen. Die Heizung läuft auf Hochtouren. Ollie sitzt auf der Rückbank hinter mir, den Kopf hat er gegen das Fenster gelehnt. Dieses Mal tritt er nicht gegen meine Lehne. Er ist extrem schweigsam.

Cowboy seufzt. »Wer war das?«

»Ich weiß es nicht«, erwidert Ollie.

»Du musst doch was gesehen haben?«, frage ich vorsichtig.

Ollie fährt sich mit der zerschrammten Hand durch die Locken. »Im einen Moment sitze ich noch im Auto und warte darauf, dass Lemon endlich aus dem Haus ihrer Freundin rauskommt, damit ich sie heimfahren kann, und im nächsten Moment prügelt auch schon dieser Typ mitten auf der Straße auf mich ein. Er hat mich in den Kofferraum seines Wagens gesteckt, in dem es total nach Fisch gestunken hat, und dann hat er mich hier abgeladen. Er hat auch mein Handy kaputt gemacht.«

»Wir sollten zur Polizei gehen«, schlägt Cowboy vor.

»Nein!«, protestiert Ollie. »Meine Eltern lassen mich auf keinen Fall nach Colorado, wenn sie von der Sache Wind kriegen.«

»Aber die gebrochene Nase wird ihnen nicht entgehen«, sage ich und drehe mich in meinem Sitz um. »Und diese Schnittwunde über deinem Auge sieht echt übel aus. Ein kurzer Abstecher ins Krankenhaus wäre bestimmt keine so schlechte Idee.«

»Danke für deinen ungebetenen Rat«, pflaumt Ollie. »Bringt mich nach Hause. Mehr will ich nicht.«

Micah und ich wechseln einen Blick. Was können wir sonst noch tun? Er legt den Gang ein und rollt auf die Straße. Schweigend fahren wir zu Ollie heim.

Der aber hält das Schweigen nicht lange durch. »Ich will Extrabezahlung dafür«, sagt er. »Das war ein Betriebsunfall.« Ich werfe einen Blick in den Rückspiegel und sehe, wie Ollie sich mit dem Hemdsärmel die Nase abtupft, doch die Blutung scheint aufgehört zu haben.

»Ist ein gefährliches Geschäft«, meint Cowboy.

Ich wedle mit meinem gebrochenen Arm. »Ja, ich kenne die Gefahren, vielen Dank auch.«

»Wir wissen doch gar nicht, ob dieser Vorfall was mit dem Job zu tun hatte«, meint Micah. Er wendet sich von mir ab und hustet hinter vorgehaltener Hand.

»Bitte!«, ruft Ollie. »Unser Job ist es zu lügen! Vielleicht ist uns ja jemand auf die Schliche gekommen! Ich weiß bloß, dass das das erste Mal war, dass jemand mich ohne bestimmten Grund vermöbelt hat!«

»Ich red mit Lemon«, rufe ich dazwischen und zupfe an dem losen Faden am Sitz. »Ich regle das schon.«

»Ich kann das nicht länger machen.« Ollie schüttelt den Kopf. »Ich steig aus, okay?«

Ich drehe mich um. »Was?«

Ollie wischt sich das getrocknete Blut von der Nase.

»Cowboy hatte schon recht, dass er früh ausgestiegen ist. Hast du überhaupt irgendeine Ahnung, wie durchgeknallt die Mädels von der Winston sind?«

»Die sind echt total irre«, bestätigt Cowboy.

Meine Wangen glühen. »Die Mädchen an der Winston sind nicht verrückt. Das sind ganz normale Menschen. Hin und wieder brauchen sie eben eine Abwechslung. Wie jeder andere auch.«

Ollie lacht. »Wie ich schon sagte. *Durchgeknallt*. Und jetzt bist du eine von ihnen.«

»NA UND?«, kreische ich. »ICH BIN STOLZ DARAUF, EINE VON IHNEN ZU SEIN!« Ich richte den Finger auf ihn. »Weißt du was? Du bist gefeuert, Ollie!«

»Du kannst mich nicht feuern!«, speit er mir entgegen. »Ich bin ja schon ausgestiegen!«

Micah steigt auf die Bremse, sodass wir alle nach vorn geschleudert werden. Dieses Mal bin ich halbwegs darauf vorbereitet, doch Ollie rammt mit der Nase gegen meine Rückenlehne und schreit los: »Was soll das, Loch?«

»Toni versucht nur, uns zu helfen, Mann«, sagt er.

Ollie hält kurz inne. Dann holt er zum entscheidenden Schlag aus. »Sie geht nächstes Jahr auf die Purdue. Wusstest du das? Ihr beide erzählt euch doch alles, oder? Ihr zwei Turteltäubchen …«

»Hältst du jetzt vielleicht ausnahmsweise mal die Klappe?«, frage ich mit klopfendem Herzen. Ich zerre fester an dem Faden. Er löst sich, liegt auf meiner Handfläche. Ich starre darauf, nur um Micah nicht in die Augen sehen zu müssen. Emma hat Ollie von meiner Entscheidung erzählt. Ich verlasse Vermont im kommenden

Jahr. Er weiß es, und ich war nicht diejenige, die es ihm erzählt hat. Ich hab zu lange gewartet.

Nach einigen Augenblicken bringe ich den Mut auf, zu Micah rüberzusehen. Er betrachtet das Lenkrad und kratzt sich die gerötete Nase. Ich lasse den Faden auf den Boden fallen. »Micah …«

Ollie öffnet die Tür und stolpert aus dem Wagen. Wir sind nicht weit von seinem Haus entfernt, aber er ist in keiner guten Verfassung.

»Jemand sollte hinter ihm hergehen«, meint Cowboy. Er tippt mir auf die Schulter, als sollte ich diejenige sein, die sich freiwillig meldet.

»Ähm, er hasst mich«, sage ich. »Geh du.«

»Das muss aufhören«, meint Cowboy. »Geh, Toni. Klär das.«

Ätz. Ich klettere aus dem Wagen und laufe hinter Ollie her. Ehe ich ihn eingeholt habe, sagt er: »Halt dich von mir fern, McRib. Das meine ich ernst.«

Ich lasse mich ein paar Schritte zurückfallen, folge ihm aber weiter. Der Honda schleicht im Schritttempo hinter uns her, die Scheinwerfer beleuchten Ollies zerschundenes Gesicht. Mann, er sieht echt übel aus.

»Tut mir leid, dass du meinetwegen Ärger mit deinen Eltern hattest«, rufe ich ihm nach. »Tut mir leid, dass du nicht nach Colorado kannst. Und mir tut leid, was dir heute Abend zugestoßen ist.«

Ollie geht einfach weiter. Er humpelt. Ich folge ihm unbeirrt, bleibe aber immer ein paar Schritte hinter ihm. Am Ende von Ollies Einfahrt bleibe ich stehen. Als er vor seiner Haustür angekommen ist, verschwindet er ohne auch nur ein letztes Winken im Haus. Meine Jacke sehe ich vermutlich nie wieder. Tja, so viel also dazu, von wegen, ich klär das.

Ich steige zurück ins Auto und schließe die Augen. Und dann stelle ich mir vor, wie ich als Zehnjährige mitten auf der Straße einen Basketball entlangdribble. Hübsche Häuser mit smaragdgrünen Rasen säumen meinen Weg. In der Ferne glitzert ein See. Unter der Oberfläche lauert ein Seeungeheuer. Bei mir sind meine drei besten Freunde. Jungs, die mich beschützen. Jungs, die mich zum Lachen bringen. Jungs, die mich herausfordern. Jungs, die mir das Gefühl geben, ganz groß zu sein.

Augenblicke sind wie Fossilien. Ich staube sie ab. Und bewahre sie in meiner Tasche auf.

Dann wende ich mich zu Micah um. »Bist du dann auch raus? Weil ich würde das verstehen. Wenn du nicht mehr willst.«

Mir ist klar, dass wir hier von etwas viel Bedeutsamerem reden als von *Rent-a-Gent*. Das eigentliche Thema verbirgt sich hinter Beleidigungen und blutigen Nasen, hinter Basketballspielen und Monsterfilmen. Ich frage mich, welchen Rat Mrs. Kemper in diesem Fall wohl parat hätte. Ist Ehrlichkeit hier der beste Weg?

Micah niest ganz laut und schnäuzt sich die Nase. Schweigend fährt er weiter. Als wir bei Cowboy zu Hause ankommen, öffnet der die hintere Tür und sagt: »Tja, war ein interessanter Valentinstag.«

Ich drehe mich um. »Hey, Cowboy.«

Er hält inne, schon halb zur Tür raus. »Ja?«

»Du solltest Katie Morris echt bitten, mit dir zum Abschlussball zu gehen«, sage ich. »Frag sie einfach, Kumpel. Du brauchst nicht zwingend viel Geld, um sie rumzukriegen. Sei einfach ehrlich. Und verstell dich nicht. Sei einfach ein Mensch. Nächstes Jahr könnte schon alles anders sein, und dann trauerst du ihr vielleicht ewig hinterher. Sag einfach Hallo. Fang damit an.«

Cowboy starrt mich entgeistert an und blinzelt dann ein paarmal. Sein Gesicht wird ganz rot. Er macht den Mund auf, um was zu sagen, doch dann steigt er einfach aus und läuft zur Haustür. Schätze mal, mein Rat ist dann doch nicht so gefragt. Im Moment würde ich vermutlich nicht mal selbst auf mich hören.

Wir biegen bei Micah in die Einfahrt, keiner von uns macht einen Mucks. Ich klettere aus dem Wagen, meine Knie sind ganz weich. Vielleicht liegt es ja an der ganzen Aufregung heute Abend, an meinem Zorn, oder aber die Ursache für dieses Gefühl liegt ganz woanders. Er steigt ebenfalls aus und legt seinen Schlüssel auf die Motorhaube. Dann streift er seine Anzugjacke ab.

»Ich hab meinen Job wieder«, sagt er, und seine Stimme klingt belegt. »Aber ich bin nicht raus.« Er reicht mir die Jacke. »Hier. Dir muss ja eiskalt sein.«

Ich schiebe meine Hände in die nach Vanille duftenden Ärmel. »Danke.«

Es ist höchste Zeit, dass wir nach drinnen kommen, höchste Zeit, dass wir uns auf den neuen Tag vorbereiten, doch ich bringe es nicht über mich, jetzt einfach zu gehen. Der Basketballkorb hängt direkt über uns. Das ist genau, was ich wollte, mit ihm alleine sein, doch jetzt fühlt es sich komisch an.

Er lächelt. »War ein ganz schön blutiger Valentinstag.«

»Da sollte man sich glatt *Picknick am Valentinstag* ansehen.« Klingt nach einer Einladung, und das ist es auch tatsächlich. Ich hätte gerne, dass er mit zu mir kommt und sich mit mir zusammen in meinem Zimmer einkuschelt. Doch er bewegt sich keinen Millimeter. Das Schweigen zwischen den Worten ist eine Qual. Er hustet und niest und putzt sich die Nase. Wenn ich es mir recht überlege, sollte er sich lieber hinlegen und ausruhen. Vielleicht ist dies nicht der beste Zeitpunkt für eine Aussprache.

»Gratuliere übrigens«, sagt er und kratzt sich die Nase. »Zur Purdue. Das ist großartig. Dein Dad wäre total aus dem Häuschen.«

»Danke. Ich …« Ich sollte das erklären, ich weiß aber nicht wie. Schließlich hab ich einfach unsere Pläne durchkreuzt, ohne ihm was davon zu sagen. Ich wünschte, es gäbe so was wie Entfernungen gar nicht, dann wäre alles an ein und derselben Stelle, und dann müssten wir uns nicht trennen.

»Gute Nacht, Toni Valentine.« Micah schnieft und geht dann los, schiebt die Hände in die Hosentaschen. Ein hellsichtiger, absolut klarer Gedanke schießt mir plötzlich durch den Kopf. Ein Gedanke, den ich schon seit Wochen mit mir herumtrage, Monate, vielleicht sogar Jahre. Ein schrecklicher, verquerer, unlogischer, wunderbarer, herrlicher, pulsierender Gedanke.

Ich bin verliebt in meinen besten Freund. Ich bin verliebt in Micah Garry. SCHÖNE SCHEISSE!

Sechsundzwanzig

Im Essbereich ist es laut und total heiß, und es stinkt nach fettigen Fritten. Wie ich das Einkaufszentrum hasse! Eine Ansammlung bunter Tüten, bei denen oben Seidenpapier rausspitzt, baumelt Emma und Lemon um die Füße. Lemon trägt rosa Stöckelschuhe. Keine Ahnung, wie sie in den Dingern laufen kann, ohne sich die Knöchel zu brechen. Anders als meine Freundinnen hab ich die letzten paar Stunden bloß so getan, als würde ich mich für völlig überteuerte Schuhe interessieren, während ich mich insgeheim davon zu überzeugen versuchte, dass an meiner jüngsten Entdeckung nichts dran sein kann. Irgendeine Art von Nebenwirkung.

Ich kann nicht verliebt sein in Micah Garry. Im Herbst verschwinde ich von hier und gehe aufs College. Fernbeziehungen funktionieren nicht. Vorausgesetzt, Micah empfindet das Gleiche für mich, was, seien wir uns mal ehrlich, eher unwahrscheinlich ist. Ich bin wie Ben Mayhew, verzehre mich nach jemandem, der mich niemals haben wollen wird.

Lemon verschränkt die Hände wie zum Gebet und sagt: »Tut mir leid, Toni. Ich bin so eine Idiotin. Nein. Ich bin ein Schwachkopf.«

Auf ihre typische mütterliche Art und Weise tätschelt Emma Lemon den Rücken. »Du konntest doch nicht ahnen, dass das passieren würde.«

Lemon streicht die Spitzen ihres schwarzen Bobs glatt. »Aber ich hätte vorsichtiger sein sollen. Ich und meine große Klappe.«

»Ist nicht deine Schuld.« Ich kaue auf einer Fritte herum. Zwei Tische weiter fängt ein Baby an zu weinen, und ich beiße mir von innen auf die Backe, um nicht selbst laut loszuschreien.

Was mit Ollie passiert ist, ist allein meine Schuld, nicht Lemons. Dauernd stelle ich mir den armen Kerl vor, wie er humpelt, und das getrocknete Blut auf seinem Gesicht. Ich hab Emma davon erzählt, auch wenn Ollie eigentlich wollte, dass keiner was von dem Vorfall erfährt. Sie ist meine Geschäftspartnerin und meine Freundin, sie musste es erfahren.

Wie befürchtet trägt *Rent-a-Gent* die Verantwortung dafür, dass Ollie so übel zugerichtet wurde.

»Ich hatte ja keinen Schimmer, dass Jess' Bruder so weit gehen würde«, fährt Lemon fort, während sie an ihrer Cola Light nippt. »Meine Freundin hat wohl doch nicht übertrieben, als sie meinte, er würde sich manchmal aufführen wie ein überfürsorglicher Psychopath.«

Emma versucht beharrlich, Lemon zu besänftigen. Lemon aber lässt sich weiter aus über ihre Schuldgefühle. Ich stochere lustlos an meinem Würstchen herum, weil ich gar keinen Appetit habe.

Jess, Lemons Freundin, war ein paar Tage, bevor Ollie vermöbelt wurde, im Supermarkt. Jess' älterer Bruder,

Jacob, hat zufällig mitgekriegt, wie Lemon sich dort mit ihren Eltern über Ollie unterhielt. Lemon hatte in diesem Moment ziemlich dick aufgetragen und ging sogar so weit zu sagen, dass sie hoffe, Ollie eines Tages zu heiraten.

Ihre Eltern schluckten das, doch Jacob, der sich Lemons wahrer Beziehung nur allzu bewusst war und sie auch guthieß, dachte, Lemon würde seine Schwester betrügen. Das machte ihn so richtig wütend. Seine Reaktion wäre ja eigentlich total süß gewesen, wenn da nicht Blut geflossen wäre. Jacob ließ all seine Wut an Ollie aus.

Als er ihn vor dem Haus in seinem Wagen sitzen sah, wo er wie immer auf Lemon wartete, drehte Jacob total durch. Ich will mir das gar nicht vorstellen. Ollie hätte ernsthaft verletzt werden können. Und das wäre ganz allein meine Schuld gewesen.

Rent-a-Gent ist ruiniert. Kein Ollie. Kein Cowboy. Kein Jason. Kein Henry. Micah ist jetzt der einzige Junge, der übrig ist. Und in den bin ich verdammt noch mal verknallt.

Vielleicht soll das alles so sein. Vielleicht ist das hier so was wie ein Weckruf. Ich kann die Leute nicht kontrollieren. Ich darf die Leute nicht ausnutzen, Profit hin oder her. Wenn ich es versuche, endet alles in Chaos und Schmerz. Ollies Gesicht ist der beste Beweis dafür.

Auf der Fahrt vom Einkaufszentrum nach Hause versucht Emma mich aufzumuntern, indem sie den Countrysender ganz laut aufdreht. Sie denkt, ich bin deprimiert, weil die Geschäfte so schlecht laufen. Wenn die nur wüsste.

»Das ist doch nur ein kleiner Durchhänger, Toni.« Sie trommelt mit den Fingern auf dem Lenkradschoner im Leopardenprint herum. »Wir haben einen Fehler gemacht. Auf unsere Klientinnen haben wir Rücksicht genommen, aber auf unsere Jungs haben wir gar nicht geachtet. Ich dachte ja, sie könnten auf sich selbst aufpassen. Blöd, wie? Wir sollten den Jungs falsche Namen geben, um ihre wahre Identität zu verschleiern oder so was. Das können wir immer noch machen.«

»Leider gibt es keine Nachfrage mehr«, sage ich und lehne den Kopf gegen die Scheibe. Emmas blitzblankes Auto riecht nach Frühlingsluft. Sehr gut. »Vielleicht ist es an der Zeit, das Ganze zu beenden, Emma. Also, richtig Schluss zu machen damit. Ist nur eine Frage der Zeit, ehe Mrs. Kemper rausfindet, wer hinter alldem steckt. Wir sollten uns schnellstens davon distanzieren.«

Emma presst die Lippen aufeinander und starrt stur geradeaus. Ich glaube, wir wissen beide, dass das das Ende ist. Es ist an der Zeit, uns aus dem Geschäft zurückzuziehen. Wir haben versagt. Unser Geschäft läuft nicht.

Es war schwer genug, meine Gefühle für Micah zuzugeben, doch ich weiß nicht, wie ich es Emma verklickern soll. Schätze mal, normalerweise unterhalten sich Mädchen schon über solche Dinge. Aber über meine *eigenen* Gefühle zu reden, ist nicht unbedingt meine Stärke.

Wenn ich es laut ausspreche, verliert es dann an Bedeutung?

Ist Liebe stärker, solange sie ein Geheimnis ist?

Nachdem Emma mich zu Hause abgesetzt hat, starre ich rüber zu Micahs Haus. Mein Atem bildet kleine Wölkchen in der Kälte. Ich würde jeden einzelnen Cent meines Profits aus *Rent-a-Gent* verwetten – der momentan sicher unter meiner Matratze verstaut ist, für schlechtere Zeiten –, dass er sich in sein Zimmer verkrochen hat und total krank ist. Ich wette, er isst und trinkt nichts. Ich wette, er nimmt keine Medizin. Da ist er wie eine Katze. Er versteckt seinen Schmerz, bis ans Ende aller Tage, wenn es sein muss.

Mom und Brian haben es sich auf dem Sofa gemütlich gemacht und sehen sich eine Wohn-Doku im Fernsehen an. Ihr Lachen weht in die Küche, wo ich eine Dose Limo leere. Auf dem Küchentresen steht eine Ladung von Brians unglaublich leckeren, himmlischen Whoopie-Pies mit Himbeeren und weißer Schokolade, bei denen einem das Wasser im Mund zusammenläuft.

Ich werfe einen verstohlenen Blick ins Wohnzimmer. Mom und Brian kleben aneinander wie zwei geschmolzene Schokofiguren und liebkosen einander, versunken in einer Glückseligkeit, die ich wohl leider nie verstehen werde. Sie haben nicht mitbekommen, dass ich reingekommen bin.

Ich widme meine Aufmerksamkeit wieder ganz den Whoopie-Pies. Da ich nicht widerstehen kann, schiebe ich mir einen in den Mund und verfrachte ein paar in eine Tupperdose. Dann stopfe ich eine Flasche Erkältungspillen in die hintere Hosentasche, schnappe mir einen Krug Orangensaft aus dem Kühlschrank und gehe nach nebenan.

Den Orangensaft balanciere ich auf der Tupperdose, während ich auf die Klingel der Garrys starre. Einen Augenblick lang überlege ich es mir fast wieder anders.

Was, wenn er mich gar nicht sehen will? Was, wenn er mich wegschickt? Doch bei dem Gedanken, wie er da alleine in seinem Zimmer liegt, von Krankheit geplagt und völlig allein in seinem Leid, da sind meine Ängste wie weggeblasen. Ich klingle also.

Amy öffnet die Tür. Auf den Wangen trägt sie Rouge, und ihre Lippen leuchten in einem Apfelrot. »Oh«, sagt sie alles andere als begeistert. »Du bist es.«

Ich werde munter. »Hey, Kindchen.«

Amy macht die Tür hinter mir zu. »Bitte, nenn mich nicht so.«

Sie hüpft zu dem raumhohen Spiegel, der gleich neben der Garderobe hängt, und achtet nicht weiter auf mich. Dort betrachtet sie ihr Spiegelbild, presst die Lippen aufeinander, zieht an ihrem roten Pulli und zerrt an ihrer knallengen Röhrenjeans. Ich weiß noch gut, als sie sich kleidete wie ich. Basketballshorts, altes, ausgeleiertes T-Shirt, ausgetretene Turnschuhe. Ich weiß noch gut, als Bequemlichkeit bei ihr Vorrang hatte.

Schließlich räuspere ich mich und beschließe, es mit einem Gespräch mit dieser Fremden zu versuchen. »Du hast es also fast geschafft, wie?«

»Entschuldige bitte?« Amy sieht mich über den Spiegel hinweg an. Sie hat die gleichen Augen wie Micah, doch in ihrem Blick liegt nichts Tröstliches.

»Dein Freshman-Jahr.« Ich lächle. »In wenigen Monaten hast du es hinter dir. Es ist das schwerste Jahr an der Highschool, wenn du meine bescheidene Meinung hören willst. Wenn du das unbeschadet überstehst, dann hast du es geschafft.«

Amy schnaubt verächtlich. »Für dich mag es ja schwer gewesen sein, Toni. Aber nicht für mich. Ich bin beliebt. Oh, und ich rülpse auch nicht wie ein Kerl.« Als sie abzieht und die Treppe hochstürmt, hinterlassen ihre nackten Füße Abdrücke auf dem Teppich. Ich seufze und bringe die Sachen auf meinem Arm wieder ins Lot.

»Wie nett«, murmle ich, während ich mich auf den Weg in Micahs Zimmer mache. Im Haus ist es unheimlich still. Ich nehme an, seine Eltern sind nicht daheim. Sie gehören zu der Sorte Paare, die sich jeden Samstagnachmittag auf den Weg machen, um ein neues Sofa zu kaufen, es dann aber nie tun.

Als ich vor seiner Tür stehe, fühlt es sich an, als würde hinter meinen Rippen ein Trapezkünstler hin und her schaukeln. Ich hebe die Hand an den Türknauf, und fast lasse ich den Orangensaft fallen. Daher beschließe ich, mein Erste-Hilfe-Paket am Boden abzustellen. Mrs. Garry ist kein großer Freund von Flecken. Und Mutter und Sohn sind sich da recht ähnlich.

Ich ziehe den Saum meines Sweaters nach unten und zupfe mir eine Fluse vom Ärmel, ehe ich anklopfe. Hinter der Tür ist ein Geräusch zu hören, doch ich kriege keine Antwort. Daher drücke ich die Klinke und trete ein.

Das Erste, das mir auffällt, sind die Haufen zerknüllter Taschentücher, die das Bett umgeben wie eine Festung. Das ordentlich aufgeräumte Regal mit den Büchern über Ungeheuer? Check. Staubfreier Fernseher auf ebenso staubfreiem Schränkchen neben dem Bett? Check. Poster von Bigfoot? Check.

Dann entdecke ich den reglosen Körper inmitten der

tannengrünen Bettdecke, der zur Decke starrt. Ich wage mich einen Schritt vor. »Deine Imitation einer Leiche ist schon besser geworden seit dem letzten Mal, als ich es erleben durfte. Du siehst tatsächlich aus wie der Tod persönlich. Ich bin beeindruckt.«

Micahs Mund hängt offen. Ein seltsam gurgelndes Geräusch kommt aus ihm heraus, als er versucht zu antworten. Fast wundere ich mich, dass noch keine Fliegen um ihn herumschwirren.

»Hmp«, murmelt er.

Ich stelle die Medizin auf dem Schreibtisch ab, ehe ich den Orangensaft und die Pies vom Flur reinhole. Dann schraube ich den Deckel vom Saftkrug ab und frage: »Kannst du dich bitte aufrichten?«

»Hmp.«

Ich zerre Micah hoch in Sitzposition, bis sein Kopf an der Wand lehnt. Seine Augen wirken glasig, die Nase ist rot, die Lippen aufgesprungen. Er schnieft und niest ganz widerlich laut. Ich springe gerade rechtzeitig zur Seite.

»Du hast Glück, dass ich ein fantastisches Immunsystem habe«, sage ich und halte ihm den Orangensaft an den Mund. »Trink.«

»Gnch.«

Ich verdrehe die Augen. »Tu es einfach.«

Er nippt ein paarmal und schluckt zwei von den Pillen. Wenn Micah ab und an mal eine Nacht durchschlafen würde, hätte er nicht ständig diese schlimmen Erkältungen. Er denkt, dass er nicht anfällig sei für Krankheiten. Offenbar hält er sich selbst für so was wie eine Maschine. Dabei verbringt er dermaßen viel Zeit damit, den See nach lebenden Legenden abzusuchen, dass er zwangsläufig mit Keimen und Bakterien in Kontakt kommt.

»Sobald deine Geschmacksnerven wieder funktionieren, wartet eine Überraschung für dich auf dem Schreibtisch«, sage ich und schraube den Verschluss wieder auf den Saftkrug. Ich rücke die Dose mit den Pies gerade, sodass sie senkrecht zur Kante des Schreibtischs steht. Genau, wie er es gern hat.

Ich öffne die Schublade am Fernsehschränkchen und wühle mich durch diverse DVDs auf der Suche nach dem perfekten Film.

»Hey! Lass die Finger von meinen Sachen!« Seine Stimme klingt heiser, und ächzend vergräbt er sich tiefer unter der Decke.

»Oh! Es kann sprechen!«, rufe ich und presse mir die Hand aufs Herz. »Entspann dich. Ich suche nur einen Film raus. Und weil das deine Filme sind, kann ich ja wohl gar nicht danebengreifen.«

Ein Titel erregt meine Aufmerksamkeit. Ich lege die DVD ein, streife meine Schuhe ab und lege mich neben Micah ins Bett. Als ich die Füße unter die Decke stecke, berühre ich ihn. Er bewegt sich nicht. Ich frage mich, ob er mein Herz hämmern hört.

»Jetzt sag schon.« Ich stelle eine ganze Box Taschentücher neben ihm ab. »Für wie viele Oscars war *Ice Spiders* nominiert? Bei dem Titel hat er bestimmt in sämtlichen Kategorien abgeräumt.«

Er richtet sich ein wenig auf. »Oh, das ist ein Klassiker.«

Ich kann an nichts anderes denken als daran, dass seine

Schulter die meine berührt. Wir hören auf zu reden und konzentrieren uns auf den Film. Nach etwa einer halben Stunde wirkt die Medizin endlich, und seine Augen beginnen zuzufallen. Ich gleite aus dem Bett, ziehe meine Schuhe an und schleiche auf Zehenspitzen zur Tür.

»Toni?«, flüstert Micah unter der Decke.

»Ja?«

»Du bist hübsch. Und echt cool.« Er niest und wischt sich die Nase. »Ist dir das klar?«

Mein Herz pocht, als ich das Licht ausknipse. Oh Mann. *Ich liebe dich so, Micah Garry. Loch.* »Du bist doch im Fieberdelirium«, sage ich. »Jetzt schlaf endlich.«

Während ich zusehe, wie er sich tiefer unter der Decke vergräbt, will ich es ihm schon fast sagen. Ich sollte es ihm sagen. Dass ich ihn liebe und all das. So schwer kann das doch nicht sein. Sag es einfach.

Vielleicht morgen.

Wenn er sich auch daran erinnern kann.

Siebenundzwanzig

Am nächsten Morgen, als ich aufwache, liegt Kater Tom Brady auf meinem Kopf und schläft. Er schnurrt verdammt laut. Ganz, ganz langsam rühre ich mich. Mit einem Mal faucht er, gräbt seine Krallen in meine Stirn und schießt dann zum Zimmer raus.

»AH!« Ich fluche, richte mich auf und halte mir die Stirn. Ein bisschen Blut klebt an meiner Handfläche. Ich stöhne und werfe einen Blick auf die Uhr. Bin schon viel zu spät dran.

Ich säubere den Kratzer und klebe mir ein Hello-Kitty-Pflaster auf die Wunde. Was anderes haben wir leider nicht. Ach, welch Ironie. Ich stolpere ein paarmal, während ich mich in meine Winston-Uniform zwänge. Als ich mir die Knoten aus dem Haar kämme, werfe ich einen Blick aus dem Fenster. Micahs Wagen steht immer noch in der Einfahrt.

Ich hole mir eine Dose Limo aus dem Kühlschrank, in der Hoffnung, der viele Zucker möge mir eine Extraportion Mut verschaffen. Mom kommt in ihren Krankenhausklamotten in die Küche, das Haar zu einem hohen Knoten zurückgebunden.

»Wir müssen reden«, sagt sie.

»Ich bin schon spät…« In Wahrheit hoffe ich, Micah zu sehen, bevor er losfährt. Bin mir aber nicht sicher, was ich sagen soll zu ihm. Ich will ihn einfach nur sehen.

»Es dauert nicht lang.« Ihr Blick wandert hoch zu meiner Stirn. »Was ist denn da passiert?«

Ich murmle was, von wegen, der Kater. Mit einem unguten Gefühl setze ich mich und lasse die Dose von einer Hand zur anderen rollen, sodass sie ein total nerviges Geräusch auf dem Tresen macht. Sekunden später kommt Brian zur Tür herein, und da wird mir klar, dass das vermutlich ein eher unangenehmes Gespräch wird. Man hat mich reingelegt.

»Brian und ich würden dich gerne was fragen«, sagt Mom und blickt hilfesuchend zu Brian.

Der zieht seine Krawatte gerade und nippt an seinem Kaffee. Ich weiß gar nicht, was er eigentlich arbeitet. Irgendwas mit Versicherungen, glaube ich. Vielleicht sollte ich ihn bei Gelegenheit mal fragen. »Mein Bruder hat deiner Mutter und mir für dieses Wochenende seine Hütte angeboten«, sagt er.

»Ich kann nicht mit«, unterbreche ich ihn. »Nichts für ungut.«

Brian blinzelt ein paarmal, als hoffe er, mich so verschwinden zu lassen. Meine Mutter beugt sich vor und nimmt mir die Dose weg.

»Wir wollen alleine fahren, Liebling«, sagt sie.

Ich lehne mich zurück. »Oh. Und was wird aus mir? Wollt ihr mich rauswerfen und neben die Mülltonne stellen?«

Wieder sieht meine Mutter zu Brian, ohne auf meinen Kommentar einzugehen. »Wir wissen, dass das recht kurzfristig ist. Doch wir denken beide, dass du alt genug bist, um hier im Haus nach dem Rechten zu sehen, während wir weg sind.«

Das glaubt *sie* vielleicht, doch Brian wird kreidebleich bei dem Gedanken, ein Mädchen im (Oh Gott!) Teeniealter allein zu Hause zu lassen. Für ihn sind Teeniemädchen nämlich nichts anderes als läufige Hyänen. Als würde ich auf dem Sofa mit meinen Hormonen Flecken hinterlassen oder so was.

»Was denkst du?«, fragt Mom erwartungsvoll. »Kommst du damit klar, Toni?«

Brian kann es kaum erwarten, ein Wochenende ohne mich zu sein, das ist nicht zu übersehen. Aber warum sollte ich seinen Träumen im Weg stehen? Ich setze also ein falsches Lächeln auf und erwidere: »Klar. Ihr könnt euch auf mich verlassen.«

Mom schiebt mir die Dose wieder rüber. »Gut. Wir fahren heute Abend los. Und jetzt ab zur Schule. Tu tolle Dinge.«

Ich springe auf und renne zur Tür raus. Als ich über die Einfahrt pese, sehe ich gerade noch, wie Micahs Wagen um die Ecke biegt. Und dann ist er verschwunden. Er ist weg.

Der Kreis der Gefühle schweigt jetzt schon seit fünf Minuten. Der Apfelwein wurde nicht angerührt. Ich starre auf den Holzboden, als wäre er das Interessanteste auf der Erde. Emma sitzt mir im Kreis gegenüber und kaut auf einer Haarsträhne herum. Ihre Augen sind weit aufgerissen.

Mrs. Kemper wartet, einen *Rent-a-Gent*-Umschlag in der rechten Hand.

»Keiner weiß also was über diese Jungenprofile?«, will Mrs. Kemper wissen. »Das ist echt kaum zu glauben.«

Lemon hustet, sagt aber nichts. Nicht mal Shauna meldet sich zu Wort. Sie starrt auf die Tassen voll Apfelwein, die auf dem Tisch vor uns aufgereiht stehen. Mit einem Mal sind wir alle in Schockstarre verfallen.

Mrs. Kemper schlägt die Beine übereinander. »Geschäfte auf dem Schulgrund zu betreiben, ist ein ernstes Vergehen«, sagt sie in strengem Ton. »Derlei Dinge gehen gegen unseren Verhaltenskodex. Irgendjemand weiß bestimmt etwas. Diese Profile sind ja nicht von allein auf dem Flur gelandet.«

Ohne nachzudenken sehe ich Shauna vorwurfsvoll an. Mrs. Kemper entgeht das nicht. *Mist.*

»Tonya? Shauna?« Sie hält den Umschlag hoch. »Weiß eine von euch was über die hier?«

Mir juckt der Hintern. Ich schaue zu Shauna. Sie sieht mich an. Langsam tritt ein verschlagenes Lächeln auf ihre Lippen, dann macht sie den Mund auf, um was zu sagen …

Da platzt es aus mir heraus: »Ich bin in meinen besten Freund verknallt!«

Shauna klappt die Kinnlade wieder zu, und alle starren mich an. Mrs. Kemper beugt sich vor und fragt: »Wie bitte?«

»Ich will heute etwas mit euch teilen«, stammle ich. »Ich bin bereit, alles zu erzählen. Ernsthaft.«

Mrs. Kemper blinzelt ein paarmal. »Tja. Das ist etwas anderes. Äh, dann mal los, Tonya.«

Ich sehe mich im Kreis um. Schaue all den Winston-Mädchen in die Augen, die mich anstarren. Lemon. Shauna. Emma. Noch nie habe ich mich derart verletzlich gefühlt. Ich wische mir die schwitzigen Hände am Rock ab.

»Ich bin verliebt in meinen besten Freund«, fahre ich fort. »Er wohnt gleich nebenan. Den Jungen kenne ich schon ewig. Doch er weiß nichts davon – zumindest glaube ich das nicht –, und ich hab Angst, dass es unsere Freundschaft zerstört, wenn ich es ihm gestehe.«

»Wieder mal ein Problem mit einem Jungen.« Mrs. Kemper seufzt und reibt sich die Schläfen.

»Ich hab Angst, dass er mich vielleicht anders sieht als früher«, erzähle ich weiter und achte nicht groß auf Mrs. Kemper. Es fühlt sich gut an, endlich alles rauszulassen. »Vielleicht ist er sauer, weil ich fürs College aus Vermont weggehe, und ich hab ihm nichts davon erzählt. Ich hab unsere Pläne ruiniert! Ich fühle mich wie der letzte Arsch.«

»Du hast dich bereits für ein College entschieden?« Mrs. Kemper fängt an zu strahlen. »Das ist ja wundervoll, Tonya.«

»Danke.« Ich rutsche auf dem Stuhl herum. »Aber das ist ja nicht mein eigentliches Problem, sondern …«

Mrs. Kemper klatscht in die Hände. »Na schön«, grummelt sie. »Ich denke, wir können für heute Schluss machen.« Sie hält den weißen Umschlag hoch. »Und wenn eine von euch was über diese Umschläge weiß, egal was, dann soll sie es mich wissen lassen.« Sie zupft ein einzelnes graues Haar von ihrem dunkelblauen Blazer. »Einen schönen Nachmittag noch, meine Damen.«

Emma folgt mir über den Parkplatz, dick eingepackt, das honigblonde Haar statisch total aufgeladen. »Du solltest es ihm sagen.«

»Ich kann nicht. Auf keinen Fall.« Ich zittere, der Wind ist eisig und rau. Weil ich es nicht erwarten kann, ins Warme zu kommen, laufe ich zu meinem Wagen. Ich will so schnell wie möglich nach Hause und mich in meinem Zimmer einsperren. Als ich die Schlüssel aus der Tasche ziehe, ruft Emma: »Hey, Toni.«

»Ja?« Abwesend schließe ich die Tür auf.

»Ich will unser Geschäft noch nicht aufgeben«, sagt sie. »Das klingt ganz schön verrückt, wie?«

Ich sehe sie an. Ihre Wangen leuchten knallrot, ihre Lippen glänzen rosig. »Es wäre zu riskant weiterzumachen«, erkläre ich und wische mir eine Strähne aus den Augen. »Du hast Mrs. Kemper doch gehört. Es ist ein ernstes Vergehen, auf Schulgrund Geschäfte zu machen. Wir müssen uns zurückziehen. Aufhören. Wir können von Glück sagen, dass uns noch keiner verpfiffen hat. Wir könnten suspendiert werden, oder die werfen uns gleich raus oder …«

»Das kann nicht das Ende sein!«, kreischt Emma mit einem Mal. »Es darf nicht einfach so enden!«

Sie wirkt panisch. Ihre Augen sind jetzt wieder weit aufgerissen. Als hätte ich ihr eben ihr Auto geklaut oder so was. Ganz ruhig sage ich: »Es ist vorbei, Emma. Es geht nicht anders.«

Sie hebt hilflos die Arme. »Einfach so?«

»Einfach so.« Als ich die Tür von meinem Wagen öffne, packt sie mich am Ellbogen und hält mich zurück.

»Wir treffen uns aber doch auch weiterhin, oder?«, will sie wissen.

Ich werfe ihr einen verwunderten Blick zu. »Warum sollten wir denn nicht?«

Sie schnieft und zieht an ihren hellrosa Handschuhen. »Manchmal frage ich mich, ob du auch meine Freundin wärst, wenn es das Unternehmen nicht gäbe.«

Ich lache und klopfe ihr mit der gesunden Hand auf die Schulter. »Mich wirst du so schnell nicht mehr los, Schwänchen.«

Sie rümpft die Nase. »Schwänchen?«

»Ist doch ein super Spitzname für dich«, schlage ich schulterzuckend vor. »Du bist elegant, aber entschlossen, wenn es sein muss. Außerdem passt es, na, du weißt schon, zu deinem Nachnamen. Findest du ihn nicht gut?«

Emma überlegt. »*Schwänchen*. Irgendwie gefällt mir das.«

Ich tätschle erneut ihre Schulter. »Wir können uns ja immer noch was Neues überlegen. Schadet ja nicht. Bis später, Schwänchen.«

Im Wagen jage ich die Heizung hoch und sitze ein paar Minuten einfach nur da und reibe die Hände aneinander. Ich sehe zu, wie Emma zu ihrem Auto trottet. Es fühlt sich nicht richtig an, unser Geschäft so abrupt zu beenden. Einfach so. Ohne Vorwarnung oder Abschied. Was wir brauchen, ist eine ordentliche Verabschiedung. Ich steige also aus dem Wagen und renne zu ihr, rufe ihren Namen. Sie bleibt stehen und sieht mich an.

»Weißt du was? Wir sollten eine richtige Verabschiedung veranstalten.« Ich bin völlig außer Puste. Und offenbar auch nicht in Form. »Für das Geschäft. Wie klingt das, eine Abschiedsparty? Meine Mom und Brian haben mir die Verantwortung fürs Haus übertragen, weil sie wegfahren.«

Emma grinst, dann kreischt sie und umarmt mich derart fest, dass ich keine Luft mehr kriege. Ich glaub, ich lauf gleich blau an.

»Ist das ein Ja?« Ich lache. Sie lässt mich los und boxt mich gegen die Schulter. Autsch. Das Mädel kann echt zuschlagen.

Später sitze ich zeichnend bei uns in der Einfahrt und warte darauf, dass Micahs Auto endlich um die Ecke biegt. Ein wenig Schnee überzuckert den Rasen, doch die Straßen und Gehsteige sind frei. Ich ziehe mir die Kapuze meiner Jacke bis über beide Ohren hoch. Die Sonne ist vor zwanzig Minuten untergegangen. Die Straßenlaternen und der Mond leuchten auf mich nieder, während ich versuche, auf das noch leicht feuchte Pflaster einen gelben Vogel zu malen.

Endlich kommt der Honda um die Ecke gekurvt. Schnell lasse ich die Kreide fallen, stehe auf und schiebe mir die Hände in die Jackentaschen. Ich sehe zu, wie er den Wagen abstellt. Ich sehe zu, wie er aussteigt. Ich sehe zu, wie er die Tür schließt. Ich sehe zu, wie er sich am Kinn kratzt. Und dann sehe ich, wie sein Blick hoch zum Fenster meines Zimmers wandert.

Er sieht wieder runter und blinzelt in die Dunkelheit hinein. Dann sagt er: »Toni?«

Ich winke. Wie eine Idiotin. Und jetzt kommt er rüber zu mir. Oh Mann. *Er kommt hier rüber!*

Er trägt eine Khakihose und ein weißes Poloshirt unter der Jacke. Seine Arbeitsuniform. Sein Atem bildet weiße Wölkchen in der Kälte, und am liebsten würde ich eins von ihnen einfangen. Es in meiner Tasche verschwinden lassen. Es aufbewahren. Mann, ist das bescheuert. Liebe stellt echt seltsame Sachen mit einem an.

»Hey. Alles okay?«, fragt er.

»Ja, bestens. Warum? Bei *dir* alles okay?« Ich wippe auf den Ballen, als müsste ich aufs Klo. Eigentlich will ich ja aufhören, aber in seiner Nähe kann ich mich einfach nicht stillhalten.

»Fühl mich schon besser. Dank dir«, sagt er. »Diese Whoopie-Pies waren unglaublich.«

»Brian hat sie gemacht.« Mir wird bewusst, dass wir wieder mal allein sind. Wir sind oft allein. Und trotzdem scheinen wir keine Lösung für dieses Chaos zu finden.

Er nickt und scharrt mit den Füßen. »Noch ein Skiunfall?«

Einen Moment lang verliere ich mich in seinem Blick, dann sage ich: »Hä?«

Er deutet auf meine Stirn. Beschämt verstecke ich das Hello-Kitty-Pflaster hinter der Hand.

»Ach, das ist nichts.« Ich werde rot. »Ein Katzenunfall.«

»Dieser dämliche Tom Brady«, sagt er.

Ich krümme die Finger. Dann blicke ich auf seine Worte auf dem Gips. *Meine aufrichtige Entschuldigung*. Ich glaub, ich bin sogar in seine Handschrift verknallt. Idiotisch. Aber echt.

»Hey, äh, hast du nächstes Wochenende schon was vor?«, fragt er nach einigen Augenblicken des Schweigens. *Bittet er mich jetzt um ein Date?* »Es soll ungewöhnlich warm werden. Vielleicht lässt Champ sich ja blicken.«

»Nächstes Wochenende?« Ich tue so, als müsste ich überlegen, weil ich nicht zugeben will, dass in meinem Terminplaner neuerdings gähnende Leere herrscht. »Könnte ich hinkriegen. Klar. Kann es kaum erwarten. Klingt echt super. Jippie. Voll cool. Hurra.« *Hurra??* Wie lahm klingt das denn. »Wo wir schon beim Planen wären, ich will morgen Abend eine Party machen. Du kommst doch, oder?«

»Eine Party? Hier?« Er verzieht das Gesicht. »Machst du es jetzt so wie Ollie?«

»Ist nur so 'ne Abschiedsparty für unseren Service«, sage ich und kratze mich unterm Gips. »Wir müssen, äh, schließen. Ganz offiziell.«

»War ja klar, dass das passieren würde.« Er drückt die Schultern nach vorn.

Ich hab ein schlechtes Gewissen. Wenn ich alles ein bisschen anders angegangen wäre, hätte er vielleicht mehr Geld verdient. »Tut mir leid, Micah. Ich wollte dir echt gern helfen …«

Er winkt ab. Mit seiner wunderschönen Hand. »Ist schon gut«, sagt er. »Ich kann finanzielle Hilfe beantragen. Und meine Großeltern können mich auch ein wenig unterstützen. Ich muss zwar trotzdem viel arbeiten, aber immerhin klappt es.«

Ich fange an zu strahlen. »UVM?«

»Auf Loch ist eben Verlass.« Er kratzt sich den Bart. »Ändert seine Pläne nie.«

»Du kannst sie ändern, wenn du willst.« Ich trete einen Schritt auf ihn zu. Die Distanz zwischen uns wird kleiner. Das Licht oberhalb der Garage der Garrys geht an. Seine Eltern sind wohl wegen ihm aufgeblieben.

»Das ist es ja eben«, sagt Micah, der jetzt seine Stimme senkt. »Ich will sie gar nicht ändern. Ich finde es gut, dass ich da hingehe, wo ich hingehe.«

Betreten schaue ich weg und denke an nächstes Jahr. An die Entfernung. Die Unterschiede. Ich stelle mir vor, wie ich das kriege, was ich will, genau in dieser Sekunde. Dass Micah sagt, dass er mich liebt. Vielleicht empfindet er ja wirklich das Gleiche wie ich, will es nur nicht sagen. Vielleicht will er es auch nicht mich sagen hören.

Aus seinem Gesichtsausdruck werde ich nicht so recht schlau. Er wischt sich über das Stoppelhaar und tritt zurück, vergrößert so den Abstand zwischen uns wieder. »Wie auch immer. Deine Party«, sagt er. »Ich schaue mal, ob ich es schaffe.«

»Ich hoffe doch sehr, dass du es hinkriegst.« Dann ringe ich mir ein Lächeln ab.

»Bis dann, McRib.« Und dann nickt er mir zum Abschied beiläufig zu. Als er weggeht, mache ich den Mund auf, um noch was zu erwidern, um ihn auf mich aufmerksam zu machen, doch es kommt nichts raus. Ehe ich michs versehe, ist er schon im Haus verschwunden. Ich könnte da rübergehen, an die Tür klopfen. Ich könnte ihm eine SMS schicken, ihn anrufen, aber ich bin wie paralysiert.

McRib. Für ihn bin ich nichts weiter als McRib.

Achtundzwanzig

Ich sollte ja jetzt eigentlich den verantwortungsbewussten Teenager geben, von dem Brian überzeugt ist, dass er nicht existiert. Doch wenn er schon erwartet, dass ich was Schlimmes anstelle, während er und Mom sich auf ihrer Hütte vergnügen, kann ich seinem Wunsch ja auch gleich nachkommen. Brian ist nämlich nur glücklich, wenn er recht hat. Es ist also fast so, als würde ich ihm ein Geschenk bereiten.

Als es an der Tür klingelt, lasse ich mich am Geländer runtergleiten und lande mit einem lauten, dumpfen Geräusch im Foyer. Ich öffne die Tür, und vor mir steht Emma und hält zwei identische schwarze Kleider mit Fransen dran hoch.

»Lass uns die Rebellion beginnen«, sagt sie grinsend.

Nachdem ich geduscht, mir die Beine rasiert, die Augenbrauen gezupft und mein Haar geföhnt habe, legt Emma bei mir Make-up auf. Sie erzählt von Ollie, während sie meine Lippen mit einem sauer schmeckenden Lipgloss einpinselt. Die zwei sind zwar noch nicht offiziell zusammen, aber sie haben sich schon ein paarmal getroffen. Hier ein Film, da ein Essen. Keine Knutscherei. *Noch* nicht, betont Emma. Ich freue mich für sie. Im

Ernst. Wenigstens eine von uns sollte Glück in der Liebe haben.

Als sie fertig ist, wage ich es kaum, in den Spiegel zu sehen. Die Spaghettiträger an meinem Kleid schneiden an den Schultern ein. Jedes Mal, wenn ich an ihnen ziehe, fegt Emma meine Hand weg. Tom Brady sitzt am Fußende meines Bettes und schlägt jedes Mal, wenn ich vorbeigehe, verspielt nach den Fransen an meinem Kleid. Falls ich das Outfit nie wieder trage, taugt es wenigstens noch als überdimensionales Katzenspielzeug.

Emma betrachtet ihr Werk. »Ich bin echt gut in so was, ist ja unglaublich.«

Ich schaue in den Spiegel, der an der hinteren Wand meines Zimmers hängt, und bin überrascht, dort vor mir, na ja, einfach bloß mich selbst zu sehen. Nur mit Mascara, glänzenden Lippen und ein wenig Rouge. Trotzdem bin das Mädchen da ich. Heute Abend bin ich mir ausnahmsweise mal nicht selbst fremd.

»Danke!« Ich gebe mir Mühe, optimistisch zu klingen, glücklich, aber meine letzte Begegnung mit Micah lauert hinter jedem meiner Gedanken und Gefühle. *McRib*. Nie fand ich diesen Spitznamen schlimmer als jetzt.

Emma lässt ihre Schminkutensilien in einem herzförmigen Täschchen verschwinden. »Ich hab übrigens Neuigkeiten. Und es hat nichts mit Jungs zu tun.«

»Gut.« Ich seufze. »Von Jungs brauch ich nämlich erst mal 'ne Pause.«

»Ich hab einen Platz in Harvard.«

Ich wirble herum. »Ist das dein Ernst?«

Emma nickt und bleibt ganz ruhig, als sie sich das

Haar bürstet und die Fransen an ihrem Kleid glättet. Sie fängt an, falsche Wimpern anzubringen, als hätte sie nicht soeben die besten Nachrichten der Welt verkündet. Ich kann nicht anders. Also hüpfe ich auf und ab, kreische und schreie: »WARUM RASTEST DU EIGENTLICH NICHT AUCH SO AUS WIE ICH?«

»Ich versuche ein bisschen mehr zu sein wie du«, meint Emma. »Ruhig. Cool. Gefasst.«

Aber ich hüpfe weiter. Die Wände beben, und ein paar leere Dosen kippen von meinem Schreibtisch runter. Tom Brady ist derart genervt, dass er vom Bett runterspringt und aus dem Zimmer flieht.

»DANN HÖR BITTE AUF DAMIT!«, kreische ich. »FREU DICH MIT MIR!«

Emma lacht und flippt gemeinsam mit mir aus. Es ist gut, dass Brian nicht hier ist und unser durchdringendes Gequieke hört. Nachdem wir ein paar Minuten lang wie zwei Irre durchs Zimmer gesprungen sind, halten wir inne, um wieder zu Atem zu kommen.

»Das heute Abend wird jetzt die Emma-hat-es-nach-Harvard-geschafft-Party«, sage ich und verbeuge mich vor meiner genialen Freundin.

Dann zieht sie die letzten Bestandteile unseres Outfits aus der Tasche. Zwei rosa Glitzerfliegen.

»Ich weiß, dass ich klinge wie eine Schallplatte, die hängt«, sagt sie und bindet sich die Fliege um den Hals. Ich tue es ihr gleich. »Aber du solltest es ihm endlich sagen.«

Ich runzle die Stirn und wende mich ab. Dann betrachte ich den rosa Glitzer, der an meinen Fingern klebt.

McRib. Ein eindeutiges Zeichen, dass er mich nur als gute Freundin sieht. Großartig. Schon kapiert. Besser als nichts. Wenn ich ihm jetzt also sage, was ich empfinde, dann ist alles ruiniert. Nein. Ich kann ihm das nicht gestehen. Niemals.

Eine Gruppe Mädchen in aufwändigen Abendkleidern strömt in unser Haus. Sie kichern und rennen direkt ins Badezimmer. Jungs in zerknitterten Anzügen tragen silberne Tabletts voller Chips und Dosenbier herum wie echte Butler. Ich war so beschäftigt mit den Veränderungen zwischen Micah und mir, dass ich Emma gar nicht zu den Details der Party befragt habe. Sie hat das alles geplant. An nur einem Tag. *Wer sind all die Leute?* Ich kenne vielleicht eine Handvoll von ihnen. Ich schnappe mir ein Bier von einem Tablett, erkenne aber den Jungen nicht, der es trägt. Mit einem Schulterzucken öffne ich die Dose und trinke.

»Das Thema lautet Ladys und Gentlemen«, sagt Emma, die plötzlich hinter mir steht. »Gefällt es dir?«

»Ja, das hat Stil.« Ich halte ihr den hochgereckten Daumen hin und sehe zu, wie ein Typ im Smoking sich ein ganzes Bier reinkippt.

Ich korrigiere den Sitz meiner Fliege und lehne mich gegen das Geländer im Eingangsbereich. Dann suche ich die Menge ab, doch Micah ist nirgends zu sehen.

»Er ist noch nicht hier«, sagt Emma, die mit den Nägeln auf dem Geländer herumtippt. »Sobald ich ihn sehe, gebe ich dir Bescheid. Versprochen.«

Sie tätschelt mir den Rücken. Ich ringe mir ein Lächeln

ab. Eigentlich habe ich vor, sofort in die andere Richtung wegzurennen, sobald ich Micah sehe. Emma mischt sich unter die Leute, die perfekte Gastgeberin. Ich nippe an dem kalten Bier in meiner Hand. Dabei fixiere ich die Haustür und flehe innerlich, er möge nicht kommen.

Dann fliegt die Tür auf. Kalte Luft weht herein.

Meine Finger krampfen sich um die Dose. Ich nehme noch einen Schluck, bereit wegzurennen, doch es ist Cowboy, der jetzt in einem marineblauen Anzug und einem Flanellhemd darunter hereinkommt. Er hält die Hand von jemandem.

Es ist die Hand von Katie Morris.

Cowboy schließt die Tür hinter ihnen, und natürlich sind seine Wangen gerötet. Aber auch wenn er total nervös ist, ist er immerhin hier, zusammen mit Katie Morris. Unglaublich. Katie grinst und zwirbelt an ihrem kurzen roten Haar herum. Da entdeckt sie mich.

»Hey, Toni!«, sagt sie.

Ich gebe mir Mühe, nicht allzu überrascht zu klingen. »Katie. Hey. Schön, dass du kommen konntest.«

Sie trägt ein wunderschönes trägerloses schwarzes Kleid, dezentes Make-up und ein schlichtes silbernes Halskettchen. Zu dritt stehen wir einen Augenblick zu lange verlegen da, sodass es schon fast peinlich wird.

»Hey.« Cowboy sieht mich an. »Nette Party.«

»Danke, dass du gekommen bist.« Ich klopfe ihm auf die Schulter. Wenigstens kommen Cowboy und ich noch einigermaßen miteinander klar. Wir mögen uns ein wenig auseinandergelebt haben, aber das ist in Ordnung. Ich habe mich damit abgefunden, dass Freundschaften eben abflauen. Es gibt nichts, was ich dagegen tun könnte. Auch wenn ich mich echt bemüht habe.

Cowboy räuspert sich und wendet sich Katie zu. »Hab ich dir eigentlich von der Sache erzählt, als Toni Direktor Rogers den nackten Hintern gezeigt hat?«

Katie lacht und schüttelt den Kopf. Sie fingert an ihrem Halskettchen herum. »Das will ich hören.«

»Oh, die Geschichte wird dir gefallen.« Cowboy lächelt und führt Katie in die Küche. Ich höre ihn gerade noch sagen: »Toni hatte letzten Sommer diesen genialen Einfall, Direktor Rogers einen Streich zu spielen …« Dann geht seine Stimme auch schon im allgemeinen Partylärm unter. Gut für ihn. Er sieht nach vorn. Er lebt sein Leben, ohne irgendwas zu bereuen.

Ganz anders als ich. Ich bedaure unendlich viele Dinge.

Und ich werde noch verrückt, wenn ich weiter die Haustür anstarre, daher kämpfe ich mich durchs Getümmel, bis ich mitten im Wohnzimmer aka Tanzfläche stehe. Körper drängen sich gegen mich. Ich bin das einsamste Mädchen auf dem ganzen Planeten, selbst dann, als Lemon den Arm um mich legt und mit ihrem Whiskeyatem ruft: »Danke dir, Toni Valentine!«

Jess taucht plötzlich hinter mir auf. Sie strahlt, und sie hat bläuliche Strähnen im blonden Haar. Ihre fließende weiße Bluse ist voller dunkler Flecken. Whiskey, wie ich vermute.

Ich rufe: »Schön, dass ihr beide kommen konntet!«

»Ich hab's ihnen gesagt!«, platzt es da aus Lemon heraus, und ihre Worte klingen undeutlich. »Ich hab meinen Eltern gesagt, dass ich Jess liebe, und wenn es ihnen nicht passt, ist mir das auch egal!«

Lemon küsst Jess, ganz sanft und liebevoll. Mann, alle sind so verdammt glücklich heute Abend. Ist irgendwie widerlich. Jess legt Lemon die Hand an die Hüfte.

»Das haben wir gefeiert«, sagt Jess. »Eine von uns hat es dabei möglicherweise ein klein wenig übertrieben. Ich muss die Kleine hier nach Hause bringen, ehe alles noch aus dem Ruder läuft.«

Lemon schmiegt sich an Jess und winkt zum Abschied. Sie ist sturzbetrunken. Ein weiteres Tablett voll Bier schwebt an mir vorbei, wieder getragen von einem Wildfremden. Ich schnappe mir ein Bier und versuche dann, mich ein bisschen unters Volk zu mischen. Allerdings kenne ich die wenigsten von den Leuten hier, und ich bin auch nicht unbedingt in der Stimmung für freundlichen Small Talk.

Ich sehne mich nach etwas, das mir vertraut ist. Daher begebe ich mich auf der Suche nach Tom Brady zur Treppe. Wo er sich wohl versteckt hält?

Zurück im Foyer laufe ich wieder Lemon und Jess über den Weg. Lemon hat den Kopf an Jess' Schulter gelegt, die ihr zärtlich über den Rücken streicht. Ich gehe zu ihnen, und da blickt Lemon auf und kotzt ganz unvermittelt übers Geländer. Völlig fassungslos stehe ich da, während die Kotze vom Holz runter und dann auf den Teppich tropft, als wäre es Baumharz. Hm. Sieht so aus, als hätte sie erst kürzlich Nachos gegessen.

»Oh mein Gott!«, entfährt es Jess. »Das tut mir ja so leid, Toni!« Lemon ächzt und gerät ins Wanken. Jess führt sie zur Haustür raus, damit sie ein bisschen frische Luft kriegt.

»ZURÜCKBLEIBEN! ICH HOLE PAPIERTÜCHER!«, bitte ich die Kids, die angewidert danebenstehen. »Bitte, bleibt weg von der Stelle, Leute. Ich will nicht noch mehr …«

Wie auf ein Stichwort reihert in dem Moment ein Mädchen über ihr Kleid. Ein paar Leute kreischen los. Ohne ein weiteres Wort renne ich die Treppe nach oben, um was zum Saubermachen zu holen, bevor das hier zu einer regelrechten Kotzorgie ausartet. Ich hole drei Rollen Klopapier, zwei Flaschen Teppichreiniger und zwei Dosen Lufterfrischer aus dem Wäscheschrank am Ende des Flurs. Vielleicht bilde ich es mir ja nur ein, aber ich kann die Kotze bis hier riechen.

Brian wird ja so was von sauer sein.

Neunundzwanzig

Emma bewacht indessen unten die Kotze. Sie hat ihr Haar zu einem Pferdeschwanz zurückgebunden. Entschlossen nimmt sie mir die Putzutensilien ab und sprüht gleich eine Million Mal mit dem Duftspray in die Luft. »Wir haben das schon unter Kontrolle«, sagt sie und nickt in Richtung Küche. »Micah ist da.«

Ich starre durch den Flur in die Richtung, als wäre das der Tunnel in eine magische Welt. Er ist hier. Nur ein paar Schritte entfernt. Mein Herz pocht, meine Hände sind ganz schwitzig. Ich will, dass er mich in meinem neuen schwarzen Kleid und der rosa Fliege und Emmas schwarzen High Heels sieht. Ich will, dass er sieht, dass ich nicht mehr einfach nur das Mädchen von nebenan bin. Denn ich fühle mich wie eine weibliche Kraft, die kurz davor ist, die Welt mit einem einzigen Schnippen mit den schwarz lackierten Fingern zu erobern.

Die Tür geht auf, und noch mehr Fremde strömen ins Haus. Sie reden, albern herum, sind alle total schick und glamourös gekleidet. Mit einem Mal ertönt ein lautstarkes *Miau,* und ein schwarzes Fellknäuel schießt zur Tür raus, kurz bevor sie zufällt.

»Tom Brady!«, rufe ich. »Scheiße!«

Die kalte Luft draußen trifft mich völlig unvorbereitet. Ich stehe fluchend unter dem Vordach, während Tom Brady draußen auf dem Gehweg sitzt und mich anstarrt. Seine gelben Augen sehen aus wie leuchtende Goldnuggets im Dunkel der Nacht.

»Tom.« Ich spreche langsam, bedächtig. Wage es nicht, mich zu rühren. »Du sollst doch nicht rausgehen. Das weißt du genau.«

Seine Augen verengen sich zu Schlitzen, dann fängt er an, sich die Pfoten zu lecken. Ich zittere, doch wenn ich jetzt reingehe und mir eine Jacke hole, läuft er weg. Also hole ich tief Luft und schleiche ganz langsam auf ihn zu. Meine Absätze schaben über das Pflaster. Tom Brady blickt auf und funkelt mich böse an. Ich halte inne. Nach einer Sekunde widmet er sich wieder seiner Katzenwäsche. Ich schlüpfe aus den Stöckelschuhen und gehe in die Hocke. Dann bewege ich mich stetig näher. Fast bin ich nahe genug, um die Hand auszustrecken und ihn zu packen, als er plötzlich aufschaut, miaut und dann ins Gebüsch vor dem Haus huscht.

»Nicht doch!«, brülle ich.

»Suchst du nach irgendwas?«, fragt da eine Stimme.

Ich drehe mich um. Ollie steht vor der Haustür. Auch er trägt einen schwarzen Smoking. Er hat eine Jacke um den rechten Arm hängen, und seine Locken hat er glatt zurückgegelt. Ein weißes Pflaster klebt über der Schnittwunde an seiner Braue. Sein Auge ist immer noch ganz grün und blau. Wenn ich ihn nur anschaue, fühle ich mich schrecklich.

»Tom Brady.«

»Der Kater, hoffe ich.« Ollie kommt grinsend näher. »Denn ich bezweifle, dass du den Quarterback der Patriots hier draußen finden wirst.«

»Dieses dämliche Mistvieh ist abgehauen«, sage ich und seufze. »Brian wird es das Herz brechen, wenn ich ihn nicht finde.«

»In welche Richtung ist er denn gelaufen?«

Ich deute aufs Gebüsch. Ollie reicht mir die Jacke, und erst jetzt sehe ich, dass es meine ist. »Danke, dass du mir die geliehen hast«, sagt er.

»Kein Problem.« Ich schlüpfe hinein, ziehe mir die Ärmel über die Hände. Meine Zähne klappern vor Kälte, und meine nackten Beine sind eiskalt. Ollie leuchtet mit seinem Handy ins Gebüsch. Ein paar Minuten lang suchen wir, ohne ein Wort zu sagen.

»Hör zu«, sagt Ollie, während er einen Zweig zur Seite schiebt, um besser sehen zu können. Er weicht meinem Blick aus. »Tut mir leid, dass ich so ausgerastet bin. Das war nicht nett von mir.«

Ich weiß nicht, was ich darauf sagen soll. Alles fühlt sich so zerbrechlich an, so als könnte eine einzige falsche Bewegung das Wenige, was von meinem früheren Leben noch übrig ist, zunichtemachen. »Tja, mir tut es leid, dass du meinetwegen verprügelt wurdest«, sage ich.

»Ich hab mich ja freiwillig dafür entschieden, für dich zu arbeiten.« Er zupft sich am Ohr. »Den Großteil der Zeit hatte ich sogar Spaß an der Sache. Du hattest aber recht, was die Mädels von der Winston angeht. Die sind nicht durchgeknallt. Sie sind ganz normal.« Er macht eine kurze Pause. »Ich fahre in den Ferien nicht nach Colorado.«

Meine Schuld. »Dieser Streich war echt eine bescheuerte Idee …«

»Ist schon gut«, unterbricht er mich. »Ich hab kein Problem damit hierzubleiben. Das Geld hätte ich schon zusammengekratzt. Ich bleibe freiwillig.«

»Ach, ob Emma da wohl was mit zu tun hat?«, ziehe ich ihn auf.

Er schaut mich an und grinst. Es ist ihm anzusehen, dass er glücklich ist. Das ist Emmas Verdienst. Auch wenn Ollie jetzt in Vermont bleiben will, ist mir doch klar, dass der bevorstehende Sommer nicht so werden wird wie die Sommer davor. Klar könnten wir vier jeden Tag, jede Nacht den See nach Champ absuchen. Aber es wäre nicht dasselbe. Weil wir nicht mehr dieselben sind.

Die Haustür geht auf. Micah tritt unters Vordach raus, eine schwarze Wollmütze auf dem Kopf. Er trägt Jeans und ein Sweatshirt mit einem Bild von Bigfoot drauf. Er hält etwas hinter dem Rücken versteckt, während er die Stufen runterspringt und sich uns nähert.

»Hey«, sagt er. »Die Party findet drinnen statt, wisst ihr das nicht?«

»Der Kater ist weg. Du kannst doch gut mit Tieren umgehen.« Ollie klopft Micah auf die Schulter. »Er ist irgendwo da drinnen im Gebüsch. Glauben wir zumindest. Ich geh jetzt besser wieder rein und helfe Emma, die Kotze aufzuwischen.«

»Was für ein Gentleman«, sage ich.

Ollie hüpft auf die Eingangstür zu und verschwindet im Haus. Jetzt stehen Micah und ich ganz allein in der Kälte herum.

»Alsooo«, sage ich, entschlossen, keine Sekunde des Schweigens zuzulassen. Bloß keine peinliche Stille entstehen lassen. »Was hast du denn da?« Ich versuche um ihn herumzulinsen, um zu sehen, was er da hinter seinem Rücken versteckt hält.

»Ein verfrühtes Geburtstagsgeschenk.« Damit bringt er das Ding zum Vorschein. Einen Teddybär. Aber nicht nur irgendeinen Teddybär.

»Ist nicht wahr«, sage ich voller Ehrfurcht, als ich die völlig kranke Maske, das zerrissene T-Shirt und die winzige Kettensäge entdecke. Der Wahnsinn. »Ein *Texas-Chainsaw-Massacre*-Teddybär?«

Micah lacht. »Du meintest doch, so einen hättest du gern.«

Ich grinse total gerührt und drücke mir den Teddybär ans Herz. »Mit dem kuschle ich heute Abend.«

Micah schiebt die Hände in die Vordertasche seines Hoodies. Mein Herz hämmert laut und beharrlich, während ich den Bär an mich presse. Eine kalte Windbö fegt vorbei und lässt das Gebüsch rascheln. Ich zittere. Er tritt vor und reibt meinen Rücken, um mich zu wärmen. Mann, diese *Berührung*.

Ich lehne mich gegen seine Brust und hebe das Kinn. Und dann tu ich es einfach. Ich küsse ihn. Er beugt sich runter zu mir und presst seine Hand ganz fest auf meinen Rücken. Ich schmiege mich an ihn. Mein Kopf ist angenehm vernebelt. Meine Knie schlottern, allerdings jetzt nicht mehr wegen der Kälte.

Nach einigen Augenblicken ziehe ich mich ein Stück zurück, aber nicht zu weit. Suchend blicke ich ihm in die

Augen. Die Zeit dehnt sich, während ich darauf warte, dass er irgendwas sagt. Was hat das zu bedeuten? Wie oft müssen wir uns denn noch küssen, ehe einer von uns beiden offen zugibt, dass das hier mehr ist als nur eine Freundschaft? Ich meine, mal im Ernst?

»Ich muss los«, flüstert er und sieht weg. »Gute Nacht, Toni Valentine.«

»Äh, gute Nacht.« Ich sehe zu, wie er über den Rasen joggt und im Haus verschwindet. Minuten später geht das Licht in seinem Zimmer an. Ich stehe noch eine Weile so da, völlig perplex, und betrachte den *Texas-Chainsaw-Massacre*-Teddybären in meiner Hand. Dann drehe ich mich um und gehe zurück nach drinnen, völlig durcheinander und aufgewühlt und geknickt.

Tom Brady wartet unter dem Vordach auf mich und wedelt mit dem Schwanz. Er funkelt mich wütend an. Als ich die Haustür öffne, trottet er rein und schnurrt, als wäre sein Job damit erledigt.

Dreißig

Durch die Windschutzscheibe beobachte ich, wie Emma mit einer Ladung rosa Luftballons vorm Haupteingang der Winston Academy auf und ab hüpft. Eine kleinere Menschentraube hat sich um sie herum versammelt. Als sie mich entdeckt, winkt sie. Ein Ballon entwischt ihr und steigt hinauf in den grauen Himmel. Doch das trübt Emmas Laune nicht im Geringsten.

Ich überlege, ob ich den Hintereingang nehmen soll, doch das macht es dann später nur umso schlimmer. Emma wird darauf bestehen, diesen Tag zu feiern, auch wenn ich ihn in diesem Jahr lieber ausfallen lassen würde. Aber ich muss mich der Sache wohl stellen. Ich ziehe den Reißverschluss an meiner neuen Purdue-Fleecejacke zu, die Brian und Mom mir heute Morgen geschenkt haben, und wage mich hinaus in die kalte Märzluft.

»Alles Gute zum Geburtstag!«, kreischt Emma, als ich näher komme. Ein paar Mädchen gratulieren mir ebenfalls, ehe sie im Gebäude verschwinden. Lemon bleibt als Einzige zurück und vergräbt die Hände in den Taschen ihres karierten Mantels, während Emma mir den Packen rosa Luftballons reicht.

»Danke.« Ich nehme sie entgegen, als bliebe mir keine

andere Wahl. Misstrauisch beäuge ich sie. »Ob die wohl in meinen Spind passen?«

»Die sollst du doch den ganzen Tag mit dir herumtragen«, sagt Lemon. »Damit du mit ihnen auch den maximalen Grad an Peinlichkeit erzielst. Das ist einer der Gründe, weshalb ich so gern im Sommer Geburtstag habe.«

Mit den Luftballons schaffe ich es fast nicht durch die Tür. Sie schweben über dem Meer an Menschen, während wir zu dritt die geschäftigen Flure erobern. Verschiedene Mädchen gratulieren mir zum Geburtstag, während ich durch die Gänge eile, und meine Wangen sind schon knallrot, weil ich derart im Mittelpunkt stehe. Bei meinem Schließfach angekommen, versuche ich die Luftballons reinzustopfen. Leider ohne Erfolg.

»Keine Sorge.« Lemon grinst. »Emma hat zur Sicherheit auch noch einen zweiten Reservesatz im Auto.« Ich kann nicht anders, jetzt muss ich einfach lachen. Klar, das ist typisch für sie. Emma strahlt.

»Wir sehen uns dann beim Mittagessen, meine Damen«, sagt Lemon und winkt uns zu. »Ich geh dann mal und schicke romantische Liebesbotschaften an meine bessere Hälfte!«

Nachdem sie abgezogen ist, sieht Emma mich eindringlich an. »Also. Was ist los?«

Ich ächze und lehne mich mit dem Kopf gegen das Schließfach. »Ich weiß immer noch nicht, was Sache ist!«

»Dann unternimm den nächsten Schritt!«, sagt Emma und klopft mir auf den Rücken.

»Ich war doch schon das letzte Mal diejenige, die was unternommen hat!«, flüstere ich lautstark.

Zwei Wochen sind vergangen seit diesem letzten Kuss. Zwei Wochen. Micah und ich reden wieder miteinander, aber das ist auch schon alles. Wir unterhalten uns über Champ. Wir sprechen über Horrorfilme. Aber keiner von uns erwähnt den Kuss. Über *uns* sprechen wir nicht.

»Tja, wir gehen auf jeden Fall aus heute Abend und feiern deinen Geburtstag.« Emma schnippt mir gegen die Schulter. »Über die Details sprechen wir später in der Mittagspause!«

»Ich hab haufenweise Hausaufgaben …«

»Vergiss es! Keine Widerrede, Toni Valentine!« Als sie über den Flur davonspringt, schüttle ich den Kopf und grinse vor mich hin. Was bin ich froh, dass ich sie habe. Als ich meinen Spind schließe, trifft mich einer der Ballons im Gesicht. Ich seufze und ziehe den Strauß den Gang entlang hinter mir her.

Beim Mittagessen taucht Emma dann allerdings nicht auf. Als es fünf Minuten vor Pausenende zum Unterricht klingelt, fange ich an, mir Sorgen zu machen. Ich ziehe durch die Flure auf der Suche nach ihr. Vielleicht ist sie ja krank geworden und nach Hause gegangen? Aber wenn es so wäre, hätte sie mir eine SMS geschickt. Oder eine Mail. Einen Brief. Eine Brieftaube. Irgendwas. Emma geht nicht einfach ohne ein Wort.

»Toni!« Lemon winkt mir zu. Ich winke zurück und dränge mich durch die Menge zu ihr vor. Als ich vor ihr stehe, senkt sie die Stimme und sagt: »Hast du das mit Emma gehört?«

Ich schüttle den Kopf. »Alles in Ordnung mit ihr?«

»Sie wurde in Mrs. Kempers Büro gerufen«, sagt

Lemon und schüttelt ihren Bob. »Es gab einen anonymen Brief, der sie mit dem Service in Verbindung bringt. Es geht sogar das Gerücht, dass man sie rausgeworfen hat.«

»*Was?*«

»Rausgeworfen«, wiederholt sie.

Mir wird schlecht. »Das ergibt doch keinen Sinn. Was stand denn in dem Schreiben?«

Lemon kaut auf ihren Fingernägeln herum. »Keine Ahnung. Eine ganze Reihe von den Mädchen ist am Ausrasten, weil keiner weiß, ob da noch ein Name drinstand in dem Brief. Emma ist bislang die Einzige, die man geholt hat.«

Da klingelt es wieder. Lemon eilt davon, nicht ohne mir noch einen letzten besorgten Blick zuzuwerfen. Ein paar Minuten lang stehe ich so da, ganz allein auf dem Flur, und zittere. Ich hab einen Knoten im Magen. Dann renne ich aufs Klo und spritze mir Wasser ins Gesicht.

Das kann jetzt nicht wahr sein. Nicht Emma.

Der Rest des Tages zieht sich in die Länge. Ständig starre ich auf die Uhr. Ich starre auf mein Handy. Ich warte darauf, dass man mich als Nächstes zu Mrs. Kemper zitiert. Ich schicke ungefähr eine Million SMS an Emma, doch sie antwortet nicht. Wie sie mich hassen muss. Ich hab ihr das alles ja schließlich eingebrockt. Meinetwegen kann sie jetzt nicht nach Harvard. Ob Shauna Mrs. Kemper wohl gesteckt hat, dass Emma den Service leitet? Oder ist Mrs. Kemper anders draufgekommen, dass Emma da ihre Finger im Spiel hat?

Sie war ja auch *tatsächlich* meine Kontaktfrau. Schließlich war sie für die Buchung der Kundinnen zuständig. Im

Grunde stand sie viel mehr im Vordergrund als ich. Aber ich darf nicht zulassen, dass sie das jetzt alleine ausbadet.

Nach dem Unterricht rase ich zu Mrs. Kempers Büro und hebe schon die Hand, um anzuklopfen. Ich halte inne. Ich habe Schweiß in den Achselhöhlen. Mein Herz pocht. Mein Hals ist ganz trocken. Das war's dann wohl. Das Ende. Schluss mit den Lügen.

Klopf. Klopf. Klopf. Mrs. Kemper öffnet unverzüglich die Tür. »Tonya«, sagt sie erstaunt.

Doch ehe sie noch ein weiteres Wort sagen kann, platzt es schon aus mir heraus: »*Rent-a-Gent* war meine Ide, Mrs. Kemper. Mein Geschäft. Ich war das. Ganz allein.«

Mrs. Kemper zupft ein einzelnes Haar von ihrem Blazer, während sie hinter dem Schreibtisch sitzt und mich finster anfunkelt. Das lockige Haar scheint mit einem schrecklich dumpfen Geräusch am Boden zu landen. Ich wische mir die schwitzenden Hände an meinem Karorock ab. Der Stapel Jungsprofile liegt vor Mrs. Kemper auf dem Tisch.

»Du bist mir ja eine Unternehmerin«, sagt sie.

»Ich war«, korrigiere ich sie. »Der Service existiert nicht mehr. So was werde ich nie wieder tun. Versprochen.«

Mrs. Kemper rutscht unruhig auf ihrem Stuhl herum. Sie verlagert ihre Sitzposition. »Die Sache ist ernst, Tonya. Hier an der Winston akzeptiert man ein derartiges Verhalten nicht. Dein Unternehmen, ob es nun weiterhin existiert oder nicht, ist höchst unangemessen.«

Ich wünsche mir so sehr, Micah wäre bei mir und

würde mir die Hand halten und mich trösten. Schließlich bin ich kurz davor, hier rauszufliegen, und ich kann an nichts anderes denken als an meinen besten Freund, der in Wahrheit weit mehr ist als nur mein bester Freund. Nur dass ich mir nicht sicher bin, weil wir diese Sache, die da zwischen uns ist, beide geflissentlich ignorieren. Auch wenn es mir vor Angst den Magen umdreht, tue ich, was zu tun ist. Ich bin viel zu erschöpft, um noch weiter zu kämpfen.

Also gestehe ich alles. Ich fange ganz von vorne an, erwähne aber keine echten Namen. Wenn hier jemand für die Sache geradestehen muss, dann bin ich es. Ich erzähle Mrs. Kemper von Micah und der Halloweenparty und von den Alibidates. Ich erkläre, dass so viele von uns gern hätten, dass manche Dinge anders aussehen, als sie es in Wirklichkeit tun. Ich betone, dass unser Service nichts mit Sex oder Freundschaften zu tun hatte, sondern lediglich ein Alibi lieferte, hinter dem man sich verstecken konnte.

»Tut mir leid«, fahre ich fort. Tränen strömen mir über die Wangen, und ich wische mir einen Rotzfaden mit dem Ärmel von der Nase. »Das Ganze war ein Fehler. Das ist mir jetzt auch klar. Ich wollte nur einem Freund helfen. Ich wollte ihn nicht verlieren. Ich wünschte, ich könnte das alles ungeschehen machen. Ich verstehe die Leute nicht, Mrs. Kemper. Ich verstehe sie überhaupt nicht. Ich gehöre nicht auf die Winston, und ich verdiene die Zukunft nicht, die dieser Ort mir bietet. Es geschieht mir nur recht, wenn man mich hier rauswirft.«

Der Stuhl quietscht, als Mrs. Kemper sich zurücklehnt und mich aus freundlichen Augen mustert. Keine Ahnung, was ihr jetzt durch den Sinn geht, ich will gar nicht erst versuchen, es zu erraten. Wir Menschen sind wilde, unberechenbare Kreaturen. Man kann sie nicht in Schubladen stecken.

»Ich schätze deine Ehrlichkeit, Tonya, aber die Sache ist schlichtweg inakzeptabel«, sagt Mrs. Kemper.

Ich unterdrücke ein tiefes Schluchzen. »Werfen Sie mich jetzt von der Schule?«

»Mir bleibt in dem Fall kaum eine Wahl«, sagt sie sanft. »Bitte warte draußen, während ich deine Mutter anrufe.«

Wie gefällt euch dieses Ende: Ich fliege von der Schule, auf die ich anfangs überhaupt nicht wollte, die mir aber irgendwie ans Herz gewachsen ist. Mein bester Freund aus Kindertagen ist nicht länger mein bester Freund, und jetzt befinden wir uns in irgendeinem sonderbaren Zwischenstadium, was unsere Beziehung betrifft. Meine Pläne fürs College kann ich vermutlich in die Tonne kloppen, was bedeutet, dass ich mir meine Zukunft verbaut habe. Und deswegen muss ich jetzt bis an mein Lebensende bei Brian und Mom wohnen bleiben.

Gerade als ich lerne, mit Veränderungen klarzukommen, kommt mein Leben mit quietschenden Reifen zum Stillstand.

Ich warte auf der Bank draußen vor Mrs. Kempers Büro und tappe mit den Turnschuhen auf dem blitzblanken Boden herum. Ungefähr eine halbe Stunde sitze ich so hier draußen, ehe ich Schritte durch den Flur hallen höre. Eigentlich erwarte ich, Mom zu sehen, doch es ist

Brian, der jetzt auf mich zumarschiert kommt, in seinem schicken Versicherungsanzug – oder was er eigentlich macht.

»Sie hat *dich* angerufen?«, frage ich.

»Deine Mom war das. Sie kann nicht von der Arbeit weg«, sagt Brian. »Klingt ja ziemlich ernst, Toni.«

Mit Mühe unterdrücke ich weitere Tränen und schäme mich fürchterlich. Brian setzt sich neben mich, hält aber einen gewissen Sicherheitsabstand. »Was ist passiert?«, will er wissen.

»Hat Mom es dir nicht gesagt?«

»Ich will es von dir selbst hören«, erklärt er. »Deine Sicht der Dinge.«

Das überrascht mich jetzt. Wieder mal wische ich mir nervös die Handflächen am Rock ab. »Vielleicht solltest du einfach mit Mrs. Kemper reden.«

»Toni.« Er lockert seine Krawatte. »Ich weiß ja, dass ich weder cool noch witzig bin, und ja, ich liebe die New England Patriots. Ich sage nicht immer das Richtige. Manchmal fühle ich mich wie der letzte Versager. Aber du kannst mit mir reden. Ich würde dir gerne helfen.« Er hält inne. »Du machst mir nur irgendwie Angst.«

»Im Ernst?« Von all den Dingen, die heute passiert sind, schockiert mich das jetzt am meisten.

Er wendet sich mir zu. Das Deckenlicht fällt auf sein graues Haar. »Ich dachte, du wüsstest das.«

Fast fange ich an zu lachen. »Ich dachte eigentlich, ich würde dir total auf die Nerven fallen.«

»Du? Auf die Nerven fallen? Nicht im Geringsten«, sagt er und stützt die Ellbogen auf die Knie. »Wenn ich dich nervig fände, würde ich dir komplett aus dem Weg gehen. Aber du siehst doch, dass ich ständig um dich herumwusele, oder? Dass ich vielleicht ein kleines bisschen zu neugierig bin? So bin ich eben. Ich versuch nur, einen guten Draht zu kriegen ...«

Ich muss lächeln. Er löchert mich tatsächlich dauernd und will wissen, was in meinem Leben so passiert. Stellt Fragen zu Micah. Zur Winston. Nicht, weil er meinen Dad ersetzen oder mich kontrollieren oder mich nerven will, sondern weil er gern einen *guten Draht* zu mir hätte. Ich fühle mich so bescheuert, dass mir das nie aufgefallen ist.

Also erzähle ich ihm die Wahrheit. Die ganze Wahrheit. Was mich auf die Idee mit dem Service gebracht hat. Von meiner neuen Freundin Emma. Was tatsächlich zwischen Micah und mir passiert ist. Wie Mrs. Kemper uns auf die Schliche kam. Als ich fertig bin, sieht er weg und macht dieses seltsam glucksende Geräusch, während er nachdenkt.

»Danke, dass du mich hierher geschickt hast«, füge ich noch hinzu. »Und tut mir echt leid, dass sie mich jetzt rauswerfen.«

»Na gut. Wow.« Er steht auf und runzelt die Stirn. Dann schnauft er ein paarmal tief durch. »Bleib hier sitzen. Ich werde mit dieser Mrs. Kemper reden.«

Und damit harre ich meinem Schicksal.

Einunddreißig

Sie sind jetzt schon über eine Stunde da drinnen. Wenn ich das Ohr an die Tür presse, höre ich nur ganz gedämpft Brians Stimme. Er redet ganz schön viel, nur leider verstehe ich kein Wort. Allerdings klingt er ziemlich ernst. Und wütend.

Ich lege mich auf die Bank und denke an Micah, um mir die Zeit zu vertreiben. Ist neuerdings meine Lieblingsbeschäftigung, an ihn zu denken. Was er in diesem Moment wohl so treibt? Ob er wohl auch an mich denkt? Ich krame mein Handy hervor und lese unseren SMS-Austausch durch. Er hat mir heute schon ein paarmal zum Geburtstag gratuliert. Offensichtlich hat er mich nicht vergessen. Und denkt an mich. Zumindest ein bisschen.

Ob er den zweiten Kuss bereut? Oder gar schon den ersten? Warum hat er nie ein Wort darüber verloren? Vielleicht hätte er gern, dass alles wieder so wird wie früher. Aber wie lange können wir noch so tun, als wäre nichts geschehen?

Als die Tür aufgeht, springe ich auf. Mein Puls rast. Das war's dann also. Mein trauriges Ende wird endlich Wirklichkeit.

Brian kommt als Erster heraus. Er wirkt müde, ausgelaugt, die Krawatte ist immer noch gelockert. Mrs. Kemper folgt ihm, zupft an ihrem Blazer herum und hält Brian dann die Hand hin, während sie sagt: »Einen schönen Nachmittag wünsche ich Ihnen, Mr. Richards.«

»Danke nochmals«, erwidert Brian in ernstem Ton. Offenbar haben sie sich da drinnen nicht bloß gegenseitig Witze erzählt.

Mrs. Kempers Blick zuckt zu mir. Sie verliert kein Wort, sondern kehrt in ihr Büro zurück und schließt die Tür hinter sich. Mann. Sie kann mir nicht mal mehr in die Augen sehen. So eine elende Versagerin bin ich.

»Was ist passiert?«, frage ich und zupfe an meinem Daumen herum. »Sie hasst mich, oder?«

Brian zieht den Reißverschluss an seinem schicken Mantel hoch. »Komm mit.«

Verwundert stehe ich da und sehe, wie er den Flur entlanggeht. Dann bleibt er stehen, dreht sich um und sagt: »Lass uns gehen, Toni.«

Verblüfft jogge ich hinter ihm her, bis ich ihn eingeholt habe. Meine Turnschuhe quietschen auf dem Boden. Während ich Brian über den Parkplatz folge, warte ich die ganze Zeit darauf, dass er mir endlich sagt, was Sache ist. Sollte er jetzt nicht wenigstens sagen, wie sehr meine Mutter von mir enttäuscht sein wird? Dieses Schweigen bringt mich noch um.

»Fahr direkt nach Hause«, sagt er, während er mit seinem Schlüssel herumspielt. Der Wind zerrt an seinem dicken, grauen Haar.

Als er auf seinen Wagen zugeht, rufe ich: »Was ist passiert? Wie lange willst du mich noch quälen?«

Er winkt nur ab. Ich seufze und laufe zu meinem Auto. Dann alles Gute zum Geburtstag.

Ich bin also von der Schule geflogen.

Mom kommt etwa zehn Minuten nach uns heim. Brian hat mich angewiesen, im Wohnzimmer zu warten, also sitze ich dort auf dem Sofa, als sie reinkommt.

Ich klopfe mit dem Fuß auf dem ausgefransten Teppich herum, während ich mich tiefer ins Sofa sinken lasse. Brian verhält sich ganz ruhig und sitzt mucksmäuschenstill in dem karierten Sessel auf der anderen Seite des Zimmers, wie ein schweigender König. Er weigert sich, mich anzusehen. Ich hätte echt nichts dagegen, wenn mich das Sofa auf der Stelle verschlucken würde.

Mom schält sich aus ihrem roten Mantel und legt ihn über die Sofalehne. Wenn sie mich anbrüllt, konzentriere ich mich einfach auf die süßen Kätzchen auf ihren OP-Klamotten. Sie verschränkt die Arme vor der Brust, marschiert im Zimmer auf und ab und funkelt mich wütend an. Ich schaue weg.

»Du willst mich jetzt bestimmt auch quälen«, sage ich, nachdem ich den Kloß in meiner Kehle hinuntergeschluckt habe. Ich rede schnell. »Okay. Das habe ich nicht anders verdient. Die ganze Sache tut mir echt leid. Lügen ist schlimm. Aber für Geld zu lügen ist noch viel übler. Ich dachte, ich würde den Leuten helfen, aber inzwischen bin ich mir da nicht mehr so sicher.«

Ich bin völlig außer Atem und kurz davor, gleich loszuheulen. Mom lässt sich neben mir aufs Sofa fallen und tätschelt mir das Knie. Ihr Blick wird weicher. »Du kannst von Glück sagen, dass sie dich nicht rausgeworfen haben, Toni.«

Ich blinzle ein paarmal verstört. »Man hat mich nicht rausgeworfen?«

Mom wirft Brian einen Blick zu. »Du hast es ihr *nicht* gesagt?«

Brian zuckt mit der Schulter. »Ich dachte mir, ich lass sie ein wenig schwitzen.«

Oh mein Gott! Mein Leben ist nicht ruiniert! Eine immense Last fällt mir von den Schultern. Erleichtert atme ich aus und lege mir die Hand auf die Brust, als müsste ich mein armes besorgtes Herz trösten. »Ich bin nicht von der Schule verwiesen?«, frage ich. »Im Ernst? Was ist mit Emma?«

»Emma hat mit der Sache nichts mehr zu tun, das hat sie dir zu verdanken. Doch das, was du getan hast, verstößt gegen die Verhaltensregeln an der Winston«, sagt Brian. Er steht auf und krempelt die Ärmel hoch. »Du musst für den Rest des Jahres nachsitzen. Außerdem sollst du für Mrs. Kemper einen Aufsatz über deine Zukunft schreiben, mit nicht weniger als tausend Worten. Sie meinte, Jungs dürften darin nicht vorkommen.«

Eine Woge der Erleichterung spült über mich hinweg, doch ich verkneife mir ein Grinsen. Ich will nicht, dass sie denken, dass ich das alles nicht ernst nehme. Weil ich das nämlich schon tue. »Das kriege ich hin«, sage ich mit einem Kopfnicken. »Wow. Ich dachte, ich wäre geliefert.«

»Fast wäre es auch so gekommen«, sagt Mom, und ihre Stimme ist immer noch im Modus »Moralvortrag«. »Brian ist ein echtes Verhandlungstalent.«

Als ich Brian ansehe, zuckt er wieder nur die Achseln. Doch er hat mich gerettet. Ohne ihn wäre ich jetzt erledigt. Ich springe vom Sofa hoch und schlinge ihm die Arme um den Nacken. Das trifft ihn derart unvorbereitet, dass er ein leises Ächzen von sich gibt und mir ein paarmal den Rücken tätschelt, ehe er sagt: »Ich glaub, du zerdrückst mir den Brustkorb.«

Ich ziehe mich zurück und entschuldige mich für die ungestüme Umarmung. Ist schon irgendwie komisch, daher trete ich ein paar Schritte zurück und reiße mich am Riemen. Ich kann mich nicht erinnern, dass Brian und ich uns jemals umarmt hätten. Nicht mal bei der Hochzeit.

»Ich weiß ja, dass du jetzt achtzehn bist und all das, aber ich muss dir trotzdem Hausarrest geben«, fügt Brian hinzu. Auf seinem Gesicht liegt der Anflug eines Lächelns.

»Tja.« Noch nie war ich so glücklich, Hausarrest zu kriegen, aber ich verziehe keine Miene. Da bin ich ja echt glimpflich davongekommen. Nur dass ich jetzt getrost rumheulen kann, weil ich mit Micah knutschen will, und kein schlechtes Gewissen haben muss, dass ich mich wie ein Einsiedler benehme. Das ist die wunderbarste Bestrafung, die ich mir vorstellen kann.

»Na schön.« Mom steht auf und räuspert sich. »Ich kann es kaum erwarten, mehr über dein Unternehmen zu erfahren, Toni. Aber vorher noch eine Frage: Wer will Pizza?«

Es klingelt an der Tür. Wir alle sehen uns an. »Wow«, sage ich. »Das war ja wohl die schnellste Pizzalieferung aller Zeiten. Hast du per Gedankenübertragung bestellt, Mom?«

Endlich tritt ein Lächeln auf ihr Gesicht, und sie geht, um die Tür aufzumachen. Jetzt sitze ich mit Brian allein hier. Mit meinem neuen Helden.

»Also«, sage ich betreten. »Danke.«

»Das hab ich doch gern gemacht.« Brian krempelt die Ärmel wieder nach unten. Vielleicht ist diese Wendung in unserer Beziehung für ihn genauso komisch wie für mich.

»Salami?«, fragt er.

Ausgezeichneter Zeitpunkt für einen Themenwechsel. »Mag ich am liebsten«, sage ich.

»Toni?«, ruft Mom vom Eingang aus. »Du hast Besuch!«

Mein erster Gedanke gilt natürlich ihm. Er ist gekommen, um mit mir über alles zu reden. Damit wir gemeinsam rausfinden, was das ist zwischen uns. Schnell fahre ich mir mit den Fingern durchs Haar, lecke mir über die Lippen und hopse zur Tür. Ich kann es kaum erwarten, seine Stimme zu hören. Hoffe, dass wir uns noch mal küssen.

Doch es ist nicht er. Es ist Emma. Sie steht da in ihrer Winston-Uniform, ringt mit den Händen, die Augen ganz rot und verquollen.

»Emma«, sage ich besorgt. »Alles in Ordnung?«

»Hey.« Ihre Stimme klingt schwach und leise. »Tut mir leid, dass ich nicht auf deine SMS geantwortet habe. Ich war ein bisschen durch den Wind. Kann ich reinkommen?«

»Ja, klar.« Ich trete zur Seite, um sie durchzulassen. Den Tränen nahe, betritt sie das Haus. Ich erkläre Mom und Brian, wir müssten uns auf mein Zimmer zurückziehen, um ein ernstes Wörtchen zu reden, so von Mädchen zu Mädchen.

»Ich bestell dann die Pizza«, ruft Mom uns noch hinterher, als wir schon die Treppe hochsteigen.

Emma betritt mein Zimmer als Erste. »Pizza«, sagt sie zitternd. Sie läuft nervös auf und ab. »Wie nett. Ich wünschte, ich könnte was essen, aber mir ist so schlecht wegen der ganzen Sache.«

Ich schließe die Tür. »Ist schon gut, Emma.«

»Shauna hat diesen Brief geschrieben und uns verpetzt, Toni«, fährt sie fort. »Das mit dem Service. Du und ich. Als Mrs. Kemper mich befragte, hab ich keinen Ton gesagt. Nicht ein Wort. Sie ließ mich gehen, aber ich mache mir Sorgen, sie könnte noch weitere Beweise finden und mich dann rauswerfen. Hat sie mit dir auch schon geredet?«

Ich erkläre ihr, dass sie sich beruhigen soll, atmen soll, und dann bringe ich sie auf den neuesten Stand bezüglich der Ereignisse des Nachmittags. Wie Brian mir den Arsch gerettet hat. Dass alles wieder gut wird. Dass ich die Verantwortung für die Sache übernommen habe. Als ich fertig bin, blinzelt sie ein paarmal, kreischt und umarmt mich. Ganz schön viele Umarmungen für einen Tag. Die hier dauert ein bisschen länger. Endlich löst Emma sich wieder von mir und wischt sich eine Träne aus dem Augenwinkel.

»Kann ich dir was anvertrauen, Toni?« Ihre Stimme klingt weich, federleicht.

Ich nicke, schleudere meine Schuhe von mir und lasse mich mit einem tiefen Seufzer aufs Bett plumpsen. Was für ein Tag. Mir ist immer noch schwindelig.

»Ich hatte noch nie eine echte Freundin«, sagt sie. Sie kaut auf einer Strähne ihres honigblonden Haars herum.

»Weißt du was?« Ich pruste. »Ich auch nicht. Schockierend, schon klar.«

Sie lässt einen fetten Rülpser raus und setzt sich an meinen Schreibtisch. Dann schleudert sie ihre hohen Schuhe von sich, kratzt sich im Nacken und grinst schief. »Danke.«

»Ich danke *dir,* Emma«, erwidere ich, ebenfalls lächelnd. »Und es tut mir leid, dass ich dir dieses Schlamassel überhaupt erst eingebrockt habe.«

»Das beste Schlamassel meines Lebens«, sagt sie und entspannt sich ein klein wenig. »Ich schulde dir was. Und wie.«

»Mach dir keine Gedanken«, sage ich.

Ich könnte nicht behaupten, dass ich das mit unserem Service bereue – schließlich ist so Emma in mein Leben getreten. Und trotzdem bin ich froh, dass es vorbei ist. Wenn die Jungs mich einfach so aufgeben wollen, dann muss ich sie eben lassen.

Später bringt Mom uns die Pizza vorbei. Wir essen sie in meinem Zimmer. Dafür wechsle ich in eine Jogginghose und ein langärmeliges Shirt. Schließlich lache ich so sehr, dass mir der Bauch wehtut, als Emma eine Eins-zu-eins-Imitation von Shauna abzieht, wie die bei der Gruppensitzung was von dem nach frisch gewaschener Wäsche duftenden Ryan daherschwafelt. Ab und an werfe ich einen Blick auf den *Texas-Chainsaw-Massacre*-Teddybären auf meinem Bett. Nachts kuschle ich mit ihm, was ich natürlich niemals zugeben würde, keinem gegenüber, nicht mal Emma. Er riecht nach Micah. Nach Vanille. Da wäre er wieder mal. Ständig stört er meine Gedanken. Emma ertappt mich dabei, wie ich den Bären anstarre.

»Du musst die Sache mit Micah klären«, sagt sie und wischt sich Käse aus dem Mundwinkel. »Was, wenn du aufs College gehst und nichts geklärt ist, das totale Gefühlschaos?«

Ich seufze. »Ich will einfach nur wissen, was zum Teufel er denkt. Wenn ich nur wüsste, was er empfindet, könnte ich entsprechend reagieren.«

Emma nimmt einen letzten Bissen von ihrer Pizza und reibt sich die Hände. »Frag ihn einfach. Wenn ihr über eure Beziehung redet und endlich klärt, was es ist, bedeutet das doch nicht das Ende.«

Ende. Wie ich dieses Wort hasse. Der Gedanke, es könnte zu irgendeiner Art von Ende kommen zwischen Loch und mir – in Sachen Freundschaft oder auch anderweitig –, bringt mich um.

Emma steht auf. »Ich muss jetzt los.« Sie zerrt an ihrem Rock. »Meine Eltern sehen es nicht gern, wenn ich unter der Woche so weit weg bin von daheim. Als wären zwanzig Minuten so viel.«

Ich nicke und gehe nach unten, doch mein Kopf ist immer noch ganz schwummrig von den vielen Gedanken an Micah und ein mögliches Ende. Irgendwie hab ich das Gefühl, heute schon so viel Glück gehabt zu haben. Vielleicht sollte ich einfach zu ihm rübergehen und ihm erklären, was ich fühle. Oder hab ich mein Glück vorerst schon überstrapaziert? Vielleicht sollte ich dann doch nichts riskieren.

An der Haustür bedankt Emma sich bei Mom und Brian für die Pizza und zieht dann mit neuem Schwung ab. Ich kehre in mein Zimmer zurück, lege mich aufs Bett und kuschle mit dem *Texas-Chainsaw-Massacre*-Teddy. Micah. Micah. Micah. Ich will ihn nicht verlieren. Ich darf ihn nicht verlieren. Aber ich hab Angst, dass er ausflippt oder sich von mir zurückzieht, wenn ich ihm meine Gefühle gestehe. Nur wenn ich es ihm jetzt nicht sage, dann wird alles immer schlimmer zwischen uns, und dann entfremden wir uns auch wieder. Ich stecke in der Zwickmühle.

Wieder klingelt es an der Tür.

»Du bist heute aber gefragt«, ruft Brian die Treppe hoch. »Ist für dich, Toni!«

Eigentlich will ich jetzt nur noch schlafen, aber ich zwinge mich, mich noch mal aufzurichten. In dem Moment fällt mir auf, dass Emma ihren rosa Glitzerhaargummi bei mir auf dem Schreibtisch vergessen hat. Vermutlich ist sie zurückgekommen, um den zu holen. Ich schiebe ihn mir übers Handgelenk und gehe nach unten. Am Fuß der Treppe angekommen, bleibe ich stehen. Mit einem Mal schlägt mein Herz lauter. Schneller. Heftiger. Denn es ist nicht Emma.

»Hey.« Micah lächelt. Dieses Lächeln. Er ist für die Monsterjagd gekleidet. Dunkle Klamotten. Eine Kamera baumelt ihm um den Hals. Auf dem Kopf eine Strickmütze. Seine Stoppeln kann man mittlerweile fast schon als richtigen Bart bezeichnen. »Bist du beschäftigt? Weil ich mir dachte, wir könnten vielleicht raus auf den See«, sagt er mit einem leichten Wippen. »Nach Champ Ausschau halten. Irgendwie hab ich da so ein Gefühl, weißt du? Dass heute Nacht was Besonderes passieren könnte.«

Worte. Ich sollte sie einfach aussprechen. Schnell springe ich die letzte Stufe hinunter und werfe Mom und Brian, die im Foyer stehen, einen Blick über die Schulter zu.

»Ich hab Hausarrest«, sage ich. Das hat mir jetzt gerade noch gefehlt. Jetzt fühlt sich meine Bestrafung doch wie eine Bestrafung an.

»Im Ernst, du hast Hausarrest?«, fragt Micah und fummelt an seiner Kamera herum. »An deinem Geburtstag?«

»Sie hat wirklich Hausarrest.« Mom steht jetzt direkt hinter mir.

»Ich hab wirklich Hausarrest«, wiederhole ich.

Brian kommt anspaziert und kaut auf einem Stück Pizza herum. »Ich weiß nicht«, sagt er. »Schließlich hat sie ja *wirklich* Geburtstag.«

Ich sehe ihn an. »Mann. Das musst du nicht tun. Du hast dir bei mir heute schon ungefähr eine Million Pluspunkte gesichert.«

»Dann überlassen wir die Entscheidung deiner Mom«, erklärt Brian mit einem Nicken. Damit dreht er sich um und geht zurück ins Wohnzimmer, um weiter fernzusehen.

Ich setze eine möglichst bedauernswerte Miene auf. Mit großen Augen sehe ich Mom an. Ich lasse die Schultern hängen. Schiebe die Unterlippe ganz leicht vor. Wenn sie hören könnte, wie wild mein Herz hämmert, dann würde sie mich vielleicht gehen lassen.

Nach einem Augenblick seufzt sie. »Aber sei vor Mitternacht zu Hause«, sagt sie und richtet den Zeigefinger auf mich. »Und morgen fängt dann dein Hausarrest an. Aber ernsthaft.«

Ich unterdrücke einen freudigen Juchzer und bringe ein höfliches, kontrolliertes Nicken zustande. Dann schnappe ich mir meine Jacke und renne zur Tür raus.

Zweiunddreißig

Micah fährt. Den Blick stur auf die Straße gerichtet. Perfekte Haltung. Schweigend. Konzentriert. Er sieht aus, als würde er die Führerscheinprüfung ablegen oder so was. Ich ziehe mir die Jackenärmel über die Hände und dann wieder zurück. Wieder und wieder sehe ich zu ihm rüber, doch er schaut mich nicht an. Ich hasse es, wenn ich mich an einem vertrauten Ort so unwohl fühle. Das ist echt super seltsam.

Ich räuspere mich ungefähr eine Million Mal. Sag es ihm. Sag es ihm nicht. Keine Ahnung. Vielleicht sollte ich einfach rausplatzen damit. Es hinter mich bringen. Obwohl, ich sollte es ihm vielleicht nicht ausgerechnet jetzt sagen, wo er hinter dem Steuer sitzt und fährt. Was, wenn er einen Unfall baut?

Draußen geht die Sonne allmählich unter. Orange und gelbe Streifen durchziehen den Himmel. Das ist hundertpro die längste Fahrt in der Geschichte des Automobils. Warum sind wir immer noch nicht da? Wieder werfe ich ihm einen verstohlenen Blick zu. Micah sitzt reglos da. Starrt einfach nur geradeaus. Endlich taucht der See vor uns auf. Ich entspanne mich, aber nur ansatzweise. Jetzt brauche ich dringend frische Luft.

Ich bin schon aus dem Fahrzeug gesprungen, noch ehe Micah den Motor abgestellt hat. Soeben verschwindet die Sonne hinter einer Ansammlung dunkler Wolken. In der Ferne ragen erhaben die Berge in den Himmel. Langsam sehe ich mich um und sauge all das in mich auf. Ich liebe diesen Flecken Erde. Die Ruhe. Die Erinnerungen, die damit verbunden sind. Das alles werde ich vermissen im nächsten Jahr.

Gemeinsam gehen wir runter zum Anleger. Ich muss ein kleines bisschen joggen, um mit ihm Schritt halten zu können. Wir reden immer noch kein Wort, aber in all unseren Handlungen liegt ein gewisser Rhythmus. Das Dock kennt unsere Schritte.

Ich habe nichts von der üblichen Ausrüstung dabei. Keine Knabbereien. Keine Kamera. Da bin nur ich. Und Micah. Alles, was ich brauche. Das Wasser des Sees schwappt sachte gegen den Anlegesteg, und das Pontonboot schaukelt träge auf dem Wasser, wie ein Betrunkener. Micah klettert als Erster an Bord und streckt mir die Hand entgegen, um mir hochzuhelfen. Diese Geste verblüfft mich. Sie ist neu, doch ich wehre mich nicht dagegen. Ich lasse meine Hand in seine gleiten, und sofort durchzuckt mich ein wohliges Gefühl. Dann setze ich mich auf den gewohnten Platz – mit einem Schwindelgefühl, dass ich glaube zu schweben – und schiebe mir die Hände in die Hosentaschen. Dort, wo er mich berührt hat, schmerzt meine Haut auf ganz wundervolle Weise.

Micah lässt sich ganz lässig hinter dem Steuer nieder. Hier fühlt er sich wohl wie nirgends sonst. Ich beobachte ihn. Sein kräftiges Kinn. Das dunkle Haar. Die dichten

Barthaare. Sein suchender, romantischer Blick. Der Himmel verdüstert sich, und in der Ferne ist leises Donnergrollen zu hören. Micah betrachtet den Himmel und runzelt die Stirn.

»Willst du lieber wieder zurück?«, fragt er. Seine Stimme. Tief und geschmeidig. Sanft und freundlich. Vertraut und doch so neu.

Ich schüttle den Kopf und schlucke den Kloß in meiner Kehle hinunter. »Ich glaub, du hast recht«, sage ich zu ihm. »Heute Abend könnte etwas Magisches passieren. Das sollten wir uns auf keinen Fall entgehen lassen.«

Er lächelt sanft und startet den Motor. Als das Boot lostuckert, peitscht der Wind mein Haar in sämtliche Richtungen. Der Himmel wird grau. Wir fahren vorüber an sandigen Ufern und abgeschiedenen Buchten, bis es sich anfühlt, als gäbe es nur uns zwei auf diesem einsamen, fremden Planeten.

»Hast du Hunger?«, fragt er.

»Klar, ständig.« Ich ringe mir ein Lächeln ab, dabei hab ich einen fetten Knoten im Magen.

»Übernimmst du mal das Steuer?« Er steht auf, und ich rutsche rüber und setze mich ans Lenkrad. Dabei werfe ich ihm einen verstohlenen Blick zu. Er vermeidet jeden Augenkontakt und verschwindet wortlos zum hinteren Teil des Boots. Sie tut weh, seine Distanziertheit, aber ich bin mir nicht sicher, was ich dagegen tun soll. Daher richte ich meine ganze Aufmerksamkeit auf den See. Die Wellen werden höher und angriffslustiger. Der Wind heult bedrohlich. Ich liebe solche Stürme, aber von der Vorstellung, mich dabei mitten auf dem Lake Champlain zu befinden, bin ich nicht ganz so begeistert. Vielleicht sollten wir wirklich besser umkehren.

Ich werfe einen Blick über die Schulter, um Loch diesen Vorschlag zu machen, bring aber kein Wort raus. Denn ich will nicht, dass das hier endet. Er zieht eine Kühlbox unter dem Sitz hervor. Während er den Reißverschluss aufzieht, wirkt er völlig in Gedanken versunken, beunruhigt, sein Gesichtsausdruck ist ernst, voller Sorge.

»Hier«, sagt er und wirft mir eine Dose Limo zu. Mit einer Hand am Lenkrad fange ich sie auf, doch sie entgleitet mir und fällt polternd zu Boden.

»Tut mir leid«, stammle ich.

»Kein Ding«, sagt er und hebt die Dose auf.

»Was ist mit dem Lärm?«, frage ich. »Das verscheucht uns doch Champ.«

Er steht neben mir, während ich das Boot lenke, doch er blickt hinaus aufs Wasser. Ich wünschte, er würde mich ansehen. »Oh. Champ. Klar«, sagt er, als hätte er unsere Mission vollkommen vergessen.

Er kratzt sich am Kinn und wippt ein bisschen auf und ab, als müsse er all seinen Mut zusammennehmen für einen Kampf. Er will etwas sagen. Ich wünschte, er würde es endlich tun. Es sei denn, es geht um unsere Freundschaft und dass sie für immer gestorben ist. Dann kann er gern die Klappe halten, weil mich das echt umhauen würde.

Er stellt den Motor ab, und ich rutsche wieder rüber auf meinen angestammten Platz. Er setzt sich zurück auf den Fahrersitz, hat sich aber ein klein wenig zu mir gewandt und sieht mich an. Ein paar Minuten treiben wir einfach so dahin und nippen an unseren Getränken. Ich hab keinen Dunst, wie lange ich dieses Schweigen noch ertrage, aber ich habe Angst, dass Worte alles ruinieren und wir wieder heimfahren. Und da will ich auf keinen Fall hin, heim.

Nachdem ich meine Dose geleert habe – in Rekordzeit –, bringt Micah eine Dose mit Whoopie-Pies zum Vorschein. Er grinst, während er mir einen reicht. »Nicht eben der gesündeste aller Snacks«, sagt er mit einem nervösen Lachen.

Ich nehme einen großen Bissen. Süß. Lecker. Einfach himmlisch. »Wo hast du die denn her?«, frage ich mit vollem Mund.

»Von Brian.«

Ich zupfe mir ein Haar von der schwarzen Jacke. »Du hast Brian um die hier gebeten?«

Er zuckt die Schulter. »Die sind nun mal so was von gut.«

Ich lache. Wie wahr. Nachdem ich einen weiteren Pie quasi inhaliert habe, wischt Micah sich einen Krümel aus dem Mundwinkel und sagt: »Also ...«

»Also ...«, äffe ich ihn nach. Der Himmel ist jetzt fast vollkommen schwarz. Micah stellt die schwachen Scheinwerfer des Bootes an, sodass das Licht übers Wasser tanzt.

»Denkst du, er hört uns zu?«, will er wissen. Seine Stimme klingt sanft, als würde er mir ein Geheimnis anvertrauen. »Champ, meine ich.«

Ich zögere einen Moment. Im schwachen Schein des Lichts fühle ich mich sicherer, ruhiger. »Keine Ahnung. Jedenfalls gefällt mir die Vorstellung, dass er uns belauscht.«

Er starrt runter auf die Zeichnungen auf seinen Schuhen. Die Zeichnungen, die wir gemeinsam gestaltet haben. »Was denkst du, was würde er zu uns sagen?«

Ich bin wie erstarrt, einen angebissenen Whoopie-Pie in der rechten Hand. Fragt er mich jetzt ernsthaft, wie *ich* über *uns beide* denke?

»Zu uns?« Ich schlucke.

»Ja. Über dich und mich.« Er blickt auf. Schatten huschen über sein zauberhaftes Gesicht. Fast bleibt mir die Luft weg. Das ist er jetzt. Der Moment, da die verborgenen Gefühle an die Oberfläche kommen müssen. Jetzt hab ich fürchterliche Angst, das Falsche zu sagen. Ich finde es schön, dass hier draußen nur wir beide sind, zwei alte Freunde, kurz davor, neue Welten zu entdecken.

Er knetet nervös seine Mütze in der Hand. »Denkst du, Champ gibt es wirklich? Oder glaubst du, wir haben uns das alles nur eingebildet?«

Okay. Vielleicht redet er gar nicht ernsthaft von uns. Vielleicht interpretier ich da zu viel rein.

»Es ist diese Ungewissheit, die mich umbringt«, sage ich schulterzuckend.

»Ich weiß, dass er existiert.« Micah rutscht zu mir rüber. Sein Knie berührt das meine. Seine Augen glänzen. Ich lasse den halb aufgegessenen Whoopie-Pie fallen. Ein weiteres Donnergrollen ist zu hören, lauter diesmal.

Okay. Möglicherweise meint er doch uns. *Küss mich noch mal.*

Er begegnet meinem Blick. »Toni. Ich …«

BUMM! Ein gewaltiger Donnerschlag unterbricht jäh unsere Unterhaltung, dann prasseln auch schon die ersten dicken kalten Tropfen auf uns nieder. Das Boot gerät ins Wanken. Er löst seinen Blick von mir und seufzt. Wischt sich Wasser aus den Stoppeln.

»Warte. Was wolltest du sagen?«, rufe ich ganz laut, damit ich den tosenden Sturm übertöne. So ein kleines Gewitter sollte ihn doch nicht von seinem Liebesgeständnis abhalten. Wenn es das denn ist, was er vorhatte, mir zu sagen, dass er mich liebt.

»Verdammt!«, brüllt er. Er klemmt sich wieder hinters Steuer. Ich bin echt am Boden zerstört. Dämliches Gewitter. Der Wind sorgt dafür, dass der Regen von der Seite auf uns niederpeitscht und mir direkt ins Gesicht klatscht. Zitternd krümme ich mich nach vorne.

Micah blinzelt und lenkt das Boot zurück in Richtung Ufer. Ein weiteres Donnergrollen ertönt. Ich springe auf und kauere mich neben ihn. Jetzt will ich einfach nur bei ihm sein.

»Was tust du da?«, ruft er mir über das Getöse hinweg zu. »Setz dich wieder!«

»Ich wollte doch bloß wissen, was du sagen wolltest!«, rufe ich zurück.

»Wovon redest du?« Regentropfen hängen an seinen dichten Wimpern.

»Du wolltest was sagen, ehe es anfing zu schütten!« Ich klinge verzweifelt, aber es ist zu früh, um schon zu kapitulieren.

»Setz dich einfach, ja? Bitte!«, fleht er. Das Wasser brennt in meinen Augen. Weil das Boot wild schaukelt, halte ich mich an seiner Rückenlehne fest, um das Gleichgewicht nicht zu verlieren. Aber ich kann mich einfach nicht von ihm loslösen. Nicht jetzt, da wir so kurz davor sind, das alles aufzudecken.

BUMM! Wieder ein Donnerschlag. Ein greller Blitz zuckt über den Himmel.

»Okay, Toni. Das ist nicht witzig«, sagt Micah. »Jetzt hock dich hin, bevor du noch über Bord gehst.«

»Nicht, bevor du mir nicht verrätst, was du sagen wolltest.« Meine Zähne klappern, und meine Finger sind taub vor Kälte. Als das Boot erneut schlingert, gerate ich ins Stolpern. Micah packt mich am Arm und hält mich fest.

»Ich liebe dich, okay?«, schreit er. »Setzt du dich jetzt bitte wieder hin?«

Ich starre ihn an. Sein Gesicht nehme ich wegen des Regens nur noch ganz verschwommen wahr, und trotzdem durchflutet mich grenzenlose Erleichterung. Es geht also nicht nur mir so. Oder sagt er das jetzt nur, damit ich endlich die Klappe halte? Er versucht gar nicht, mich zu küssen. Stattdessen funkelt er mich wütend an.

BUMM! Noch mehr Donner. Langsam setze ich mich, völlig durchnässt und frierend, und lasse mir Micah Garrys Worte noch einmal durch den Kopf gehen. Seine warmen, liebevollen Worte. Worte, die ich aus seinem Munde nie erwartet hätte. Von meinem besten Freund. Dem Jungen, der immer schon da war.

Es ist ein seltsames Gefühl. Und gänzlich neu. Nur bin ich mir nicht sicher, wie ich diese Mischung aus Glückseligkeit und Verwirrung und Neuartigkeit, die mein Herz durchströmt, verarbeiten soll. Ich bibbere. Irgendwie hab ich das Gefühl, seine Worte genauer unter die Lupe nehmen zu müssen, sie gegen das Licht halten zu müssen, um endlich zu erfahren, wohin sie uns führen. Heißt das jetzt, dass wir zusammen sind? Ist das jetzt der Anfang? Oder ist es das bittersüße Ende, ehe wir uns aufmachen in getrennte Leben?

Wir sind zurück am Anleger.

Micah drosselt den Motor und macht sich daran, das Boot zu vertäuen. Er wirft mir über die Schulter einen Blick zu und meint: »Ein bisschen Hilfe vielleicht?«

Ich bin immer noch wie festgefroren. Trotzdem schlucke ich den Kloß hinunter und nicke. *Reiß dich zusammen, Toni.* Am liebsten würde ich ihm die Regentropfen von den Lippen küssen. Wie gern würde ich mein Gesicht an seiner Brust vergraben und zum nächsten Stadium unserer Beziehung übergehen. Just in dieser Sekunde. Zum besten Stadium. Stattdessen mache ich das hintere Ende des Bootes am Anleger fest, während er das vordere Ende übernimmt. Seine Bewegungen sind ruppig, ruckartig, als wäre er sauer. Warum ist er denn sauer?

Ich hüpfe rüber an Land und gehe in die Hocke, um das Seil festzuknoten, aber ich sehe immer wieder zu ihm auf. Er hat das Boot bereits festgebunden, nun schnappt er sich die Kühltasche, murmelt leise irgendwas vor sich hin und klettert dann ebenfalls auf den Anleger. Ich versuche ihn mittels Willenskraft dazu zu bringen, zu mir herzusehen, doch er weigert sich beharrlich. Panik überkommt mich. Jetzt ist plötzlich alles anders. Was, wenn ich alles ruiniert habe?

Völlig geistesabwesend binde ich das Seil fest, aber mir dreht sich der Kopf. So hatte ich mir das alles nicht vorgestellt. Loch und ich sollten uns doch längst küssen. Oder nicht? Immerhin gab es einen Liebesschwur.

Ein Windstoß bringt mich aus der Balance. Dann plumpse ich nach vorn, direkt auf das Wasser zu. Ich kreische, und schon schlingt er mir die Arme um die Hüften und zieht mich zurück, hält mich ganz fest. »Alles okay«, flüstert er mir ins Ohr. »Ich hab dich.«

Er behält seine Hände an meinen Hüften, während ich mich aufrichte und umdrehe. Ich lege ihm die Hände an die Brust. Der Regen prasselt immer heftiger auf uns nieder. Wieder ein Donnerschlag. Aber nicht ganz so laut wie das Hämmern meines Herzens.

»Das tust du andauernd«, sage ich.

»Was denn?« Er wischt mir eine feuchte Haarsträhne von der Wange.

Ich blicke zu ihm auf. »Dass du mich auffängst.«

Er räuspert sich und schaut weg. »Hast du verstanden, was ich auf dem Boot zu dir gesagt habe?«

Ich lächle. »Dass du mich liebst?«

»Du hast es also gehört.« Er seufzt und runzelt die Stirn. Mir dreht sich der Magen um, als er die Hände von meinen Hüften löst und sich den Bart kratzt. Er tritt einen Schritt zurück.

»Wolltest du denn nicht, dass ich das höre?«, frage ich mit klopfendem Herzen. Oh mein Gott. Er bereut, dass er es gesagt hat. Das war alles ein riesengroßer Fehler. Ein Klumpen formt sich in meiner Kehle, doch ich versuche zu ignorieren, dass ich kurz vorm Heulen bin.

»Lass uns so tun, als wäre das nie geschehen«, sagt er mit einer Handbewegung. Als könnte er damit auf wundersame Weise alles ungeschehen machen. »Es war dumm. Ich war nicht ganz bei Sinnen.«

Es fühlt sich an, als hätte man mir einen Schlag in die Magengrube verpasst. Und zwar ganz fest. Völlig atemlos sehe ich runter auf die in das Holz geritzten Namen. Keine Ahnung, wie lange ich sie anstarre.

Micah berührt mich sanft an der Schulter. »Wir sollten langsam los, Toni. Wir sind völlig durchnässt. Sieht nicht so aus, als würde es so bald wieder aufklaren.« Er versucht, mich zum Gehen zu bewegen, doch ich reiße mich von ihm los.

»Hast du das überhaupt ernst gemeint?«

Er reibt sich den Nacken. »Klar hab ich das ernst gemeint!«

»Warum nimmst du es dann zurück?«, schnaube ich. »Warum willst du so tun, als wäre es nie geschehen?«

Er senkt die Stimme. »Du hast nichts darauf erwidert.«

Ich blinzle mir den Regen aus den Augen. »Hab ich nicht?«

Micah schüttelt den Kopf. Diese Info muss ich erst mal verarbeiten. Ich bin ja wohl die komplette Oberidiotin. Hab ich auf sein intimes Geständnis tatsächlich nichts gesagt?

Ein lautes Platschen lässt uns aufhorchen. Ich wirble herum und blicke hinaus auf den See. Durch den dichten Regen meine ich zu erkennen, wie eine schwarze Gestalt durchs Wasser gleitet. Auf jeden Fall ist da draußen was. Irgendwas Lebendiges. Etwas Legendäres.

»Micah! Sieh nur!« Ich deute auf das Etwas, das sich durch die wilden Wellen bewegt. Es ist riesig, elegant, und es atmet. Ein langer Schwanz erhebt sich über das kabbelige Wasser und donnert dann mit lautem Platschen wieder nach unten. Total panisch, aber auch ziemlich aufgeregt werfe ich einen Blick über die Schulter. Das filmt er doch jetzt bestimmt, oder? Aber er sieht nur mich an, nicht das Wasser, und sein Blick ist voller Sehnsucht.

»Ich sage es jetzt noch ein Mal.« Er holt tief Luft. »Wenn du nicht das Gleiche fühlst wie ich, dann muss ich damit leben. Ich liebe dich, Toni. Tut mir leid, wenn ich damit alles kaputtmache, aber …«

»Ich liebe dich auch«, platzt es da aus mir heraus. Sein Mund steht offen. Ich hab den armen Kerl total überrumpelt. »Tut mir leid«, fahre ich fort. Ich hab mich jetzt wieder zu ihm umgedreht. »Ich wollte es nur sagen, ehe ich es wieder vergesse zu tun. Denn insgeheim habe ich es schon unzählige Male gesagt, weshalb ich wohl davon ausging, du müsstest es wissen. Ich liebe dich. Ich liebe dich, Micah.«

Er greift nach meiner Hand, seine Haut kalt, rau, die Hände eines Forschers. Er berührt meinen Hals. Mein Ohr. Meine Wange. Der Abstand zwischen uns verringert sich, bis ich den Hals recken muss, um ihm in die Augen sehen zu können. Aber das ist mir egal. Das macht mir rein gar nichts aus.

»Das ist jetzt fast wie in einer von Ollies romantischen Komödien.« Micah grinst. »Hier wären wir also. Gestehen uns im Regen unsere Liebe.«

Ich lache. »Keine Sorge. In unserer Liebesgeschichte kommt wenigstens ein Monster vor. Sieh dir nur den See an.«

Er blickt hinaus aufs Wasser, blinzelt, sucht. »Ich sehe nichts.«

»Macht auch nichts.« Ich flüstere ihm ins Ohr. »Er war die ganze Zeit da. Wie du gesagt hast.«

Dann zieht er mich an sich. Und ich gebe mich ganz diesem Moment hin, als seine Lippen den meinen begegnen. Wir sind völlig ineinander verschlungen. Dieser Kuss ist anders als all die anderen. Denn er ist nicht länger nur ein Versuch, sondern eine Gewissheit. Ich vergesse die Vergangenheit. Ich vergesse die Zukunft. Ich vergesse das Ungeheuer im See.

Hier stehen wir. Wir sind die Legende.

Danksagung

Mein tiefer Dank und meine Anerkennung gelten meiner Lektorin, Danielle Ellison, weil sie Toni ebenso ins Herz geschlossen hat wie ich. Als du anriefst, wurde ein Traum wahr. Danke auch meinen anderen Lektorinnen Lauren Meinhardt und Traci Inzitari, die das Manuskript beide für sich entdeckt haben. Die Arbeit mit euch dreien hat mir riesigen Spaß gemacht.

Danken will ich auch dem gesamten Team bei Spencer Hill Contemporary und bei Spencer Hill Press.

Ein Dankeschön an Patrice Caldwell, eine wirklich außergewöhnliche Presseagentin.

Danke dir, Rebecca Mancini, dass du auch im Ausland eine Heimat für Toni gefunden hast.

Mein Dank geht außerdem an Jenny Zemanek für einen wirklich großartigen Coverentwurf. Er ist besser, als ich es mir je erträumt hätte.

Danken will ich den Autorengemeinschaften im Internet, insbesondere Evil Editor und dem WriteOnCon-Team. Ohne sie hätte man dieses Buch nie entdeckt. Ein Dankeschön geht zudem an meine Kollegen bei Fearless Fifteeners, die mich im Laufe dieser turbulenten Reise unterstützt haben.

Und danke meinen Schwiegereltern, Kevin und Kathy Aldin. Kathy, danke, dass du mit Freude auf mein Kind aufgepasst hast, während ich wie eine Wilde die Fahnen Korrektur las, nur um Abgabetermine einzuhalten.

Mein besonderer Dank gilt meinen Eltern, Dan und Kathy Taylor, die in mir die Liebe zum Lesen weckten. Eure Unterstützung in diesem Jahr, da ich einerseits die unbekannten Gewässer der Mutterschaft ansteuerte und gleichzeitig das erste Mal ein Buch veröffentlichte, bedeutet mir die Welt. Ich danke euch. Ich danke euch. Ich danke euch.

Doch vor allem will ich meinem Ehemann Chris danken, weil er sich so gut um mich kümmert. Ohne dich wäre dieses Buch immer noch nicht fertig.

Und nicht zuletzt danke ich meiner liebsten Tochter, Charlotte. Ihrer Ankunft habe ich es zu verdanken, dass ich den Mut aufbrachte, diese Geschichte wieder auszugraben und sie zur Veröffentlichung anzubieten. Du bist mein Herz.

HOLLYHILL – DAS DORF, DAS DURCH DIE ZEIT REIST

Wie weit würdest du gehen? Um das Geheimnis deiner Herkunft zu lüften, den Jungen deiner Träume zu bekommen und deine Freundin zu retten? Für die 17-jährige Emily werden diese Fragen plötzlich entscheidend, als sie nach dem Abitur in das geheimnisvoll einsame Dartmoor reist, um das Dorf ihrer verstorbenen Mutter zu finden. Ein Dorf, das auf keiner Karte eingezeichnet ist. Das jedoch genau der Junge kennt, der in Emily von der ersten Sekunde an Gefühle auslöst, die irgendwo zwischen Himmel und Hölle schwanken …

Alexandra Pilz
Zurück nach Hollyhill
ISBN 978-3-453-53474-2

EMILY IST ZURÜCK …!

… zurück in Hollyhill, dem kleinen Dorf im Dartmoor, das durch die Zeit reisen kann, und zurück in der Gegenwart. Gemeinsam mit Matt hat sie in den schrillen 80er-Jahren einen Mörder gefasst, das Geheimnis ihrer Herkunft gelüftet und sich Hals über Kopf in den wortkargen Jungen verliebt. Doch der scheint sie plötzlich nicht mehr zu wollen. Aber bevor Emily herausfinden kann, wieso ihre Beziehung zu Matt so kompliziert ist, wird Hollyhill erneut in die Vergangenheit katapultiert – und Emily gleich mit. Willkommen im Jahr 1811!

Alexandra Pilz
Verliebt in Hollyhill
ISBN 978-3-453-53474-2

heyne>fliegt

heyne-fliegt.de